清代诗文研究丛书

丛书主编　杜桂萍

曾灿研究

王乐为　著

中国社会科学出版社

图书在版编目(CIP)数据

曾灿研究/王乐为著 . —北京:中国社会科学出版社,2022.8
(清代诗文研究丛书)
ISBN 978 – 7 – 5227 – 1164 – 5

Ⅰ.①曾… Ⅱ.①王… Ⅲ.①曾灿(1625 – 1688)—古典诗歌—诗歌研究 Ⅳ.①I207.22

中国版本图书馆 CIP 数据核字(2022)第 242493 号

出 版 人	赵剑英
责任编辑	张 潜
责任校对	马婷婷
责任印制	王 超

出 版	中国社会科学出版社
社 址	北京鼓楼西大街甲 158 号
邮 编	100720
网 址	http://www.csspw.cn
发 行 部	010 – 84083685
门 市 部	010 – 84029450
经 销	新华书店及其他书店

印 刷	北京明恒达印务有限公司
装 订	廊坊市广阳区广增装订厂
版 次	2022 年 8 月第 1 版
印 次	2022 年 8 月第 1 次印刷

开 本	710×1000 1/16
印 张	20.25
插 页	2
字 数	292 千字
定 价	98.00 元

凡购买中国社会科学出版社图书,如有质量问题请与本社营销中心联系调换
电话:010 – 84083683
版权所有 侵权必究

现状与反思：
清代诗文研究的学术进境
（代总序）

杜桂萍

1999年，清代诗文研究还是"一个期待关注的学术领域"[①]，和明代诗文一样，亟待走出"冷落寂寞"的困境；至2011年，"明清诗文研究由冷趋热的发展过程非常明显"[②]，清代诗文研究涉及之内容更为宽广、理解之视域更为开放、涉及之方法也更为多元。如今，明清诗文研究已然成为古代文学研究的一个新的学术生长点，而清代诗文与明代诗文研究在方法、内容乃至旨趣诸方面均有所不同，独有自己的境界、格局和热闹、繁荣之处，取得的成绩也自不待言。无论是用科研项目、研究论著或从业人数等来评估，都足以验证这个结论，而所谓的作家、作品、地域性、家族性乃至总集、别集的研究等，皆有深浅不一的留痕之著，一些可誉为翘楚之作的学术成果则为研究者们不断提及。这其中，爬梳文献的工作尤其轰轰烈烈，新著频出，引人关注。吴承学教授说："经过七十年的发展，近年来的明清诗文研究可谓跨越学科、众体兼备，几乎是全方位、无死角地覆盖了明清诗文的各个方面。"[③] 对于清代诗文的研究而言，大体

[①] 吴承学、曹虹、蒋寅：《一个期待关注的学术领域——明清诗文研究三人谈》，《文学遗产》1999年第4期。

[②] 周明初：《走出冷落的明清诗文研究——近十年来明清诗文研究述评》，《文学遗产》2011年第6期。

[③] 吴承学：《明清诗文研究七十年》，《文学遗产》2019年第5期。

也是如此。回首百廿年之学术演进，反观二十年来之研究状态，促使清代诗文学术进境进一步打开，应是当下反思的策略性指向，即不仅是如何理解研究现状的问题，也关涉研究主体知识、素养和理念优化和建构的问题。袁世硕先生曾就人文学者的知识构成如是表述："文科各专业的知识结构基本上是由三种性质的因素组成的：一是理论性的，二是专业知识性的，三是工具手段性的。缺乏任何一种因素都是不行的，但是，在整个的知识结构中，理论因素是带有方向性、最有活力的因素。因此，我认为从事文学、历史等社会科学研究的人应当重视学习哲学，提高理论素养，形成科学的思维方法。"① 以此来反思清代诗文的研究，是一个颇为理想的展开起点与思考路径。

一

清代文化中的实证学风，带给一代诗文以独特的性征，促成其史料生成之初就具有前代文学文献难以比拟的完善性、丰富性和总结性，这给当下的清代诗文整理和研究带来难得的机遇，促使其率先彰显出重要的文学史、学术史价值。史料繁多，地上、地下文物时常被发现，公、私收藏之什不断得到公布，让研究者常常产生无所措手足之感，何况还有大量的民间、海外收藏有待于进一步确认与挖掘。这带来了机遇和热情，也不免遭遇困惑与焦虑。顾此而失彼，甚至于不经意间就可能陷入材料的裹挟中，甚而忽略了本来处于进行中的历史梳理，抑或文本阐释工作。史料的堆砌和复制现象曾经饱受诟病，目前依然构成一种"顽疾"，误读和错判也时常可见，甚至有过度阐释、强制解说等现象。清代诗文研究的展开过程中，不明所以的问题可以找到很多原因，来自文献的"焦虑"是其中一个重点。这当然不是清代诗文研究的初衷，却往往构成了学术过程的直接结果。张伯伟教授说："我们的确在材料的挖掘、整理方

---

① 袁世硕：《治学经验谈——问题意识、唯物史观和走向理论》，《中国研究生》2018年第2期。

现状与反思：清代诗文研究的学术进境（代总序） 3

面取得了很好的成绩，而且还应该继续，但如果在学术理念上，把文献的网罗、考据认作学术研究的最高追求，回避、放弃学术理念的更新和研究方法的探索，那么，我们的一些看似辉煌的研究业绩，就很可能仅仅是'没有灵魂的卓越'。"① 是的，清代诗文研究应该追求"灵魂的卓越"。

　　文献类型的丰富多元，或云史料形态的多样化，其实是清代诗文研究的独家偏得，如今竟然成就了一种独特性困境，也是我们始料不及。或者来自对于史料存在认知之不足，或者忽略了史料新特征的探求，或者风云变幻的宏观时代遮蔽了有关史料知识谱系的思考。的确，我们要面对如同以往的一般性史料，如别集、总集、笔记等，又有不同于以往的图像、碑刻乃至口述史料等；尤其是，这一切至清代已经呈现了更为复杂的文献样态，需细致甄别、厘定，而家谱、方志、日记等史料因为无比繁复甚而有时跻身于文献结构中心的重要位置。如研究清代行旅诗专题，各类方志中的搜获即可构成一类独立的景观，这与彼时文人喜欢出游、偏爱游览名胜古迹的行迹特征与创作习惯显然关系密切。在面对大量的地域性文人时，有时地方文献如乡镇志、乡镇诗文集都可能发挥决定性作用；而对类型丰富的年谱史料的特别关注，往往形成对人物关系的更具体、细致的解读，促成一些重要作家的别致理解。笔者对乾嘉时期苏州诗人徐爔生平及创作的研究即深得此益。就徐爔与著名诗人袁枚的关系而言，一贯不喜欢听戏读曲的袁枚几次为其戏曲作品《写心杂剧》题词，固然与徐爔之于当世名人的有意攀附有关，但袁枚基于生存、交际诉求进入戏曲文本阅读的经验，几乎改变了他的戏曲观念，一度产生了创作的冲动。② 题跋、札记、日记等史料的大量保存，为文人心灵世界的探究提供了便利，张剑教授立足于近代丰富的日记史料遗存所进行的思考，揭示了日常生活场景中普通文人的

---

① 张伯伟：《现代学术史中的"教外别传"——陈寅恪"以文证史"法新探》，《文学评论》2017年第3期。
② 杜桂萍：《戏曲家徐爔生平及创作新考》，《苏州大学学报》（哲学社会科学版）2007年第3期。

生活与创作情况,并于这些不易面世的文字缝隙处发现了生命史、心态史的丰富信息,为理解个体与时代的真实关系提供了新的维度和视角。① 显然,在面对具体的研究对象与问题时,史料的一般性认知与民间遗存特征有时甚至需要一种轩轾乃至颠覆传统认知的错位式理解。只有学术理念的不断优化,才可能冷静面对、正确处理这些来自史料的各种复杂性,并借助科学的分析方法和理性、淡定的心态,在条分缕析中寻找脉络、发现意义。知其然又能知其所以然,其中之困难重重,实在不亚于行进在"山阴道上";不能说没有"山重水复"之后的"柳暗花明",但无功而返、无能为力乃至困顿不堪等,也是必须面对之现实。

　　清代诗文研究过程中的困惑、拘囿或者也是其魅惑所在,一种难以索解的吸引力法则似乎释放着一种能量,引领并吸纳我们:及时占有那些似乎触手可及之存在的获得感与快感,成为一个富有时代性的学术症候。近二十年来,清代诗文研究的队伍扩充很快,从事其他研究的学者转入其中,为这一领域的突破性进展做出了重要贡献,著名学者如蒋寅、罗时进教授等由"唐"入"清",带来了清代诗文研究崛起所稀缺的理念与经验;如今青年学者参与耕耘的热情更令人叹为观止:"明清诗文的研究者主要集中在三十岁至五十岁之间,很多博士硕士研究生加入到元明清诗文研究的行列中,新生代学人已经成为元明清诗文研究的生力军,越来越多地涉足明清诗文的研究。"② 而相关研究成果更是以几何倍数在增长,涉及的话题已呈现出穷尽这一领域各个角落的态势。这一切,首先得益于清代诗文及其相关领域深厚的史料宝藏。各类史料的及时参与和独特观照,为清代诗文研究提供了多元、开阔的视野,为真正打开文本空间、发现价值和意义提供了更多可能:"每一条史料的发掘背后几乎都有一个故事,这也是一部历史,充满血和泪,联结着人的活的

---

① 详见张剑《华裘之蚤——晚清高官的日常烦恼》一书相关论析,中华书局2020年版。
② 石雷:《明清诗文研究的观念、方法和格局漫谈》,《文学遗产》2011年第3期。

生命。"① 每当这个时刻,发现历史及其隐于漫漶尘埃中的那些惊心动魄,尤其那可能揭示"你"作为一种本质性存在的真正意义时,文学的价值也随之生成、呈现,成功的喜悦和收获的满足感一定无以复加。蒋寅教授说:"明清两代丰富的文献材料为真正进入文学史过程的研究提供了可能。"② 21世纪以来清代诗文研究的多维展开已然证明了这一判断。只有对"过程"有了足够的理解,才可能发现"内在层面的重大变革或寓于平静的文学时代,而喧嚣的时代虽花样百出,底层或全无波澜"③的真正内涵,而以此来理解清代诗文构成的那个似近实远的文学现实,实在是最恰切不过。譬如乾嘉时期的诗文,创作人群和作品数量何其巨大,文本形态又何其繁复,以"轰轰烈烈"形容这个诗文"盛世"并非不当;然深入其过程、揆诸其肌理,就会洞见这"轰轰烈烈"的底部、另一面,那些可被视为"波澜"的因子实在难以捕捉,其潜隐着、蛰伏着,甚至可以"隐秘"称之:"彼时一般文人的笔下,似乎不易体察到来自个体心灵深处的压迫感、窒息感,审美的'乏力'让'我'的声音很难化为有力的'呻吟'穿透文本,刺破云霭厚重的时代天空。即便袁枚、赵翼、蒋士铨、张问陶等讲求性灵创作的诗人,现实赋予他们的创作动力和审美激情都只能或转入道德激情,或转入世俗闲情。"④ 如是,过程视角下的面面观,可能让我们深入到历史的褶皱处,撷出样态迥异的不同存在,借助历史与逻辑相统一的基本方法,廓清其表里关系,解释文学现象的生成机理,进而揭示文学史发展的多样性、复杂性。

作为特殊史料构成的文学文本也应得到特别关注。由于对清代诗文创作成绩的低估,认为清代诗文作品不如前代(唐宋),进而忽

---

① 钱理群:《重视史料的"独立准备"》,《中国现代文学研究丛刊》2004年第3期。
② 蒋寅:《进入"过程"的文学史研究》,《王渔洋与康熙诗坛》,"导论",中国社会科学出版社2001年版,第2页。
③ 蒋寅:《进入"过程"的文学史研究》,《王渔洋与康熙诗坛》,"导论",中国社会科学出版社2001年版,第3页。
④ 杜桂萍:《重写与回溯:清代文学创作中的"明代"想象》,《中国社会科学报》2022年9月5日第4版。

略文本细读的现象依旧十分普遍。文学作品在本时期具有更加丰沛的史料意义,已毋庸讳言,大量副文本的存在尤其可以强化这样的认知。实际上,将诗文作品置放于史料编织的"共时性结构"中给予观照,可以为知人论世的研究传统提供很多生动的个案。如陆林教授借助金圣叹的一首诗歌及其他史料的互文,细致考证出其生命结束之前的一次朋友聚会,不仅诗歌创作的时间、地点和参加聚会者的姓名等十分精确,还明晰推断出聚会的前因后果、来龙去脉,尤其是细掘出"哭庙案"发生后即金圣叹生命后期的心态、思想、交往方式等,还原了一次具有特殊意义的人生"欢会",金圣叹的人格风采亦栩栩如生。① 很多时候,文学文本被视为与外部世界、与读者接受关系密切的开放式而不是封闭性结构,这是值得赞同之处,但到底如何发现与理解其审美性内容,也是研究清代诗文必须直面的关键性问题。蒋寅教授《生活在别处——清诗的写作困境及其应对策略》从全新的视角理解清代文人的创作努力,极富启发意义,值得特别关注。② 从美学、哲学、文化学或心理学等理论维度进入文本,对清代诗文进行意义阐发,是对作为一种古代文化"不可再生的资源"的价值发现,也是一种基于当代文化的审美建构过程。事实上,清代文人从没有放弃文学创作的审美追求,对审美性的有意忽略恰恰是当下清代诗文研究趋于历史化的原因之一。而对文学审美性选择性忽略的研究现状,也从一个侧面说明基础研究仍然处于缺位的状态。只有具有方法论意义的理论介入,才可能将史料与文本建构为一个完整的意义世界,形成对其隐含的各种审美普遍性的揭示、论证和判断。

的确,我们从未如今天一样如此全面、深切地走进清代诗文的世界,考察其历史境遇,借助政治、地域、家族、作家等维度的研究促其"重返历史现场",或使其禀有"重返历史现场"的资质和

---

① 陆林:《生命中的最后一次欢会——金圣叹晚期事迹探微》,《南京师大学报》(社会科学版)2000 年第 6 期。

② 蒋寅:《生活在别处——清诗的写作困境及其应对策略》,《文学评论》2020 年第 5 期。

能力；我们由此发现了清代诗文带来的纷繁的、具体的和独特的文学现象，索解之，阐释之，并以同情之理解的眼光看待置身其中的大大小小的"人"，小心地行使着如何选择、怎样创作、为什么评价等权力。当然，我们也不应放弃探索深厚的文化传统的塑造之力以及清人对有关文学艺术经验的建构与解构；人文研究所应禀赋的主体价值判断，不应因缺乏澄明的理论话语而逐渐"晦暗"。微妙地蛰伏于清代诗文及其相关史料中的那个灵魂性的存在，将因话语方式的丰富、凸显而成就其当代学术研究的意义。丰富的学术话题，将日益彰显清代诗文研究独有的深度与厚度，以及超越其他时代文学的总结性、综合性的优势，而多视角、跨学科的逐渐深入与多元切入，将伴随着继续"走进"的过程而让清代诗文呈现为一种更加丰盈的学术现实。

二

葛兆光教授说："我们做历史叙述时，过去存在的遗迹、文献、传说、故事等等，始终制约着我们不要胡说八道。"① 其实，将"历史叙述"引进文学研究的话语结构中，即借助史料阐释已然发生的文学现象时，也需要有一种力量"制约着我们不要胡说八道"，那应该是思想的力量。我们应该追求有思想的学术。古人云"文章且须放荡"②，既是内容的，也是理念的，而从理念的维度出发，最重要者毫无疑问是方法论的变革。在史料梳理、考订的基础上回应文学现象的发生以及原因，辨章学术，考镜源流，揭示其中各种学术观点和思想的产生、演变及渊源关系，又能逻辑地提取问题、评价其生成的原因，借助准确的话语阐释发明其在文学史构成中的地位和价值，这是清代诗文研究面临的更重要的任务。我们并不急于提出

---

① 葛兆光：《思想史研究课堂讲录：视野、角度与方法》，生活·读书·新知三联书店2005年版，第94页。
② （梁）萧纲：《诫当阳公大心书》，（清）严可均辑《全梁文》卷十一，商务印书馆1999年版，第113页。

有关人类命运的思考，但人文学科的思想引领确实需要这样一个终极指向；而在当下，只有基于方法论变革的理论性思考，才能推动清代诗文研究学术境界的拓展和学术品格的提升。将理论、批评与史料"相互包容"并纳入对文学现象的整体评价，是当代学术史视野下一项涵盖面甚广的系统性工程。

近年，当代文学学科一直在促进学科历史化上进行讨论，古代文学则因为过于历史化而需认真面对新的问题。史料在学科体系中的基础地位，已然成为一种传统，然如何实现史料、批评、理论的三位一体，进而推动古代文学研究理论品格的提升，是人文学科研究应该担负的历史责任。清代诗文研究的水平提升和进境拓展尤其需要这一维度的关切。常见史料与稀见史料的辨别和运用、各类型史料的边界与关系、因主客观因素而形成的认知歧义等比比皆在的问题，皆需要理论性话语的广泛介入。在某种意义上，研究主体理论素养的提升是史料建设工作的根基。清代诗文别集的整理之所以提出"深度整理"的原则，也是基于这样一种理念所进行的学术选择。仅仅视别集整理工作为通常的版本校勘、一般性的句读处理，忽略对其所应具备之学理性内涵的发掘，会形成对别集整理工作的简单化理解。可以说，这种不够科学的态度是别集整理质量低下、粗制滥造之作频出的重要原因。钱理群教授说："文献学是具有发动学术的意义的，不应该将其视为前学术阶段的工作。"[①] 即是对文献研究深邃的理论内涵的强调。将史料及其处理方式视为文献学的重要方法，是专业性、学术性的表达，也是具有鲜明理论意义的方法论原则。在史料所提供的纵横坐标中为一个人、一件事或一种现象寻找历史定位，在史实还原中完成对真相的探索是必要的，然将其置放于一个完整的意义链中，展示或发现其价值和影响，才能促成真正有思想的学术。随意取舍史料，不仅容易被史料遮蔽了眼睛，难以捕捉到一些重要的细节和关键性的线索，也无法发现与阐释那

[①] 王风：《现代文本的文献学问题——有关〈废名集〉整理的文与言》，《中国现代文学研究丛刊》2004年第3期。

些具有重要价值的论题，无法将文学问题、事实、现象置于与之共生的背景、语境进行长时段考察，而揭示其人文意涵、文学史价值，更可能是一句大而无当的空话。注入了价值判断的史料才能进入文学史过程，而具备了理论思考的研究方法才能为诸多价值判断提供观念、方式和视野。

当然，我们也应该避免将一些理论性话语变成某些理论所统摄的"材料"，将史料的文献学研究真正转变为有意味、有生命意识和人文担当的理论研究，这是古代文史研究中尤其需要关切的方法论问题。清代诗文研究中，普遍存在似"唐"类"宋"类的批评性话语，以"唐""宋"论说诗文创作之特色与成就已然体现为一种习见思维。如钱锺书先生之所论，甚为学者瞩目："夫人禀性，各有偏至。发为声诗，高明者近唐，沉潜者近宋，有不期而然者，故自宋以来，历元、明、清，才人辈出，而所作不能出唐宋之范围，皆可分唐宋之畛域。"① 诗分唐宋，尊唐或佞宋，助力于唐宋诗文的发现及其经典化，也打造了清代诗文演进中最有标志性的批评话语。唐宋诗文成就之高，以之为标的本无可厚非，然清代诗文的存在感、价值呈现度究竟如何呢？揆诸相关研究成果，或不免有所失望。唐宋，作为考察清代诗文时一种颇具理想性的话语方式，其旨趣不仅在乎其自身的理论内涵、价值揭示，更应助力于清代诗文系统化理论形态的发现与完成，而这样的自觉尚未形成，显然是相关理论话语缺乏阐释力量的反映。"酷似""相似"等词语弥漫于清代诗文评点和批评中，作为一种意义建构方式，其内蕴的文学思想和批评观念有时竟如此模糊、含混，固然有传统文论行文偏于感性的影响，也昭示出有关清代诗文创作的批评姿态，即其与唐宋之高峰地位永远不可能相提并论。我们并不纠结孰高孰低的评价，清代诗文的独特性和价值定位却是不能不回答的学术问题。作为清代诗文批评的方法论，"唐""宋"应该成为富含内质的话语方式，以之进行相关理论思考时，应关注清人相关概念使用的个性色彩，或修辞色彩，

---

① 钱锺书：《谈艺录》，生活·读书·新知三联书店2001年版，第3页。

创作或理论审视的历史语境，甚至私人化的意义指向，不能强人就我，或过度阐释。整合碎片化的话语成就一个整体性的理论体系内容，对古代文论中的理论性话语给予现代性扬弃，是清代诗文研究理论性提升不可或缺的路径。

进入 21 世纪的清代诗文研究，早已摆脱简单套用一般社会历史研究诸方法的时代，有意识地探索多学科方法的交叉并用，日益理性地针对史料和时代性话题选用最具科学性的研究方法，已成为观念性共识，并因学科之间的贯通彰显了方法的张力与活力。在具体话题的选取和展开中，来自西方的历史主义、接受美学、结构主义、原型批评等方法，成为与中国传统的知人论世等观照原则融通互助的方法，西方话语的生成语境与中国经验之间的独特关系得到了充分的尊重与关注；以往经常出现的悖逆、违和之现象已得到明显的改善，而对中国传统文论话语的重视也给予文学研究以足够的理论自信。借助于中西经验和多学科方法论的审视，清代诗文丰富的学术内涵正得到有效发现和阐释。但是，如何保持文学研究的独立性和学术旨归，尚需要进一步的深入探讨。如交叉研究方法，已逐渐成为一个广泛使用的方法，在面对复杂的文学现象时，集中、专门、精准地发挥其特点，调动其功能，往往能取得事半功倍的效果。新文科倡导所带来的方法论思考，于人文学科的融合与创新质素的强调亦提供了重要的思维方式和阐释路径。在守正创新的前提下，借助不拘一格的研究方法的使用，进一步发现清代文人的日常生活、心态特征和精神面貌，发现其创作的别样形式以及凝结其中的丰富意义，所生成的发现之乐和成就感，正是清代诗文研究多样性和价值的体现。沐浴在一个文化多元的时代，让我们有机会辗转腾挪于各种不同性质的方法之间，并以方法的形式完成对研究对象的反思、调整、建构和应用，在这一过程中与古人对话，建构一种新的生命过程，这是清代诗文研究带给当代学人的特殊福利。我们看到，近十年许多具有精彩论点或垂范性意义的论著先后问世，青年学者携带着学术个性迥异的成果纷纷登台亮相，清代诗文研究所富有的开拓性进展昭示了一个值得期盼的学术未来。

现状与反思：清代诗文研究的学术进境（代总序） 11

　　文学毕竟是人学，是一种基于想象的关于人类存在的思考。发现并理解人作为主体性存在的价值，呈现其曼妙的内心世界景观，借此理解现实世界和精神世界的构成方式，其实是文学研究必须坚持的起点、理应守护的终点，清代诗文研究也必须最后回到文学研究所确立的这一基本规定性。我们不仅应关注"他"是谁，发现其文学活动生成与展开的心理动因，且应回答"他"为文学史贡献了什么，进而理解政治、经济乃至文化如何借助作家及其创作表达出来、折射出来。我们已经优化了以往仅仅关注重要作家的审视习惯，不仅对钱谦益、王士禛等文坛领袖类文人进行着重点研究，也开始关注那些"不太重要"的文人，恰恰是这一类人构成了清代诗文创作的主体，成就了那些繁复而生动的文学现象，让今天的我们还有机会探寻到文学史朦胧晦暗的底部，进而发现一些弥足珍贵的现象。笔者多年前曾关注的苏州人袁骏就是这样一位下层文士，其积五十年之久征集表彰其母节烈的《霜哺篇》，梳理研究后才发现包含着作为"名士牙行"的谋生动力，借助这一征集过程所涉及的文人及彼此的交往、创作情况，能够透视出类似普通文人其实对文学生态的影响非同凡响①，而这是以往关注不够的。作为袁骏乡党的金圣叹本是一介文士，但关于其生平心态和精神世界的挖掘几乎为零。陆林教授的专著《金圣叹史实研究》改变了这一现状。针对这位后世"名人"生平语焉不详的状况，他集中二十多年进行"史实研究"，最终还原了这位当时"一介寒儒"的生平、交游及文学活动。相关研究厘清了金圣叹及相关史实，以往有关其评点理论等的众说纷纭恐怕也需要"重说"；更重要的是还揭秘了一大批名不见经传的普通文人的生活景观："金氏所交大多是遁世隐者、普通士人，对他的交游研究，势必要钩稽出明末清初一大批中下层文士的生平事迹，涉及当时江南地区身处边缘阶层的普通文人的活动和情感，涉及许多向来缺乏研究的、却是构成文学史和文化史丰满血肉和真实肌理的

---

① 杜桂萍：《袁骏〈霜哺篇〉与清初文学生态》，《文学评论》2010 年第 5 期。

人和事的细节。"① 这形成了金圣叹研究的"复调",构造了一个丰满且具有精神史意义的文学世界。所以,越过一般性的史料认知,借助文本阐释等方法,达成实证研究与理论解析的有机结合,进而形成对"人"的审视和意义世界的探讨,才可能建构自足性的文学研究。意义的缺失会使本来可以充满生机的清代诗文研究生命力锐减,其研究的停滞不前自然难以避免。

阮元说:"学术盛衰,当于百年前后论升降焉。"② 清代文学的结束距离我们已百年有余,足可以论"升降"了,而作为距离我们最近的"古代",存在着说不尽、道不完缠绕的诸多问题,亦属正常。彼时的当代评价、20 世纪以来的批评乃至如今我们的不同看法,也在纠缠、汇聚、凝结中参与着清代诗文研究的现实叙事;我们不断"后撤",力求对学术史做出有效的"历史"回望,而"历史"则在不断近逼中吸纳了日渐繁杂的内容,让看似日趋狭窄的"过程性"挤压着、浓缩着、建构着更为丰富的内容,这对当代学人而言,实在是一种艰难的考验和富有魅力的吸引。史实的细密、坚实考索,离不开学术史评价的纵横考量,不仅文学史需进入"过程",文学史研究也应进入"过程",只有当"过程"本身也构成为当代文学理论审视的对象,有关学术创获才更具维度、更见深度。文学史运动中的复杂性是难以想象的,学术史评价更是难而又难,研究者个人的气质、趣味和人格等皆不免渗入其中,对于清代诗文研究亦是如此。好在对一个时段的文学研究进行反思和盘点,也是时代的现实需求和精神走向的表达,作为个中之人,我们有足够的清醒意识与担当之责。吴承学教授在总结七十年来明清诗文研究的成就与不足时,针对研究盛况下应当面对的各种问题,强调填补"空白"和获得"知识"已不是目前的首要问题,如何"站在学术

---

① 陆林:《论明清文学史实研究的学术理念——以金圣叹史实研究为中心的反思与践行》,《社会科学战线》2015 年第 11 期。

② (清)阮元:《十驾斋养新录序》,钱大昕《十驾斋养新录》,杨勇军整理,上海书店出版社 2011 年版,第 1 页。

史的高度，以追求学术深度与思想底蕴为指归"[1] 才是亟需思考的重点。的确如此。琐碎与无谓的研究随处可见，浮泛和平庸隐然存在着引发学术下行的可能性，我们必须克服日渐侵入的诸多焦虑，在过程中补充、拓展、修正、改写清代文学研究的现状。"学术史的高度"某种意义上也是一个时代的高度，清代诗文研究真正成为一代之学，是生长于斯的当代学者们回应时代赋能的最好文化实践。

三

转眼，21世纪又有20年之久了。无论是否从朝代角度总结中国古代文学研究的成绩，清代诗文研究作为一个重要内容和学术热点已然绕不过去。研究成果之数量自不待言，涉及之领域亦非常宽广，重要的文学现象多有人耕耘，而不见于经传的作家、作品也借助于新史料的发现、新视野的拓展而得到关注，相关的独特性禀赋甚至带来一些不同凡响的新的生长点。包容性、专门化和细致化等特征多受肯定，而牵涉问题的深度和切入角度之独特等也提供了启人新思的不同维度。一句话，清代诗文的优长与不足、艺术创获之多寡与特色及其文学史价值等都在廓清中、生长中、定位中。面对纷繁的内容和大大小小的问题，我们往往惴惴不安，而撷取若干问题以申浅论，当是清代诗文研究中需要不断请益的有效方式之一。

譬如清代是一个善于总结的文学时代，这是当代学人颇为一致的观点。然彼时的文人会意识到他们是在总结吗？面对丰厚的文学遗产，清人的压力和焦虑一定超出我们今天的想象。或者，所谓的"总结"不过跟历代相沿的"复古"一样，是一种创新诉求的另辟蹊径。如是，力求在累积的经典和传统的制约中创新，应该构成了有清一代文人的累积性压力。职是之故，他们的创作不仅在努力突破前人提供的题材范围、表现方式和主题传达等，还有很多文人注重日常与非日常的关联、创作活动与非创作活动的结合；不仅仅关

---

[1] 吴承学：《明清诗文研究七十年》，《文学遗产》2019年第5期。

注并从事整理、注释和评介等工作,还努力注入其中一种"科学"的意识,并将之转化为一种学术。在清代诗文乃至戏曲小说的研究中,我们已经发现了那些足以与现代学术接轨的思想、观念乃至话语,其为时代文化使然,也是一代文学开始的底色。

清代文坛总体来看一片"宽和"之气,并没有呈现出如明人那般强烈的门户之见乃至争持;二元对立的思维并不是他们思考问题的特点,恰恰相反,融合式的思考是有清一代文人的主导性思维。比如"分唐界宋"的问题,有时是一个伪命题,相关论述多有不足或欠缺;就清代诗文的总体性来评价,唐宋兼宗最为普遍,"唐""宋"本身又有诸多层面的分类。"融通"其实是多数清人的观念,"转益多师"才是他们最为真实的态度。在这方面,明代无疑提供了一种范式性存在,明人充满戾气的论辩尤其为有清一代文人自觉摒弃。入清之初,汉族文人已在伤悼故国的同时开启了多元反思中的复古新论与文化践行。尽管在规避明人的错误时,清人仍不免重复类似的错误,比如摹拟之风、应酬之气等①,不过"向内转"的努力也是他们践行的创作自觉。如关于诗文创作之"情""志"的讨论,如关于趣、真、自然等观念的重新阐释,等等。只是日渐窄化的思维模式并未给诗文创作带来明显的突破与创获,反而让我们看到了文学如何受制于特定历史时期的政治、文化的诸多尴尬,以及文学的精神力量和审美动能日渐衰退的过程。而清人所有基于整体性回顾而进行的诸种探究,为彼时诗文创作、理论乃至观念上呈现出的总结性特征提供了充分的证据。

譬如清代诗文创作"繁荣"的评价,一度构成了今人认知上的诸多困扰。清代诗文数量、作者群体等方面的优势,造成了其冠于历代之首的现实。人们常常以乾隆皇帝的诗歌作品与有唐一代诗歌相比较,讨论其以一人之力促成的数量之惑。而有清一代诗文创作经典作家、作品产量所占数量比之稀少,又凸显了其总体创作成绩

---

① 参见廖可斌《关于明代文学与清代文学的关系——以诗学为中心的考察》一文相关论述,《文学评论》2016年第5期。

的不够理想。清代诗文作品研究曾饱受冷落的现实,让这种轩轾变得简单明了,易于言说。量与质的评说,对于文学创作而言是一个仅靠单一、外在诸因素难以判断的问题吗?显然不是。实际上,存世量巨大的清代诗歌作品,很多时候来自普通文人对庸常现实生活的超越,因之而带来内容的日常化乃至艺术的平庸化,审美上的狭隘和琐碎比比皆然,不过其中蕴积的细腻情感、变革力量和剥离过往的努力等,也体现了对以往文学经验和传统的挣脱;没有这样的过程,"传统"怎么可能在行至晚清时突然走向"现代"?

近十年如火如荼的研究,让我们对清代诗文有了更进一步的体认,与之并生的是难以释解的定位困惑。我们往往愿意通过与前代诗文的比较进行价值评判。唐诗宋词一直与清诗研究如影随形,汉魏文、两宋文乃至明文,往往是进行清代文章审视时不可或缺的话语方式。我们常常不由自主地回首那些制造出经典的时代,用以观照当下,寻找坐标或范式。李白以诗歌表达生命的汪洋恣肆,诗歌构成了他的生命意识,杜甫、李商隐、李贺等皆然;但清人似并非如此。在生命的某一个空间,或一个具体的区间,确实发现了诗构成其生命形式的现象,却往往是飘忽而短暂的。以"余事为诗人"在很多时候是一种心照不宣的"假话"或"套话",这决定了清代诗文创作的工具性特征,而与生命渐行渐远的创作现象似乎很多,并构成了我们今天进行审视的障碍。也因此,相比于那些已经被确认的诗文创作高峰时期,如何理解有清一代诗文创作的所谓"繁荣",或将继续困顿我们一段时间。

譬如来自不同社会层面的诗文创作主体,形成了群体评价上的"众声喧哗"。几乎所有可能涉及的领域,都有清代诗文作家的"留痕",所传达之信息的丰富、广泛也超过了历代:"上至庙堂赓和、酬赠送迎,下至柴米油盐、婚丧嫁娶,包括顾曲观剧、赏玩骨董等闲情雅趣,日常生活的方方面面全都成为诗歌书写的内容,甚至作诗活动本身也成为诗歌素材。"① 这其中,洋溢着日常的俗雅之趣,

---

① 蒋寅:《生活在别处——清诗的写作困境及其应对策略》,《文学评论》2020年第5期。

也深深镌刻出那些非日常的凝重与紧张，为我们了解和理解文人的生活世界与心灵景观提供了更多可能；在清代诗文作品中，更容易谛见以往难以捕捉的多面性和复杂形态。很多时候，我们撷取的一些文学现象来自所谓的精英创造，他们在实际的社会文化结构中位置突出，有条件也很容易留下特别深刻的历史印迹；但其在那个时代的影响究竟如何，是需要谨慎评价和斟酌话语方式的。袁枚的随园、翁方纲的苏斋，其中文学活动缤纷，颇为今人所瞩目，但其在当时这些主要属于少数文人的诗意活动，对那些长距离空间的芸芸众生究竟怎样影响的？影响到底如何评价呢？至于某些为人瞩目的思想观点，最初"常常是理想的、高调的、苛刻的，但是，真正在传播与实施过程中间，它就要变得妥协一些、实际一些"①；当我们跨越时空将之与某些具有接受性质素的思想或话语相提并论时，大概应该考量的就不仅是接受者的常规情况，也还需要加入一个"传播与实施"关系的维度。因之，我们应特别关注"创造性思想"到"妥协性思想"的变化理路。

如是再回到清人是否以诗文为性命问题，又有另一种思考。李之仪"除却吟诗总是尘"②之说历来影响甚大，以之观照清人的情感世界和抒情方式，却少了很多诗情画意，多了喧嚣的世俗烟火气。文字不单单是生命的形式，更是生命存在的附加物，其生成往往与生存的平庸、逼仄相关。功名利禄与诗的关系从来不是有你无我的存在，而是你中有我、我中有你的现实。为了生存而进行繁复的诗歌活动，是阅读清代诗文时见到最多、感受最为深刻的印象。我们必须面对清代文学中更多的"非诗"存在，正视清诗中的缺少真情，或诗味之寡淡，并以理解之同情面对一切。诗文创作有时不是为了心灵之趣尚，也不是为了审美，反而是欲望的开始、目标和实现方式，由此而生成的复杂的诗歌活动、文学生态，其实是清代诗文带

---

① 葛兆光：《思想史研究课堂讲录：视野、角度与方法》，生活·读书·新知三联书店 2005 年版，第 296 页。

② （宋）李之仪：《和友人见寄三首》其三，北京大学古文献研究所编《全宋诗》卷九五四，北京大学出版社 1995 年版，第 11174 页。

现状与反思：清代诗文研究的学术进境（代总序） 17

来的一言难尽的复杂话题，其价值也在这里：这不仅仅是清代诗歌研究的本体问题，也能够牵涉出关于"人"的诸多思考。

譬如文献的生成方式及其形态特征等，带来了关于文献发生的重新审视与评价。以文字而追求不朽，曾经是文人追求形而上生命理想的主要方式，然在文献形态多元的清代，这一以名山事业为目的的实现方式具有了更多的机缘。大量诗文作品有机会留存，众多别集得以"完整"传世，地域总集总在不断被编辑中，这是清代成为诗文"盛世"的表征之一。"牙签数卷烦收拾，莫负生前一片功"①，很多文人通过汇集各个时段的诗文作品表达人生的独特状态，已然成为一种生命存在的方式。如是，在面对丰富的集部文献以及大量序跋、诗话、笔记等，实证研究往往轻而易举，面对汉唐、先秦文献的那种力不从心几乎可以被忽略。不过，清代诗文史料的类型繁复以及动态变化之性征，也容易造成其传播过程中知识的繁杂错讹，甚至促成"新"的知识生成，进而影响到后人的价值判断、学术评价等；而"新""旧"史料的传播过程、原因以及蛰伏其中的一些隐秘性因素，都可能生成新的问题，进而带来文学性评价的似是而非、变化不定。如何裁定？怎样评判？对于今天的我们实在是一个挑战性的选择，是一个难度系数极高的判断过程。根据学术话题对史料进行新的集合性处理，借助其不断生成的新意义链及时行使相关的学术判断，决定了我们对文献学意义的新理解，而避免主观化、主义化乃至强制阐释等，又涉及研究主体学养、修为乃至心态等的要求。如是，在有关文本、文献与文化的方法论结构中，理论具有特殊的建构意义，有时可能超过了勤奋、慧心、知识等一般意义上的文献功力要求。

譬如传统文学对周边文化群的影响和建构，已构成清代诗文研究不可或缺的重要内容。境外史料的不断发现提供了一个重要维度，中国汉语文学不同程度地参与了其他国家与地区文学的发展；但也

---

① （清）邓汉仪撰，陆林、王卓华辑：《慎墨堂诗话》卷十"余垒"条，中华书局2017年版，第409页。

应重视另外一个维度,在沐浴"他乡"文化风雨的过程后,史料的文献形态中多多少少会带有新的质素,即"回归"故国的史料绝对不仅仅是简单的"还原"问题。如何面对返回现场后的史料形态?如何评价其对本土文学建设的重新参与?这是需要格外重视的问题。如是,究竟有哪些异质文化元素曾经对清代诗文创作发生过影响,影响程度究竟如何,都会得到有效判断。19世纪末以来,中国逐渐进入世界结构体系,"他者"不仅参与到近代以来的文学建构,还以一种独特的眼光审视着清代乃至之前的社会、文化和文学;具备平等、类同的世界性视角,才能形成与海外文化的多向度对话,彰显一种国际观念、开阔视野,以及不断变革的方法论理念。立足于历史、现实人生和世界体系中回望清代文学,我们才可能超越传统疆域界限,以全球化视野,进行更全面、准确、深刻的清代诗文省察和评价。就如郭英德教授所言:"一个民族的文化要立足于世界文化之林,就应该在众声喧哗的世界文化中葆有自身独特的声音,在五彩缤纷的世界图景中突显自身迷人的姿态,在各具风姿的世界思想中彰显自身特出的精神。"[①]

也还有更多的"譬如"。清代诗文各阶段研究的不平衡,已经得到了有效改善,但各具特色的研究板块之间的关系尚需辨析、总结;诗文创作的地域问题,涉及对不同区间地理、人文尤其是"人"的观照,仅仅聚焦经济文化发达的江南并非最佳方略,在北方文明及其传统下的士心浮动、人情展演和文学呈现自有独特生动之处;就清代而言,多民族汉语创作的情况呈现出更为复杂的状态,蒙古族、满族作家对于传统诗文贡献的艺术经验,以斑驳风姿形成汉语雅文化的面貌和风情,值得进一步总结。当然还有清代诗文复古之说,作为寻求思想解放、文学创新的思想方式,有待清理的问题多不胜数,这与中国的文化传统有关,与政治权力之于文学的干预有关,也与作家思维方式中注重变易、趋近看远的习惯等有关。清人复古

[①] 郭英德:《探寻中国趣味:中国古代文学之历史文化思考》,商务印书馆2017年版,第3—4页。

现状与反思：清代诗文研究的学术进境（代总序）

的多向度探索来自一种基于创新的文化焦虑，应给予理解之同情。而学者们关注的唐宋诗之争，不仅是诗歌取向的问题，也不仅是诗歌本质、批评原则、审美特征诸多命题的反映，更不仅仅涉及文学思潮、文学流派等，还是交往原则、权力话语等的体现，标新立异、标旗树帜等的反映，所牵系的一代文学研究中或深或浅的问题，亦有待深入。所以，面对清代诗文研究中的繁复现象，"不断放下"与"重新拾起"，都是我们严谨态度、思考过程的生动彰显，而在不远的将来实现丰富、鲜明和具有延展性的学术愿景，才是清代诗文研究进境不断打开、真正敞开之必然。

四

钱谦益说："夫诗文之道，萌折于灵心，蚃启于世运，而苗长于学问。"[①] 衡量诗文创作的状况应如此，评估当下清代诗文研究之大势，也不能忽略世道人心之于学术主体的重要作用。一代又一代的学者在这样的历史语境中开启了文化实践的过程，让百廿年的清代诗文研究成长为一门"学问"，如今已经很"富有"。基本文献如袁行云《清人诗集叙录》，李灵年、杨忠《清人别集总目》，柯愈春《清人诗文集总目提要》等工程浩大，其贡献不言而喻；而就阐释性著述的学术影响而言，著名学者刘世南先生、严迪昌先生等成绩斐然，其开辟荆榛的研究至今具有不可替代性，正发生着范式性的影响。朱则杰先生依然在有计划地推出《清诗考证》系列成果，进行甘为人梯的基础性文献研究工作，也实践着他有关《全清诗》编纂的执念；蒋寅先生立足于清代诗学史的建构，力求从理论上廓清清代诗歌演进中的重要性问题，也还在有条不紊的探索中。新一代学者的崛起正在成为一种"现象"，清代诗文研究的学者群将无比庞大而贡献卓越。作为年富力强的后起之秀，他们的活力不仅体现在著

---

① （清）钱谦益：《题杜苍略自评诗文》，《牧斋有学集》卷四十九，钱曾笺注，钱仲联标校，上海古籍出版社1996年版，第1594页。

述之丰富、论点之纷纭诸方面，更重要的是让清代诗文研究呈现出喧嚣嘈杂的声音聚合，活力、新意和人文精神都将通过这个群体的研究工作得以更好的表达。

　　作为历史的一个部分，我们应时刻注意自身的局限性以及与历史呈现的关系，研究主体与"世运"的互文从来不仅仅是一个学术问题。一个尊重学术的时代不需要刻意追求主调，清代诗文研究也应在复调中灿烂生存，"喧嚣嘈杂"正可以为"主调"的澎湃而起进行准备、给予激发。而只有处于这样的文化进境中，我们才能切实释解清代诗文的独特性所在，真正捕捉到清代文人的心灵密码，促成一代文献及其文学研究意义的丰沛、丰满，并由此出发，形成有关清代诗文及其理论的重新诠释，进而重构中国古代诗文理论及其美学传统。郭英德教授说："在改革开放的时代语境中，学术研究仍然必须坚守'仁以为己任'的自觉、自重和自持，始终以'正而新'为鹄的，以'守而出'为内驱，'以文会友，以友辅仁'。"① 反观清代诗文的当代研究，这确实是一个至为重要的原则。谨以此言为结，并与海内外志同道合者共勉。

---

① 郭英德：《守正出新：四十年中国古代文学研究随想》，《文学遗产》2019 年第 1 期。

目　　录

引言　曾灿研究现状及相关思考 …………………………………（1）

第一章　曾灿家世、生平、著述考述 ……………………………（22）
第一节　家世述略 …………………………………………………（22）
第二节　生平经历述略 ……………………………………………（37）
一　好学自励的少年时期（1625—1645） ………………………（38）
二　抗清、逃禅、隐居的青年时期（1645—1659） ……………（41）
三　依人谋食的壮年时期（1659—1673） ………………………（48）
四　老牯曳犁的晚年时期（1673—1688） ………………………（53）
第三节　著述考述 …………………………………………………（59）
一　《曾青藜集》五种 ……………………………………………（59）
二　《曾青藜诗》八卷 ……………………………………………（64）
三　《六松堂诗文集》十四卷 ……………………………………（68）
四　《过日集》二十卷《名媛诗》一卷 …………………………（77）

第二章　曾灿交游考述 ……………………………………………（82）
第一节　曾灿与易堂诸子交游考述 ………………………………（82）
一　曾灿与魏禧、魏礼、林时益交游考述 ………………………（86）
二　曾灿与邱维屏、彭士望、魏际瑞交游考述 …………………（102）
三　曾灿与李腾蛟、彭任交游考述 ………………………………（110）
第二节　曾灿与其他地区遗民交游考述 …………………………（116）
一　曾灿与钱澄之交游考述 ………………………………………（116）

二　曾灿与姜寓节交游考述 …………………………………（121）
第三节　曾灿与仕清文人交游考述 …………………………………（125）
　　一　曾灿与周令树交游考述 …………………………………（126）
　　二　曾灿与吴兴祚交游考述 …………………………………（129）

第三章　曾灿诗歌研究 …………………………………………（134）
第一节　"蟪蛄及秋死，木槿向朝荣
　　　　——曾灿的生存之思与诗歌中的价值表达" ………（134）
　　一　故国之思 …………………………………………………（134）
　　二　高蹈之情 …………………………………………………（139）
　　三　稻粱之谋 …………………………………………………（146）
第二节　"世乱罕善谋，终岁走穷途"
　　　　——曾灿的命运之叹与诗歌中的情感宣泄 …………（152）
　　一　羁旅、孤独、衰老之叹 …………………………………（153）
　　二　思乡之情 …………………………………………………（156）
　　三　人情冷暖、世态炎凉之叹 ………………………………（161）
第三节　曾灿诗歌的审美特质 ………………………………………（165）
　　一　跌宕顿挫的章法 …………………………………………（165）
　　二　壮丽悲凉的气格 …………………………………………（171）
　　三　质朴劲健的语言 …………………………………………（176）

第四章　《过日集》研究 ………………………………………（185）
第一节　《过日集》的编选 …………………………………………（186）
　　一　《过日集》的编辑体例 …………………………………（187）
　　二　《过日集》的编选原则 …………………………………（190）
　　三　《过日集》的征诗与刻资 ………………………………（194）
第二节　《过日集》的诗学主张 ……………………………………（201）
　　一　以发乎性情为准绳的选诗原则 …………………………（202）
　　二　以沉雄典雅为主导的选诗风格 …………………………（205）
　　三　崇尚唐诗的倾向 …………………………………………（208）

第三节 《过日集》的诗歌评论 …………………………… (210)
  一　四言诗与乐府 …………………………………… (212)
  二　五言古诗与七言古诗 …………………………… (215)
  三　五言律诗与七言律诗 …………………………… (218)
  四　五言绝句与七言绝句 …………………………… (221)

结　语 ……………………………………………………… (223)

附录　曾灿年表 …………………………………………… (227)

参考文献 …………………………………………………… (292)

后　记 ……………………………………………………… (298)

引言　曾灿研究现状及相关思考

本书以明末清初"易堂九子"之一曾灿为研究对象，对其生平经历、著述、交游情况、诗歌创作、诗学主张及其所编大型诗歌选本《过日集》进行全面梳理与考察。力图以曾灿个案研究为契机，揭示作家的生存状态、人际关系、创作实绩以及相关著述的文学史意义和精神品格，并回应、解决相关的学术问题。为推进明末清初诗坛研究贡献微薄之力。

曾灿（1625—1688），本名传灿，字青藜，又字止山，号六松老人，江西宁都人，明末清初著名文人集团"易堂九子"之一。其父曾应遴，字无择，号二濂，崇祯七年（1634）与龚鼎孳同榜进士，官至兵科都给事中，一时权势显赫。然而对于曾灿来说，人生却是"富贵之日少，而贫贱之日多"①。甲申国难和家庭变故的相继袭来，使这个明亡前养尊处优、裘马清狂的贵介公子入清后不得不辗转依人、委屈求活。他曾三度岭南、三游长安，寓居吴地十余年，"终年道路，衣食因人"②，连连发出"依人谋食寸心违，回首云山隔翠微"③"只因谋食逢人短，愈觉浮生到处难"④"贫贱富贵我何有，胡为空向人乞怜"⑤懊悔和屈辱的呐喊。其遭际变迁、所思所感既彰显了个体之于社会生活结构中的丰富细节和独特价值，又体现着明清

---

① 曾灿：《分关小引》，《六松堂诗文集》卷十三，清抄本。
② 曾灿：《与李元仲》，《六松堂诗文集》卷十四，清抄本。
③ 曾灿：《甲寅夏五雨中怀吴伯成明府》其四，《六松堂诗文集》卷七，清抄本。
④ 曾灿：《赠南康吕邻秩明府》，《六松堂诗文集》卷七，清抄本。
⑤ 曾灿：《长歌赠别王阮亭宫詹兼寄黄湄给谏》，《六松堂诗文集》卷三，清抄本。

之际遗民的普遍心路历程。

曾灿以能诗著称，其《六松堂诗文集》十四卷中有各体诗歌九卷，近千首。顾祖禹说："止山先生年未弱冠为诗辄工，一时耆年尊宿、负重望者见先生诗，未尝不惊且异曰：'有是哉！其才如是，乃玄黄易位，山川泪陈。'"①这样的评价并非虚夸，"耆年尊宿、负重望者"如钱谦益高度赞颂曾灿诗中的故国之思和恢复之志，称"其思则《黍离》《麦秀》也，其志则《天问》《卜居》也"②，对曾灿"诗书可卜中兴事，天地还留不死身"③两句更尤为叹赏，称"壮哉其言之也"④。"读止山之文可以得其经画""读止山之诗可以得其性情"⑤，曾灿不仅才能卓著，其诗亦以情真意切见长。龚鼎孳称"其诗清真微婉，远追韦柳"。⑥钱澄之称"其为诗，直追太祝、龙标，咏叹性情而已"。⑦秦云爽称"其诗则言必由衷，情致绵缈，悃悃款款，沁人肝脾"。⑧

与其创作实践相一致，在诗学主张上，曾灿也倡导诗本性情，崇尚沉雄典雅的风格，反对分唐界宋。通过对诗坛流弊的反思，凭借诗坛声望与广阔交游的互动，历经十年筹备，他编成"价重鸡林数十年，传播海内"⑨的《过日集》。《过日集》二十卷，集名取杜甫"把君诗过日"⑩之意，收录清顺治二年（1645）至清康熙十二年（1673）二十九年间佳作名篇，选入各地诗人1500余家，兼及遗民诗人、贰臣诗人、新朝文臣各个创作群体；诗8200余首，涉及咏史怀古、忠孝节烈、羁旅行役、酬赠送别等，"搜采宏博"⑪，题材

---

① 顾祖禹：《六松堂诗文集序》，《六松堂诗文集》卷首，清抄本。
② 钱谦益：《金石堂诗序》，《金石堂诗》卷首，康熙曾氏六松草堂刻本。
③ 曾灿：《奉赠钱牧斋宗伯》，《六松堂诗文集》卷六，清抄本。
④ 钱谦益：《与曾青藜书》，《牧斋有学集》卷三十八，上海古籍出版社1996年版，第1335页。
⑤ 秦云爽：《六松堂诗文集序》，《六松堂诗文集》卷首，清抄本。
⑥ 龚鼎孳：《过日集序》，《过日集》卷首，康熙曾氏六松草堂刻本。
⑦ 钱澄之：《六松堂诗文集序》，《六松堂诗文集》卷首，清抄本。
⑧ 秦云爽：《六松堂诗文集序》，《六松堂诗文集》卷首，清抄本。
⑨ 曾尚倪：《六松堂诗文集序》，《六松堂诗文集》卷首，清抄本。
⑩ 曾灿：《过日集》凡例，《过日集》卷首，康熙曾氏六松草堂刻本。
⑪ 陈田：《明诗纪事》辛签卷二十八，陈氏听诗斋刻本。

内容十分广阔。龚鼎孳赞赏曾灿"旁搜博购,以己意毅然去取之""惟取其性情之所近"①的选诗态度,称"青藜持此意以选诗,固有以正天下之性情,而天下之人得此意以读青藜之选诗,宜有以感发其性情,而一归之于正"②。指出《过日集》有感发性情和正性情的功能。沈荃说:"青藜是选,既本以质,而出之沉雄典雅,要使天下学诗之人,皆彬彬乎质有其文。"③陈玉璂称《过日集》"取体必高以浑,取词必正以则。宁简勿滥,宁朴勿华,而其意一主三百篇"④。都表明曾灿通过编撰诗选恢复风雅传统的意愿和努力。从沈德潜《清诗别裁集》"余于此窃有取焉"⑤及陈田《明诗纪事》"余此集胜朝逸民诗实得之过日为多"⑥的评价中,更可见该选本在当时影响之深远。《过日集》的编撰也拓展了曾灿的交游范围,提高了其文坛地位,令"其名尤著于公卿间"⑦。更兼久居人文荟萃的吴地,曾灿担当着僻处赣南的易堂诸子往来通都大邑的使者,使"易堂九子"文名远播。

总之,无论从考察明末清初诗坛,抑或从遗民群体、地域文学、作家个案、选本研究角度,曾灿都有其独特价值,其文学史意义都不容忽视。然而当今学界尚未见专门研究曾灿的著作出现,除了生平、著述介绍,对他的探讨还裹挟于"易堂九子"研究之中,不能不说是很大的遗憾。

一 研究现状

（一）生平、著述若干问题研究

曾灿的生平事迹,散见于《(康熙)江西通志》《小腆纪传补遗》《明遗民录》《清史稿》等文献和传记资料中。这些记载往往只

---

① 龚鼎孳：《过日集序》,《过日集》卷首,康熙曾氏六松草堂刻本。
② 龚鼎孳：《过日集序》,《过日集》卷首,康熙曾氏六松草堂刻本。
③ 沈荃：《过日集序》,《过日集》卷首,康熙曾氏六松草堂刻本。
④ 陈玉璂：《过日集序》,《过日集》卷首,康熙曾氏六松草堂刻本。
⑤ 沈德潜：《清诗别裁集》卷七,乾隆二十五年刻本。
⑥ 陈田：《明诗纪事》辛签卷二十八,陈氏听诗斋刻本。
⑦ 徐柯：《六松堂诗文集序》,《六松堂诗文集》卷首,清抄本。

有寥寥数语,且由于递相承袭,文字也大同小异。关于其抗清经历,《(康熙)江西通志》载:"岁乙酉,杨廷麟竭力保吉赣,应遴计闽地山泽间有众十万,俾往抚之。灿既行,而应遴病卒,赣亦破,乃解散去。"① 《小腆纪传补遗》所载与之仅有个别用字的差异:"乙酉,杨廷麟起兵赣州,应遴以闽、峤山泽间有众十万,俾往抚之。既行,而应遴病卒,赣亦破,乃解散去。"② 《明遗民录》完全依照《小腆纪传补遗》之说。《清史稿》除将"杨廷麟竭力保吉赣"记为"杨廷麟竭力保南赣"③ 外,其余文字与《(康熙)江西通志》和《小腆纪传补遗》并没有差异。对于曾灿抗清事败后的经历,《小腆纪传补遗》《明遗民录》均记为"寻祝发为僧,遨游闽、浙、两广间。已归宁都,以大母命受室,筑六松草堂,躬耕不出。后乃入易堂。少有诗名,选海内名家诗二十卷,号《过日集》""侨居吴下最久""客游燕市以卒"④。其他文献所记亦与之相差无几。

可见,曾灿奉杨廷麟之命招抚十万游勇和其父曾应遴的病卒,上述文献均系年于顺治乙酉(1645),经考察发现或与《明史·杨廷麟传》所载时间有出入,或与曾灿诗中所记不符,对此后文将详述。上述文献亦简要描述出抗清事败后曾灿一度薙发为僧、云游四方,既而奉祖母命还俗娶妻,偕易堂诸子躬耕隐居,后又长期寓居吴地,编选《过日集》,卒于京师的经历。

记述曾灿生平行事最详尽的,是在他死后为其抚养幼女的杨宾⑤所作的《曾青藜姜奉世合传》。杨宾"抚青藜一女,而与奉世最密,故知两人深"⑥,《合传》中因此记载了一些上述文献未曾提及的事迹,如说他"与南昌彭士望、林时益,同里李腾蛟、丘维屏、魏祥、

---

① 谢旻:(康熙)《江西通志》卷九十四,清文渊阁四库全书本。
② 徐鼒:《小腆纪传》补遗卷六十九列传,清光绪金陵刻本。
③ 赵尔巽:《清史稿》卷四八四,中华书局1977年版,第13318页。
④ 徐鼒:《小腆纪传》补遗卷六十九列传,清光绪金陵刻本;(清)孙静庵:《明遗民录》卷二十七,清代传记丛刊本。
⑤ 杨宾(1650—1720),字可师,号耕夫,别号大瓢,浙江绍兴人,后迁居苏州。
⑥ 杨宾:《曾青藜姜奉世合传》,《杨大瓢先生杂文残稿》,丛书集成续编本。

引言 曾灿研究现状及相关思考 5

魏禧、彭任、魏礼,皆读书宁都金精峰之易堂,以文章气节相推重"①。再者,又更详细地叙述了曾灿的英雄壮举和抗清事败始末。其中相关内容与邱维屏所撰《兵部右侍郎曾公家传》和上述诸文献相互印证,展现出顺治初年汀、赣山泽间有十万散兵游勇,"分前、后、左、右四大营,一营中又有前、后、左、右四小营"②,为联合更多力量共同抗清,兵部尚书杨廷麟和太仆寺卿曾应遴"遣传灿入峒尽招之"③的情形和"传灿激以忠义,四大营皆听命"④,一举将之招安的过程,充分显示其人的骁勇。好友钱澄之以"单骑入贼垒,抚定数万之众,成盟而还"⑤描述曾灿这一壮举,赞叹之情溢于言表。随后有人因"忌传灿功"⑥而挑唆事端致使军心涣散,四营兵作战能力因此遭到严重削弱,于是"再战,再败,遂逃散"⑦的兵败过程在《曾青藜姜奉世合传》中也有较详细的记载。父执钱谦益曾以"独身揹挂溃军,渺然一书生,如灌将军在梁楚间"⑧歌颂突围过程中曾灿舍身驱敌、视死如归的英勇气概。尽管与抗清经历相比,杨宾对于曾灿抗清事败后经历的记载要简略得多,但却包含了诸如"以笔舌糊口四方,乐苏州之光福镇。买一妾居之。偕莱阳姜寓节为邻。光福在元墓山下,多梅""灿既广交游,又邻寓节,四方之探梅者莫不至。两人更迭为主"⑨等鲜为人知的生活细节。尤其是既提到曾灿"尤负经济,为其父所喜"⑩,又提到他"褊急,不能容人过。又使酒,善骂座"⑪的性格并认为他"以是游辄困"⑫,甚至

---

① 杨宾:《曾青藜姜奉世合传》,《杨大瓢先生杂文残稿》,丛书集成续编本。
② 杨宾:《曾青藜姜奉世合传》,《杨大瓢先生杂文残稿》,丛书集成续编本。
③ 杨宾:《曾青藜姜奉世合传》,《杨大瓢先生杂文残稿》,丛书集成续编本。
④ 杨宾:《曾青藜姜奉世合传》,《杨大瓢先生杂文残稿》,丛书集成续编本。
⑤ 钱澄之:《六松堂诗文集序》,《六松堂诗文集》卷首,清抄本。
⑥ 杨宾:《曾青藜姜奉世合传》,《杨大瓢先生杂文残稿》,丛书集成续编本。
⑦ 杨宾:《曾青藜姜奉世合传》,《杨大瓢先生杂文残稿》,丛书集成续编本。
⑧ 钱谦益:《金石堂诗序》,《金石堂诗》卷首,康熙曾氏六松草堂刻本。
⑨ 杨宾:《曾青藜姜奉世合传》,《杨大瓢先生杂文残稿》,丛书集成续编本。
⑩ 杨宾:《曾青藜姜奉世合传》,《杨大瓢先生杂文残稿》,丛书集成续编本。
⑪ 杨宾:《曾青藜姜奉世合传》,《杨大瓢先生杂文残稿》,丛书集成续编本。
⑫ 杨宾:《曾青藜姜奉世合传》,《杨大瓢先生杂文残稿》,丛书集成续编本。

"人多畏而避之"①。还叙及其"子三，伯尚侃，仲尚倪，皆嫡出，季则妾所生，名尚倪，寓节抚之长。乃归赣，归四年而夭，虽娶无子"②。凡此，皆未见于任何其他文献，是为曾灿研究极其珍贵而重要的资料。

需要指出的是，曾灿的生卒年，有清一代传记资料包括《曾青藜姜奉世合传》皆不载，但从其好友顾祖禹"岁甲子，先生（指曾灿）自吴门走燕赵，还过家山。南指岭粤，抚膺叹曰：'予始生乙丑，至今六十年。犹视息人间'"③的叙述可以得知，曾灿生于明天启乙丑即天启五年（1625），康熙甲子（1684）时年六十。又，曾灿卒后，易堂友彭任所撰墓碑文云："公讳灿，字青藜，号止山，行二，明岁贡生，以功题授兵部职方清吏司主事。生明天启乙丑年六月初一日辰时，殁康熙戊辰年十月十九日子时。"④明确记载了曾灿生于天启五年（1625）六月，卒于康熙戊辰即康熙二十七年（1688）十月。另外，值得一提的是，曾灿去世后，曾经的"易堂九子"只剩下魏礼和彭任。而当康熙三十四年（1695）魏礼病卒，在《祭魏和公文》中，彭任又说到："戊辰，曾止山以疾卒于京师，柩归，予同君（指魏礼）哭之江干。"⑤由此，曾灿康熙二十七年（1688）客死京师得到了无可辩驳的证明。

曾灿的著述和编集情况，主要见于诗人卒后其次子曾尚倪为《六松堂诗文集》所作之序。曾尚倪说："先君所著，集名不一，有《喧中草》《游草》《西崦草堂集》《壬癸集》《甲子集》《三度岭南诗》，皆纪地编年，不无多寡，未免错杂。今分其类而编次之，厘为十四卷，总名《六松堂诗文集》。"⑥从中可知，曾灿生前有《壬癸集》《甲子集》《三度岭南诗》等多种编年小集流传于世，诗人卒后

---

① 杨宾：《曾青藜姜奉世合传》，《杨大瓢先生杂文残稿》，丛书集成续编本。
② 杨宾：《曾青藜姜奉世合传》，《杨大瓢先生杂文残稿》，丛书集成续编本。
③ 顾祖禹：《甲子诗序》，《甲子诗》卷首，清抄本。
④ 彭任：《曾灿墓碑文》，见于宁都临公路的草丛中，出自彭任之手，却未见收录于其《草亭文集》。
⑤ 彭任：《祭魏和公文》，《草亭文集诗集》（不分卷），四库全书存目丛书本。
⑥ 曾尚倪：《六松堂诗文集序》，《六松堂诗文集》卷首，清抄本。

引言　曾灿研究现状及相关思考 7

其子分类编次抄录，厘定为《六松堂诗文集》十四卷。然而令曾尚倪遗憾不已的是，"《六松堂》所录，仅十之三四，至末年所作一无存，不知遗失何处"①。末年所作无存的原因曾尚倪序并未交代，今见《六松堂文集》前所收毛际可序云："青藜又曰：'年来以贫婆故，寄人庑下，往往代为属草，丈夫以七尺躯，何至以臂指供人驱役，故尽弃其稿不复存。'"② 可见个中原由曾灿曾向毛际可说起。曾灿为维护尊严而遗弃自己末年作品，两百多年后，江西胡思敬将《六松堂诗文集》收入《豫章丛书》时，欲削去其中部分作品，也是出于同样的考虑。胡思敬说："甲申之变，青藜尝从杨文正起兵保赣。文正既殉，乃橐笔四方，碌碌依人者几二十载。观其与周计百、丁泰岩、吴留村、丁雁水、王山长、刘映藜诸笺，晚节颓唐，亦可悲矣。予初欲削去集中书牍二十余首，用存易堂家法。岁莫返里，宛平刘剑伯来局襄校，匆匆检付手民，遂忘其事。越岁再检视之，则书已告成矣。把玩再三，盖不能无憾云。"③ 这些他欲削去而未及削去的书牍，随处昭示着曾灿晚年乞怜于人的生活，或营求幕席，或乞请钱财，着实可悲可叹。曾灿也曾反省说自己"已颓唐废弃，如秋落霜枯，不能自振"④。

20世纪六十年代，邓之诚先生以有清一代文献和传记资料为基础，对曾灿的生平和著述给予了关注。在《邓之诚文史札记》和《清诗纪事初编》中，他全文引述杨宾《曾青藜姜奉世合传》介绍曾灿生平事迹，在《清诗纪事初编》中他还提到曾灿"康熙二十八年卒于京师。年六十四"⑤。实际上，"或劝之北游，遂没京师。年六十四"⑥ 是《曾青藜姜奉世合传》中所记，但曾灿卒年实为康熙二十七年（1688）而非"康熙二十八年"（1689）。关于曾灿的著

---

① 曾尚倪：《六松堂诗文集序》，《六松堂诗文集》卷首，清抄本。
② 毛际可：《六松堂诗文集序》，《六松堂文集》卷首，清抄本。
③ 胡思敬：《六松堂诗文集跋》，豫章丛书本。
④ 曾灿：《与李元仲》，《六松堂诗文集》卷十四，清抄本。
⑤ 邓之诚：《清诗纪事初编》卷二，中华书局1965年版，第215页。
⑥ 杨宾：《曾青藜姜奉世合传》，《杨大瓢先生杂文残稿》，丛书集成续编本。

述,邓先生说:"有《六松堂诗文集》十四卷。其子尚倪所编。跋署戊戌,盖康熙五十七年。云尚有《喑中草》《游草》《西崦草堂集》,皆未见。今所能见者,《曾青藜初集》一卷,五七言分体,不知何时所刻。有禧序。又《文集》一卷,凡文十四首。旧抄本《壬癸集》一卷,《甲子诗》一卷,有丁卯康熙二十六年顾祖禹序;《三度岭南诗》一卷,有戊辰康熙二十七年徐柯序。其诗文皆已录入此集。灿尝刻兄畹诗八卷,弟炤诗一卷,合己作六卷,为《金石堂集》。附于《过日集》之末。"① 可见,邓先生据曾尚倪《六松堂诗文集序》梳理了曾灿的著述,交代了序中提到的《喑中草》《游草》《西崦草堂集》三种小集皆已散佚的事实,介绍了序中未曾提及的《曾青藜初集》《曾青藜诗》② 和《曾止山文集》三种刻本的大致情况,揭示出《曾青藜初集》《甲子诗》《三度岭南诗》三种小集的序作情况,对曾灿著述的交代简明扼要而不失全面、细致。但白璧微瑕之处在于,书中记反了《金石堂诗》中曾畹和曾灿诗的卷数,按国图庋藏《金石堂诗》十五卷实为《曾庭闻诗》六卷、《曾青藜诗》八卷及《曾丽天诗》一卷。另外,《金石堂诗》前有顺治十六年(1659)钱谦益序③和曾灿自序的事实书中也未曾提及。

21世纪初出版的柯愈春先生《清人诗文集总目提要》也论及了曾灿的著述。其中一些说法如"旧钞本《壬癸集》有顾祖禹康熙二十六年序,《三度岭南诗》载徐柯康熙二十八年序"④ 与实际情况存在一定出入。首先,旧钞本《壬癸集》前未见序,顾祖禹序是为《甲子诗》而作,其中有"岁甲子,先生自吴门走燕赵,还过家山。南指岭粤抚膺叹曰:'予始生乙丑,至今六十年。犹视息人间'"⑤ 之说;其次,据《三度岭南诗》序末"戊辰夏五吴郡同学弟徐柯拜

---

① 邓之诚:《清诗纪事初编》卷二,中华书局1965年版,第215页。
② 《曾青藜诗》即邓之诚先生所说"灿尝刻兄畹诗八卷,弟炤诗一卷,合己作六卷,为《金石堂集》"中之"己作",但《金石堂诗》中所收《曾青藜诗》实为八卷而非六卷。
③ 钱谦益:《金石堂诗序》:"岁在己亥夏六月十八日虞山蒙叟钱谦益序",见《金石堂诗》卷首。
④ 柯愈春:《清人诗文集总目提要》,北京古籍出版社2001年版,第184页。
⑤ 顾祖禹:《甲子诗序》,《甲子诗》卷首,清抄本。

撰"字样，可知徐柯序作于康熙戊辰即康熙二十七年（1688），而非柯愈春先生所说的康熙二十八年（1689）。实际上，这在邓之诚先生已经厘清。此外，"曾尚侃编《宁都三曾诗》，辑入《曾青藜诗》八卷，顺治十六年刻"①的说法也不是没有问题。《曾青藜姜奉世合传》载："兄畹、弟炤，俱有诗文名，海内称之曰三曾。"②《宁都三曾诗》即是曾畹、曾灿、曾炤三人诗，亦即《金石堂诗》十五卷，该集附于《过日集》之后，版式字数与《过日集》完全一致。据曾灿《金石堂诗序》"某有过日集之役，伯子属在他方，未得与较定。仅录其诗，又不敢以三家村语，混厕黄钟大吕之间。爰命儿子侃编次，别录卷末"③所谈及的《金石堂诗》与《过日集》的内在联系，可知该集应与《过日集》同时刊刻，刊刻时间应为康熙十二年（1673）。柯愈春先生所说的"顺治十六年刻"，不知所本何据，或许是将《金石堂诗》前有顺治十六年钱谦益序错记为"顺治十六年刻"也未可知。至于《总目提要》所说"灿生于天启六年（1626），卒于康熙二十八年（1689）"④错误就更为明显。

总体看来，已有研究大体勾勒出曾灿生平、著述概貌，尽管还不具备系统性、完整性，却为后来研究提供了宝贵的文献基础。

（二）曾灿与"易堂九子"研究

近几十年来，随着作家、群体、地域成为研究的热点，"易堂九子"这一文人集团也逐步受到学界关注，尤其是21世纪，随着学术专题三则、随笔一部、十余篇论文和一部学术专著的相继问世，"易堂九子"研究日益丰满。其中赵园的"易堂"研究影响最为深广，但她始终着眼于群体而非个体，探讨的重点也并不在于曾灿。她甚至认为"曾灿是九子中较为游离的角色"⑤。总的来看，与"易堂"

---

① 柯愈春：《清人诗文集总目提要》，北京古籍出版社2001年版，第184页。
② 杨宾：《曾青藜姜奉世合传》，《杨大瓢先生杂文残稿》，丛书集成续编本。
③ 曾灿：《金石堂诗序》，《六松堂诗文集》卷十二，清抄本。
④ 柯愈春：《清人诗文集总目提要》，北京古籍出版社2001年版，第184页。
⑤ 赵园：《易堂寻踪——关于明清之际一个士人群体的叙述》，北京师范大学出版社2013年版，第71页。

领袖人物魏禧相比，曾灿研究所占比重和涉及的内容仍很有限。

  赵园在其学术专著《明清之际士大夫研究续编》附录《易堂三题》中，选取"用世与谋身""策士姿态""豪杰向慕"三个侧面考察了易堂士人"在历史剧变关头自我认同与追寻人生意义的艰苦努力"①，颇有启迪意义。作者由曾灿"不仕清而从事实际政务或提供咨询"②即与幕主雇佣关系的角度谈起，论及曾灿的"职业痛苦"③，即其激切地表达着的辛酸愤懑、屈辱压抑，指出他"痛感人格的被贬低"④，对他来说最严重的"是尊严而非待遇（即薪酬）问题"⑤。从现存作品看，这些的确是曾灿反复倾诉的话题，其中更充斥着诗人懊悔与自责的情绪，值得深入探析。作者又从"易代之际有参与抵抗的经历"⑥而后来成为"清人幕客"⑦角色转换的角度说开去，认为"由遗民的角度看去"⑧，曾灿"由明亡之际的参杨廷麟幕，到清初的为幕宾"⑨，"发生在其间的，是道义目标的丧失"⑩，并提出曾灿所要承受的"道义上的痛苦"⑪。她说："曾灿曾说：'半生空结

---

① 赵园：《制度·言论·心态——明清之际士大夫研究续编》，北京大学出版社2006年版，第385页。
② 赵园：《制度·言论·心态——明清之际士大夫研究续编》，北京大学出版社2006年版，第410页。
③ 赵园：《制度·言论·心态——明清之际士大夫研究续编》，北京大学出版社2006年版，第415页。
④ 赵园：《制度·言论·心态——明清之际士大夫研究续编》，北京大学出版社2006年版，第415页。
⑤ 赵园：《制度·言论·心态——明清之际士大夫研究续编》，北京大学出版社2006年版，第415页。
⑥ 赵园：《制度·言论·心态——明清之际士大夫研究续编》，北京大学出版社2006年版，第387页。
⑦ 赵园：《制度·言论·心态——明清之际士大夫研究续编》，北京大学出版社2006年版，第416页。
⑧ 赵园：《制度·言论·心态——明清之际士大夫研究续编》，北京大学出版社2006年版，第410页。
⑨ 赵园：《制度·言论·心态——明清之际士大夫研究续编》，北京大学出版社2006年版，第410页。
⑩ 赵园：《制度·言论·心态——明清之际士大夫研究续编》，北京大学出版社2006年版，第416页。
⑪ 赵园：《制度·言论·心态——明清之际士大夫研究续编》，北京大学出版社2006年版，第416页。

三千客,一错难销十六州。'结客固为救明之亡,'错'则在终于成了清人的入幕之宾。"① 除了这样的分析,作者并没有正面论述她所提出的"道义上的痛苦",实际上,曾灿的确很少直接表述,而是与其故国之思紧密交融在一起。正如曾灿所说:"半生空结三千客,一错难销十六州。耳热酒酣壶口缺,挥戈心事老来休。"② 亲身投入抗清斗争使诗人始终心系故国,终其一生,他在对故国的追忆中体味现实的痛苦,在现实的痛苦中更加怀恋和眷念故国。杜桂萍说:"对于遗民,人格是最高贵的丰碑。对遗民人格的坚守程度以及遗民人格所彰显的多种形态,昭示了遗民文学深邃而丰富的内涵。"③ 因此,相对于那些"守身如玉"的遗民,曾灿的人生选择和心路历程更彰显了人性的丰富和生动,其创作更体现了遗民文学的深邃内涵,值得深入挖掘。

赵园不仅谈到易堂士人在历史剧变关头如何追寻人生意义,在其随笔《易堂寻踪——关于明清之际一个士人群体的叙述》中,她也"叙述"了这个士人群体的聚合与流散,写出了这个士人群体的人际关系。她揭示出易堂九子的聚居"以避乱为机缘"④,又注意到诸子聚居翠微峰并非同时,据魏禧《哭吴秉季文》"戊子七月,兄同曾仲子间关避乱来易堂"⑤ 指出曾灿因抗清事败后一度薙发为僧,顺治五年(1648)始到易堂⑥,为考察曾灿的行迹提供了一个重要时间依据。对于顺治九年(1652)的翠微山难,她说:"令诸子聚居的动机已渐渐失效,'山难'不过为酝酿中的解体提供了一个时机而已。"⑦ 又说,"'山变'导致了易堂在事实上的解体,同时开启了

---

① 赵园:《制度·言论·心态——明清之际士大夫研究续编》,北京大学出版社2006年版,第416页。
② 曾灿:《苏署长至次桑楚执韵》,《六松堂诗文集》卷七,清抄本。
③ 杜桂萍:《遗民心态与遗民杂剧创作》,《文学遗产》2006年第3期。
④ 赵园:《易堂寻踪——关于明清之际一个士人群体的叙述》,北京师范大学出版社2013年版,第16页。
⑤ 魏禧:《哭吴秉季文》,《魏叔子文集》外篇卷十四,中华书局2003年版,第687页。
⑥ 赵园:《易堂寻踪——关于明清之际一个士人群体的叙述》,北京师范大学出版社2013年版,第61页。
⑦ 赵园:《易堂寻踪——关于明清之际一个士人群体的叙述》,北京师范大学出版社2013年版,第68页。

其象征化的时期"①。这样的分析不无见地。关于曾灿与群体的关系，赵园说："在易堂中，曾灿似乎从来不是主要角色，对此堂的态度也不像有多么积极。曾灿珍重与叔子的友情，却并不即以易堂为性命。"② 这类感悟性的文字也为曾灿研究提供了一定思路，既富有启发意义，又需要辩证分析。

马将伟研究"易堂九子"用力甚勤，近年出版的学术专著《易堂九子研究》和发表的相关论文，从总体上考察了"易堂九子"的生存状态、人际关系等，文献完备、论证翔实。在曾灿生平研究方面，马将伟也做出了一定贡献，他通过对易堂邱维屏所撰《兵部右侍郎曾公家传》和《明史·杨廷麟传》的考察分析，论定曾灿招抚"四大营兵"是在顺治三年（1646）而并非清代诸文献所记的"岁乙酉"即顺治二年（1645），又以曾灿《戊戌三巘峰拜先生大夫忌日兼示五弟煇》"丁亥降鞠凶"③ 为证，进一步论定其父曾应遴病卒于顺治四年（1647）而不是曾灿"既行"即前往招抚"四大营兵"之际，指出清代诸文献之误④。曾灿抗清事败后逃禅的具体时间，自有清以来，各种文献均没有明确记载，马将伟通过深入研究与曾灿相交甚深且同样有落发为僧经历的钱澄之先后为《六松堂诗集》所作两篇序文⑤及钱、曾二人的赠答诗，考证得出曾灿于顺治四年（1647）其父病卒后落发南京天界寺，顺治十年（1653）底还俗的结论⑥，令人信服。

在"易堂九子"人际关系考察方面，马将伟也用力颇深。在研究过程中，他是在将"易堂九子"看成一个有机整体的基础上，就

---

① 赵园：《易堂寻踪——关于明清之际一个士人群体的叙述》，北京师范大学出版社2013年版，第69页。
② 赵园：《易堂寻踪——关于明清之际一个士人群体的叙述》，北京师范大学出版社2013年版，第71页。
③ 曾灿：《戊戌三巘峰拜先生大夫忌日兼示五弟煇》，《六松堂诗文集》卷二，清抄本。
④ 马将伟：《〈清史稿·曾灿传〉及〈魏礼传〉史实考误》，《兰州学刊》2009年第3期。
⑤ 曾灿《六松堂诗集》前有钱澄之之两篇序文。第一篇署称"同学弟钱秉镫序"，该篇未见收录于钱澄之《田间文集》，属钱氏佚文；另一篇署称"田间同学弟钱澄之漫题"，在钱氏《田间文集》中题名为《曾青藜壬癸诗序》。
⑥ 马将伟：《易堂九子研究》，社会科学文献出版社2013年版，第78—85页。

其与他所胪列的江右、岭南、皖中、闽中、吴中、越中遗民和贰臣、仕清文人的交游情况，逐一梳理考释①。但实际上，"易堂九子"并非一个整一的"九"，而是九个各具独立性的"一"。这就决定了一方面就他所胪列的交往对象而言，每个人物交好的易堂诸子必然多寡不等；另一方面，就易堂诸子来说，对于他所胪列的某一特定对象，诸子要么涉及与之有无过从，要么关乎与之往来疏密、交情深浅。作者所胪列的江右宋之盛、欧阳斌元、杨益介、徐世溥、傅占衡、涂斯皇、涂酉，闽中余思复，吴中归庄、冷士嵋，越中汪沨等人，与曾灿或未见往来，或不过属于其诗文之中仅一见者。显然，如若将他们作为曾灿的交游对象来讨论，则未免有失偏颇。此外，与赵园关注"九子与易堂的关系"②不同，马将伟是将"易堂九子"作为一个整体考察其与外界的往来，而"九子"之间如何交往，关系怎样，并不在其讨论范围。因此，曾灿与易堂诸子的交往自然无从得到揭示。总之，交游研究必须从诗人自身实际出发，有针对性地展开，并回应、解决相关的学术问题。

此外，在《易堂九子研究》中，作者还设立专章考察了"易堂诗学与诗风"。他以"情本论""品格论""感兴论"概括"易堂诗学"的总体特征。实际上，所谓"易堂诗学"，所论者无非魏际瑞、魏禧、魏礼与曾灿四人的诗学主张。其中大段引述曾灿《依园七子诗序》《复金曾公》《张文一松斋诗序》《霁园诗序》《吕御青诗序》《邵其人吴趋吟序》《龚琅霞诗序》原文作为论据支撑。从具体内容看，其所论者不外乎曾灿反复提倡的真性情与恢复风雅传统。在"情本论"中，他引述曾灿《依园七子诗序》"不喜而笑，不悲而啼，而欲求为真诗，难矣。是诗之盛，盛于今日；而诗之衰，亦衰于今日也"③而后说"曾氏以性情论诗，认为'今日'之诗虽盛，几于人人言诗，甚至于人人为诗；然而如此诗歌之盛，实亦诗歌之

---

① 马将伟：《易堂九子研究》，社会科学文献出版社2013年版，第157—254页。
② 赵园：《易堂寻踪——关于明清之际一个士人群体的叙述》，北京师范大学出版社2013年版，第71页。
③ 曾灿：《依园七子诗序》，《六松堂诗文集》卷十二，清抄本。

衰的表征。何以言之？不喜而笑，不悲而啼'中，无实情而矫以为情，故无'真诗'"①。在"感兴论"中，他引述《吕御青诗序》"是故喜而笑、悲而哭者，性情之正也；不悲而啼、不喜而笑者，性情失其常也"②及《邵其人吴趋吟序》"诗作者必得其性之所近，虽出入众作，要皆自成一家。如杜之老朴坚厚，韩李之奇崛峭厉，王孟高岑之闲秀，莫不有规模气度，足以轶越古人"③，得出了"凡是情真者，皆为性情之正。至于诗歌，则因情之不同而自成面目"④的结论。"感兴论"中又引述《龚琅霞诗序》"诗之为道，本于言其性情，故里巷歌谣思妇征夫之言，亦悉登于《风》《雅》，盖其性情有独至，则其诗为可传也。然何以古者里巷之言有当《风》《雅》而今者不然？岂今之性情有异于古之性情欤"⑤后说："（曾氏）以为今诗之不如古，非在性情有异。"⑥总之，作者在"感兴论"中引用的论据和得出的结论都可归纳为曾灿提倡的"诗以道性情"⑦，仍是"情本论"。"品格论"也大抵如此，不外乎肯定风雅传统的正确道路和真性情的抒发。如作者引《霁园诗序》"自《陟岵》《北山》诸篇，载于《风》《雅》，而知古之忠臣孝子，未有不能诗者。夫古人之诗，视其志之所向，发于自然，不求其工而自能工。故虽田夫野老、闺妇游女之辞，皆可登之庙堂之上，而况忠臣孝子乎？汉魏以降，学者争尚声律，属对比事，字以炼而精，句以琢而巧，遂失古人兴观群怨之旨。……岂古今之才质有异同，抑四方之风气有升降欤？盖其作诗之志，在此而不在彼也"⑧而后说："在曾氏看来，后世之诗远不及古人，并非才质有异同，也不在于四方风气有升降，而在于'作诗之志'迥异，而溯其缘由，就在于诗人之本心、性情

---

① 马将伟：《易堂九子研究》，社会科学文献出版社2013年版，第395页。
② 曾灿：《吕御青诗序》，《六松堂诗文集》卷十二，清抄本。
③ 曾灿：《邵其人吴趋吟序》，《六松堂诗文集》卷十二，清抄本。
④ 马将伟：《易堂九子研究》，社会科学文献出版社2013年版，第410页。
⑤ 曾灿：《龚琅霞诗序》，《六松堂诗文集》卷十二，清抄本。
⑥ 马将伟：《易堂九子研究》，社会科学文献出版社2013年版，第414页。
⑦ 曾灿：《汪西岩诗集序》，《六松堂诗文集》卷十二，清抄本。
⑧ 曾灿：《霁园诗序》，《六松堂诗文集》卷十二，清抄本。

失其正。"① 显然,"品格论"中所引所论与"感兴论""情本论"又互有交叉和重复。总之,作者对曾灿诗学主张的概括既不够准确,又缺乏提炼,引述过多而论证不足,仍有待继续深入。另外,在"易堂诗歌创作述论"中,作者从"故国故君之思""咏史寄寓之怀""山水田园之咏""游历羁旅之情"四个方面探讨了易堂诸子的创作,涉及了曾灿相关题材的诗歌,但数量还很有限,分析也较为零散,还不能很好地展现曾灿的情思与创作。

总的来看,进入新世纪,学界在"易堂九子"研究领域取得了可喜的成绩,曾灿研究也随之丰富起来,其生平得到了一定的补充,其人格心态及与群体关系得到了一定的阐释,其诗学主张、诗歌创作也得到了一定的探讨,但仍有很大的研究空间。

二 不足与前瞻

曾灿研究已经取得了一定的成绩,但挟裹于"易堂九子"研究之中也使其受到诸多局限,仍有很多不足和可拓展的空间。

首先,诗人家世、生平、著述研究还很薄弱。曾应遴是崇祯朝的著名人物,在当时军事斗争和战略部署中起着举足轻重的作用。邱维屏《兵部右侍郎曾公家传》交代了其生平事迹和人格个性,但后世却没能以此为基础深入考察,自然无从揭示其父对曾灿人生道路和思想性格的影响。显然,家世的考察是当前研究的盲点,却是将曾灿研究引向深入的前提条件。生平和著述是曾灿研究的基础和起点,两者又紧密相关。清人杨宾交代了曾灿的生平事迹,但由于后来无人继续深入下去,其抗清后的经历仍然不够清晰,因此不能更深地揭示出诗人由青年到壮年、晚年所历经的变迁及其心路历程。另外,杨宾所说"性褊急,不能容人过。又使酒,善骂座。以是游辄困。而畹、焴相继死,益愤懑无聊,骂座益甚。人多畏而避之"②已经揭示出曾灿的精神性格,但已有研究只偏重他作为性情中人的

---

① 马将伟:《易堂九子研究》,社会科学文献出版社2013年版,第404页。
② 杨宾:《曾青藜姜奉世合传》,《杨大瓢先生杂文残稿》,丛书集成续编本。

一面，而回避了性格缺陷与他一生到处碰壁、困顿失意之间的因果关联。不能看到一人的多面、一面的多变必然影响到对人物的正确认识，更不利于研究的深入和问题的揭示。曾灿著述情况邓之诚先生已交代清楚，遗憾的是太过简略，马将伟学术专著附录《易堂九子著述考录》中的考述也大抵如此，未能涉及《曾青藜初集》《曾止山文集》《壬癸集》《甲子诗》《三度岭南诗》《曾青藜诗》几种小集和《六松堂诗文集》作品收录、起讫时间等相关问题，亦未能探究几种小集之间及其与合集之间的内在联系，更不能反映出曾灿的创作轨迹。《六松堂诗文集》十四卷中可系年的作品主要集中于《壬癸集》《甲子诗》《三度岭南诗》①三种"纪地编年"的小集之中，是考察曾灿晚年行迹的重要依据。《曾青藜初集》中的作品具体作年虽难于考订，但可以确定是曾灿早年所作。因此，只有深入研究著述，才能更好地了解诗人的生平；只有准确把握诗人生平，才能更深入地研究作品，二者交互为用，才能相得益彰。

其次，交游研究应有的放矢、强化问题意识，并回应、解决相关学术问题。尤其应注重发掘曾灿与重要诗人的交往并将考察的重点放置在文学上。马将伟在考察"易堂九子"与钱谦益、周亮工、曹溶、龚鼎孳、王士禛等人的交谊时捎带提及了曾灿，但一方面篇幅有限，另一方面多罗列引述双方的赠答诗文而缺乏应有的论证分析，问题意识也不够明确。曾灿交游广阔，与其父执钱谦益、龚鼎孳等清诗大家关系密切，钱、龚二人对他颇多奖掖提携，曾灿对二人诗歌也有较为深刻的体察和认识。他在《过日集》凡例中说："虞山才大学优，作宋诗而能不蹈宋人鄙俚浅陋之习。然喜撷拾故实，刻画古人，又未免为学府书厨所累。至其七言绝句，风流蕴藉，一唱三叹，则纯乎其为唐人诗矣。"②他对钱谦益诗的评价与《过日集》七言绝句以钱谦益为卷首的选诗实践是相一致的。又说，"和韵

---

① 《壬癸集》《甲子诗》《三度岭南诗》所收诗歌分别为壬戌癸亥（1682、1683）、甲子（1684），乙丑、丙寅、丁卯（1685、1686、1687）年作品。

② 曾灿：《过日集》凡例，《过日集》卷首，康熙曾氏六松草堂刻本。

诗最不宜作。集中和诗,惟合肥龚芝麓无用意之迹,且能各肖体裁"①。相应地,《过日集》五言古诗和七言律诗均以龚鼎孳为卷首。显然,钱、龚二人对曾灿诗歌创作、诗学观念的影响,是曾灿研究中不容回避的问题。应予以密切关注的,还有曾灿与王士禛的交往。曾灿《六松堂诗文集》中有《长歌赠别王阮亭宫詹兼寄黄湄给谏》和《暑中夜坐读王阮亭宫詹蜀道集感而有作》,两首七言古诗分别作于康熙二十三年(1684)和康熙二十四年(1685),其中曾灿有"邂逅先生十四年,沧海几变为桑田"②之说。可见两人交谊匪浅。作为康熙朝最重要的诗人之一,王士禛某种程度上影响了康熙朝诗学的基本走向,他对曾灿作为诗人和选家的影响是必须深研细究的。另外,曾灿与易堂诸子,尤其与魏禧的交往是无论如何不能忽略的。赵园已指出曾灿"珍重与叔子的友情",说"叔子去世后,曾灿不胜怆痛,最令他遗憾的,是自己未尽'朋友终始之谊'"③,而这段"诚一专精、不可磨灭"④的情谊,何以落得个"始合而终乖"⑤的结局,从中反映出怎样的问题,无疑需要深入思考和探析。此外,曾灿与其前辈知己钱澄之和晚辈知己姜寓节的交往,或贯穿其整个生命历程,或延续到其子女身上,同样需要深入考察。在曾灿陷入困顿时,周令树、丁炜、吴兴祚等雅好文学的新朝官员均屡次施以援手,使其文学才华和经世才干得到充分发挥,与他们的交往也是曾灿研究中不可或缺的内容。

再者,诗歌研究作为曾灿研究的核心,亟待深入和拓展。曾灿以能诗著称,现存诗歌近千首,反映出诗人鲜活而隐秘的心路历程。马将伟称"在易堂诸子中以诗胜者,首推曾灿"⑥。但由于从整体上考察易堂诗歌创作,涉及的曾灿诗歌无论题材、数量都十分有限。

---

① 曾灿:《过日集》凡例,《过日集》卷首,康熙曾氏六松草堂刻本。
② 曾灿:《长歌赠别王阮亭宫詹兼寄黄湄给谏》,《六松堂诗文集》卷三,清抄本。
③ 赵园:《易堂寻踪——关于明清之际一个士人群体的叙述》,北京师范大学出版社2013年版,第174页。
④ 魏禧:《复六松书》,《魏叔子文集》外篇卷五,中华书局2003年版,第259页。
⑤ 曾灿:《哭魏叔子友兄文》,《六松堂诗文集》卷十三,清抄本。
⑥ 马将伟:《易堂九子研究》,社会科学文献出版社2013年版,第392页。

实际上，曾灿诗中不但有"故国故君之思""山水田园之咏"，亦有由衣食之愁、稻粱之谋而滋生的苦痛和屈辱，这在赵园已经阐明；而故国之思、田园之咏、稻粱之谋正对应着从率军抗清、躬耕隐居到依人谋食，曾灿的艰难抉择与心路历程。其"游历羁旅之情"又往往与孤独寂寞、年齿衰残、思亲怀归和人情冷暖、世态炎凉种种痛楚而深切的情感体验紧密交织在一起，描绘着曾灿因依人而随势浮沉、不由自主的现实命运。已有研究显然还不能揭示出曾灿的诗心，诗歌艺术也成为研究的盲点。曾灿才力深厚，各体诗歌都不乏佳作，如五言古诗凝练传神，七言律诗慷慨悲凉，七古长篇纵横腾挪、跌宕顿挫，其诗典故、意象也颇为丰富，而诗歌艺术研究的缺失无疑是很大的缺憾，亟待弥补和完善。更重要的是，曾灿研究的深入须以全面、系统地考察其诗歌创作为基础，切忌以偏概全；同时要克服就事论事的不足，须将其诗歌置于文学史的链条上，在比较的视野中加以分析，才能真正彰显其价值与文学史意义。

此外，对曾灿诗学主张的讨论也须深入下去。已有研究以《六松堂诗文集》中的相关序文为依据，尽管罗列完备、引述全面，但揭示的问题却十分有限，不外乎提倡风雅传统与真性情的抒发。究其根源在于，研究者未能明确选本的价值与意义，仅着眼于《六松堂诗文集》而完全撇开了《过日集》。《易堂九子著述考录》中提到了《过日集》，但作者显然忽略了，序跋和凡例作为《过日集》中最重要的副文本，包含着丰富的文学史料，如散金碎玉般体现着编选者的批评理念。曾灿对诗坛流弊有清醒的认识和深刻的反思，他在《过日集》凡例中说："余所选诗，去纤巧，归于古朴；去肤浅，归于深厚；去滞涩，归于宛转；去冗杂，归于纯雅。不论其为汉魏六朝、初盛中晚、宋元明之诗，而要归于沉雄典雅。"① 从"要归于沉雄典雅"的选诗原则出发，曾灿又进一步说："今人论诗，必宗汉唐，至以道理议论胜者，斥为宋诗，虽佳不录。此亦过也。宋诗到至处，虽格调

---

① 曾灿：《过日集》凡例，《过日集》卷首，康熙曾氏六松草堂刻本。

不及，亦自天地间不可磨灭。"① 可见他反对分唐界宋，对宋诗价值予以充分肯定。在清初宗唐宗宋之争的背景下，他既肯定唐诗的典范意义，又认可宋诗的最高境界，说"尚唐音者取声调，作宋诗者喜酣畅"②；在诗坛大肆批判竟陵一派时，他明确表示"宁为钟、谭之木客吟啸，无为王李之优孟衣冠"③，这都值得注意，对这些问题的深入分析都可能将研究引向更深入更广阔的背景上去。

毋庸置疑，《过日集》是曾灿研究和明清之际诗坛研究一个亟待挖掘的重要课题。清人选清诗的研究已经进入当代学术视野，只是目前专注于清诗选本的研究者还不多，研究对象仅集中于《诗观》《遗民诗》《国朝诗别裁集》等少数选本，个案研究还有很大的拓展空间。作为清初最重要的诗歌选本之一，《过日集》对考察易代之际诗坛格局与士人心态具有重要意义。邓晓东《清初清诗选本研究》④和王兵《清人选清诗与清代诗学》⑤、刘和文《清人选清诗总集研究》⑥都提及了《过日集》，但也只是在使用《过日集》中的某些材料，而未能深入到卷帙浩繁、内容丰富的选文主体，自然无从揭示其所展现的诗坛风貌与诗坛格局，以及选本的独特价值和批评意识。尤其值得一提的是，从诗人与选本互动关系的角度，如考察选本的编撰对诗人交游范围、诗坛地位的影响，选文本生成与诗人生平经历的关系，诗人创作与其诗学主张、选诗实践三者间的内在联系，《过日集》研究更有不可替代的价值和意义。

总之，曾灿不仅是"易堂九子"中独立的"一"，更是清初诗坛典型而独特的"一"。从更高的层次上来说，必须将其置于文学史的视野下，考察其与清初诗坛的互动、共进关系，才能更深地揭示曾灿研究的价值和意义，达成其人其诗尽现，其时代尽在的学术目标。

---

① 曾灿：《过日集》凡例，《过日集》卷首，康熙曾氏六松草堂刻本。
② 曾灿：《与丁雁水》，《六松堂诗文集》卷十四，清抄本。
③ 曾灿：《过日集》凡例，《过日集》卷首，康熙曾氏六松草堂刻本。
④ 邓晓东：《清初清诗选本研究》，南京师范大学，博士学位论文，2009 年。
⑤ 王兵：《清人选清诗与清代诗学》，中国社会科学出版社 2011 年版。
⑥ 刘和文：《清人选清诗总集研究》，安徽师范大学出版社 2016 年版。

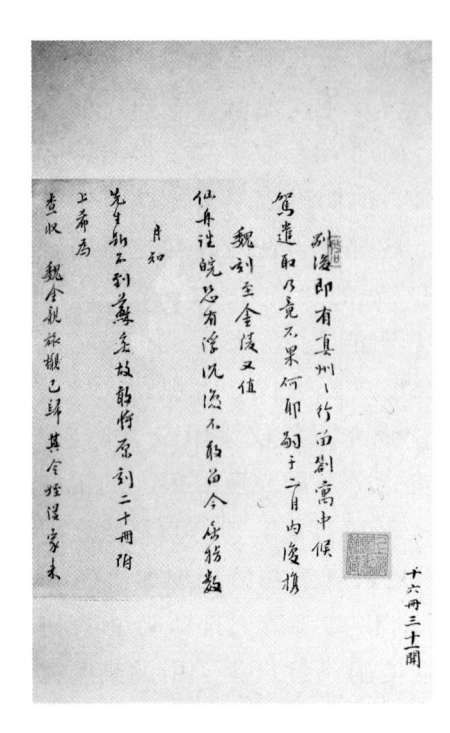

曾灿手札（一）

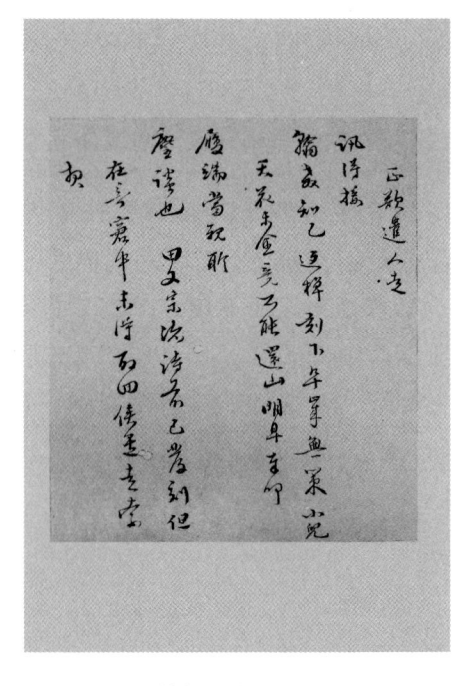

曾灿手札（二）

曾灿手札（三）

曾灿手札（四）　　　　　　　曾灿手札（五）

第一章　曾灿家世、生平、著述考述

"易堂九子"中，曾灿家世最为显赫。然而对于这个二十岁遭逢甲申国变、二十三岁父亲去世的贵公子来说，人生的确是"富贵之日少，而贫贱之日多"。从"独身撱拄溃军"到"以笔舌糊口四方"，从"裘马自喜，好慷慨、缓急人"①到"白头槁项，所求升斗，到处觅人颜色，踽踽偷生"②，曾灿遭受着道义压力、职业痛苦和内心的自责，及生活的种种艰辛与折磨。他有经济才能却无处发挥，思乡情切却久客不归，希望抽身而退却终究为儿女所累，看似矛盾现象的背后是一段鲜活而隐秘的心路历程。

第一节　家世述略

曾灿祖父曾建勋，字肃斋。史称其人"力学敦品，乡里式化。捐金恤贫，有负债不能偿者辄焚其券"③。从寥寥数语的记载中，可见他任侠尚义、轻财好施的性格。然而，上天让他拥有高贵的品德，却没能给他健康的体魄。万历四十年（1612）曾建勋去世时④，除了已经为其庞大医疗开支拖垮的家业⑤，他留给继室陈氏，亦即曾灿

---

① 魏禧:《六松堂诗文集序》，《六松堂诗文集》卷首，清抄本。
② 钱澄之:《六松堂诗文集序》，《六松堂诗文集》卷首，清抄本。
③ 《宁都直隶州志》重印本，第516页。
④ 曾建勋卒年史料并无记载，据曾灿《先大母陈氏太安人行状》"先大夫十二岁而孤"的表述可知曾建勋去世时曾应遴十二岁，又按曾应遴生于万历二十九年（1601），可推知曾建勋卒于万历四十年（1612）。
⑤ 曾灿《先大母陈氏太安人行状》云："初大父善病，以购药千金，产日落。"

祖母的，还有两人时年十二岁的儿子曾应遴，及妾刘氏所生时年十六岁的儿子曾应遳①。面对生活的重压，陈氏一面勤俭持家，"躬执烩爨，自食糜以率家人"②，使"业复振"③；一面不遗余力地培养和教育两个儿子，对应遳视如己出④，尤其爱护。后来的事实也充分证明，这个二十岁嫁曾建勋，享年八十九岁⑤的妇人，才是曾家真正的主心骨。

对于早孤的曾应遴，陈氏既是慈母，又是严父。当得知作为诸生读书莲华山的儿子因喝不到酒夜半逃归时，陈氏痛说"汝父遗我以孤，我屈辱十余年，正望汝成立，如此，我将安托？"⑥面对痛哭不止的母亲，应遴亦"痛哭请受杖"⑦，"自后遂不复饮，虽强饮不至醉"⑧。学会节制饮酒的曾应遴从此读书也更加勤奋。足见母亲对他教诲之深。他原本天资聪颖，围棋水平"在京师亚国手一人"⑨。母亲的苦心培育和自身的努力、天分共同成就了曾应遴，崇祯七年（1634），三十四岁的他考中进士⑩，从此踏上了为大明王朝效忠的道路。

> 曾应遴，字无择，号二濂。崇祯甲戌进士，授刑部主事，转职方员外，常守平子门佐司郎，策应筹算。明年改兵科给事中，奉命出督江西、广东兵饷。逾年复命为刑科，未几迁兵科都给事。故应遴为言官，终始论兵。癸未春，流寇李闯、张献

---

① 曾灿《先大母陈氏太安人行状》云："先大母太安人，姓陈氏。大父职方公，讳建勋继室也。先是大父副室刘，生子应遳；及四年，先生大夫应遴。"
② 曾灿：《先大母陈氏太安人行状》，《六松堂诗文集》卷十三，清抄本。
③ 曾灿：《先大母陈氏太安人行状》，《六松堂诗文集》卷十三，清抄本。
④ 曾灿《先大母陈氏太安人行状》云："（陈氏）鞠先伯父如己出"。
⑤ 曾灿《先大母陈氏太安人行状》云："大母……年二十归大父，以先大父累封太安人。生大明隆庆己巳年五月二十二日辰时，殁顺治丁酉年六月初九日申时，享年八十有九。"
⑥ 曾灿：《先大母陈氏太安人行状》，《六松堂诗文集》卷十三，清抄本。
⑦ 曾灿：《先大母陈氏太安人行状》，《六松堂诗文集》卷十三，清抄本。
⑧ 曾灿：《先大母陈氏太安人行状》，《六松堂诗文集》卷十三，清抄本。
⑨ 曾灿：《棋谱序》，《六松堂诗文集》卷十二，清抄本。
⑩ 曾灿《先大母陈氏太安人行状》云："先大夫应遴，甲戌进士，官兵部右侍郎兼都察院右金都御史。"

忠连破荆、襄、湖、陕。应遴上疏，其略曰：襄阳再陷，中原危急。防寇有三大著：一曰大江上流，一曰九江，一曰皖城，皆留都藩屏。已而承天破，应遴议守武汉，且曰："先责左良玉剿荡献忠，而江督吕大器度稍偏急，恐不能用良玉。"又曰："臣料贼多秦人，其蛰伏不即窥凤淮者，欲乘孙传庭出关，然后窜入。计楚入秦，西由襄走郧达汉兴，西北由邓浙达商雒，皆有扼防，其北由南阳达潼关，为贼进路，即传庭出路矣。传庭必当持重，譬之奕者，传庭与闯贼姑持成局，而伺隙以图献忠，一劫胜则持自解矣。"后传庭竟与贼战，败于冢头。闯贼遂入潼关，献贼亦破汉阳、武昌，而良玉终不为大器用，皆如应遴言。应遴因召对，请开镇要地曰："今要地首在淮阳，急在朝蒲，中则青兖。"而贼竟由朝蒲达京师陷焉。……明年，招降阎总寇兵图赣州，值万元吉等败，众遂散。未几病卒。著有《枢垣言事》、《篆草焚余》行世。①

崇祯十七年（1644）正月，曾应遴疏奏崇祯皇帝：

臣惟天下大势，非贼之强且众也，乃民之喜于从贼，倡逃而地方无人居守也。臣闻有国家者，不患寡而患不均，不患贫而患不安。今天下不安甚矣，察其故，原于不均耳。何以言之？今之绅富，率皆衣租食税，安坐而吸百姓之髓，平日操奇赢以役愚民，而独拥其利。有事欲其与绅富出气力、同休戚，得乎？故富者极其富，而每至于剥民；贫者极其贫，而甚至于民不聊生。以相极之数，成相恶之刑，不均之甚也。……臣目击臣乡危在旦夕，臣实为母请假，原可无言。但区区之愚，敢以此为天下绅富之劝。②

---

① 《宁都直隶州志》重印本，第487—488页。
② 《崇祯长编》卷二，痛史本。

史料充分表明，这个生于万历二十九年（1601），卒于顺治四年（1647）①的大明忠臣在崇祯一朝军事斗争和战略部署中起着举足轻重的作用。首先，作为言官，曾应遴有着极强的责任心。崇祯十一年（1638），他以兵部职方司员外郎"守平子门"，其间"日夜不敢就私宅"②；崇祯十六年（1643），他担任兵科都给事，"一年中""论奏殆无虚日"③。恪尽职守、鞠躬尽瘁正彰显了曾应遴忠诚直正的品性。他冒着越权的危险④极陈天下弊政，就士绅豪富"安坐而吸百姓之髓"所导致的"民不聊生""民之喜于从贼"问题向皇帝建言献策就是具体证明。他不仅有劫富济贫、拨乱救民的良策，也具备相当的军事才干和预见能力。他对战争形势的分析及所提出的防御措施，都周详严密，有理有据。请以朝蒲作为战略要地尤其显示他对攻守态势的深刻洞悉。预料到左良玉"终不为大器用"更充分说明他对朝廷时局有准确把握和掌控。然而毋庸讳言，对于曾应遴这样官居高位、手握兵权者，正直敢言固然重要、固然可贵，但却并不能为其仕途锦上添花。更何况他身处明季浊世乱象之中。因坚持原则得罪权臣⑤，崇祯十七年（1644）春，曾应遴"被议去，去二十余日，寇大至，国随以亡"⑥。随着他的退出，千疮百孔的大明王朝也很快落下了帷幕，最终走向覆灭。曾应遴向来忠心耿耿，虽被降职调外任⑦，其报国之志却未曾消歇。"公既罢抵家，闻贼已陷京师，遽募兵讨贼，其后南都旨禁义兵，公不得已释其兵。"⑧抵家后得知京师陷落、思宗殉国，曾应遴起义军勤王，兴兵讨贼，终因朝廷的制止被迫遣散兵马。

---

① 方以智《曾少司马墓志铭》云"公生万历辛丑四月十一日午时，殁永历丁亥十一月二十五日寅时"。（方以智：《曾少司马墓志铭》，《浮山文集前编》卷九，四库禁毁书丛刊集部）
② 邱维屏：《兵部右侍郎曾公家传》，《邱邦士先生文集》卷十五，道光十七年刻本。
③ 邱维屏：《兵部右侍郎曾公家传》，《邱邦士先生文集》卷十五，道光十七年刻本。
④ 崇祯十七年（1644）正月曾应遴上书时，其官职是兵科都给事。
⑤ 《宁都直隶州志》云"而光掠之败于密云也，由蒋拱宸促之战。应遴劾拱宸。拱宸以他事中应遴，遂罢去"，（《宁都直隶州志》重印本，第488页）
⑥ 邱维屏：《兵部右侍郎曾公家传》，《邱邦士先生文集》卷十五，道光十七年刻本。
⑦ 邱维屏《兵部右侍郎曾公家传》云："天子遂以公不纠部停广浙揽兵推并降公级调外任焉"。
⑧ 邱维屏：《兵部右侍郎曾公家传》，《邱邦士先生文集》卷十五，道光十七年刻本。

隆武元年（1645），曾应遴被唐王任命为太常寺少卿，当他获悉游走在闽赣边界的寇兵有为己方效力的意愿时，立刻赶赴万安向兵部尚书杨廷麟汇报，两人商议将其招安整编并入抗清前线，并奏报唐王获准。次年（1646）春，唐王加封曾应遴为太仆寺卿，派其偕次子曾灿共同前往义军驻地传达招降旨意，并将这支新军交由曾氏父子统领又赐以"龙武营"之名。随后父子二人受命"督师出湖东"，曾应遴被擢升为兵部右侍郎兼都察院右佥督御史，曾灿被任命为兵部职方主事。① 五月，清兵攻破吉安围困赣州，杨廷麟和曾氏父子分头率兵前往救援。途中，龙武营中诸位将领因不堪辛苦不愿再继续行军，又以军饷为由推托，曾应遴二话不说，借贷向其发放饷银，诸将深受感动，"更辞其金，不复肯受"②。在父子二人的带领下，数万名士兵"赤日徒行二百余里"③ 而"军无怨色"④。行经数日抵达赣州，在与清兵交锋的过程中，由于两军实力相差悬殊，龙武营一战而败。此时曾应遴"病方剧"⑤，"不能再战"⑥，无法深入前线。而曾灿首先需要保护好病重的父亲。由于缺乏强而有力的指挥，更兼龙武新军不过就是乌合之众，结果只能是节节败退，最终四散而去。兵败后，曾灿侍奉父亲在城中养病⑦。十月，赣州城被清兵攻破，杨廷麟殉国。一年后，顺治四年（1647）十一月，曾应遴病卒。终年四十七岁。

客观地说，曾应遴并不是一个性格完善的人。当年他与朋友在

---

① 邱维屏《兵部右侍郎曾公家传》云："隆武元年，起公为太常寺少卿。是时，永宁王参军陈丹与罗缨、陈勋过谒公。丹、缨皆故阎总寇，顾招锡山并阎总兵尽为公用。公即日至万安，与阁部杨廷麟议，公曰：阎总寇甚众，自崇祯初入江闽，今傥与合则为祸益烈，不如招之。杨公喜，亦以为然，遂言之上。明年春，转公太仆寺卿，公入阎总营，抚谕之，公子传灿亦同陈丹招锡山兵，上使属廷麟。其三月，……上命抚众为龙武营，手勒二锡公，命公督师出湖东，迁公兵部右侍郎兼都察院右佥督御史，以传抚为兵部职方司主事。"

② 邱维屏：《兵部右侍郎曾公家传》，《邱邦士先生文集》卷十五，道光十七年刻本。

③ 邱维屏：《兵部右侍郎曾公家传》，《邱邦士先生文集》卷十五，道光十七年刻本。

④ 邱维屏：《兵部右侍郎曾公家传》，《邱邦士先生文集》卷十五，道光十七年刻本。

⑤ 邱维屏：《兵部右侍郎曾公家传》，《邱邦士先生文集》卷十五，道光十七年刻本。

⑥ 邱维屏：《兵部右侍郎曾公家传》，《邱邦士先生文集》卷十五，道光十七年刻本。

⑦ 曾灿：《城居侍家大人病因柬易堂诸子》，《六松堂诗文集》卷六，清抄本。

莲花山读书时，晚上邀对方喝酒，两人约定以酒令赏罚。朋友不中酒令，曾应遴罚其下跪；而当他自己不中令时，却不肯下跪罚酒。朋友盛怒之下想用铁锤击杀他，他仓惶逃到山涧中才躲过一劫①。事情虽没有酿成严重后果，却足以见出他"为人弦急，好胜人"②急躁、好胜、自负的性格。然而，在事实面前，不能因其性格弱点否认他是一个有能力、有作为的人。邱维屏云："士功名当与时有不幸也。崇祯间，公亦称敢言者。而士大夫多善弥缝终其官爵斯已矣。"③与当时大多数为了乌纱惯于左右逢源、但愿明哲保身的朝官相比，曾应遴的确不同流俗。崇祯十五年（1642），他以工科右给事中奉命出督江西、广东兵饷时，曾处死奸吏魏恒法④。后来骆养性在崇祯皇帝面前对曾应遴说长道短，崇祯帝曰："曾应遴在兵科久得怨，人多讦，宁知非党乎？"⑤骆养性闻听后"汗出不敢言，退咋舌曰：'吾亦更欲与公交好矣'"⑥。由此可见，宵衣旰食、勤政节俭的崇祯皇帝对曾应遴不仅"颇眷顾"⑦，更颇信任。究其原因，与曾应遴的黾勉勤奋和正直敢言密不可分。只不过，大明王朝早已病入膏肓，无论是勤政的君主抑或忠直的良臣，都无力挽回其走向灭亡的命运。明王朝兵部右侍郎曾应遴的戎马生涯，以被清军击败为结局。对此邱维屏颇为惋惜，说，"公之招寇杀，不能再战，而徒为肘腋间消除数万盗贼"⑧，"岂公志耶？"⑨率领一群乌合之众，对抗强悍而有组织的清军，重病在身的曾应遴只能且战且退。与其说这是他个人的无力和悲哀，不如说是时代的悲剧，毕竟明王朝大势已去。带着满腔的遗恨，曾应遴郁郁而终，正值壮年死去。

---

① 邱维屏《兵部右侍郎曾公家传》云："尝与友读书莲华山，夜饮，友不中令，公罚使跪。及公亦不中令，独不肯跪。友持椎欲击杀公，公亡匿涧中乃免。"
② 邱维屏：《兵部右侍郎曾公家传》，《邱邦士先生文集》卷十五，道光十七年刻本。
③ 邱维屏：《兵部右侍郎曾公家传》，《邱邦士先生文集》卷十五，道光十七年刻本。
④ 邱维屏《兵部右侍郎曾公家传》云："奉命出督江西广东兵饷，置奸吏魏恒法死。"
⑤ 邱维屏：《兵部右侍郎曾公家传》，《邱邦士先生文集》卷十五，道光十七年刻本。
⑥ 邱维屏：《兵部右侍郎曾公家传》，《邱邦士先生文集》卷十五，道光十七年刻本。
⑦ 邱维屏：《兵部右侍郎曾公家传》，《邱邦士先生文集》卷十五，道光十七年刻本。
⑧ 邱维屏：《兵部右侍郎曾公家传》，《邱邦士先生文集》卷十五，道光十七年刻本。
⑨ 邱维屏：《兵部右侍郎曾公家传》，《邱邦士先生文集》卷十五，道光十七年刻本。

曾应遴婚姻情况，除了可以确定其长子曾畹和次子曾灿的生母生于明万历二十九年（1601），卒于清康熙十三年（1674）[①]外，其他情况概不得知。曾应遴子嗣共六人，长子曾畹生于明天启元年（1621），顺治十一年举人，生子曾伋、曾俶，生女一人，名字不详。次子曾灿，生于明天启五年（1625），官兵部职方司主事，生子曾尚侃、曾尚倪、曾尚佽。三子曾煌、四子曾煜、五子曾辉，生年皆不详。曾煌，贡生，生子曾倬、曾伦，生女一人，名字不详。曾煜，廪生，无后，以曾畹次子曾俶为后。曾煌、曾煜二人皆早死[②]，卒年不详。曾辉，庠生，生女一人，名字不详。六子曾炤，生于崇祯十二年（1639）[③]，庠生，生子曾侨。[④]曾炤康熙九年（1670）病卒，时年三十二岁。曾应遴后人情况大抵如此。

曾氏兄弟六人中，入清后不曾应试者只有曾灿，这应与他随父抗清，任兵部职方司主事，念念不忘故国有直接关联。其中能诗者有曾畹、曾灿、曾炤[⑤]，生平事迹可考者唯曾畹和曾灿[⑥]。曾灿说，"灿不幸先大夫早捐馆舍，兄畹游四方而诸弟时皆尚幼"[⑦]，而彼时曾灿亦为躲避锋锐云游四方[⑧]，更兼三弟曾煌、四弟曾煜皆早死，因

[①] 曾灿母亲生年，可由魏礼作于康熙十二年（1673）的《与友人书》推断。魏礼《与友人书》云："老母七十有三，为人子者当朝夕依扶，问安侍膳，为日不足。而出腹二子皆高飞远举，老人涕泪阑干，思子愁叹。"按曾畹、曾灿母亲康熙十二年（1673）时七十三岁，可推知其人生于万历二十九年（1601）。曾灿《哭魏叔子友兄文》云："比至甲寅，老母之变，……一襄葬事，而罪不可赎矣。"可知其母卒于康熙甲寅，即康熙十三年（1674）。

[②] 曾灿《金石堂诗序》云："吾兄弟六人，叔季皆早死。"

[③] 曾灿《庚戌夏六弟炤经此入都投宿旅店无病而卒作此追哭焚纸钱以招之》云："汝死及庚戌，正当颜子年"后有小字"时炤年三十二"，可推知曾炤生于崇祯十二年（1639）。

[④] 曾灿《先大母陈氏太安人行状》云："先大夫应遴，……生子男传灯、灿、煌、煜、辉、炤"，"生子曰成灯，易名畹，甲午举人。生子男傚、俶，女適镇国将军甲子举人朱由撰男之璐。灿，兵部职方司主事，生子侃，煌，贡生，生子男倬、伦，女一。煜，廪生，以灯次子俶为后。辉，庠生，生女一。炤，庠生，生子侨。"

[⑤] 曾灿《金石堂诗序》云："吾兄弟六人，叔季皆早死。五弟辉，专攻制举业，学诗者独吾三人耳。而炤不及予，予不及伯子。"

[⑥] 曾畹、曾灿皆有大量作品流传，曾灿辑《金石堂诗》虽收录曾炤诗，但由于其早逝，现存诗歌甚少。对于自己的几个胞弟，曾畹、曾灿均极少提及。推测除了已知早逝的曾煌、曾煜、曾炤，曾辉亦早逝。

[⑦] 曾灿：《先大母陈氏太安人行状》，《六松堂诗文集》卷十三，清抄本。

[⑧] 曾灿在兵败父丧后一度薙发为僧，以僧服四处游历。

第一章 曾灿家世、生平、著述考述 29

此他们两人，尤其曾畹极少提及诸弟。顺治十五年（1658）十一月，父亲曾应遴十一年祭日这天，曾灿作《戊戌三巘峰拜先大夫兼示五弟辉》，说："我父生六人，伤哉两弟死。伯兄爱远游，炤又留绵水。"① 后来，曾灿在为自家三兄弟诗选《金石堂诗》作序时说："吾兄弟六人，叔季皆早死。五弟辉，专攻制举业，学诗者独吾三人耳。而炤不及予，予不及伯子。"② 康熙九年（1670），三十二岁的曾炤客死徐州，曾畹闻讣而恸："闻弟河滨槥，春风泊此城。谁令汝客死，深愧我为兄。"③ 十四年过后④，念及胞弟青年早逝，曾灿仍触景生情，悲不自胜。《庚戌夏六弟炤经此入都投宿旅店无病而卒作此追哭焚纸钱以招之》云："汝死及庚戌，正当颜子年。如何涉远道，遽尔抍重泉。身世俱空幻，才华竟弃捐。浮生如此过，吾欲问苍天。"⑤ 又说："吾家兄弟内，独汝最多才。门户将谁托，琴书久不开。老年凭后起，世德赖群推。欲见知何地，可能梦里来。"⑥ 关于曾煌、曾煜、曾辉、曾炤四人生平情况，所知者不外乎如此。

从曾灿"灿不幸先大夫早捐馆舍，兄畹游四方而诸弟时皆尚幼"⑦的叙说亦可想象彼时曾家是怎样的艰难。易代之际兵荒马乱，曾家迁居赣州后已"为乱民烧掇焚杯"⑧，曾应遴的病逝更使这个曾经显赫的家庭"窜伏山谷，家益落"⑨。曾灿侍奉祖母起居十余年⑩，

---

① 曾灿：《戊戌三巘峰拜先大夫兼示五弟辉》，《六松堂诗文集》卷二，清抄本。
② 曾灿：《金石堂诗序》，《六松堂诗文集》卷十二，清抄本。
③ 曾畹《建昌府泊闻六弟槥先归赋此》"闻弟河滨槥"后小字云"弟死徐州"，《曾庭闻诗》卷三，康熙曾氏六松草堂刻本。
④ 曾灿《庚戌夏六弟炤经此入都投宿旅店无病而卒作此追哭焚纸钱以招之》亦见于国图庋藏清抄本《甲子诗》中，据此可知诗作于康熙甲子，即康熙二十三年（1684），此时距曾炤康熙九年（1670）病卒已十四年过去。
⑤ 曾灿：《庚戌夏六弟炤经此入都投宿旅店无病而卒作此追哭焚纸钱以招之》其一，《六松堂诗文集》卷五，清抄本。
⑥ 曾灿：《庚戌夏六弟炤经此入都投宿旅店无病而卒作此追哭焚纸钱以招之》其三，《六松堂诗文集》卷五，清抄本。
⑦ 曾灿：《先大母陈氏太安人行状》，《六松堂诗文集》卷十三，清抄本。
⑧ 曾灿：《先大母陈氏太安人行状》，《六松堂诗文集》卷十三，清抄本。
⑨ 曾灿：《先大母陈氏太安人行状》，《六松堂诗文集》卷十三，清抄本。
⑩ 曾灿《先大母太安人行状》云："灿奉先大母起居十余年"。

眼见她默默撑持起全部生活重担。这个生于大明隆庆三年（1569）的老人①，此时"年及八十犹无恙"②，"茹蔬饮糜，不以盛衰为戚。督诸婢勤绩纺，诸孙请休，辄曰：'吾平生操作乐如是。且汝辈生理几尽，恐溘逝贻汝忧也。'"③ 中年丧夫，晚年丧子，经历过繁华，更经历过磨难，她早已将一切看淡。对于孙辈，她虽仍然严格，但疼爱更多。其诸孙更深爱他们既和蔼可亲，又通达透彻，性格坚强、豁达、乐观的祖母。顺治十年（1653），以僧服游历数年的曾灿因祖母"年八十五，日涕泣"④ 令其"返初服，终人世事"⑤ 而还俗娶妻；顺治十二年（1655），曾畹因思念祖母返家，拒绝龚鼎孳劝其"试中书"的美意。足见陈氏作为家庭中流砥柱的凝聚力和感召力。顺治十四年（1657）六月初九，陈氏病情日渐危急，家人请医士诊治，陈氏"内面语诸孙曰：'吾妇人也，毋使医就我簀。'言毕而逝"⑥。为曾家祖孙三代操劳六十九年，留下这句令人印象深刻的遗言，陈氏与世长辞，享年八十九岁。曾灿呼天抢地，痛哭失声，说："何期六月九，大母竟永捐。伏枕哭无力，积血成涌泉。"⑦ "我葬必祖侧，大母昔有言。龙须虽善壤，不如近郊原"⑧，家人按老人遗愿，将其"殡万斛里屏风岭祖旁之原"⑨。一年后，在三巘峰拜祭父亲时，曾灿发出"去年大母殂，离析从此始。我父生六人，伤哉两弟死。伯兄爱远游，炤又留绵水。独余三巘峰，安得不念今"⑩ 的感喟。此时，曾氏兄弟天南海北，其中陪伴他最久的，就是其"爱远游"的伯兄曾畹。

---

① 曾灿《先大母太安人行状》云："（大母）生大明隆庆已巳年五月二十二日辰时，殁顺治丁酉年六月初九日申时，享年八十有九。"
② 邱维屏：《兵部右侍郎曾公家传》，《邱邦士先生文集》卷十五，道光十七年刻本。
③ 曾灿：《先大母陈氏太安人行状》，《六松堂诗文集》卷十三，清抄本。
④ 曾灿：《送西林游序》，《六松堂诗文集》卷十二，清抄本。
⑤ 曾灿：《送西林游序》，《六松堂诗文集》卷十二，清抄本。
⑥ 曾灿：《先大母陈氏太安人行状》，《六松堂诗文集》卷十三，清抄本。
⑦ 曾灿：《送谢元一还绥安》，《六松堂诗文集》卷二，清抄本。
⑧ 曾灿：《送谢元一还绥安》，《六松堂诗文集》卷二，清抄本。
⑨ 曾灿：《先大母陈氏太安人行状》，《六松堂诗文集》卷十三，清抄本。
⑩ 曾灿：《戊戌三巘峰拜先大夫兼示五弟辉》，《六松堂诗文集》卷二，清抄本。

曾畹，字庭闻，原名传灯。曾应遴长子，较曾灿年长四岁。孩提时代的曾畹在作诗和读书方面均表现得乏善可陈，比起他那"年十四五，即学为诗"①的胞弟曾灿，曾畹"为诗日颇迟"②。与他"童子时同学"③的魏禧，更称其"天资甚鲁，终日读，不尽十行"④。然而，正所谓早慧者多寡大成，资质不足者经过后天发奋努力也往往能大器晚成。尽管尚且未见关于曾畹长大后如何刻苦读书的记载，但若将他三十岁时诗名遍天下⑤，顺治十一年（1654）三十四岁时考中举人均归因于幸运和偶然显然不够客观。当然，曾畹的成就也与其经历密不可分，他曾师从徐汧、张溥等名家，又"省尊大夫于京师，数过吴门，与吴中名士游"⑥，无疑这都拓展了他的视野，丰富了他的阅历。他的诗尤其引人注目，就连以能诗著称的曾灿也承认："某亦以诗闻，乃不及伯子远甚。"⑦乾嘉年间曾燠辑《国朝江右八家诗选》时将曾畹诗列入，并以"隽健激昂，风力遒上"⑧称之，也是其诗不同凡响的证明。曾灿称"家兄天资爽朗"⑨，好友刘正学⑩称曾畹"笑则真笑，哭则真哭"⑪，可见曾畹是个不折不扣的性情中人。他的诗歌抒写其人生的喜怒哀乐、离合悲欢，因此能深深打动人心。

顺治三年（1646），曾畹、曾灿两兄弟均曾随父助唐王起兵抗清，只是曾畹并未能像其弟灿那样建立功绩。兵败父丧后，曾畹开始了"飘零负老亲"⑫"十年乡语失"⑬"十年陇与巴"⑭的四方流浪

---

① 曾灿：《金石堂诗序》，《六松堂诗文集》卷十二，清抄本。
② 曾灿：《金石堂诗序》，《六松堂诗文集》卷十二，清抄本。
③ 魏禧：《曾庭闻文集序》，《魏叔子文集》外篇卷八，中华书局2003年版，第400页。
④ 魏禧：《曾庭闻文集序》，《魏叔子文集》外篇卷八，中华书局2003年版，第400页。
⑤ 曾灿《金石堂诗序》云："吾伯子为诗日颇迟，三十则名于天下。"（曾灿：《金石堂诗序》，《六松堂诗文集》卷十二，清抄本）
⑥ 魏禧：《曾庭闻文集序》，《魏叔子文集》外篇卷八，中华书局2003年版，第400页。
⑦ 曾灿：《金石堂诗序》，《六松堂诗文集》卷十二，清抄本。
⑧ 钱仲联：《清诗纪事》，江苏古籍出版社1987年版，第1872页。
⑨ 曾灿：《与沈昆铜书》，《六松堂诗文集》卷十一，清抄本。
⑩ 刘正学，字止一，刘宪石从弟，曾任郑成功总兵。
⑪ 曾畹：《大雪怀刘止一》末句小字云："刘书谓畹笑则真笑，哭则真哭，以诗属畹论定。"
⑫ 曾畹：《齐云哭先大夫生忌》，《曾庭闻诗》卷三，康熙曾氏六松草堂刻本。
⑬ 曾畹：《归赋》其一，《曾庭闻诗》卷三，康熙曾氏六松草堂刻本。
⑭ 曾畹：《虔州上佟汇白抚军》其二，《曾庭闻诗》卷三，康熙曾氏六松草堂刻本。

生涯。顺治十一年（1654），曾畹投奔其时以户部主事理饷宁夏的好友唐德亮①，在唐德亮的关照下入籍并移家宁夏，随后又中陕西乡试。钱谦益如是描述曾畹奔走边塞的生活与其诗歌风格："宁都曾侍郎二灛有才子曰传灯，字庭闻。传灿，字青藜。兄弟皆雄骏自命，负文武大略。而其行藏则少异。庭闻脱屣越峤，挟书剑携妻妾走绝塞，数千里而不齐粮，俄而试贡院，登天府簪笔。荷囊取次在承明著作之庭。"②"庭闻之诗，朝而紫塞，夕而朱邸。凉州之歌曲与凝碧之管弦，繁声入破，奔赴交作于行墨之间。吾读之如见眩人焉，如观侲童焉。耳目回易而不自主也。"③ 不难想象，比起钱谦益所描绘的"数千里而不齐粮""凉州之歌曲与凝碧之管弦"塞外诗情画意的一面，曾畹自己所说"饥来就瓯脱，牛马杂成糜"④"九月行边塞，雪花风乱吹"⑤"过陇苦寒侵"⑥"灵武家难定"⑦显然更接近其边塞生活的真实体验。

顺治十一年（1654）在陕西"试贡院，登天府簪笔"，成了曾畹科举之路的终点。这倒不是因为他从此淡泊功名，而是现实没能给他更上层楼的机遇。曾畹与会试第一次失之交臂是在顺治十二年（1655），当时龚鼎孳劝他"试中书"，他因"思祖母归不就"⑧。曾畹在其作于康熙九年（1670）⑨的《浮玉冬夜奉寄合肥龚公十二首》中回忆说："甲午秋风后，西京寄一书。故乡断消息，绝域正公车。养拙怀金阙，惭文撰石渠。良时知不再，萧飒十年余。"⑩ 可见十五

---

① 唐德亮（？—1658），字采臣，号书巢，江南无锡人。顺治九年（1652）进士，授户部主事，管京粮厅。顺治十五年（1658）卒于京师。
② 钱谦益：《金石堂诗序》，《金石堂诗》卷首，康熙曾氏六松草堂刻本。
③ 钱谦益：《金石堂诗序》，《金石堂诗》卷首，康熙曾氏六松草堂刻本。
④ 曾畹：《把都河》，《曾庭闻诗》卷三，康熙曾氏六松草堂刻本。
⑤ 曾畹：《把都河》，《曾庭闻诗》卷三，康熙曾氏六松草堂刻本。
⑥ 曾畹：《汉中寄怀唐采臣》，《曾庭闻诗》卷三，康熙曾氏六松草堂刻本。
⑦ 曾畹：《灵州怀а采臣丁辰如》，《曾庭闻诗》卷三，康熙曾氏六松草堂刻本。
⑧ 曾畹：《浮玉冬夜奉寄合肥龚公十二首》其三，《曾庭闻诗》卷三，康熙曾氏六松草堂刻本。
⑨ 曾畹《浮玉冬夜奉寄合肥龚公十二首》其一云："甲戌到庚戌，相看四十年。先公同释褐，贱子苦登壇。"据此可知该诗作于康熙庚戌，即康熙九年（1670）。
⑩ 曾畹：《浮玉冬夜奉寄合肥龚公十二首》其三，《曾庭闻诗》卷三，康熙曾氏六松草堂刻本。

年过去，他仍为辜负了龚年伯的良苦用心，也为自己因忠孝难两全错过良机而遗憾不已。从曾畹该组诗中"甲戌到庚戌，相看四十年。先公同释褐，贱子苦迍邅"①"传闻春梅后龚主庚戌，把卷益心悲"②"多生定多难，屡致仆夫逃二场仆又逃"③的表述还可知，在其父曾应遴崇祯七年（1634）同榜进士，几十年来始终对其关爱有加的龚年伯担任主试官的康熙九年（1670），他的会试又因仆人的逃离而失利。尤其值得一提的是，早在顺治十六年（1659）时，曾畹已经有过一次这样的遭遇。他在《庚戌都门早发》中说："只为仆夫困，长年罢第归。"④该句末又以小字补充说："家人偷逃凡余次，己亥庚戌两遭之。"另外，康熙五、六两年（1666、1667）曾畹赴贡举⑤也均以失败告终。足见其科举路途之坎坷。

但是无论如何，顺治甲午（1654）中陕西乡试都意味着曾畹已经做了清朝顺民，与其身为遗民的胞弟曾灿出处颇不相同。对此，钱谦益已指出曾氏兄弟"皆雄骏自命""而其行藏则少异"。就目前所掌握的资料看，曾灿之所以与胞兄一度"决裂"，也与是年曾畹应试清廷有直接关联。曾灿《甲午秋日得长兄庭闻壬辰腊月诗》⑥末句云："有鸟从北飞，孤鸣天之半。无为弋者心，矰缴不能辨。"在后来写给沈士柱⑦的信中，曾灿对此作了解释。他说："去秋家兄归，荷惠问兼拜赐朱。……某向时寄家兄有'无为弋者心，矰矫不能辨'之句。盖深虑家兄不能守穷，以虚荣殉身。往者不可谏矣。岁悠道长，佽心未艾，尤藉同志力持之。今日士之推选称达尊者，

---

① 曾畹：《浮玉冬夜奉寄合肥龚公十二首》其一，《曾庭闻诗》卷三，康熙曾氏六松草堂刻本。
② 曾畹：《浮玉冬夜奉寄合肥龚公十二首》其八，《曾庭闻诗》卷三，康熙曾氏六松草堂刻本。
③ 曾畹：《浮玉冬夜奉寄合肥龚公十二首》其九，《曾庭闻诗》卷三，康熙曾氏六松草堂刻本。
④ 曾畹：《庚戌都门早发》，《曾庭闻诗》卷三，康熙曾氏六松草堂刻本。
⑤ 据曾畹《丙午赴贡举仆夫失道久不得至乃题诗王湖旅馆》和《丁未出试后投所知》（《曾庭闻诗》卷四，康熙曾氏六松草堂刻本）可知他康熙五年（1666）、康熙六年（1667）曾赴贡举。
⑥ 该诗在清抄本《六松堂诗文集》卷二中的题目为《秋日得长兄庭闻壬辰腊月诗》，在国图皮藏《曾青藜初集》中题目为《甲午秋日得长兄庭闻壬辰腊月诗》。
⑦ 沈士柱（1606—1659），字昆铜，号惕庵，芜湖人。其父沈希韶为明朝御史。崇祯二年（1629）加入复社。广散家财，秘密从事反清活动。顺治十四年（1657）被捕，顺治十六年（1659）从容就义。

小则发遣草州，大则身家辱戮。做官不过多得钱，得钱则得祸。岂独名节足爱惜乎？家兄天资爽朗，每能洞出理势，但不能抑气负屈，所以决裂至此。某尝以危言要之，颇为首屈，只恐车尘日远，望息壤不可见，见扰扰耳目间皆等辈事。又不觉奋袖低昂耳，奈何奈何。"① 可见，顺治十一年（1654）秋天，身在家乡宁都②的曾灿接到胞兄曾畹两年前腊月所作诗，感叹"惊传万里札，又是隔年书"③之余，深虑其"不能守穷，以虚荣殉身"，于是以"无为弋者心，矰缴不能辨"进行暗示和劝谏。显然，《甲午秋日得长兄庭闻壬辰腊月诗》不是普通的传递兄弟离情的诗歌，而是别有寄托。后来曾灿又向与他们两兄弟皆亲厚的前辈沈士柱谈到自己的担忧，且颇有感触地说了"今日士之推选称达尊者，小则发遣草州，大则身家辱戮。做官不过多得钱，得钱则得祸。岂独名节足爱惜乎？家兄天资爽朗，每能洞出理势，但不能抑气负屈，所以决裂至此"这番话。曾灿直言那些被推选出来做官的，少有善终者。正所谓财多害身，横遭灾祸。兄长"不能守穷"的后果，他更坦率地说，声誉节操受辱倒在其次，毁掉身家性命首当其冲。要知道，曾畹实际上未曾获得过一官半职，是什么使得曾灿因忧心其为官得祸而与之"决裂"呢？从曾灿顺治十一年（1654）寄诗兄长，到顺治十三年（1656）寓书沈昆铜④，综观曾畹这两年间的行迹，与"推选"和"做官"有所关联的，唯有顺治十一年（1654）中举人一事。众所周知，按照通行的观念，这意味着曾氏兄弟从此分属于非遗民与遗民两个阵营，意味着他们截然不同的人生选择。作为曾为保卫大明江山社稷浴血奋战的忠臣后代，想必曾灿一时无法接受胞兄出而应试的抉择，更担心其食禄清廷会带来不堪后果。不过事实证明，曾畹有才华却无官

---

① 曾灿：《与沈昆铜书》，《六松堂诗文集》卷十一，清抄本。
② 曾灿：《甲午秋日得长兄庭闻壬辰腊月诗》云："消息到故里，行者无定居。"
③ 曾灿：《甲午秋日得长兄庭闻壬辰腊月诗》，《曾青藜初集》，清刻本。
④ 曾灿《与沈昆铜书》云："某亦于春中筑小莊，定省之余，入焉憩息。屋后植青松数树，颜曰六松草堂。然时方多故，游咏事乃未数得也。"据此可知该信写于曾灿筑六松草堂当年。又，曾畹《丙申自秦中归送弟灿就耕鸟石垅》"鹿门归去好，闭户有松声"后有小字"时弟新筑六松草堂"，据此可知曾灿筑草堂是在顺治丙申，即顺治十三年（1656）。

运，中举后并不曾担任任何官职，且累上公车不第。如果不是这样，这对手足兄弟之间是否会真正出现鸿沟或产生隔阂还很难说。尽管后面一系列迹象表明曾灿所谓"决裂"明显带有负气的成分，可以理解为爱之深责之切。再者，毕竟那时他还只有三十二岁，太年轻气盛。

行藏出处不同正体现了曾氏兄弟精神性格的差异。这种差异还显现为，在他们为了生计"高飞远举"①的岁月里，曾畹"最好秦中风土"②，钟情"叠鼓清笳背夕阳，移家万里类投荒。枯沙碛里春难放，臭水城中花最香"③的贺兰草堂风光；曾灿则流连吴地风情④，热爱"太湖一住三千日，秋有桂花春有梅""主人爱客户常满，好友隔溪门对开"⑤的苏州邓尉生活。当然，他们也都四处游历。正因"兄弟行藏相见少"⑥，他们彼此间的思念才来得更多，也更强烈。《得弟灿信》《与弟灿守岁南徐》《将入秦送弟灿归里》《蒜山忆弟灿》《灿弟将游京师留邗上余渡江南》《雨水忆弟灿》《泊上清河值挐值舣先发遣仆入城迎灿弟》记录了年复一年曾畹对胞弟的牵挂和想念。"佇有亲朋札，而无二弟书"⑦"京口三秋夜，新安二弟书"⑧是不见弟信的焦急与既见弟信的欣喜；"江村归鸟尽，兄弟且相亲"⑨"躬耕并手足，期汝在京间"⑩是两兄弟的彼此期待与相亲相爱；"一家都赖汝"、"间望正凄然"⑪"可怜兄弟别，值此夕阳天"⑫是与胞弟分别时的不舍与酸楚。曾灿又何尝不是同样挂念着兄

---

① 魏礼：《与友人书》，《魏季子文集》卷八，道光二十五年刊本。
② 魏禧：《曾庭闻文集序》，《魏叔子文集》外篇卷八，中华书局2003年版，第400页。
③ 曾畹：《贺兰草堂春兴》，《曾庭闻诗》卷四，康熙曾氏六松草堂刻本。
④ 曾灿寓居吴地十四年，详见本章第二节生平经历述略。
⑤ 曾灿：《长至前三日，…虽多呓语用遣忧怀》其十八，《六松堂诗文集》卷七，清抄本。
⑥ 曾畹：《泊上清河值挐舣先发遣仆入城迎灿弟》，《曾庭闻诗》卷四，康熙曾氏六松草堂刻本。
⑦ 曾畹：《蒜山忆弟灿》，《曾庭闻诗》卷四，康熙曾氏六松草堂刻本。
⑧ 曾畹：《得弟灿信》，《曾庭闻诗》卷三，康熙曾氏六松草堂刻本。
⑨ 曾畹：《与弟灿守岁南徐》，《曾庭闻诗》卷三，康熙曾氏六松草堂刻本。
⑩ 曾畹：《雨水忆弟灿》，《曾庭闻诗》卷三，康熙曾氏六松草堂刻本。
⑪ 曾畹：《将入秦送弟灿归里》，《曾庭闻诗》卷三，康熙曾氏六松草堂刻本。
⑫ 曾畹：《灿弟将游京师留邗上余渡江南》其一，《曾庭闻诗》卷三，康熙曾氏六松草堂刻本。

长？顺治十六年（1659），他从家乡往云武探访胞兄，林时益为其送行，称他"不惮满江水，言寻绝塞兄"①；另一次寻访胞兄是去南京，邱维屏为他送行，说："行路人那可道，南京却比北京好。君家阿大知不知，边水边风容易老。"② 为见兄长不辞辛苦、不远万里，非手足情深何以至此？兄弟如朋友，彼此无话不谈，曾灿最乐于向胞兄倾诉苦辣酸甜。他说："难尽今宵话，五年未易回。友朋看渐老，兄弟此衔杯。灯火围春座，寒霜逼露台。欲随乡梦去，不畏五更催。"③ 又说："艰难频客旅，消息到吾兄。岁晏惭生计，途穷愧还情。殷勤知别后，为我听风声。"④ 还说："欲上长安道，依人未可期。遥知相见日，正是看花时。水冻黄河合，霜深白草悲。烦将湘水泪，预报子瞻知。"⑤ 年华的老去，生计的艰难，相见的期盼，使两兄弟的心紧紧贴在一起。他们天各一方、性格各异，却有着极其相似的遭际。曾畹自说："畹也依人久，十年陇与巴"⑥ "依人戎马际，吾道自浮沉"⑦ "行略贫能贯，依人贱可伤"⑧。曾灿自谓："做客囊羞涩，依人借笔耕"⑨ "乱离犹作客，老大更依人"⑩ "僦屋皋桥东，依人谋昏晓"⑪。现实让曾氏两兄弟始终难以摆脱寄人篱下的境遇。也让他们更加惺惺相惜。

对于"爱远游"的曾畹而言，祖母去世后，母亲自然是他心中最深的挂念。他说："恶旅饥寒甚，中年锢疾加。梦回尝见母，痛极

---

① 林时益：《己亥冠石送曾止山之旧京将往云武访令兄庭闻》，《朱中尉诗集》卷三，南昌豫章丛书编刻局刊本。
② 邱维屏：《送曾青黎之江宁寻令兄庭闻并简》，《邱邦士文集》卷十七，道光十七年刻本。
③ 曾灿：《除夕同余生生高念祖长兄庭闻分赋得台字》，《六松堂诗文集》卷五，清抄本。
④ 曾灿：《别张相臣归里兼寄长兄庭闻》，《六松堂诗文集》卷四，清抄本。
⑤ 曾灿：《送赵日上公车兼寓长兄庭闻》，《六松堂诗文集》卷四，清抄本。
⑥ 曾畹：《虔州上佟汇白抚军》其一，《曾庭闻诗》卷三，康熙曾氏六松草堂刻本。
⑦ 曾畹：《汉中寄怀唐采臣》，《曾庭闻诗》卷三，康熙曾氏六松草堂刻本。
⑧ 曾畹：《灿弟将游京师留邗上余渡江南》其二，《曾庭闻诗》卷三，康熙曾氏六松草堂刻本。
⑨ 曾灿：《送丁泰严中丞开府湖南用李义山上杜仆射五言述德抒情诗四十韵》，《六松堂诗文集》卷八，清抄本。
⑩ 曾灿：《送徐健庵太史赴京改补兼柬立斋方虎两学士》其四，《六松堂诗文集》卷五，清抄本。
⑪ 曾灿：《赠顾与山太守》，《六松堂诗文集》卷二，清抄本。

始思家。"①又说，"岁晏仍为客，闾门绝望时。慈亲还失养，有弟亦东驰"②。还说，"忆远慈亲苦，凝眸寝未甘。举家饶有妇，经岁似无男"③。对于老人而言，"出腹二子"曾畹、曾灿皆"高飞远举"④，她又何尝不是"涕泪阑干，思子愁叹"⑤？康熙八年（1669）正月，曾畹"自万里归"，回乡省母。与魏禧等"会酒于三巘，尽欢"⑥。此时的他已是"毛衣革鞜，杂佩帨带刀砺，面目色黄黝，须眉苍凉，俨然边塞外人"⑦，与其"细服缓带为三吴名士时，若隔世人物"⑧。不久，曾畹回到宁夏。五年后，即康熙十三年（1674），其母病卒三巘峰。又三年，即康熙十六年（1677），曾畹客死于五狼，时年五十七岁，曾灿号啕痛哭⑨，不胜其悲。此时，他已年届六旬，父母、兄弟均零落殆尽⑩，他孑然一身，思念着逝去的亲人。

第二节 生平经历述略

曾灿生于天启五年（1625），卒于康熙二十七年（1688），平生历经天启、崇祯、顺治、康熙四朝，享寿六十四年。从时间的角度，可以分为少年、青年、壮年、晚年四个阶段。而从个人经历的角度，率军抗清、逃禅、游幕和《过日集》的编撰则是其一生之中的重要事件。鉴于此，本文从历史与逻辑相统一的原则出发，将曾灿顺治二年（1645）随父抗击清兵这一事件作为其少年与青年的分界；将曾灿顺治十六年（1659）下山游幕作为其青年与壮年的分界；将康

---

① 曾畹：《痔》，《曾庭闻诗》卷三，康熙曾氏六松草堂刻本。
② 曾畹：《寄怀徐闻宋又素明府》，《曾庭闻诗》卷三，康熙曾氏六松草堂刻本。
③ 曾畹：《琼州杂诗》其二，《曾庭闻诗》卷三，康熙曾氏六松草堂刻本。
④ 魏礼：《与友人书》，《魏季子文集》卷八，道光二十五年刊本。
⑤ 魏礼：《与友人书》，《魏季子文集》卷八，道光二十五年刊本。
⑥ 魏禧：《曾庭闻文集序》，《魏叔子文集》外篇卷八，中华书局2003年版，第400页。
⑦ 魏禧：《曾庭闻文集序》，《魏叔子文集》外篇卷八，中华书局2003年版，第400页。
⑧ 魏禧：《曾庭闻文集序》，《魏叔子文集》外篇卷八，中华书局2003年版，第400页。
⑨ 曾灿《祭徐桢起文》："记予丁巳，哭吾长兄于五狼。"
⑩ 曾氏兄弟中曾煌、曾煜皆早死，曾辉卒年虽无记载，但考虑其人其事许久不被曾畹、曾灿提及，应是早已过世。曾炤卒于康熙九年（1670）。

熙十二年（1673）《过日集》付梓刊刻作为曾灿壮年与老年的分界。而将康熙十二年（1673）作为分水岭的另外两点考虑还在于，是年正月曾灿在吴地纳妾，不久其长子曾尚侃成家①。下文将在准确把握其人生各阶段主要矛盾的基础上，深入考察其幼年、青年、壮年、晚年的主要经历及心态，进而勾勒其生平事迹，解读其心路历程。

一 好学自励的少年时期（1625—1645）

明天启五年（1625）六月初一，曾灿出生于江西宁都县城。他的祖父曾建勋，是一个乐善好施的儒者，常有焚契取义之举。由于身体羸弱，服药治病将巨额财产耗尽，致使家境日益衰落："以购药千金，产日落。"②万历四十年（1612）曾建勋去世时，曾灿的父亲曾应遴只有十二岁。曾灿祖母陈氏将儿子应遴抚养成人。在这个过早失去父亲的孩子身上，陈氏倾注了全部的心血，但她绝不溺爱，对其教育更从不懈怠："先大夫补县诸生，尝读书莲华山，以亡酒，夜半归。大母怒曰：'汝父遗我以孤，我屈辱十余年，正望汝成立，如此，我将安托？'痛哭不止。先大夫亦痛哭请受杖，自后遂不复饮，虽强饮不至醉也。"③陈氏勉励儿子刻苦读书的同时，更注重培养和塑造他尊师的品格："遣先大夫执贽杨一水先生门，馈必丰。谨曰：'欲子贤，安不重师？'"④正是在陈氏的鞭策和严格教导之下，崇祯七年（1634），曾应遴中进士，后终成一代名臣。

随着曾应遴的成名，曾家日渐隆盛："自崇祯甲戌成进士，至壬午督江粤饷，尊养始益备。大母率如诸生时，食必设菜羹，衵服必布，曰毋忘贫贱，尝戒子孙：'盛荣者衰辱之梯，谨犹惧陨墬，况骄

---

① 曾尚侃结婚年龄并无记载，其所娶妻为魏禧养女静言。魏禧在其作于康熙十三年（1674）的《祭亡女文》中说："维甲寅九月日，勺庭老人…陈于亡女静言之灵而言曰…汝为吾之犹子，产于潮阳，三岁来归，…十七而嫁曾氏…吾自抚汝至今十六年"，从中可以推断出静言生于顺治十四年（1657），顺治十六年（1659）被魏禧收养，嫁曾侃的时间为康熙十二年（1673）。
② 曾灿：《先大母陈氏太安人行状》，《六松堂诗文集》卷十三，清抄本。
③ 曾灿：《先大母陈氏太安人行状》，《六松堂诗文集》卷十三，清抄本。
④ 曾灿：《先大母陈氏太安人行状》，《六松堂诗文集》卷十三，清抄本。

且奢乎?'"① 当崇祯壬午即崇祯十五年（1642），曾应遴以工科右给事中奉命出都江西、广东兵饷时，曾灿已是十七岁的少年。他清楚地记得，尽管当时家中应有尽有，但祖母仍始终保持着克勤克俭的生活习惯。她老人家向来以身作则，训诫子孙崇俭戒奢。祖母的一言一行潜移默化地影响并感染着曾灿。晚年时曾灿回忆说："是予富贵之日少，而贫贱之日多"②，自小养尊处优而日后能直面艰难困苦，百折不回，正得益于祖母对他的教诲。

除了平日生活，祖母陈氏在立身行事方面对孙辈要求也十分严格："诸孙有小故，艴然不食至终日。"③ 时曾应遴在朝为官，曾家兄弟六人，无论长幼，皆在祖母严格的培养和教育下长大。曾灿伯兄曾畹，原名传灯，字庭闻，举人。叔弟曾煌，贡生。季弟曾煜，廪生。叔、季皆不幸早逝。五弟曾辉、六弟曾炤，皆庠生。正是良好家学和家风的熏陶，使曾氏兄弟个个勤奋上进，学有所成。

在曾灿易堂友兄李腾蛟的记忆中，"崇正己卯，给谏曾公在朝，其母夫人为七十一，一时名公钜卿，赠以诗歌，非不琅然可听也。"④ 名公巨卿的出入，琅然动听的歌声映衬着曾家当年门庭若市、"宾客辐辏"⑤ 的热闹繁华。少年曾灿正是在"左右之人""趋跄奉承"⑥ 的氛围中，享受着众星捧月般的待遇长大。但是，他并没有因此而产生骄纵习气、丧失分辨能力，相反，他豁达谦虚，凡事严格要求自己，尤其善于接受朋友的批评和建议。他最好的朋友是魏禧，两人从十岁在一起读书学习，相互砥砺。他们都是宁都县名宿杨文彩⑦的得意弟子。曾灿《寿杨一水》云："我家通籍士，后先半及门。而我先君子，早得游其藩。"⑧ 曾应遴最钦佩老师一水先生

---

① 曾灿：《先大母陈氏太安人行状》，《六松堂诗文集》卷十三，清抄本。
② 曾灿：《分关小引》，《六松堂诗文集》卷十三，清抄本。
③ 曾灿：《先大母陈氏太安人行状》，《六松堂诗文集》卷十三，清抄本。
④ 李腾蛟：《书易堂寿卷跋》，《李咸斋文集》卷二，清抄本。
⑤ 曾灿：《哭魏叔子友兄文》，《六松堂诗文集》卷十三，清抄本。
⑥ 曾灿：《与侃儿》，《六松堂诗文集》卷十四，清抄本。
⑦ 杨文彩（1585—1664），字治文，晚号一水。
⑧ 曾灿：《寿杨一水》，《六松堂诗文集》卷二，清抄本。

的为人和学问，因此将儿子曾灿也交由杨先生培养教育。父亲的殷切期望，恩师的精心培育，时时激励着曾灿，他勤学好问，刻苦努力。他说，"记崇君丙子，予就童子试于螺川"①，十二岁时，他开始应试。他最大的理想是像父亲那样，鞠躬尽瘁为国效忠，惩治贪官和奸佞，成为朝廷的栋梁。而曾灿也的确有经世的才具："传灿尤负经济，为其父所喜。"② 曾应遴的六个儿子中，次子曾灿最令他得意。可以想象，如果不是后来国家遭遇变难，以曾灿的家世和才干，他理应有一番作为，鸿途大展。

读书应试之外，少年时期的曾灿尤其喜爱作诗。他说："某年十四五，即学为诗。"③ 由于其胞兄曾畹"为诗日颇迟"④，而彼时其能诗的六弟曾焻才刚刚出世⑤，曾灿终日与好友魏禧及其兄长魏际瑞往来唱和。在好友魏禧的眼里，曾灿"少负才华，以风流相尚。所为诗工美多艳"⑥，而"止山为人，愿朴沉鸷""好慷慨，缓急人，未尝一以声势加乡里，非其义虽千金不顾。又能以死任大事。故年二十时清江杨机部先生有古大臣之目"⑦。可见，曾灿不仅有着出众的才华，更有急人之难、轻财好施的济世精神，有临危不惧、舍生取义的侠义衷肠，而这恰是其人格魅力的精髓。正因如此，这个太平盛世里"裘马自喜"⑧的贵介公子，当国家遭难、异族入侵之际，自谓"多难报君时""孤忠只自知"⑨，展现出提刀赴难、舍身驱敌的战斗勇气和不避凶险、忠心报国的坚定信念。

---

① 曾灿：《题陆梯霞耕鱼图序》，《六松堂诗文集》卷一，清抄本。
② 杨宾：《曾青藜姜奉世合传》，《杨大瓢先生杂文残稿》，丛书集成续编本。
③ 曾灿：《金石堂诗序》，《六松堂诗文集》卷十二，清抄本。
④ 曾灿：《金石堂诗序》，《六松堂诗文集》卷十二，清抄本。
⑤ 据曾灿《庚戌夏六弟焻经此入都投宿旅店无病而卒作此追哭焚纸钱以招之》："汝死及庚戌，正当颜子年"及后小字"焻时年三十二"可知曾焻生于崇祯十二年（1639），彼时曾灿刚好十五岁。
⑥ 魏禧：《六松堂诗文集序》，《六松堂诗文集》卷首，清抄本。
⑦ 魏禧：《曾青藜初集序》，《曾青藜初集》卷首，清刻本。
⑧ 魏禧：《六松堂诗文集序》，《六松堂诗文集》卷首，清抄本。
⑨ 曾灿：《旅闷》，《六松堂诗文集》卷四，清抄本。

二　抗清、逃禅、隐居的青年时期（1645—1659）

身为易堂九子中唯一的贵介公子，承平岁月里曾灿过着养尊处优的生活，易代之际也有着足以骄人的抗清经历。顺治二年（1645），唐王任命曾应遴为太常寺少卿，由兵部尚书杨廷麟统领，负责保卫赣州、吉安。① 当时闽赣山林之间有散兵游勇数万，"分前、后、左、右四大营，一营中又有前、后、左、右四小营"②。为联合更多力量共同抗击清兵，曾应遴向杨廷麟提议，将其招安整编并入抗清队伍，杨公称善，且奏报唐王获准。顺治三年（1646）春，时任太仆寺卿的曾应遴委派次子曾灿前往四营兵驻地斡旋。③ 时年二十二岁的曾灿"单骑入贼垒，抚定数万之众，成盟而还"④，单枪匹马直入不测之地与对方谈判，晓之以忠义，"四大营皆听命"⑤，一举将四营兵士数万全部招安。一时众人瞩目，备受称赞。然而，还没等曾灿率领着四营兵赶到吉安，吉安、抚州两座城池便相继陷落。⑥

顺治三年（1646）五月，"督师万元吉退守赣州，大兵遂围赣"⑦。由于赣州形势危急，曾应遴、曾灿父子率四营兵每日徒步行军二百余里赴赣救援。⑧ "四大营救之，军黄金高楼间，去赣十里，势颇振。唐王玺书奖赏，赐龙武营。"⑨ 因曾灿治军有方，更兼受到唐王褒奖，"龙武营"兵士士气高涨、精神振奋。然而随后出现的状况却让曾灿措手不及。刘应驷因"忌传灿功"⑩，遂挑唆事端激怒其

---

① 邱维屏：《兵部右侍郎曾公家传》，《邱邦士先生文集》卷十五，道光十七年刻本。
② 杨宾：《曾青藜姜奉世合传》，《杨大瓢先生杂文残稿》，丛书集成续编本。
③ 邱维屏：《兵部右侍郎曾公家传》，《邱邦士先生文集》卷十五，道光十七年刻本。
④ 钱澄之：《六松堂诗文集序》，《六松堂诗文集》卷首，清抄本。
⑤ 杨宾：《曾青藜姜奉世合传》，《杨大瓢先生杂文残稿》，丛书集成续编本。
⑥ 杨宾《曾青藜姜奉世合传》云："传灿将率以救吉安。未至而吉安、抚州相继陷。"
⑦ 杨宾：《曾青藜姜奉世合传》，《杨大瓢先生杂文残稿》，丛书集成续编本。
⑧ 邱维屏《兵部右侍郎曾公家传》云："当是时，公父子提兵数万人，赤日徒行二百余里。"
⑨ 杨宾：《曾青藜姜奉世合传》，《杨大瓢先生杂文残稿》，丛书集成续编本。
⑩ 杨宾：《曾青藜姜奉世合传》，《杨大瓢先生杂文残稿》，丛书集成续编本。

他将领。当时唐王诏书"以其巨魁李春等为帅。而玺书无他将名"①。刘应驷于是:"谓他将曰:'公等皆受抚,而书无公等名,为春所卖矣!'"②被刘应驷离间之计所蒙蔽,"他将怒,共杀春,将叛归"③。面对"龙武营"兵士士气严重受挫、军心动摇的危急情势,曾灿"急驰入营"④,晓之以理、动之以情,向诸将说明"玺书不能遍名,'等者'正指诸君言之也"⑤,劝说诸将只要努力杀敌立功,必定前途无量:"且努力成功,则名并督师矣。何春之足云!"⑥然而尽管曾灿反复开导诸将领,但他们并不真正领情:"反复晓譬,仅乃得定。"⑦更糟糕的是,"兵无帅,不相统摄,剽掠如故,民怨苦之"⑧。无人统领的军营如同一盘散沙,加之义军本身素质参差不齐,他们仍像从前那样抢劫掠夺平民百姓,使得百姓怨声载道、苦不堪言。而民怨沸腾所导致的最坏后果便是,一心抗清、招安四大营的曾应遴、曾灿父子反而遭到诋毁:"群诉县令金廷诏,廷诏曰:'我恶能禁。尔其问诸招之者。'遂群毁应遴居。"⑨ 在舆论不利的情况下,志在报国的曾氏父子仍不计个人得失,在兵部尚书杨廷麟的指挥下,率"龙武营"屯兵河东,全力以赴救援赣州:"督师檄龙武屯河东。廷麟内召过赣,见其危,仍召龙武还救。"⑩赣州一战,钱谦益不禁发出"章贡之役,青藜年才二十,独身揭挂溃军,眇然一书生,如灌将军在梁楚间"⑪的感叹。足见提刀赴难、舍身驱敌的曾灿是何等骁勇果敢。然而,赣州的形势一直十分严峻,之前杨廷麟所调集的各路力量均未能抵挡清兵猖獗的攻势;曾氏父子所率

---

① 杨宾:《曾青藜姜奉世合传》,《杨大瓢先生杂文残稿》,丛书集成续编本。
② 杨宾:《曾青藜姜奉世合传》,《杨大瓢先生杂文残稿》,丛书集成续编本。
③ 杨宾:《曾青藜姜奉世合传》,《杨大瓢先生杂文残稿》,丛书集成续编本。
④ 杨宾:《曾青藜姜奉世合传》,《杨大瓢先生杂文残稿》,丛书集成续编本。
⑤ 杨宾:《曾青藜姜奉世合传》,《杨大瓢先生杂文残稿》,丛书集成续编本。
⑥ 杨宾:《曾青藜姜奉世合传》,《杨大瓢先生杂文残稿》,丛书集成续编本。
⑦ 杨宾:《曾青藜姜奉世合传》,《杨大瓢先生杂文残稿》,丛书集成续编本。
⑧ 杨宾:《曾青藜姜奉世合传》,《杨大瓢先生杂文残稿》,丛书集成续编本。
⑨ 杨宾:《曾青藜姜奉世合传》,《杨大瓢先生杂文残稿》,丛书集成续编本。
⑩ 杨宾:《曾青藜姜奉世合传》,《杨大瓢先生杂文残稿》,丛书集成续编本。
⑪ 钱谦益:《金石堂诗序》,《金石堂诗》卷首,康熙曾氏六松草堂刻本。

"龙武营"又因刘应驷的搬弄是非导致军心涣散,不能一致对外,作战能力严重削弱,加之曾应遴有重病在身①,曾灿指挥作战的同时还要保护父亲,困难重重之下"龙武营"兵士"再战,再败,遂逃散"②,且战且退,最终四散而去。曾灿虽有心报国,终无力回天;素有封侯之志③,却不能挽回兵败城破的危局。

史载:"十月四日,大兵登城,廷麟督战,久之,力不支,走西城投水死。"④徐鼒说:"观赣州死事之烈,可以见杨(杨廷麟)、万(万元吉)诸公忠诚之结,抚循之劳矣,此与史阁部之守扬州,瞿留守之守桂林,后先辉映,日月争光,事虽无成,无可恨矣。"⑤顺治三年(1646)十月四日,当亲眼目睹杨廷麟"走西城投水死"的场景,曾灿作《哭清江杨相国死节》三首,为其壮烈殉国而号啕痛哭⑥;又说"先生先我死"⑦"俛仰愧先朝"⑧,为自己未能以死报国、苟且偷生而深感愧耻。足见他"非不知义死之足贵,非不知幸生之可羞"⑨。然而痛定思痛,他又自忖:"世独悲生死,吾应惜去留"⑩,在明清鼎革的特定历史情境中,体认到生难死易这一定律,开始思考和探寻生的价值与意义。

顺治四年(1647),父亲曾应遴的亡故使曾灿深受打击,他痛说"丁亥降鞠凶"⑪,为此"悲涕不能止"⑫,始终悲心难抑。更兼因抗击清兵致使"丙戌丁亥之间,几不免有杀身之祸"⑬,于是,当亡国

---

① 邱维屏《兵部右侍郎曾公家传》云:"公病方剧"。
② 杨宾:《曾青藜姜奉世合传》,《杨大瓢先生杂文残稿》,丛书集成续编本。
③ 曾灿《营中夜望》云:"天涯犹在眼,努力事封侯。"(曾灿:《营中夜望》,《六松堂诗文集》卷四,清抄本。)
④ 张廷玉:《杨廷麟传》,《明史》,中华书局1974年版,第7115页。
⑤ 徐鼒:《小腆纪年附考》,中华书局1957年版,第505页。
⑥ 曾灿:《哭清江杨相国死节》,《六松堂诗文集》卷四,清抄本。
⑦ 曾灿:《哭清江杨相国死节》其三,《六松堂诗文集》卷四,清抄本。
⑧ 曾灿:《即事步杜子美诸将五韵》其四,《六松堂诗文集》卷五,清抄本。
⑨ 徐枋:《与葛瑞五书》,《居易堂集》卷二,华东师范大学出版社2009年版,第27页。
⑩ 曾灿:《哭清江杨相国死节》其二,《六松堂诗文集》卷四,清抄本。
⑪ 曾灿:《戊戌三巘峰拜先生大夫忌日兼示五弟辉》,《六松堂诗文集》卷二,清抄本。
⑫ 曾灿:《戊戌三巘峰拜先生大夫忌日兼示五弟辉》,《六松堂诗文集》卷二,清抄本。
⑬ 曾灿:《答王山长》,《六松堂诗文集》卷十四,清抄本。

之痛与父亲病逝的噩耗双双袭来,封侯之志幻灭后的失落感与杀身之祸先后降临,曾灿选择了逃禅出家,藉以摆脱苦痛、躲避祸患。顺治四年(1647)①,他"遁迹吴越间,游天界参浪和尚,遂落发为弟子"②。浪和尚即道盛③,号觉浪,别号杖人,福建浦城人,俗姓张。虽为僧人,却有着强烈的遗民之情。顺治初年,南京某官在阅读道盛《原道七论》时发现其中有"明太祖"三字,将其拘捕。道盛不仅不为自己作任何解释,相反在官员向其索偈时,赋李白"问予何事栖碧山,笑而不答心自闲。桃花流水杳然去,别有天地非人间"一诗表明对故国的深情。道盛又倡导"真儒必不辟佛,真佛必不非儒",主张儒释合一,在当时极具影响力,得到士人的普遍认可。甚至"名公巨卿莫不入室扣击,俯首归心"。曾灿更尤其钦佩其师道盛,称其"主持象教者,四十余年"④,"听其绪论,无一不归之忠孝。故其门下士,半皆文章节义魁奇磊落之人,或至有托而逃焉者"⑤。正因道盛心怀故国、又贯通儒释两教,每将其"绪论""归之忠孝",因此"文章""节义""魁奇磊落"各类"有托而逃焉"的士人都乐于投身其门下,曾灿也不例外,师从道盛也使他得以结交天下奇才:"予从杖人久,因获交其天木、石湖、蒲庵、观涛数君子。"⑥曾灿在后来回忆时说:"出亡在外,累及数年。始究心于性理左史诸书。篝燈夜读,亦欲思作天地间奇男子"⑦,从中可见其师道盛和杖人门下"数君子"对其潜移默化的激励和影响。

曾灿还曾回忆说:"少年意气,不乐浮图,一闻佛语,则掩耳而去。"⑧的确,作为明朝忠臣后代,他自幼染习在修齐治平的家庭

---

① 经马将伟考证,曾灿逃禅时间是顺治四年(1647)至顺治十年(1653)。(见马将伟:《易堂九子研究》,社会科学文献出版社2013年版,第77—85页。)
② 曾灿:《送西林游序》,《六松堂诗文集》卷十二,清抄本。
③ 道盛(1592—1659),号觉浪,别号杖人。
④ 曾灿:《石濂上人诗序》,《六松堂诗文集》卷十二,清抄本。
⑤ 曾灿:《石濂上人诗序》,《六松堂诗文集》卷十二,清抄本。
⑥ 曾灿:《石濂上人诗序》,《六松堂诗文集》卷十二,清抄本。
⑦ 曾灿:《答王山长》,《六松堂诗文集》卷十四,清抄本。
⑧ 曾灿:《与诸上人书》,《六松堂诗文集》卷十一,清抄本。

氛围中，继承父辈儒者的秉性学行，并不具备佛学造诣。然而，突如其来的甲申国难，犹如一道晴天霹雳，令一代仁人志士苦痛不堪，一时间失去了方向。作为亲身投入抗击清兵军事斗争的青年英雄，其为国效忠的理想与志向，又在亡国之痛的冲击下瞬间崩塌。国破、家亡、父丧，复国无望，时代的变乱令曾灿感叹"孰知十年之间，天地遂复多故，求时之策正自纷拏"①，又说："不十年国家多故，先大夫见背，予以避祸，侨吴阊，过西泠……"②他不禁唏嘘"生死存亡之数乃复如是耶？"③表现出在兴衰倏忽的现实面前，无力掌握命运的茫然。只能以"吾闻之，泰之有否，革之必鼎，盛衰之故，自然之理也"④来解释。正所谓"一生几许伤心事，不向空门何处销"，遁入空门本是曾灿因世事变幻、祸福无常，人事浮沉代谢而深感不能自拔，极力寻求解脱却又无法另外选择的路。如归庄所说："二十年来，天下奇伟磊落之才、节义感慨之士，往往托于空门；亦有居家而髡缁者，岂真乐从异教哉，不得已也。"⑤ "不得已"三个字道出了鼎革之际遗民逃禅之风盛行的原由与节义志士普遍的心声。曾灿《石濂上人诗序》"今石师之为诗，其老于浮屠乎，亦有托而逃焉者耶？观其剧饮大呼，狂歌裂眦之日，淋漓下笔，旁若无人，此其志岂小哉？"⑥亦一语道破了当时文士逃于方外的实情。⑦归庄所说的"不得已"与曾灿多次提及的"有托而逃焉"殊途同归，从不同角度阐释了逃禅者的苦衷与希冀。正因有其"不得已"且有所"托"，曾灿经"古德长者""开示"所生发的"壮不如老，贵不如贱，有室家不如独身之乐"⑧的思想并不能对其产生长久影响。在曾

---

① 曾灿：《与诺上人书》，《六松堂诗文集》卷十一，清抄本。
② 曾灿：《题陆梯霞耕鱼图序》，《六松堂诗文集》卷一，清抄本。
③ 曾灿：《与诺上人书》，《六松堂诗文集》卷十一，清抄本。
④ 曾灿：《题陆梯霞耕鱼图序》，《六松堂诗文集》卷一，清抄本。
⑤ 归庄：《送筇在禅师之余姚序》，《归庄集》卷三，上海古籍出版社1984年版，第240页。
⑥ 曾灿：《石濂上人诗序》，《六松堂诗文集》卷十二，清抄本。
⑦ 金陵生：《明遗民多逃于僧》，文学遗产，1999（5）。
⑧ 曾灿：《与诺上人书》，《六松堂诗文集》卷十一，清抄本。

灿"省觐太夫人返里"①后不久，顺治十年（1653），曾灿便遵年迈的祖母之命还俗："太夫人年八十五，日涕泣，令予返初服，终人世事。"②此后曾灿侍奉祖母起居数年，直至祖母陈氏顺治十四年（1657）去世。又说："逮太夫人即世，而吾母夫人又老，至今饮酒食肉长子孙，与世俗人无异。"③实际上，据曾灿后来"予甚悔前此轻作和尚"④的明确表态，便可知即便是没有祖母之命，本志不在佛禅、"有托而逃焉"的曾灿还俗也是必然的事。

尤其值得一提的是，考察曾灿的行迹可以发现，从顺治四年（1647）落发天界寺至顺治十年（1653）还俗，六年中，他并没有闭关修佛，而是长期游离于南京天界寺外。可以确定的是，顺治戊子，即顺治五年（1648）七月，曾灿来归翠微峰易堂。⑤顺治辛卯，即顺治八年（1651），曾灿又有"谋食岭南"⑥的经历。顺治壬辰，即顺治九年（1652）曾灿又返回宁都翠微峰。⑦

实际上，早在顺治三年（1646）率军抗清之前，作为九子之一，曾灿便参与了"易堂"的初创。据彭士望在《翠微峰易堂记》中回忆，顺治二年（1645）冬天，魏禧"知天下未易见天平"⑧，于是审度形势，"与其友将四方之役，谋所以托家者"⑨，邀诸亲友合资向旧时山主彭宦买购翠微峰。⑩就当时出资情况而言，"最，凝叔兄弟及曾止山（曾灿）家，次，杨、谢诸姓，又次，邱邦士（邱维屏）、

---

① 曾灿：《送西林游序》，《六松堂诗文集》卷十二，清抄本。
② 曾灿：《送西林游序》，《六松堂诗文集》卷十二，清抄本。
③ 曾灿：《送西林游序》，《六松堂诗文集》卷十二，清抄本。
④ 曾灿：《送西林游序》，《六松堂诗文集》卷十二，清抄本。
⑤ 魏禧《哭吴秉季文》云："戊子七月，兄同曾仲子间关避乱来易堂，堂中诸子闻之，皆倒衣迎。"（魏禧：《哭吴秉季文》，《魏叔子文集》外篇卷十四，中华书局2003年版，第687页。）
⑥ 曾灿《张穆之诗序》云："予于辛卯岁，谋食岭南。"（曾灿：《张穆之诗序》，《六松堂诗文集》卷十二，清抄本。）
⑦ 魏禧《与金华叶子九书》："壬辰止山归。"（魏禧：《与金华叶子九书》，《魏叔子文集》外篇卷五，中华书局2003年版，第223页。）
⑧ 彭士望：《翠微峰易堂记》，《易堂九子文钞·彭躬庵文钞》卷五，道光十七年刊本。
⑨ 彭士望：《翠微峰易堂记》，《易堂九子文钞·彭躬庵文钞》卷五，道光十七年刊本。
⑩ 彭士望《翠微峰易堂记》云："时邑人彭宦得兹山，创辟，凝叔合知戚累千金，向宦买山。"

李力负（李腾蛟），俱宁人"。① 除了魏禧兄弟，后来的"易堂九子"中，自幼与其比邻而居的曾灿是出资最多者。而买购翠微峰恰是易堂文人群形成的先决条件。随后魏氏兄弟又花巨资盖房修路。② 顺治三年（1646）春天，魏禧和友人先将家眷送上翠微山寨。③ "丙戌冬，闽及赣郡继陷，诸子毕聚，始决隐计"④，顺治三年（1646）冬天，由于赣州陷落，宁都危在旦夕，魏际瑞、魏禧、魏礼、李腾蛟、邱维屏、彭士望、林时益、彭任八位先生齐聚险峻陡峭的翠微峰，并决计隐居于此。而此时，曾灿正为避杀身之祸隐居南京天界寺。顺治五年（1648）七月，曾灿回到家乡宁都，走上翠微峰，与诸子一道躬耕隐居。山居时他的住处就在公堂"易堂"对面一排紧贴石壁而建的小屋内。⑤ 与诸子聚居翠微讲《易》读史的隐居生活过了大约四年，顺治九年（1652），翠微山变，诸子流离失所，"贫益甚，散处谋衣食"⑥。曾灿于是顺治十年（1653）正月辞别魏禧⑦，并写下《出门别山中同志》，暂时离开宁都，以僧服四处游历。是年（1653）秋，他来到石门，遇廖应试，作《癸巳秋游石门遇廖去门邀宿草堂感此却寄》；后又到安徽江村拜访钱澄之，钱澄之彼时"看花双溪未归"⑧，寄诗曾灿说："暂留仆被迟余返，且脱僧衣共把觞"⑨，诗有注云："余与青藜皆僧服。"

---

① 彭士望：《翠微峰易堂记》，《易堂九子文钞·彭躬庵文钞》卷五，道光十七年刊本。
② 魏禧《翠微峰记》云："予同伯兄、季弟大资其修凿费。"（魏禧：《翠微峰记》，《魏叔子文集》（外篇卷十六，中华书局2003年版，第723页。）
③ 魏禧《翠微峰记》云："丙戌春，奉父母居之。"（魏禧：《翠微峰记》，《魏叔子文集》（外篇卷十六，中华书局2003年版，第723页。）
④ 彭士望：《翠微峰易堂记》，《易堂九子文钞·彭躬庵文钞》卷五，道光十七年刊本。
⑤ 彭士望《翠微峰易堂记》云："过塘塍，西，面壁堂室为止山居。"（彭士望：《翠微峰易堂记》，《易堂九子文钞·彭躬庵文钞》卷五，道光十七年刊本。）
⑥ 彭士望：《翠微峰易堂记》，《易堂九子文钞·彭躬庵文钞》卷五，道光十七年刊本。
⑦ 魏禧《白日歌序》云："交曾子二十年矣。癸巳正月就余别。朋友一道，今日不绝如发，虽予与曾子最后乃得知己，岂不难哉！"（魏禧：《白日歌序》，《魏叔子诗集》卷二，中华书局2003年版，第1223页。）
⑧ 钱秉镫《六松堂诗文集序》云："癸巳秋，止山访予江村，予方看花双溪未归。"（钱秉镫：《六松堂诗文集序》，《六松堂诗文集》卷首，清抄本。）
⑨ 钱澄之：《曾青藜过草堂余以足疾卧双溪俟看花始回先寄一首》，《田间诗集》卷二，四库禁毁书丛刊集部第145册第211页。

是时年八十五岁老祖母的"日涕泣"令曾灿在此时脱下僧服而"返初服，终人世事"。顺治十年（1653）冬，曾灿返归宁都，"以大母命受室，筑六松草堂，躬耕不出"①。曾灿娶妻李氏，"生于明天启丙寅年九月十九日寅时"②即天启六年（1626）九月十九日寅时，婚后长子曾尚侃、次子曾尚倪及一女③相继出世。山居六年，曾灿与易堂友人"同农而耕"④，在给钱澄之的书牍中，他提到自己"方筑六松居，课耕为业"⑤，他还饶有兴致地向钱邦寅描述了隐居生活的美好场景："弟今春于西郊筑一小庄，督无戈辈耕锄自活，时倚六松下，邀邻人酌酒，听松声谡谡，如坐空山中。"⑥

三　依人谋食的壮年时期（1659—1673）

躬耕隐居的生活过了六年，顺治十六年（1659），曾灿再度下山出游。彭士望说："止山居山中六年，今复出，自章贡以适吴越。"⑦张自烈说："曾子止山偕彭子躬庵力田山中，阅六年，乃者出游吴越间。"⑧

顺治十六年（1659）六月，曾灿来到常熟芙蓉庄拜访钱谦益。⑨钱谦益与曾灿父亲曾应遴有旧，对曾灿自然另眼相看。这次相见，曾灿献上《奉赠钱牧斋宗伯》两首，并请钱谦益为其诗集作序。⑩

---

① 徐鼒：《小腆纪传补遗》卷六十九，光绪金陵刻本。
② 彭任：《曾灿墓碑文》，见于宁都临公路的草丛中，出自彭任之手，却不曾收录于彭任的《草亭文集》。
③ 曾灿女儿名字不详，嫁魏礼次子魏世俨。（魏世俨：《同蔡舫居祭外舅曾止山先生文》，《魏敬士文集》卷六，道光二十五年刊本。）
④ 彭士望：《六松堂诗文集序》，《六松堂诗文集》卷首，清抄本。
⑤ 钱秉镫：《六松堂诗文集序》，《六松堂诗文集》卷首，清抄本。
⑥ 曾灿：《与钱驭少》，《六松堂诗文集》卷十四，清抄本。
⑦ 彭士望：《六松堂诗文集序》，《六松堂诗文集》卷首，清抄本。
⑧ 张自烈：《六松堂诗文集序》，《六松堂诗文集》卷首，清抄本。
⑨ 钱谦益《与曾青藜书》有"足下记存衰朽，不啻枉驾""枉赠三章，激昂魁垒"的表述；曾灿集前所收钱谦益序末句云："岁在己亥夏六月虞山蒙叟钱谦益序"，按己亥即顺治十六年（1659），曾灿《再上钱牧斋宗伯书》有："自芙蓉庄拜别，曾两奉启事""伏承赐以诗序"的表述；可知顺治十六年（1659）六月曾灿到芙蓉庄拜访钱谦益并献《奉赠钱牧斋宗伯》三章，请其为己作序。
⑩ 钱谦益：《金石堂诗序》，《金石堂诗》卷首，康熙曾氏六松草堂刻本。

钱谦益对曾灿所赠诗中"诗书可卜中兴事,天地还留不死身"①两句尤为叹赏,称"壮哉其言之也"②。而从钱谦益序中"青藜与其徒退耕于野,衣被襏,量晴雨者,六年于此。襆被下估航,出游吴中。褐衣席帽,挟策行吟,贸贸然老书生也"③的描述可知,此时三十五岁的曾灿,虽壮心不已,然如钱牧斋所说,"求其精强剽悍之色,瞥然已失之矣"④,与率军抗清时那个"如灌将军在梁楚间"⑤的青年英雄已不可同日而语。对于钱谦益的赠序,曾灿受宠若惊,感激涕零,此时虽身在咫尺之外的南京⑥,却因生计窘迫不能成行,只能通过书信传递自己的心情:"自芙蓉庄拜别,……恨某方困行旅,乞食无所,咫尺舟车,不能自致。伏承赐以诗叙,时于人定长跪展诵,涕洟交面,惭感所并,不知纪极。"⑦

从顺治十六年(1659)六月常熟拜别钱谦益到顺治十七年(1660)正月,曾灿寓居南京,景况凄凉。由于居无定所,一度与魏禧失去联络。魏禧作于顺治十六年(1659)夏秋之交的《己亥八月怀曾止山在吴》云:"闻说三吴归战舰,何当六月断音书。"⑧彼时郑成功率军入长江,六月连克瓜洲、镇江,进逼南京。七月,张煌言连下数十城,远近响应,江南为之震动。然而不久,郑军兵败南京,损失惨重,抗清势力陷入绝境。清廷则严防搜捕抗清志士和民众。岁暮,曾灿与钱澄之在南京相遇,钱澄之已于此前一年买宅驯象门,与老友胡长庚比邻而居。⑨他乡遇故知,悲喜交集之余,

---

① 曾灿:《奉赠钱牧斋宗伯》,《六松堂诗文集》卷六,清抄本。
② 钱谦益:《与曾青藜书》,《牧斋有学集》卷三十八,上海古籍出版社1996年版,第1335页。
③ 钱谦益:《金石堂诗序》,《金石堂诗》卷首,康熙曾氏六松草堂刻本。
④ 钱谦益:《金石堂诗序》,《金石堂诗》卷首,康熙曾氏六松草堂刻本。
⑤ 钱谦益:《金石堂诗序》,《金石堂诗》卷首,康熙曾氏六松草堂刻本。
⑥ 钱秉镫《六松堂诗文集序》云:"癸巳秋,止山访予江村,……别六年矣,……今年有人遇止山于长干市"(钱秉镫:《六松堂诗文集序》,《六松堂诗文集》卷首,清抄本)据此可知"今年"即顺治十六年(1659),时曾灿身在南京。
⑦ 曾灿:《再上钱牧斋宗伯书》,《六松堂诗文集》卷十一,清抄本。
⑧ 魏禧:《己亥八月怀曾止山在吴》,《魏叔子诗集》卷七,中华书局2003年版,第1348页。
⑨ 杨年丰:《钱澄之文学研究》,苏州大学,博士学位论文,2010年。

钱澄之深感"尔乃惊涛初定，人有戒心"①。腊月十四日夜两人在友人孙中缘家中围炉看雪，曾灿感叹"萧飒干戈里，言愁是秣陵"②，抒吐对大势已去的无奈和复国失败的悲慨。除夕之夜他们在驯象门外守岁，曾灿再度感叹"逋臣犹共汝，故国竟如舟。万事从今过，又来开岁忧"③。对故国消逝的苦闷，更叠加了对岁月流逝的愁怀。顺治十七年（1660）正月三日，他们在顾梦游家中饮酒，④客中作客，曾灿不禁感叹"乱后飘零似野僧"⑤，而随后几人又"各东西散去"⑥。

顺治十七年（1660），曾灿来到东莞，见到了张穆⑦。他在《张穆之诗序》中说："予于辛卯岁谋食岭南，方困于依人，不得过从，今乃见之。十年后而张君则固已老矣。"⑧辛卯岁为顺治八年（1651），彼时曾灿第一次游岭南，与张穆并未谋面。十年后应为顺治十七年（1660），这恰与曾灿在《题张铁桥像后》一文中所说："庚子岁，予客东莞，交铁桥先生。尝饮其东溪草堂"⑨的时间相吻合，由此可知，顺治庚子即顺治十七年（1660），曾灿二度岭南。虽不能确知曾灿这一阶段以何为生、处境如何，但从他"半年辛苦路，今更岭南行"⑩"岭南今两度，恨不到罗浮"⑪的述说中不难感受到他来此既出无奈、在此亦身不由己，包括以日啖荔枝来"慰我岭南贫"⑫苦中作乐的生活况味。总之，比起当初的"困于依人"，

---

① 钱澄之：《六松堂诗文集序》，《六松堂诗文集》卷首，清抄本。
② 曾灿：《腊月望前一夕同钱幼光过孙易公围炉看雪共用十灰》，《六松堂诗文集》卷四，清抄本。
③ 曾灿：《同钱幼光守岁》，《六松堂诗文集》卷四，清抄本。
④ 钱澄之《六松堂诗文集序》："改岁三日，沈仲连邀同流寓诸子团挥于顾与治家。"
⑤ 曾灿：《庚子正月一日沈仲连比部移尊顾与治斋头集诸子分赋次元韵》，《六松堂诗文集》卷六，清抄本。
⑥ 钱澄之：《六松堂诗文集序》，《六松堂诗文集》卷首，清抄本。
⑦ 张穆（1607—1683），字穆之，号铁桥子。
⑧ 曾灿：《张穆之诗序》，《六松堂诗文集》卷十二，清抄本。
⑨ 曾灿：《题张铁桥像后》，《六松堂诗文集》卷十三，清抄本。
⑩ 曾灿：《将次南康县》，《六松堂诗文集》卷四，清抄本。
⑪ 曾灿：《送师子上人游罗浮》，《六松堂诗文集》卷四，清抄本。
⑫ 曾灿：《荔枝》，《六松堂诗文集》卷六，清抄本。

十年之后，曾灿二度岭南，处境并没有什么好转。

顺治辛丑即顺治十八年（1661）四月十一日，这个看似普通的日子，对于曾灿来说，意义非同寻常。因为他已经去世十四年的父亲曾应遴，生于明万历辛丑即万历二十九年（1601）的同一天。① 此时曾灿远在距故乡宁都千里之外的他乡旅舍，念及父亲的亡故，历数十四年来的种种沧桑和变迁，想到不能拜跪灵前的遗憾，曾灿百感交集。父辈的功业名望，己身的潦倒无依，从两个极端刺激着诗人，他无法遏制内心的悲伤与愧疚，写下《旅舍值先大夫辛丑初度不得展拜作此纪恨》："嗟予违亲颜，一纪倏已逾。世乱罕善谋，终岁走穷途。兹今值初度，心目空瞿瞿。料知陈儿筵，拜跪中无余。生时少膝下，此日复天隅。长年三十七，亲于予何须。人谁不生子，生我不如无。"② 此时曾灿已三十七岁，年近不惑，却仍旧"终岁走穷途"，居无定所，穷困落魄。

为了获得相对舒适的生活，康熙六年（1667）前后，曾灿又回到他所熟悉且经济繁庶、人文荟萃的吴地③。是年（1667），曾灿结识长洲徐晟④，时年四十三岁的曾灿与五十余岁的徐桢起⑤，从此建立起他们半生的友谊。将曾灿与徐晟的相交及其诗在《过日集》中出现频率之高⑥，与《过日集》入选者中里籍以江南为最多的事实相结合，不难见微知著，窥见曾灿这个来自赣南边鄙山区的文士在吴地交游之广，徵收诗作之多。《过日集》于康熙十二年（1673）付梓刊刻，此时的曾灿"笔耕毗陵郡幕，身为人役，如鹰在绦"⑦，且"幕

---

① 方以智《曾少司马墓志铭》云："公生万历辛丑四月十一日午时，公殁永历丁亥十一月。"（方以智《曾少司马墓志铭》，《浮山文集前编》卷九，四库禁毁书丛刊集部。）
② 曾灿：《旅舍值先大夫辛丑初度不得展拜作此纪恨》，《六松堂诗文集》卷二，清抄本。
③ 曾灿《祭徐桢起文》云："丁未，予同吾兄庭闻游吴门，得交君于吴趋二株园。"（曾灿《祭徐桢起文》，《六松堂诗文集》卷十三，清抄本）据此可知康熙六年（1667）曾灿身在吴门。
④ 徐晟，字桢起，江南长洲人。
⑤ 曾灿《祭徐桢起文》云："君时年五十余，余亦四十有三。"（曾灿《祭徐桢起文》，《六松堂诗文集》卷十三，清抄本）。
⑥ 《过日集》卷一杂言、卷三五古、卷七七古、卷九五律、卷十三七律均选徐晟诗。
⑦ 曾灿：《与曹秋岳先生书》，《六松堂诗文集》卷十一，清抄本。

中所得脩脯，悉瞻此役"①。即便如此，仍不得不弹铗以解决资金来源问题②。而这又都是曾灿在向曹溶、宋琬、周亮工等重要人物索序、征资时提及的话题。实际上，这一大型诗选之所以"计十年而后成"③，原因之一即在于六松主人"年来饥驱靡暇，剖厥无资"④。

曾灿自称"谋食轻千里，依人过一生"⑤，在"毗陵郡幕"，其幕主是康熙十年（1671）任常州知府的纪尧典⑥。纪尧典，字光韩，辽东宁前人。在《寿纪光韩太守序》中，曾灿第一次明确提到自己的幕僚身份，他说："今年正月六日，毗陵郡伯纪光韩公初度之辰，某适在宾幕，再拜献一卮以祝公，而为叙以侑之。"⑦"今年"为康熙十三年（1674），《甲寅开正六日为纪光韩郡伯寿》"斗杓惊节侯，三度祝君辰"⑧ 表明是时曾灿第三次为纪尧典祝寿。自康熙十一年（1672）正月入幕始，他"朝夕承事于公，几二年所"⑨。在寿序中，曾灿称赞纪尧典的功绩，说"毗陵称吴中要地"然"其风土视吴门为贫瘠"⑩，肯定"比年加以水旱，田谷不登，而民各安其业，无饥寒之迫，而走险以扰兹土者，皆公仁以抚之、静以镇之之功"⑪。他赞誉纪尧典既能"勤政恤民，兴利除害"⑫，又能"廉于物，躬俭以率下"⑬，更称道其人"性最仁爱。每出一罪，则喜动颜色；入一罪，则咨嗟太息，废箸不食，若其亲戚邻里之罹于法"⑭。可见，作为地方官，纪尧典是勤政爱民的典范。而作为幕主，其人也显得襟怀坦荡，用人不疑。曾灿表示："某以匪才孤陋，谬承指使，恩怨之

---

① 曾灿：《与宋荔裳先生书》，《六松堂诗文集》卷十一，清抄本。
② 曾灿：《与周栎园书》，《六松堂诗文集》卷十一，清抄本。
③ 曾灿：《过日集凡例》，《过日集卷首》，康熙曾氏六松草堂刻本。
④ 曾灿：《与宋荔裳先生书》，《六松堂诗文集》卷十一，清抄本。
⑤ 曾灿：《舟行》，《六松堂诗文集》卷四，清抄本。
⑥ 陈玉璂：《康熙常州府志》，江苏古籍出版社1999年版，第224页。
⑦ 曾灿：《寿纪光韩太守序》，《六松堂诗文集》卷十二，清抄本。
⑧ 曾灿：《甲寅开正六日为纪光韩郡伯寿》，《六松堂诗文集》卷五，清抄本。
⑨ 曾灿：《寿纪光韩太守序》，《六松堂诗文集》卷十二，清抄本。
⑩ 曾灿：《寿纪光韩太守序》，《六松堂诗文集》卷十二，清抄本。
⑪ 曾灿：《寿纪光韩太守序》，《六松堂诗文集》卷十二，清抄本。
⑫ 曾灿：《寿纪光韩太守序》，《六松堂诗文集》卷十二，清抄本。
⑬ 曾灿：《寿纪光韩太守序》，《六松堂诗文集》卷十二，清抄本。
⑭ 曾灿：《寿纪光韩太守序》，《六松堂诗文集》卷十二，清抄本。

间，不无浮言之至。而公坦白一心，信不见疑。"① 然而，在《上龚年伯书》中，曾灿对与幕主关系的认知和寿序中并不那么一致，甚至有些相反。

在《上龚年伯书》中曾灿表示，身为毗陵幕宾，尽管自己夙兴夜寐，甚至是鞠躬尽瘁，却并不能得到幕主的尊重和信任。他说："独某才短事烦，辨色而兴，夜烛见跋而不息。一饭辍箸，一沐辍洗，手口并作，笔无干毫，劳苦烦懑之中，忽复自笑。自比吏胥之伍，而有上相吐哺握发之勤；无穆之之才，而有不得不五官并用之势。又以主人虽贤，疑情未免，瞻踪顾影，动多牵制。"② 主人的猜疑令他深感压抑，但又不得不谨言慎行。而"瞻颜色为语默，视跬步为进止。怀疑不释，憬若惧罪；饮酒而甘，不敢谋醉"③，如此谨小慎微、屈己从人的行为方式更加剧了其屈辱感与苦痛感，他不由得感叹"如此面目，自对不堪"④。显然，与《寿纪光韩太守序》中"公坦白一心，信不见疑"之类外交辞令相比，《上龚年伯书》的牢骚愤懑更接近于曾灿内心的真实感受。这段鲜活而隐秘的心路历程，是初入幕府的曾灿强烈自尊心的表现。这样寄人篱下的日子过了两年，康熙十三年（1674），随着纪尧典离任毗陵⑤，曾灿自然也就离开了毗陵幕府。

四 老牯曳犁的晚年时期（1673—1688）

康熙十二年（1673）上元之夜，曾灿在吴地纳妾。其《灯夕书怀寄妾》云："癸丑上元夜，正当归汝时。"⑥ 从顺治十六年（1659）下山出游算起，此时年近半百的诗人已在外漂泊十四年。妻儿一直

---

① 曾灿：《寿纪光韩太守序》，《六松堂诗文集》卷十二，清抄本。
② 曾灿：《上龚年伯书》，《六松堂诗文集》卷十一，清抄本。
③ 曾灿：《上龚年伯书》，《六松堂诗文集》卷十一，清抄本。
④ 曾灿：《上龚年伯书》，《六松堂诗文集》卷十一，清抄本。
⑤ 《康熙常州府志》纪尧典任常州知府时间为康熙十年（1671）至康熙十二年（1673），单务嘉任常州知府时间为康熙十三年（1674）至康熙十七年（1678），曾灿康熙十三年尚为纪尧典祝寿，应是单务嘉到任后纪尧典方才离任。
⑥ 曾灿：《灯夕书怀寄妾》，《六松堂诗文集》卷五，清抄本。

远在家乡宁都，托易堂兄弟照顾。而其长子曾尚侃此时即将成婚。买妾已花去两百金①，儿女婚嫁更需大笔开销，巨大的经济压力令曾灿不堪重负，他写信给儿子曾尚侃说："汝年渐长，今冬便欲娶妇。百宜老成历炼，撑持门户，以纾我内顾忧"，又说"我年未过五十，至今鬓髮已白其半，盖我心已枯，服劳不得"②。曾灿明显感到了自己的未老先衰，他劝诫儿辈发奋自立以撑持门户，并表示无力再为家庭生计操劳："我此番解债之后，倘有余资，上可供菽水，下可充衣食。我便欲将家还汝，不能复为儿女作牛马也。"③ 然而，舐犊情深乃人之常情，老来得子④的曾灿更尤其"情不忍恝"⑤，他虽号称"不能复为儿女作牛马"，却终究落得个"老牯曳犁，至死莫休"⑥的现实命运。

吴地纳妾后不久，一双小儿女的出世使曾灿身上又多了一份担子，心中又多了一份挂牵。康熙十四年（1675）前后⑦，曾灿携家迁居苏州光福镇邓尉山。他说："尽室依朋友，同来住此山。虽知逢岁俭，却喜得人闲。"⑧又说："贫家无一事，日暮掩柴门。小妇怜儿女，寒衣补绽痕。"⑨尽管生活依旧贫寒，但有幼子弱女需要照顾，曾灿不再像从前那样四处奔走，而在邓尉一住就是九年⑩。彼时三藩之乱殃及江西，"家乡烽火甚，音信到来稀"，"饥寒婚嫁累，兵革海天违"⑪。对宁都家人的惦念，令他感到焦虑不安；儿女婚嫁的经济压力，又让他一筹莫展，他为此一度消沉，说："如此风尘

---

① 魏礼：《与友人书》，《魏季子文集》卷八，道光二十五年刊本。
② 曾灿：《与侃儿》，《六松堂诗文集》卷十四，清抄本。
③ 曾灿：《与侃儿》，《六松堂诗文集》卷十四，清抄本。
④ 曾灿长子曾尚侃生年不详，但顺治十年（1653）曾灿还俗成家时已经二十九岁。又据曾尚侃妻即魏禧养女曾静言"年十七而嫁曾氏"推测，康熙十二年（1673）两人结婚时曾尚侃亦应不少于十七岁，由此推断曾灿很可能是三十二、三岁以后才生下此子。
⑤ 曾灿：《分关小引》，《六松堂诗文集》卷十三，清抄本。
⑥ 曾灿：《与李元仲》，《六松堂诗文集》卷十四，清抄本。
⑦ 曾灿迁居邓尉的时间详见第二章第二节与姜寓节交游考述。
⑧ 曾灿：《邓尉山中岁除》其一，《六松堂诗文集》卷五，清抄本。
⑨ 曾灿：《邓尉山中岁除》其二，《六松堂诗文集》卷五，清抄本。
⑩ 详见第二章第二节与姜寓节交游考述。
⑪ 曾灿：《邓尉山中岁除》其五，《六松堂诗文集》卷五，清抄本。

际，安能事奋飞。"① 所幸的是，在邓尉数年间，曾灿有姜奉世、徐崧、林鼎复、朱载震这些好友相伴，他们彼此间过从密切、往来唱和频繁，可以倾诉"眼前儿女苦哜嘈，欲卧先愁归梦遥"②的苦衷，发出"最是无情贫与病"③的感叹。

　　康熙二十二年（1683），曾灿移居黄鹂巷。④ 在吴地他已是"十年八易居"⑤，生活举步维艰。岁暮，诗人回首平生遭际，几多凄凉辛酸，几多日暮穷途之感："僦屋黄鹂巷，怀古当初春。不闻携酒者，但见索逋人。旅食亦云久，惊心岁屡更。共此深宵坐，劳劳乡国情。七当少阳数，淹及吾父兄吾父以四十七吾兄以五十七捐弃馆舍。今予届六十，岂不是余生。"⑥ 旅食他乡，寄居陋巷，债务缠身，到老更加困顿。深夜独坐，念及父亲曾应遴顺治四年（1647）四十七岁去世后，顺治十六年（1677）胞兄曾畹五十七岁时又病卒，曾灿痛哭之余，不免怨天尤人，发出"七当少阳数，淹及吾父兄"的哀叹，暗自怨家人命短⑦。想到转年便是甲子，届时自己年将六旬，曾灿似乎感到死神已悄然临近。

　　也许，诗人不甘心屈服于命运；也许，他意识到自己还有很多义务和责任；也许他认为自己的才能尚未得到施展，康熙甲子，即康熙二十三年（1684），花甲之岁的曾灿又开始了"奔走衣食，家如传舍"⑧的征程。秋天，他北上长安。⑨ 当渡过御河，途经武城

---

① 曾灿：《邓尉山中岁除》其五，《六松堂诗文集》卷五，清抄本。
② 曾灿：《徐崧之留斋头数日，夜因病起不能出，作此柬之》其二，《六松堂诗文集》卷九，清抄本。
③ 曾灿：《徐崧之留斋头数日，夜因病起不能出，作此柬之》其二，《六松堂诗文集》卷九，清抄本。
④ 国图皮藏曾灿《壬癸集》第50首题名为《移居黄鹂巷答朱悔人吴孟举赠诗再叠前韵》，可知该诗作于康熙癸亥即康熙二十二年（1683），详见本章第三节著述考述。
⑤ 曾灿：《移居黄鹂巷答朱悔人吴孟举赠诗再叠前韵》，《壬癸集》，清抄本。
⑥ 曾灿：《岁暮言怀用陆放翁"贫坚志士节，病长高人情"为韵》，《壬癸集》，清抄本。
⑦ 曾应遴生子六人，长子曾畹顺治十六年（1677）五十七卒，曾灿排行第二，叔、季皆早死，六子曾焔康熙九年（1670）年卒，时年三十二。
⑧ 曾灿：《与林武林》，《六松堂诗文集》卷十四，清抄本。
⑨ 曾灿《与林武林》："甲子秋间曾一至长安。"

县、夹马营、东光县、兴济县，由静海县觅得牛车①，辗转奔波，在路上走了两个多月②，终于将要抵达长安时，诗人已然身心憔悴，不禁发出"已料京华路，此生不复来""只因儿女累，怀抱几时开"③的感慨。随后下榻馆舍"就斗室仅可容膝而居，周遭上下书册狼藉，有力者皆置不问"④ 的遭际又令他感到意冷心灰。"世情之荒凉，人情之变幻""如夏云奇峰，不可捉摸"⑤，而"吴中儿女朝夕待炊"⑥"历年负逋未完，儿女婚嫁未毕"⑦ 这些燃眉之急曾灿则不得不尽快解决，此刻他想到的出路是"度岭而南"⑧。

康熙二十三年（1684），曾灿"因千金山业，为人侵占"⑨ 匆忙赶回家乡解决纠纷之时，得知宁都县"因淮盐之累，闭市半月"⑩，而时任两广总督的故交吴兴祚恰有"复广盐之疏"⑪，曾灿眼前一亮，看到了希望。他多次给吴兴祚写信并在信中周密地分析了赣州盐政问题，提出一系列整顿方略。功夫不负有心人，数通书札中所展现出来的非凡经济才能终于打动了吴兴祚，在吴总督"召见再三"之下，康熙二十四年（1685），六十一岁的曾灿来到端州，这已是他平生第三次"度岭而南"⑫。进入两广总督府协理赣州盐务，既让他结识了林杭学、马三奇等风云人物，进一步提升了其交游的层次和范围，更使得其卓越才干得到充分发挥，从这个意义上说，曾灿

---

① 国图庋藏《甲子诗》第70首至第76首题目分别是《晓发御河》《武城县》《夹马营》《东光县》《晓发阻风兴济县》《九月初二夜静海县看新月》《静海县觅牛车登陆抵长安》，据此可知曾灿途经之地。
② 曾灿《静海县觅牛车登陆抵长安》："两月长安道，仍然在畏途。"（曾灿《静海县觅牛车登陆抵长安》，《甲子诗》，清抄本。）
③ 曾灿：《将抵长安》，《甲子诗》，清抄本。
④ 曾灿：《次日就斗室仅可容膝而居……有力者皆置不问伤哉贫贱》，《甲子诗》，清抄本。
⑤ 曾灿：《与丁雁水》，《六松堂诗文集》卷十四，清抄本。
⑥ 曾灿：《与丁雁水》，《六松堂诗文集》卷十四，清抄本。
⑦ 曾灿：《与吴留村》，《六松堂诗文集》卷十四，清抄本。
⑧ 曾灿：《与丁雁水观察书》，《六松堂诗文集》卷十四，清抄本。
⑨ 曾灿：《与丁雁水》，《六松堂诗文集》卷十四，清抄本。
⑩ 曾灿：《与吴留村》，《六松堂诗文集》卷十四，清抄本。
⑪ 曾灿：《与吴留村》，《六松堂诗文集》卷十四，清抄本。
⑫ 曾灿有《三度岭南诗》一卷，国图庋藏。据此可知他平生曾三次度岭而南，详见第三节著述考述。前面已经提及，曾灿在顺治八（1651）和顺治十七年（1660）已两次游岭南。

也算得上是大器晚成。

然而好景不长，半年过后，随着赣州盐务"为制台撤回"①，曾灿再度陷入困顿。他说："羁身三月，囊橐萧然。虽制台悯念故人，得完埠中费用，而所入不足以偿所出。荒时失事，不可名言。"② 得而复失的巨大打击令曾灿自称"数奇之人"③，甚至对自己的命运失去信心。而当念及"离吴门三载，小儿女浮家此地，饥寒生死，俱不可卜"④，曾灿心中百味杂陈，感叹说："某寄情邱壑，忘世已深。只因逋负未完，婚嫁未毕，不能不倚诸侯食肉。然非某之初志也。兹往西泠，暂依故人刘映老。倘机缘不偶，当复作长安之游。"⑤ 是作为父亲的责任感使他不得不作出乖违本志的无奈抉择，并且要老当益壮，一往无前。而面对种种艰难，这个老人又何尝不曾自伤自怜："及乙丑来归，为侃典鬻殆尽，嗟嗟予年过六十有三。旦暮不能保之人，而使之冒暑雨祈寒，走衣食以赡妻子，有人心者固如此乎？"⑥ 字里行间饱藏着辛酸。他最终是在"倘籍完婚嫁，随师谒后尘"⑦"何年婚嫁毕，归老旧园林"⑧ 的美好憧憬中踏上了"复作长安之游"的征程。然而，这一次曾灿没有回来，康熙二十七年（1688）十月十九日这天，这头"老牯"不必再"曳犁"，可以长眠于长安。对于自己的死，曾灿似乎早有预感，他临终托孤吴中故人，将其幼子弱女⑨分别交由好友姜寓节和杨宾抚养。

值得一提的是，晚年的曾灿，不仅依然过着"终年道路，衣食因人"⑩ 的生活，随之而来的羞耻感、苦痛感也愈益强烈，他说：

---

① 曾灿：《与马乾庵》，《六松堂诗文集》卷十四，清抄本。
② 曾灿：《与陈园公》，《六松堂诗文集》卷十四，清抄本。
③ 曾灿：《与陈园公》，《六松堂诗文集》卷十四，清抄本。
④ 曾灿：《与刘映黎》，《六松堂诗文集》卷十四，清抄本。
⑤ 曾灿：《与马乾庵》，《六松堂诗文集》卷十四，清抄本。
⑥ 曾灿：《分关小引》，《六松堂诗文集》卷十三，清抄本。
⑦ 曾灿：《寄怀石濂师并次元韵》其二，《六松堂诗文集》卷五，清抄本。
⑧ 曾灿：《进山》，《六松堂诗文集》卷五，清抄本。
⑨ 杨宾《曾青藜姜奉世合传》云："余亦抚青藜一女，而与奉世最密。"（杨宾：《曾青藜姜奉世合传》，《杨大瓢先生杂文残稿》，丛书集成续编本）。
⑩ 曾灿：《与李元仲》，《六松堂诗文集》卷十四，清抄本。

"老年奔驰，犹欲向人觅颜色，真可愧耻。"① 当他向时贵"仰面乞哀"②时，最多提及的字眼，除了"嗷嗷待哺"③，便是"婚嫁未毕"。不禁令人同情吴中儿女幼小，而联想到宁都子嗣不肖。从曾灿写给丁炜信中所说"某年逾六十，婚嫁未毕。终年道路，衰老日臻。先君有子六人，今皆支庶繁衍。独某孙枝未卜，绕膝无成"④ 更可以明显感受到他对于子嗣不肖的无奈和家道日衰、后继无人的苦闷。

此外，他还常常感叹说"作客三十年，家山如传舍"⑤，"比年来奔走衣食，家如传舍"⑥。女婿魏世俨也说他"常以客为家，十数载始一归"⑦。诚如杜桂萍所说："中国古人向无久客而不归的传统，回家是人生的归宿，狐死首丘乃必然之抉择。凡不归者，必定有身世未了之事，或因子孙而顾虑重重，甚至存在着难言之隐。"⑧ 以"因子孙而顾虑重重""存在着难言之隐"来解释曾灿"无日不图归里"⑨ 思乡之情强烈与"终年道路""辗转道路，息影无期"⑩ 之间的矛盾，是最合适不过的。

从锦衣玉食的贵介公子到"年来穷困"⑪ 的憔悴老人，曾灿的一生，的确如他本人所说，是"富贵之日少，而贫贱之日多"。三度岭南、三游长安⑫，寓居吴地十四年⑬，历经种种沧桑与变迁，"生趣几为衣食索尽"⑭。从曾灿平生经历，可见清初遗民生存之艰难。

---

① 曾灿：《与陈园公》，《六松堂诗文集》卷十四，清抄本。
② 曾灿：《与钱驭少》，《六松堂诗文集》卷十四，清抄本。
③ 曾灿：《与吴留村》，《六松堂诗文集》卷十四，清抄本。
④ 曾灿：《与丁雁水》，《六松堂诗文集》卷十四，清抄本。
⑤ 曾灿：《长沙杂兴》，《六松堂诗文集》卷二，清抄本。
⑥ 曾灿：《与丁雁水》，《六松堂诗文集》卷十四，清抄本。
⑦ 魏世俨：《同蔡舫居祭外舅曾止山先生文》，《魏敬士文集》卷六，道光二十五年刊本。
⑧ 杜桂萍：《"名士牙行"与孙默归黄山诗文之征集》，《社会科学战线》2015年第1期。
⑨ 曾灿：《与梁药亭》，《六松堂诗文集》卷十四，清抄本。
⑩ 曾灿：《与吴留村》，《六松堂诗文集》卷十四，清抄本。
⑪ 曾灿：《与沈昆铜书》，《六松堂诗文集》卷十一，清抄本。
⑫ 除了文中提及的两次长安之游，曾灿《答王山长》云："拙选庚戌馆长安时，徵收甚富"（曾灿：《答王山长》，《六松堂诗文集》卷十四，清抄本）据此可知他还曾在康熙九年（1670）游长安。
⑬ 国图皮藏曾灿《甲子诗》第95首《长至前三日王小坡邵子湘长安大集即送邵樾公归武林》其四"因风寄鸿雁，梦到夕阳边"句末小字云"予家吴十四年"（曾灿：《长至前三日王小坡邵子湘长安大集即送邵樾公归武林》，《甲子诗》，清抄本）。
⑭ 曾灿：《与沈昆铜书》，《六松堂诗文集》卷十一，清抄本。

第三节 著述考述

曾灿以能诗著称当世，他生前有"纪地编年"① 的抄本《壬癸集》《甲子诗》《三度岭南诗》流传，也有分体排列的刻本《曾青藜初集》《曾青藜诗》八卷行世。诗人卒后其长子曾尚侃、次子曾尚倪搜罗检阅其遗稿，分类编次抄录，厘定为《六松堂诗文集》十四卷。通过几种小集和《六松堂诗文集》作品收录、起讫时间等相关问题的考察，及各种小集与合集之间内在联系的探究，可以更好地梳理出诗人的生平和创作轨迹。

一　《曾青藜集》五种

曾灿撰，凡五种有刊有钞。国家图书馆庋藏。编号18547为邓之诚先生藏书。

第一种为《曾青藜初集》一卷。清初刻本，不知何人所刻。半页8行，行18字，白口，四周双边。前有魏禧序。集名下刻有"宁都曾灿青藜著"字样。集中作品分体排列，依次收杂诗2首、五言古40首、七言古6首、五言律52首、七言律22首、五言排律及五七言绝各2首。② 共计收诗128首。就其中题目或内容显示，或作年可考的诗歌，以作于顺治七年（1650）③ 的《哭叶蓟綎二首》为最早。以作于顺治十八年（1661）的《旅舍值先大夫辛丑初度不得展

---

① 曾尚倪《六松堂诗文集序》云："先君所著，集名不一，有《嘤中草》《游草》《西崦草堂集》《壬癸集》《甲子诗》《三度岭南诗》，皆纪地编年，不无多寡，未免错杂。"（曾尚倪：《六松堂诗文集序》，《六松堂诗文集》卷首，清抄本）目前《嘤中草》《游草》《西崦草堂集》已不可见，邓之诚《清诗纪事初编》早已指明："云尚有《嘤中草》《游草》《西崦草堂集》皆未见。"（邓之诚：《清诗纪事初编》，中华书局1965年版，第215页）《壬癸集》《甲子诗》《三度岭南诗》各一卷，国家图书馆庋藏，后文将分述之。

② 同一诗题下有两首及两首以上诗者，均计为1首。文中涉及诗歌数量统计，均按此标准。

③ 《曾青藜初集》128首诗中作年可考最早的，是《哭叶蓟綎二首》。叶蓟綎，名永圻，顺治三年（1646）卒。曾灿《哭叶蓟綎二首》其一云："蹉跎五载余，烽火隔江右。鸿兹闻讣音，疑信未分剖。"（曾灿：《哭叶蓟綎》其一，《曾青藜初集》，清刻本）据此可推知曾灿在叶蓟綎卒后五年，即顺治七年（1650）始得闻讣，则该诗应作于是年。

拜作此纪恨》为最迟。由此推知《曾青藜初集》成书时间或不早于顺治十八年（1661）。

第二种为《曾止山文集》一卷。清初刻本，不知何人所刻。半页9行，行20字，小字双行。白口，左右双边，单鱼尾。集前无序，集名下刻有"宁都曾灿青藜著"字样。该小集按"曾止山文集卷之论""曾止山文集卷之序""曾止山文集卷之书""曾止山文集卷之说"另分四卷。其中"论"有《公叔座论》《荆轲论》2篇；"序"有《魏叔子文集序》《张虞山闽南集序》《金石堂诗序》《送西林游序》《赠邑人杨君序》5篇；"书"有《上万年伯书》《上杨年伯书》《诸和尚书》《书周纪后》《书新息侯传后示六弟》5篇；"说"有《不贷之圃说》《果斋说》2篇。共收录文章14篇。

第三种为《壬癸集》一卷。清抄本，不知何人所抄。半页10行，行21字，小字双行。白口，左右双边。前未见序。① 集中诗作不分体，曾尚倪《六松堂诗文集序》称其"纪地编年"。由《集》中第1首题名为《开正三日顾迂客招饮得九佳》的诗作，在曾尚倪编次抄录的《六松堂诗文集》中题名为《壬戌开正三日顾迂客招饮分得九佳》；第2首题名为《春日璞庵蔡九霞同姜奉世诸子至佘山看梅得中字》的诗作，在《六松堂诗文集》中题名为《壬戌辰日王璞庵蔡九霞右宣过邓尉徐长民载酒同姜奉世诸子至佘山看梅得中字》；第19首题名为《冬至前一日过娄东别王不庵，由浙东返里，时不庵亦归营葬》的诗作，在《六松堂诗文集》中题名为《壬戌冬至前五日过娄东王不庵，由浙东返里，时不庵亦归营葬》；第25首题名为《癸亥元日》的诗作，在《六松堂诗文集》中题目亦作《癸亥元日》，可以确知《壬癸集》所收为曾灿康熙壬戌和康熙癸亥，即康

---

① 《壬癸集》前虽未见序，但在曾尚倪编次的《六松堂诗文集》中，署称为"同学弟钱澄之漫题"的序文云："……君更移寓城南，予过之。复留榻数夕，其穷愁殆胜于寓邓尉时。出其壬癸两年诗，属于序之。其词甚悲。"（钱澄之：《六松堂诗文集序》，《六松堂诗文集》卷首，清抄本）据此可知钱澄之之序是应为《壬癸集》而作。又，该序在钱澄之《田间文集》中题名为《曾青藜壬癸诗序》（钱澄之：《曾青藜壬癸诗序》，《田间文集》卷十五，黄山书社1998年版，第277页）因此可以确定钱澄之的该序是为曾灿《壬癸集》而作，但不知为何未见于《壬癸集》前。

熙二十一年（1682）和康熙二十二年（1683）所作诗。

在此基础上，进一步考察《壬癸集》中记录具体写作时间的诗歌，第 6 首题名为《三月晦夕宋稺恭偶集寓楼送春即席口占得寒字时立夏后一日》；第 11 首题名为《初冬同郭臯旭姜奉世蔡矶先登雨花台赴旗亭小饮得来字》；第 39 首题名为《清明日姜奉世招同梁药亭苏临白汪学先令弟学在虎丘小集分得四支十㲉》；第 43 首题名为《仲夏丁泰岩方伯从长安观归予亦由吴门返里赋此留别》；第 48 首题名为《初秋顾迂客招同蒋大鸿、徐蘗庵、朱悔人、唐铸万、顾梁汾、高澹游、黄宪尹、金筮文依园雅集得程字》；第 49 首题名为《秋日送徐长民同蘗庵入都作此并寄蘗庵》；第 64 首题名为《长至后二日朱悔人招同诸子话别时值诞辰次韵赠之》；第 69 首题名为《岁暮言怀用陆放翁"贫坚志士节，病长高人情"为韵》。综观集中体现时间概念的全部作品，根据随着诗歌次序递推，相应地，写作时间由壬戌"开正三日""春日""三月晦""初冬""冬至前""除夕"，由"癸亥元日""清明日""仲夏""初秋""秋日""岁暮"顺次向前推移的事实，可以进一步确定《壬癸集》属于"编年"体例。该集诗始壬戌正月三日①，即康熙二十一年（1682）正月三日；诗终癸亥岁暮②，即康熙二十二年（1683）岁末，基本按具体时间顺序排列③，共计收录诗歌 69 首。

第四种为《甲子诗》一卷。清抄本，不知何人所抄。半页 10 行，行 21 字，小字双行。白口，左右双边。前有康熙二十六年（1687）顾祖禹序。④《甲子诗》不分体，曾尚倪《六松堂诗文集序》称其"纪地编年"。对其中记录写作时间的诗歌逐个考察，第 1 首题名为《元旦遣兴》，该诗在曾尚倪编次抄录的《六松堂诗集》中题

---

① 如上所述，《壬癸集》中第 1 首诗题名为《开正三日顾迂客招饮得九佳》。
② 《壬癸集》中最后 1 首诗歌题名为《岁暮言怀用陆放翁"贫坚志士节，病长高人情"为韵》。
③ 如《壬癸集》第 49 首题名为《秋日……》，第 64 首题名为《长至后二日……》，"长至后二日"应在"秋日"之前，即第 64 首应在第 49 首之前，其次序并不是严格按时间先后。除此之外《壬癸集》中其他诗歌均按具体时间顺序排列。
④ 按序末"时丁卯长至日宛溪友弟顾祖禹谨序"，可知序作于康熙丁卯即康熙二十六年（1687）。

目作《甲子元旦遣兴》；第3首题名为《甲子人日》；第4首题名为《开岁五日顾迂客招集依园予以病足未赴分得十三元十一真》；第8首题名为《上元雨集》，该诗在曾尚倪编次抄录的《六松堂诗集》中题目作《甲子上元雨集》；第11首题名为《正月廿二日汪异三折柬见招时有西陵之行不克赴作此酬之》；第16首题名为《四月十一日欲挐舟往河渚补祝施赞伯六十因水涸不能通作此》；第58首题名为《八月十五夜高山口舟次》；第60首题名为《十七夜舍舟宿徐氏庄》；第75首题名为《九月初二夜静海县看新月》；第89首题名为《冬夜李容斋少宰招饮分赋》；第95首题名为《长至前三日王小坡邵子湘长安大集即送邵橪公归武林》；第139首题名为《除日南昌道中值雨》；第140首题名为《南昌除夕》，根据随着诗歌次序递推，题目所显现的时间由"元旦""开岁五日""上元""正月廿二日""四月十一日""八月十五夜""十七夜""九月初二夜""冬夜""除夕"依次向前推移的事实，可以进一步确定《甲子诗》属于"编年"体例。该集诗始甲子元旦，即康熙二十三年（1684）元旦，诗终甲子除夕，即康熙二十三年（1684）除夕，基本按写作时间先后排列①，共计收录诗歌140首。

第五种为《三度岭南诗》一卷。清抄本，不知何人所抄。半页10行，行21字，小字双行。白口，左右双边。前有徐柯序，据序末"戊辰夏五吴郡同学弟徐柯拜撰"字样，可知该序作于康熙戊辰，即康熙二十七年（1688）。柯愈春《清人诗文集总目提要》所称"《三度岭南诗》载徐柯康熙二十八年序"，"康熙二十八年"的说法，实误。《三度岭南诗》不分体，曾尚倪《六松堂诗文集序》称其"纪地编年"。徐柯序中"今春乃始得为止山论定其壬癸、子丑、寅卯六年之诗，而以《三度岭南诗》属予为序"的表述更为明确具体地交

---

① 如《甲子诗》第3首题名为《甲子人日》，第4首题名为《开岁五日……》，"人日"为正月初七，应在"开岁五日"之后，其次序就不是严格按时间先后；又如第58首题名为《八月十五夜……》，第95首题名为《长至前三日……》，"长至前三日"应在"八月十五夜"之前，即第95首应在第58首之前，其次序也并未按时间先后。此外《甲子诗》中其他诗歌均按具体时间顺序排列。

代了集中诗歌的起止时间。结合是说，考虑到"壬癸""甲子"已各自有集，不难推知《三度岭南诗》所收为诗人乙丑（1685）、丙寅（1686）、丁卯（1687）三年诗作。对其中记录写作时间的诗歌逐一考察，由第 1 首题名为《乙丑元日立春》；第 19 首题名为《丙寅夏闰同臧介子吴西李方遐祉李嵩公同集真际师晋庵小憩得鸣字》；第 42 首题名为《七月十三日陈园公良可招同吴易庵湖山小饮集次易庵扇头韵》，该诗在《六松堂诗集》中题名为《丙寅七月十三日陈园公良可招同吴易庵湖山小饮集次易庵扇头韵》；第 70 首题名为《丁卯元日舟次书所见》；第 71 首题名为《十六夜独坐》，该诗在《六松堂诗集》中题名作《丁卯正月十六夜独坐》，可以进一步确定《三度岭南诗》所收为诗人乙丑（1685）、丙寅（1686）、丁卯（1687）三年作品。又，根据随着诗歌次序递推，相应地，题目显示的写作时间由"乙丑元日""丙寅夏闰""丙寅七月""丁卯元日""丁卯十六夜"依次向前推移的客观事实，《三度岭南诗》属于"编年"体例，得到了具体印证。该集诗始康熙乙丑元日，即康熙二十四年（1685）元日；诗终康熙丁卯春天[1]，即康熙二十六年（1687）春天，按具体时间顺序排列，共收录诗歌 72 首。

《三度岭南诗》不仅具有编年体性质。除了被曾尚倪序称作"纪地编年"，集名提法本身也标示着这部小集兼有"纪地"的命意。结合诗人生平经历，通过对小集中相关作品的研究与分析，可以大致梳理出诗人"三度岭南"的心态与行迹。具体来说，联系曾灿与吴兴祚的交游[2]，以及集中《端江喜遇查德尹兼悼令兄韬荒》《赠驿盐道杨荆湖参宪》《送闵尔荣往赣行盐》[3] 等作品可以推断出，诗人之"三度岭南"，以竭力干谒时任两广总督的吴兴祚并进入其肇

---

[1] 《三度岭南诗》最后 1 首诗歌题名为《春日喜值严荪友詹允于羊城次予假原韵奉别》。

[2] 曾灿康熙十三年（1674）结识时任无锡令的吴兴祚，有多首诗歌赠与吴兴祚，且有包括《与两粤总制书》和《与吴留村》在内的七通书札，从中可知曾灿最终以其才干和诚意赢得了吴兴祚的认可，并进入其总督府协理盐务。详见第二章第三节与吴兴祚交游考述。

[3] 《端江喜遇查德尹兼悼令兄韬荒》《赠驿盐道杨荆湖参宪》《送闵尔荣往赣行盐》分别是《三度岭南诗》中的第 18 首、第 26 首和第 30 首。

庆总督府协理赣州盐务为最终目的和结果。而《介子移尊七星岩共用林字》和《端溪砚铭》两诗中的"七星岩"和"端溪砚",正成为康熙二十五年（1686）[①]曾灿效命于吴兴祚肇庆总督府的旁证。《三度岭南诗》中还有诸如《将抵里过十八滩》《夏日从惠潮返里朱子式金载酒至河干招同潘涵观及令兄青野话别,是夜涵观青野留宿同诸子侨俨坐月得常字》[②]诗人为盐务奔波辗转于岭南与赣南家乡之间的心情记录。另外,《秋日集同陈园公心之比之吴易庵、林可符游黄氏废园得中字》《中秋前一日马乾庵总戎集同林武林太守、吴涵清关部看演月宫杂剧》《中秋日林武林太守招同吴涵清、张次崖、彭秋水诸子宴集》[③]等诗也留下了诗人参与吴兴祚幕府文士雅集与戏曲活动的身影。总之,在被曾尚侃称为"纪地编年"的三种小集中,相对于《壬癸集》和《甲子诗》将集名与内容统一于编年体例,《三度岭南诗》真正将"纪地"的实质与"编年"的形式兼收并蓄。

二 《曾青藜诗》八卷

曾灿撰,曾尚侃辑,清康熙曾氏六松草堂刻本,国家图书馆庋藏。

《曾青藜诗》八卷由曾灿长子曾尚侃编次。是曾灿徵资刊刻《过日集》的同时命儿子曾尚侃依次辑录伯兄曾晪（字庭闻）诗六卷、己诗八卷、六弟曾炤（字丽天）诗一卷,合刻成的《金石堂诗》十五卷中之一种。《金石堂诗》十五卷,亦即邓之诚《清诗纪事初编》所称"灿尝刻兄晪诗八卷、弟炤诗一卷、合己作六卷","附于《过日集》之末"的"金石堂集"。前有顺治十六年（1659）

[①] 《介子移尊七星岩共用林字》《端溪砚铭》分别是《三度岭南诗》的第20首和第21首,据《三度岭南诗》中第19首题名为《丙寅夏闻同臧介子吴西方邀祉李鬲公同集真际师晋庵小憩得鸣字》,第42首题名为《丙寅七月十三日陈园公良可招同吴易庵湖山小饮集次易庵扇头韵》,结合《三度岭南诗》按具体时间先后排列,可推知《介子移尊七星岩共用林字》《端溪砚铭》亦应作于康熙丙寅即康熙二十五年（1686）。

[②] 《将抵里过十八滩》《夏日从惠潮返里……得常字》分别是《三度岭南诗》的第14首和第36首。

[③] 三首诗分别是《三度岭南诗》的第52首、55首和56首。

钱谦益序和曾灿《金石堂诗序》。序后依次是《曾庭闻诗》六卷、《曾青藜诗》八卷、《曾丽天诗》一卷，三种小集均分体排列。

"金石堂集"12 行 24 字，小字双行。白口，四周单边。版式字数与《过日集》完全一致。据曾灿《金石堂诗序》"某有《过日集》之役，伯子属在他方，未得与较定。仅录其诗，又不敢以三家村语，混厕黄钟大吕之间。爰命儿子侃编次，别录卷末"① 所言及的"金石堂集"与《过日集》的内在联系，可进一步推知该集应与《过日集》同步刊刻于康熙十二年（1673）。

《曾青藜诗》八卷分体排列，卷一为杂言，收诗 10 首；卷二为五言古，收诗 59 首；卷三为七言古，收诗 20 首；卷四为五言律，收诗 108 首；卷五为七言律，收诗 100 首；卷六为五言排律，收诗 4 首；卷七为五言绝句，收诗 11 首；卷八为七言绝句，收诗 14 首。全书共计收录诗歌 326 首。其中题目或内容显示作年及作年可考的诗歌，以杂言中第 5 首《战城南》为最早。据诗题下小字"赣州丙戌城破事"，可知该诗作于顺治三年（1646）；以五言绝句中第 10 和第 11 首《过钟山》和《金陵道上》为最迟。《过钟山》和《金陵道上》诗题及内容虽未体现作年，但根据两首诗又见于《曾青藜集》五卷第三种《壬癸集》，分别是其中的第 8 首和第 9 首，可推知两首诗应作于康熙壬戌②，即康熙二十一年（1682）。这样看来，《曾青藜诗》八卷的刊刻时间应不早于康熙二十一年（1682）。

《曾青藜诗》八卷与前面所提及的《曾青藜初集》，均为清初刻本，且诗歌均按杂言、五言古、七言古、五言律、七言律、五言排

---

① 曾灿：《金石堂诗序》，《金石堂诗》卷首，康熙曾氏六松草堂刻本。（《六松堂诗文集》卷十二，清抄本。）

② 如前所述，《壬癸集》为编年体，收录曾灿康熙壬戌（1682）、康熙癸亥（1683）两年所作诗 69 首，按具体时间顺序排列，诗始壬戌正月，即康熙二十一年（1682）正月；诗终癸亥岁暮，即康熙二十二年（1683）岁末。对《壬癸集》中记录写作时间的诗歌依次考察，第 1 首题名为《开正三日顾迁客招饮得九佳》，在《六松堂诗集》中该诗题名为《壬戌开正三日顾迁客招饮分得九佳》；第 19 首题名为《冬至前一日娄东别王不庵，由浙东返里，时不庵亦归营葬》，在《六松堂诗集》中该诗题名为《壬戌冬至前五日娄东王不庵，由浙东返里，时不庵亦归营葬》。而《过钟山》和《金陵道上》分别是《壬癸集》中第 8 和第 9 首，可知两首诗应是康熙壬戌，即康熙二十一年（1682）所作。

律、五言绝、七言绝8种体式依次排列。因此不妨将两者进行对比。《曾青藜初集》8行18字，白口，四周双边。前有魏禧序。共收录诗歌128首。其中可考最早的作于顺治七年（1650），最迟的作于顺治十八年（1661）；《曾青藜诗》八卷12行24字，小字双行。白口，四周单边。前有顺治十六年（1659）钱谦益原序和曾灿《金石堂诗序》。① 共收录诗歌326首。其中可考最早的作于顺治三年（1646），最迟的作于康熙二十一年（1682）。

而将两种刻本所收诗歌一一对照，能够进一步确定《曾青藜初集》与《曾青藜诗》八卷之间是存在渊源关系的。从《曾青藜初集》到《曾青藜诗》八卷，诗歌题目几乎没有改变。《曾青藜初集》"杂言"所收的两首诗歌《短兵篇为罗孝子灵最作》和《夜坐吟》，分别是《曾青藜诗》八卷"杂言"所刻十首诗的第2和第3首；《曾青藜初集》"五言古"所收的四十首诗，除第14首《送谢元一还绥安》、第24首《旅舍值先大夫辛丑初度不得展拜作此纪恨》、第28首《呈周计百司理》、第39首《万山观楼上值雪》四首不见于《曾青藜诗》八卷之外，其余三十六首均在《曾青藜诗》八卷"五言古"所刻的五十九首范围之内。具体来说，按《曾青藜初集》前后次序对应位置分别在《曾青藜诗》八卷第2，3，6，8至18，20至24，29至44，和第46、47首；《曾青藜初集》"七言古"所收的六首诗，在《曾青藜诗》八卷"七言古"二十首中均有收录，依次为第1，2，4，5，9，10首；《曾青藜初集》"五言律"所刻的五十二首诗歌，除第26首《邓孝威贻酒肴见饷坐谈移日》、第33首《赠陈雄飞》、第37首《别白敲上人》、第48首《从严州上新安作》四首未见于《曾青藜诗》八卷之外，其余四十八首均依排序复见于《曾青藜诗》八卷"五言律"一百零八首诗的前六十一首；《曾青藜初集》"七言律"所收二十二首诗，无一例外均依次复见于《曾青

---

① 《曾青藜诗》八卷是《金石堂诗》中的一种，确切地说，钱谦益《金石堂诗序》与曾灿《金石堂诗序》是这部丛书的序。

藜诗》八卷"七言律"一百首诗的前三十三首;① 《曾青藜初集》"五言排律"所收的两首诗《自杭州至桐庐县感怀得十韵》和《梁安峡值雨》即是《曾青藜诗》八卷"五言排律"所刻四首诗的前两首;而《曾青藜初集》"五言绝"所录的《方山子盘谷图》和《渡涧》,"七言绝"所收的《梦中得尾二句续成》和《中元吊所思》,亦分别是《曾青藜诗》八卷"五言绝"所刻十一首、"七言绝"所刻十四首诗的前两首。

总之,《曾青藜初集》所刻的128首诗,除上面提到的"五言古"中四首和"五言律"中四首共八首外,其余120首诗都依照各自在原集中的分体和排序情况被再次刻入《曾青藜诗》八卷。考虑到"五言古"和"五言律"是《初集》中诗歌数量最大的两种诗体,推测上面八首诗的缺失并非诗人有意摈除的结果,而很可能是刊刻时的遗漏导致。并且,由《曾青藜初集》所收之诗,均依原序占据并集中于《曾青藜诗》八卷相应体式次序前列这一事实②,以及《曾青藜诗》八卷中"五言古"的最后一首《戊午夏日张黼章……用呈诸公以博一笑》、"五言绝"的最后一首《金陵道上》均是同种诗体可考作年最迟的作品推断,《曾青藜诗》八卷所收之诗很可能是采用分体之下的编年排列法。此外,除了来源为《曾青藜初集》的120首诗歌,《曾青藜诗》八卷326首诗中其余的206首,与《壬癸集》《甲子诗》《三度岭南诗》三种起讫年相续接③,整体时间跨度为康熙二十一年(1682)至康熙二十六年(1687)的小集,所

---

① 《曾青藜诗》八卷中"五言律"前六十一首中第2,3,6,19,20,22,27,28,34,35,37,40,41首是《曾青藜初集》"五言律"中所没有的,其余四十八首诗歌题目及先后顺序均与《初集》完全一致;《曾青藜诗》八卷"七言律"前三十二首中第1,3,4,5,7,12,14,16,21,22,23首是《曾青藜初集》"七言律"中所没有的,其余二十二首诗歌题目及先后顺序均与《曾青藜初集》完全一致。

② 如上所述,从《曾青藜初集》到《曾青藜诗》八卷,诗歌先后顺序没有改变,但中间偶尔有其他诗的插入。

③ 如上所述,《壬癸集》收录曾灿康熙壬戌(1682)和康熙癸亥(1683)两年诗作,诗始康熙壬戌(1682)正月,诗终康熙癸亥(1683)岁暮;《甲子诗》收诗康熙甲子(1684)诗作,诗始甲子(1684)元旦,诗终甲子(1684)除夕;《三度岭南诗》收诗人康熙乙丑(1685)康熙丙寅(1686)康熙丁卯(1687)三年诗作,诗始乙丑(1685)元日,诗终丁卯(1687)春日。

收诗歌几乎没有重复①，考虑这206首诗很可能就是上承《曾青藜初集》下启三种小集，即时间上衔接《初集》和后来《壬癸集》《甲子诗》《三度岭南诗》三种小集的中间部分。也就是说，按《曾青藜初集》中可考最晚的诗歌作于顺治十八年（1661），那么《曾青藜诗》八卷中除《曾青藜初集》120首之外的这206首诗时间跨度应在顺治十八年（1661）至康熙二十一年（1682）。

三 《六松堂诗文集》十四卷

曾灿撰，清抄本，中国社会科学院庋藏。

该集乃曾灿卒后，其子曾尚侃、曾尚倪搜罗检阅诗人遗稿②，分类编次抄录而成。包括《六松堂诗集》九卷、《六松堂诗余》一卷、《六松堂文集》三卷、《六松堂尺牍》一卷，合为《六松堂诗文集》十四卷。全集因曾灿以"六松"独挺于天地之间抒己怀抱，将躬耕之所取名"六松草堂"且自称"六松老人"命名。曾尚倪《六松堂诗文集序》称："先君所著，集名不一，有《唫中草》《游草》《西崦草堂集》《壬癸集》《甲子诗》《三度岭南诗》，皆纪地编年，不无多寡，未免错杂。今分其类而编次之，厘为十四卷，总名《六松堂诗文集》。以先君昔日归耕于此，自撰有诗叙故也。"按，《唫中草》《游草》《西崦草堂集》今已不可见，《壬癸集》一卷、《甲子诗》一卷、《三度岭南诗》一卷，国家图书馆庋藏，上面已分而述之。

《六松堂诗文集》十四卷，半页9行，行20字，小字双行。每卷名下有"宁都曾灿青藜著"和"男尚侃尚倪编次"字样。全书卷一至卷九为《六松堂诗集》，卷十为《六松堂诗余》。《六松堂诗集》目录前依次为魏禧、邱维屏、彭士望、钱秉镫、张自烈、秦云爽、钱澄之、顾祖禹、蔡方炳、徐柯序，曾止山自序，及曾尚倪序。从

---

① 《曾青藜诗》八卷中除卷七"五言绝"最后两首《过钟山》和《金陵道上》复见于《壬癸集》外，未见两书有其他重复诗歌。

② 曾尚倪《六松堂诗文集序》："先君捐馆于京师，倪兄弟远隔万里，……迨旅榇归日，于散佚中得遗稿数册。"（曾尚倪：《六松堂诗文集序》，《六松堂诗文集》卷首，清抄本）

第一章　曾灿家世、生平、著述考述　　69

序文内容来看，邱维屏是序"曾青藜诗余"①，其他人均序"曾青藜诗"②。卷十一至十三为《曾青藜文集》，卷十四为《曾青藜尺牍集》。《六松堂文集》目录前有毛际可序。

《六松堂诗集》诗歌分体及收录情况为，卷一"杂言"，收诗23首；卷二"五言古"，收诗110首；卷三"七言古"，收诗42首；卷四"五言律"，收诗205首；卷五"五言律"，收诗190首；卷六"七言律"，收诗146首；卷七"七言律"，收诗184首；卷八"五言排律"，收诗7首；卷九收"五言绝"12首，"七言绝"44首；《六松堂诗集》九卷合计收录诗歌963首。卷之十《六松堂诗余》共收词作86首。卷之十一收"论、书"，其中"论"5篇、"书"12篇，共17篇；卷之十二为"序"，收录序文38篇；卷之十三题名为"说、引、跋"，其中"说"4篇、"引"7篇、"跋"12篇；另外收"书后"4篇、祭文及墓志10篇、"记""疏""弁言""赠言"各1篇，共收录文章41篇；《六松堂文集》三卷合计收录文章96篇。卷之十四收录"尺牍"23篇。

曾尚倪序称，其父曾灿平生著述不止于此，然而作品多有散佚，《六松堂诗文集》所录，仅是"十之三四"，"至末年所作一无存，不知遗失何处"③。尽管如此，《六松堂诗文集》十四卷已是目前可见收录曾灿作品最多、最全的诗文集。曾尚侃、曾尚倪两兄弟所见，及其编次《六松堂诗文集》十四卷时所本之曾灿著作，曾尚倪《六松堂诗文集序》中明确指出的，有"《啸中草》《游草》《西崦草堂集》《壬癸集》《甲子诗》《三度岭南诗》"④六种。而如上所述，

---

① 邱维屏《六松堂诗文集序》云："予友曾青藜则非有二人之遇者，其所为诗余工妍绰约，亦多近晏寇欧阳诸家。至其悲怨之音，盖往往有焉。"（邱维屏：《六松堂诗文集序》，《六松堂诗文集》卷首，清抄本）

② 魏禧《六松堂诗文集序》云："而乃今而予得序止山之诗"（魏禧：《六松堂诗文集序》，《六松堂诗文集》卷首，清抄本）。彭士望《六松堂诗文集序》云："止山贫而好游，无具独能。以其诗见大人先生暨名下士，而予之诗远不逮止山，不敢以请……"（彭士望：《六松堂诗文集序》，《六松堂诗文集》卷首，清抄本）其他人亦均论曾灿之诗，不一一列举。

③ 曾尚倪：《六松堂诗文集序》，《六松堂诗文集》卷首，清抄本。

④ 曾尚倪：《六松堂诗文集序》，《六松堂诗文集》卷首，清抄本。

《嶍中草》《游草》《西崦草堂集》今已不可见；《壬癸集》《甲子诗》《三度岭南诗》三种小集收诗的大致情况前面作了一些说明，下面还将与《六松堂诗集》作进一步比较。另外，需要指出的是，与《壬癸集》《甲子诗》《三度岭南诗》三种抄本并列为《曾青藜集》五卷的两种刻本《曾青藜初集》和《曾止山文集》，虽未被曾尚倪序提及，但实际上，《曾青藜初集》128 首诗中除《夏杪将归里寄陈元孝并柬何不偕陶苦子》和《静庵过草堂值雨赋别》两首外，其余 126 首均被收入《六松堂诗集》九卷，《曾止山文集》中全部作品均被收入《六松堂文集》三卷。再者，从《六松堂诗集》前有魏禧序也不难想见其与《曾青藜初集》之间的渊源关系。① 下面就《六松堂诗文集》十四卷与《曾青藜集》五卷的差异一一对比。

第一，是《六松堂诗集》九卷与《曾青藜初集》。

《曾青藜初集》一卷，清初刻本，不知何人何时所刻。收录曾灿各体诗歌 128 首。前有魏禧序。曾尚倪所编《六松堂诗集》前魏禧序与《曾青藜初集》（以下简称《初集》）前魏禧原序相比，抄本与刻本的形式区别之外，内容上的差异主要集中在一个段落内：《初集》原序中"止山为人，愿朴沉鸷"② 在《六松堂诗集》前序中作"止山为人，愿谨笃挚"③；其后"所为诗工美多艳，及遭世变，更历患难，其诗日趋于老朴"④ 一句，在《六松堂诗集》前序中无"其诗"二字；随后《初集序》中"五言古味淳而格清，七言古虽善设色，然偭倪多气岸。五七言律整雅浏亮，求其向者美艳之语殆不可得"⑤ 一小段文字则未见于《六松堂诗集》前魏禧序中，也就是说，《六松堂诗集序》从"日趋于老朴"直接过渡为"止山为贵公子，裘马自喜，好慷慨，缓急人，未尝一以声势加乡里"⑥。而

---

① 魏禧序最早见于《曾青藜初集》前，下文将具体说明《曾青藜初集》魏禧序与《六松堂诗文集》魏禧序的差异。
② 魏禧：《曾青藜初集序》，《曾青藜初集》卷首，清刻本。
③ 魏禧：《六松堂诗文集序》，《六松堂诗文集》卷首，清抄本。
④ 魏禧：《曾青藜初集序》，《曾青藜初集》卷首，清刻本。
⑤ 魏禧：《曾青藜初集序》，《曾青藜初集》卷首，清刻本。
⑥ 魏禧：《六松堂诗文集序》，《六松堂诗文集》卷首，清抄本。

《初集序》此句后面和"又能以死任大事"① 句前面，两者中间"非其义虽千金不顾"② 一句亦未见于《六松堂诗集序》，且《初集序》"又能以死任大事"③ 在《六松堂诗集序》中作"又能以死生任大事"④。承此句《初集序》"故年二十时清江杨机部先生有古大臣之目"⑤，其中"杨机部先生"在《六松堂诗集序》中作"杨文正公"⑥；承此句《初集序》"及不得志，或自课耕以食其所获，或浮沉乞食于江湖，历世益深，天真益见，此止山诗之所以益工也"⑦，其中后半句在《六松堂诗集序》中作"历世益久，其诗益杂出而相为工"⑧。

总的来说，《六松堂诗集》前魏禧序与《曾青藜初集》前魏禧原序的区别，不外乎文字上的缺失与细节上的出入两类。《曾青藜初集》前魏禧原序"止山为人，愿朴沉鸷。然少负才华，以风流相尚。所为诗工美多艳，及遭世变，更历患难，其诗日趋于老朴。五言古味淳而格清，七言古虽善设色，然偶倪多气岸。五七言律整雅浏亮，求其向者美艳之语殆不可得。止山为贵公子，裘马自喜，好慷慨，缓急人，未尝一以声势加乡里。非其义虽千金不顾。又能以死任大事，故年二十时清江杨机部先生有古大臣之目"⑨，整段文字语意连贯，衔接紧密，一气呵成，可以排除衍文存在的可能。而《六松堂诗集序》所缺少的"五言古味淳而格清，七言古虽善设色，然偶倪多气岸。五七言律整雅浏亮，求其向者美艳之语殆不可得"和"非其义虽千金不顾"两处文字承上启下的同时，更传达着魏禧对其至友曾灿各体诗歌风格与个性特征的理解与体察。作为序中至关重要的内容，两段文字言无虚发，触及了实质性问题，是研究曾灿其人

---

① 魏禧：《曾青藜初集序》，《曾青藜初集》卷首，清刻本。
② 魏禧：《曾青藜初集序》，《曾青藜初集》卷首，清刻本。
③ 魏禧：《曾青藜初集序》，《曾青藜初集》卷首，清刻本。
④ 魏禧：《六松堂诗文集序》，《六松堂诗文集》卷首，清抄本。
⑤ 魏禧：《曾青藜初集序》，《曾青藜初集》卷首，清刻本。
⑥ 魏禧：《六松堂诗文集序》，《六松堂诗文集》卷首，清抄本。
⑦ 魏禧：《曾青藜初集序》，《曾青藜初集》卷首，清刻本。
⑧ 魏禧：《六松堂诗文集序》，《六松堂诗文集》卷首，清抄本。
⑨ 魏禧：《曾青藜初集序》，《曾青藜初集》卷首，清刻本。

其诗的重要依据，因而格外值得珍视，无论如何不能忽略。而至于两序其余三处细节上的差异，则无伤大雅，并不能造成对魏禧序的不同理解，也不会对曾灿研究产生根本性影响。

从作品收录情况来看，《曾青藜初集》128 首诗中，除"五言古"第 27 首《夏杪将归里寄陈元孝并柬何不偕陶苦子》和"七言律"第 18 首《静庵过草堂值雨赋别》不见于《六松堂诗集》外，其余 126 首均按相应体式录入《六松堂诗集》九卷。与前面所提及《曾青藜初集》120 首诗被再次刻入《曾青藜诗》八卷时情形有所不同，并存于《曾青藜初集》与《曾青藜诗》八卷中的这 120 首诗歌，题目几乎没有区别①。而从《初集》中 126 首诗被抄入《六松堂诗集》的情况来看，题目字眼上的差异相对要多一些。具体见下表所示：

诗体	在《曾青藜初集》中的题名	在《六松堂诗集》中的题名
五言古	《梦魏冰叔》	《钱塘江梦魏凝叔》
五言古	《架沟》	《泇口》
五言古	《甲午秋日得长兄庭闻壬辰腊月诗》	《秋日得长兄壬辰腊月诗》
五言古	《送林确斋挈家还南昌》	《三巘送林确斋挈家返南昌》
五言律	《初冬访钱幼光不值令兄幼安令嗣孝则留宿迟之》	《初冬访钱幼光不值令嗣孝则留宿迟之》
五言律	《将立春同李咸斋彭中叔散步望翠微二魏》	《己亥立春前同李咸斋彭中叔散步望翠微三魏》
五言律	《夜雨怀余生生》	《夜雨怀余生生叶钟麟》
七言律	《平西雪夜罗珂雪璞被出宿旅舍时有寇警》	《平西雪夜同诸子分赋》
七言律	《雨后入庄》	《冒雨入庄》
七言律	《正月三日沈仲连先生移尊顾与治斋头集诸子分赋次元韵》	《庚子正月一日沈仲连比部移樽顾与治斋头集诸子分赋次元韵》

除了题目，就同一首诗歌而言，《六松堂诗集》之于《曾青藜

---

① 《曾青藜初集》"五言律"中"访眭身壹郁麓草堂赋赠"一诗，在《曾青藜诗》八卷中题名为"留眭身壹郁麓草堂赋赠"。此外《曾青藜初集》与《曾青藜诗》八卷两者诗歌题目未见差异。

第一章　曾灿家世、生平、著述考述

初集》，内容上存在差异的也并不少见。在篇幅较长的诗歌中差异程度尤其明显。典型的如"五言古"中《感愤诗》，在《曾青藜初集》中，存诗三首。"感愤诗"题名下一首，后面两首依次标"其二""其三"字样，与《六松堂诗集》不标序只列诗不同。且《六松堂诗集》较《曾青藜初集》篇幅稍长。通过进一步比较对照发现，现存于《六松堂诗集》中《感愤诗》的第三首"梧桐百尺树，生在山之腰。结子亦可食，中弃而为茅。昔有楚太子，以其实豢枭。岂不翼凤鸣，性生不可挠"①，同样的内容在《曾青藜初集》中没有找见。也就是说，《六松堂诗集》中《感愤诗》虽未标序但实为四首，《曾青藜初集》中《感愤诗》是三首。对应关系上，《曾青藜初集》中第一首、"其二"、"其三"在《六松堂诗集》中分别是第一、第二和第四首。而具体字眼上仍有细微差别，表现为《曾青藜初集》中其一"寒暑一就移"②句，在《六松堂诗集》第一首中作"寒暑忽就移"③；《曾青藜初集》"其二""坐见采樵人"④句，在《六松堂诗集》第二首中作"坐听采樵人"⑤；《初集》"其三""总总纨绔子"⑥句在《六松堂诗集》第四首中作"总总跰𨇤子"⑦。与《感愤诗》情况相类似的，还有《黄河杂诗》。在《曾青藜初集》中，该组诗从"其二"至"其六"依次标序，然"其六"下无诗，因而题目下实际存诗五首。在《六松堂诗集》中，该组诗仍采用不标序只列诗的方式，且《六松堂诗集》较《初集》篇幅更长。通过进一步对比发现，现存于《六松堂诗集》中《黄河杂诗》第五首"秋气生微凉，萧然动远水。明月光在帆，一行三十里。隐隐出城郭，悬灯波涛里。篙师惜夜阑，乘风奔如驶。缅想高皇初，河流忽倒起。天地所效顺，百灵秉其理。北斗落我床，歌声变为徵。挥杯劝何人，

---

① 曾灿：《感愤诗》，《六松堂诗文集》卷二，清抄本。
② 曾灿：《感愤诗》其一，《曾青藜初集》，清刻本。
③ 曾灿：《感愤诗》，《六松堂诗文集》卷二，清抄本。
④ 曾灿：《感愤诗》其二，《曾青藜初集》，清刻本。
⑤ 曾灿：《感愤诗》，《六松堂诗文集》卷二，清抄本。
⑥ 曾灿：《感愤诗》其三，《曾青藜初集》，清刻本。
⑦ 曾灿：《感愤诗》，《六松堂诗文集》卷二，清抄本。

荆卿与高子"① 的内容为《曾青藜初集》所未见。就是说，《六松堂诗集》中《黄河杂诗》虽未标序但实为六首，《初集》中《黄河杂诗》标为六首，实有五首。对应关系上，《初集》中第一首及"其二"至"其四"分别是《六松堂诗集》中第一至第四首。因前者缺少后者第五首的内容，故前者"其五"在后者是第六首。另外在组诗《东昌舟次》中也同样存在《六松堂诗集》存诗六首而《初集》存诗五首的情况。经对照比较发现，《六松堂诗集》中《东昌舟次》的第一首"有女坐邻舟，日自惜眉黛。香风入我窗，好色岂不爱。男儿事驰驱，安敢蹈尤悔"②，是《初集》中所不具有的。此外《曾青藜初集》中《东昌舟次》"其二""钜鹿斗秦项，战场经几回"③句在《六松堂诗集》中作"此地经秦项，郊原多草莱"④，也属于该诗两者较明显的差异。此外，《六松堂诗集》之于《曾青藜初集》其余同题诗歌的差异不再一一列举。

第二，是《六松堂文集》三卷与《曾止山文集》。

《曾止山文集》一卷，清初刻本。不知具体为何人何时所刻。集前无序。所收录14篇文章，包括《公叔座论》《荆轲论》"论"2篇《上万年伯书》《上杨年伯书》《诺和尚书》《书周纪后》《书新息侯传后示六弟》"书"5篇、《魏叔子文集序》《张虞山闽南集序》《金石堂诗序》《送西林游序》《赠邑人杨君序》"序"5篇、《不贷之圃说》《果斋说》"说"2篇，无一遗漏，按所属文体分别被录入《六松堂文集》卷十一"论、书"、卷十二"序"及卷十三"说、引、跋"。就14篇文章而言，《六松堂文集》之于《曾止山文集》，内容上有无出入，及其程度如何，还有待于进一步研究和比较。

第三，《六松堂诗集》九卷与《壬癸集》。

《壬癸集》一卷，清抄本。收录曾灿康熙壬戌和康熙癸亥，即康熙二十一年（1682）和康熙二十二年（1683）两年所作诗69首，

---

① 曾灿：《黄河杂诗》，《六松堂诗文集》卷二，清抄本。
② 曾灿：《东昌舟次》，《六松堂诗文集》卷二，清抄本。
③ 曾灿：《东昌舟次》其二，《曾青藜初集》，清刻本。
④ 曾灿：《东昌舟次》，《六松堂诗文集》卷二，清抄本。

不分体，按写作时间顺序排列。诗始康熙二十一年（1682）正月，诗终康熙二十二年（1683）岁暮，集前未见序。而据钱澄之《六松堂诗集序》"今又八年矣。君更移寓城南，予过之。复留榻数夕，其穷愁殆胜于寓邓尉时。出其壬癸两年诗，属于序之。其诗甚悲"[1]，关于曾灿《壬癸集》序写作背景的交代，又据该序在钱澄之《田间文集》中名为《曾青藜壬癸诗序》[2]，可以确定钱澄之序即是为曾灿《壬癸集》所作。但实际的情况是，钱澄之序未见于《壬癸集》而只见于《六松堂诗集》。也就是说，集前有无钱澄之序成为《六松堂诗集》与《壬癸集》的差别之一。将《壬癸集》收录作品与《六松堂诗集》一一对照发现，《壬癸集》中69首诗歌全部按所属体例被纳入《六松堂诗集》九卷中。从题目上看，《六松堂诗集》之于《壬癸集》的区别主要体现为有无具体纪年，这在前面关于《壬癸集》的介绍中已经提及，另有一首诗题差异涉及形近字的问题，详见下表：

诗体	在《壬癸集》中的题名	在《六松堂诗集》中的题名
五言律	《开正三日顾迂客招饮得九佳》	《壬戌开正三日顾迂客招饮分得九佳》
五言律	《春日璞庵蔡九霞同姜奉世诸子至佘山看梅得中字》	《壬戌辰日王璞庵蔡九霞右宣过邓尉徐长民载酒同姜奉世诸子至佘山看梅得中字》
七言律	《冬至前一日过娄东别王不庵，由浙东返里，时不庵亦归营葬》	《壬戌冬至前五日过娄东王不庵，由浙东返里，时不庵亦归营葬》
七言古	《典裘歌为余佺庐中丞赋》	《曲裘歌为余佺庐中丞赋》

第四，《六松堂诗集》九卷与《甲子诗》。

《甲子诗》一卷，清抄本，收录曾灿康熙甲子，即康熙二十三年（1684）所作诗140首，不分体，基本按写作时间顺序排列。诗始康熙二十三年（1684）元旦，诗终康熙二十三年（1684）除夕。前有顾祖禹《甲子诗》序。该序已被收入《六松堂诗集》。经对照比较发现，《甲子诗》前顾祖禹序中"岁甲子，先生自吴门走燕赵，还

---

[1] 钱澄之：《六松堂诗文集序》，《六松堂诗文集》（卷首），清抄本。
[2] 钱澄之：《曾青藜壬癸诗序》，《田间文集》卷十五，黄山书社1998年版，第277页。

过家山。南指岭粤抚膺叹曰：'予始生乙丑，至今六十年。犹视息人间'"① 一段，在《六松堂诗集》中，无"岭粤"二字，作"南指抚膺叹曰"②；"犹视息人间"③ 在《六松堂诗集》中作"犹视息人世"④。此外两序其余部分文字皆一致。又，将《甲子诗》收录作品与《六松堂诗集》一一对照发现，《甲子诗》中除第46首《晚泊崔镇》外，其余139首诗歌均已按相应体式收入《六松堂诗集》九卷中。诗歌题目方面，从《甲子诗》到《六松堂诗集》，除前者题名为《出山》的一首五律，在后者题名为《出门》外，其余138首诗歌题目再无不同。

第五，《六松堂诗集》九卷与《三度岭南诗》。

《三度岭南诗》一卷，清抄本，收录曾灿乙丑（1685）、丙寅（1686）、丁卯（1687）三年所作诗72首，不分体，按写作时间顺序排列。诗始乙丑元日，即康熙二十四年（1685）元日；诗终丁卯春日，即康熙二十六年（1687）春日。前有徐柯《三度岭南诗》序。该序已被收入《六松堂诗集》。经对照比较发现，《三度岭南诗》前徐柯序中"益都公子，卓荦偏人，所得经奇"⑤ 句，在《六松堂诗集》中作"益都公子，卓荦惊人，别得奇经"⑥；又，将《三度岭南诗》收录作品与《六松堂诗集》一一对照发现，《三度岭南诗》中72首诗歌无一例外均被收入《六松堂诗集》九卷。

从诗歌题目上看，从《三度岭南诗》到《六松堂诗集》，除前面所提及有无干支纪年的区别外，其余差异或来自是否记录具体时日或寿数，或关乎人物称谓。如《三度岭南诗》中题名为《岁除日横江舟次同诸子尚任度岁》和《除夕泊小溪口》的诗歌，在《六松堂诗集》中分别略去了"岁除日"和"除夕"；又，《三度岭南诗》

---

① 顾祖禹：《甲子诗序》，《甲子诗》卷首，清抄本。
② 顾祖禹：《六松堂诗文集序》，《六松堂诗文集》卷首，清抄本。
③ 顾祖禹：《甲子诗序》，《甲子诗》卷首，清抄本。
④ 顾祖禹：《六松堂诗文集序》，《六松堂诗文集》卷首，清抄本。
⑤ 徐柯：《三度岭南诗序》，《三度岭南诗》卷首，清抄本。
⑥ 徐柯：《六松堂诗文集序》，《六松堂诗文集》卷首，清抄本。

中题名为《寿潮阳林武林太守六十初度五十韵》的诗作，在《六松堂诗集》中省去了"六十初度"。再有，《三度岭南诗》中题名为《中秋日林果庵太守招同吴涵清、张次崖、彭秋水诸子宴集》的诗歌，"林果庵"在《六松堂诗集》中作"林武林"，而两者均为时任潮州太守的林杭学。此外，极个别差异源于笔误。如《三度岭南诗》中题名为《短歌题朱式金家庆图》的作品，在《六松堂诗集》中作《短歌题来式金家庆图》，而根据《六松堂诗集》另外两首诗提及此人均作"朱式金"①而非"来式金"，可推知此处属于将"朱"记为"来"的笔误。上述诗歌题目差异另附下表：

诗体	在《三度岭南诗》中的题名	在《六松堂诗集》中的题名
七言古	《短歌题朱式金家庆图》	《短歌题来式金家庆图》
五言律	《夏日从惠潮返里朱子式金载酒至河干招同潘涵观及令兄青野话别，是夜涵观青野留宿同诸子侨偘坐月得常字》	《夏日从惠潮返里朱式金载酒至河干招同诸子侨偘坐月得常字》
五言律	《岁除日横江舟次同诸子尚任度岁》	《横江舟次同诸子尚任度岁》
五言律	《除夕泊小溪口》	《泊小溪口》
七言律	《七月十三日陈园公良可招同吴易庵湖山小饮集次易庵扇头韵》	《丙寅七月十三日陈园公良可招同吴易庵湖山小饮集次易庵扇头韵》
七言律	《中秋日林果庵太守招同吴涵清、张次崖、彭秋水诸子宴集》	《中秋日林武林太守招同吴涵清、张次崖、彭秋水诸子宴集》
七言律	《正月十六夜独坐》	《丁卯正月十六夜独坐》
五言排律	《寿潮阳林武林太守六十初度五十韵》	《寿潮阳林武林太守五十韵》

四 《过日集》二十卷《名媛诗》一卷

曾灿辑，清康熙曾氏六松草堂刻本，国家图书馆庋藏。编号

---

① 如曾灿《夏日从惠潮返里朱式金载酒至河干招同诸子侨偘坐月得常字》（《六松堂诗文集》卷五，清抄本）和《朱式金搆新亭于珠江上集诸客以落成颜曰珠合作此赠之》（《六松堂诗文集》卷七，清抄本）均作"朱式金"。

15436为郑振铎藏书，半页12行，行24字，小字双行。白口，四周单边。该本目录作为卷首的钱谦益姓名被挖去。又一部编号为15273，除龚鼎孳序有残缺，施闰章序缺"于论青藜"之后的半页外，其余较为完备。

选帙前依次是康熙十二年（1673）龚鼎孳序，序末有"康熙癸丑秋七月既望淮南龚鼎孳撰"字样及其印章；康熙十一年（1672）沈荃序，序末有"康熙壬子岁涂月云间沈荃题于毗陵之舟次"字样及"沈荃"和"绎堂"两副印章；康熙十二年（1673）施闰章序，序末有"康熙癸丑嘉平月宣城施闰章撰于寄云楼"字样及其两副印章；康熙十二年（1673）陈玉璂序，序末有"康熙岁次癸丑阳月毗陵陈玉璂椒峰氏拜撰于姑苏客馆"字样及其两副印章。其中龚鼎孳序半页4行，行9字；沈荃和施闰章序半页5行，行10字；陈玉璂序半页6行，行6字。

诸序后为曾灿所撰《凡例》二十则并《诸体评论》七篇。末有"六松主人曾灿止山题于金闾之寓斋"字样。选帙二十卷分体编排，卷一、卷二为杂言，卷三至卷五为五言古诗，卷六至卷八为七言古诗，卷九至卷十二为五言律诗，卷十三至卷十六为七言律诗，卷十七为五言排律，卷十八为七言排律，卷十九为五言绝句，卷二十为七言绝句。《名媛诗》亦分体编排，无七言排律。各卷前有目录，列登选者姓氏并其字或号及里籍。诗无圈点、评语。《过日集》凡例、诸体评论及选帙半页12行，行24字，小字双行。白口，四周单边。

"过日"集名取杜甫"把君诗过日"[1]之意。由《凡例》"兹集人始乙酉，诗终癸丑，共二十卷，外附名媛一卷。启、祯以前钜公名篇，备载《列朝诗选》中，不复籍表章也。至死义诸公，不登选帙者，亦王介甫不欲列孔子于世家之意"[2]，可知《过日集》选入顺治二年（1645）至康熙十二年（1673）二十九年间佳作名篇，又据集前龚鼎孳等人序作时间，可以确定其刊刻时间为康熙十二年（1673）。

---

[1] 曾灿：《过日集凡例》，《过日集》卷首，康熙曾氏六松草堂刻本。
[2] 曾灿：《过日集凡例》，《过日集》卷首，康熙曾氏六松草堂刻本。

第一章 曾燦家世、生平、著述考述

曾青藜初集

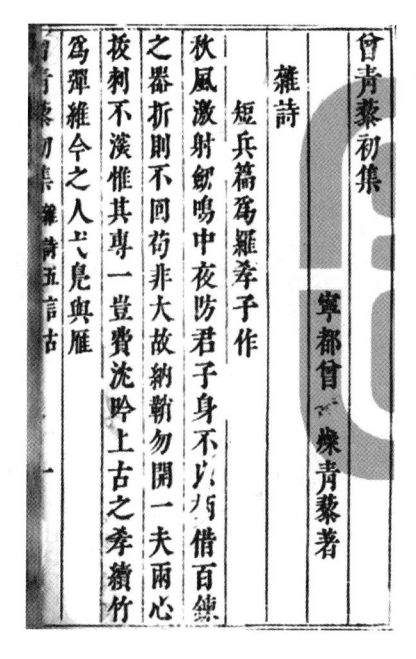

雜詩

短兵篇為羅奉子作

秋風激射鈹鳴中夜防君子身不出戶
之器折則不回苟非大故納鞘勿開一夫兩心
拔刺不浹惟其專一豈費沈吟上古之孝嶺竹
為彈維今之人六鳧與雁

寧都曾燦青藜著

曾青藜初集（一）

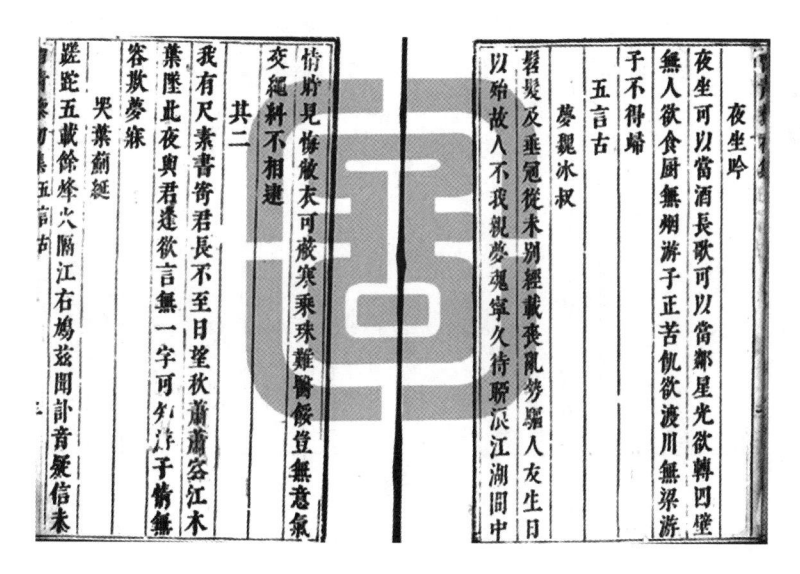

夜坐吟

夜坐可以當酒長歌可以當鄰星光欲摧四壁
無人欲食廚無餳游子正苦飢欲渡川無梁游
子不得歸

五言古

夢覡冰叔

鬢髮及垂冠從未別經載喪亂勞驅人友生日
以殆故人不丧親夢魂寧久待聊沅江湖間中

哭葉薊廷

蹉跎五載餘烽火隔江右鴈蓝聞計音疑信未

容欺夢寐

其二

我有尺素書寄君長不至日望秋蕭蕭客江木
葉墮此夜與君逢欲言無一字可乍非子情無
交纏料不相違

情始見悔徹末可蔽寒乘珠難醫飯登無意氣

曾青藜初集（二）

79

曾青藜初集（三）

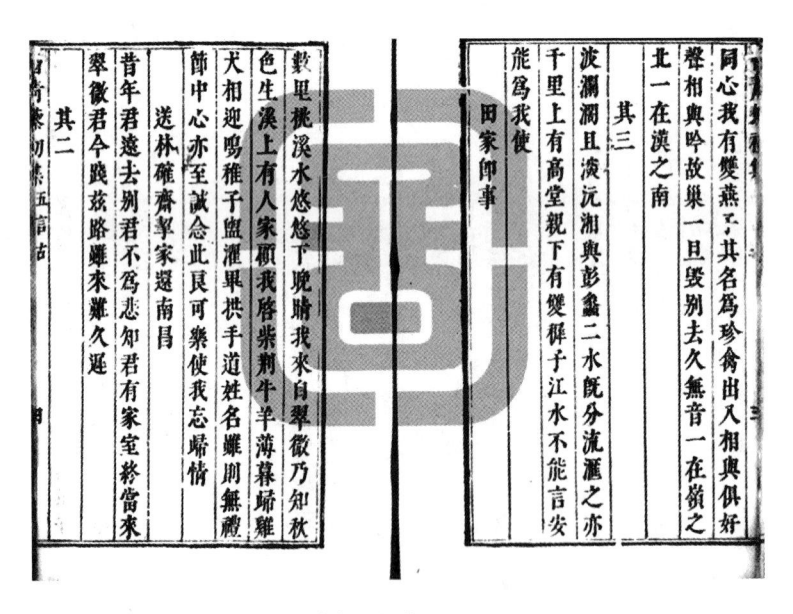

分割與君與來諠道此別離久詎意還乾來但
得兒子九齡嗣誕人間艮可辭苦爲傷朋友
　其二
從來天性人曾不貪知已處子忠孝心從視入
江淡人愛後死身反爲病所使隱嘻慕菊蘂作
善不可悻
　秋風
秋風中夜驚寒氣亦何早萬山發悲響林木秋

如摶獨立瀟以踈忽忽滿懷抱夜月起寒屛輕
霜中蓑草人生太多情亦足傷壽考
　甲午秋日得長兄庭間壬辰鵬月詩
翩翩蜉蝣夕集我舊庭除游子行當久音信亦
已踈長榮骨肉念不知舟與車驚怵湯里札又
是臨年書消息到故里行者無定居
　其二
庭前石榴樹蔚成高林結子何纍纍采之不

曾青藜初集（四）

同心我有雙燕子其名爲珍禽出入相與俱好
聲相與吟故巢一旦毀別去久無音一在嶺之
北一在漢之南
　其三
波瀾澗且淡沅湘與彭蠡二水旣分流滙之亦
千里上有高堂親下有雙椑子江水不能言安
能爲我使
　田家卽事

數里橈溪水悠悠下晚晴我來自翠徽方知秋
色生溪上有人家顧我啓柴荆牛羊薄暮歸雞
犬相迎鳴稺子盥滙畢拱手道姓名雖則無禮
節中心亦至誠念此艮可樂使我忘端愲
　送林確齋擧家遷南昌
昔年君遠去別君不爲悲知君有家宅矜當來
翠徵君今踐茲路雖來難久遲
　其二

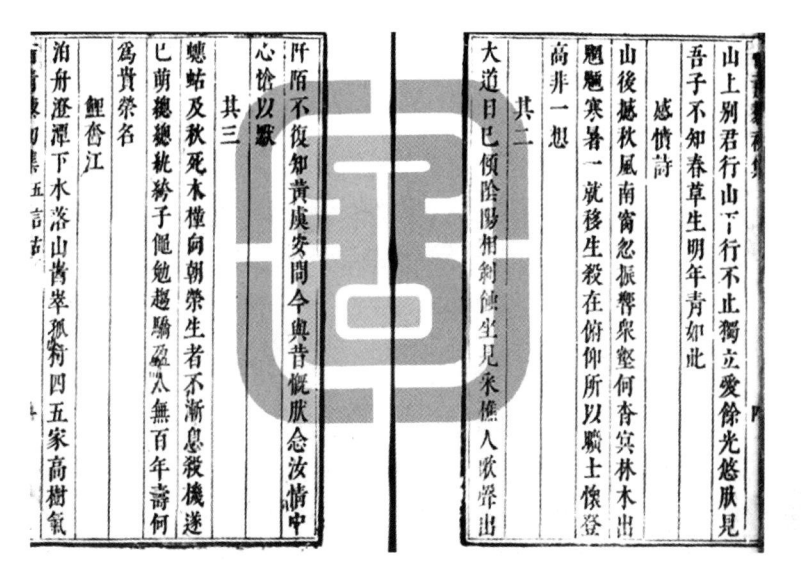

山上別君行山下行不止獨立愛餘光悠脈見
吾子不知春草生明年青如此
感憤詩
山後颼秋風南窗忽振響衆何杳冥林木出
題寒暑一就移生殺在俯仰所以職士懷登
高井一想
其二
大道日已傾陰陽相剝傅坐見承儓人歡聲出

阡陌不復知黄虞夐問今與昔慨旅念汝憒中
心愴以歔
其三
蟪蛄及秋死木槿向朝榮生者不漸息殺機遂
已萌總總桃杏子便勉驂翩以無百年壽何
爲貴榮名
鯉魴江
泊舟澄潭下水落山背睪孤有四五家高樹氤

曾青藜初集（五）

第二章　曾灿交游考述

顺治五年（1648），曾灿来到易堂，与诸子在极度艰苦的翠微峰上建立了一个相对安全的生活群落。顺治十六年（1659），曾灿走下翠微峰，开始四方游幕的征途。从此诗人度岭南、游长安、寓居吴阊十余年，后又北上京师，直至康熙二十七年（1688）客死于此，一路依人整三十年。或是作幕，或是为客，幕主、幕宾之间饮酒论诗，酬赠唱和①，滋养并影响着诗人的文学创作。长期丰富的幕府和作客经历也令曾灿得以广泛结交文士，征收诗歌②，经过严格去取，编成大型诗选《过日集》。而当从诗歌创作与讨论等审美活动转过身去，诗人所面临的选集成书、刊刻涉及的索序、徵资等诸多现实问题，也成为他长期东奔西走，结交文坛名流、干谒新旧权贵的动力和契机。而这无疑又进一步提升、拓展了曾灿交游的层次和范围，成就了其身名地位，使得"其名尤著于公卿间"③。因而，如若列举曾灿先后结交的遗民诗人、达官显宦，将是一串很长的名单。

第一节　曾灿与易堂诸子交游考述

赵园说，"易堂是明清之际以避乱为机缘，有着明显的地缘、亲

---

①　曾灿《金石堂诗序》云："及出游吴越、闽广、燕齐，则登临者十三，酬赠者十七。"（曾灿：《金石堂诗序》，《六松堂诗文集》卷十二，清抄本）

②　曾灿《过日集》凡例云："余以病废之后，出游吴、越、燕、齐间，同人贻赠不下千卷，遂编次以娱耳目，非敢告世也。"（曾灿：《过日集凡例》，《过日集》卷首，康熙曾氏六松草堂刻本）

③　徐柯：《六松堂诗文集序》，《六松堂诗文集》卷首，清抄本。

缘色彩的士人结社"①。从地缘的角度，九子中彭士望和林时益是南昌人，顺治二年（1645）夏，他们避乱南下，与魏禧"立谈定交"，于是决定"携妻子相就"②，"尽室依魏凝叔于宁都"③。而魏际瑞、魏禧、魏礼、邱维屏、曾灿、李腾蛟、彭任皆宁都人。顺治二年（1645）冬天，魏禧审度形势，邀同乡李腾蛟、邱维屏、曾灿诸人合资买下翠微峰，并花巨资盖房修路。顺治三年（1646）春天，魏禧和友人先将家眷送上山寨。冬天，复国无望的九位先生齐聚翠微峰。④ 他们中邱维屏、李腾蛟、彭任对《周易》或有深刻的研究，或有浓厚的兴趣⑤，顺治四年（1647）冬，他们群聚于山顶讲《易》读史，占卜得到"离""乾"的卦象，于是将公堂命名为"易堂"，并由此有了"易堂九子"之称。⑥

从亲缘的角度，彭士望和林时益，邱维屏与魏氏兄弟，先前就是亲戚⑦，后来曾灿与魏禧、魏礼，彭士望和魏礼、邱维屏和林时益、彭任和李腾蛟、魏际瑞和彭任又都成为儿女亲家。⑧ 所以，诸子之间不仅是特殊情势下的志同道合者，还有友情、亲情之谊。从顺

---

① 赵园：《易堂寻踪——关于明清之际一个士人群体的叙述》，北京师范大学出版社2013年版，第16页。

② 魏禧《彭躬庵七十序》："余乙酉年二十二，交躬庵先生。""初，……立谈定交，决计与朱用霖（引者注：林时益）携妻子相就。"（魏禧：《彭躬庵七十序》，《魏叔子文集》外篇卷十一，中华书局2003年版，第602页）

③ 彭士望：《耻躬堂文钞序》，《耻躬堂诗文合钞》卷首，咸丰二年刻本。

④ 彭士望《翠微峰易堂记》云："同堂惟彭中叔（彭任）居三巘，每期必赴。"（彭士望：《翠微峰易堂记》，《易堂九子文钞·彭躬庵文钞》卷五，道光十七年刊本）据此可知九子中彭任独居三巘峰，并定期从三巘峰赶来与诸子相聚翠微峰"易堂"。

⑤ 九子中邱维屏对《周易》最为精通，著《易勘说》《易数》，李腾蛟著《周易剩言》，彭任著《周易解说》。

⑥ 彭士望《翠微峰易堂记》云："丁亥，合坐读史，为笔记论列，间面课古文辞，抽古人疑事相问难。……是冬，诸子言《易》，卜得'离'之'乾'，遂名'易堂'"（彭士望：《翠微峰易堂记》，《易堂九子文钞·彭躬庵文钞》卷五，道光十七年刊本）。

⑦ 魏禧《朱中尉传》云："初，中尉（林时益，引者注）与士望为亲戚……"（魏禧：《朱中尉传》，《魏叔子文集》外篇卷十七，中华书局2003年版，第867页）；魏禧《邱维屏传》云："……故特以吾姊字邦士"（魏禧：《邱维屏传》，《魏叔子文集》外篇卷十七，中华书局2003年版，第869页）。

⑧ 赵园：《易堂寻踪——关于明清之际一个士人群体的叙述》，北京师范大学出版社2013年版，第16页。

治三年（1646）冬上山到顺治九年（1652）秋翠微峰发生"山难"①，诸子聚居"易堂"六年，较同时期的士人结社已经不算短暂。他们不离不弃，坚守在高耸孤傲的群峰之上，并甘愿为此支付巨大的代价②，忍受着诸多不便，甚至不堪。山巅上原有房屋五间，中间的"易堂"是公堂，左右两侧四个约八平方米的屋子，分别住了魏际瑞、魏礼和彭士望、林时益四家人。邱维屏在魏氏兄弟房后顺势垒起一间六七尺见方的土室居住。当时每家有多少人口不好统计，但考虑彭士望有妻有妾③，人口自然不会少。人太多无法住下，彭士望和林时益只好在屋后的高地上加盖了三间小房，每间不到四平方米。曾灿的住处在"易堂"对面一排紧贴石壁而建的、逼仄而昏暗的小屋内。其中有的房间墙壁上长年渗水，不能住人，李腾蛟将其更为书房，紧邻曾灿居室。④"山中独居惟凝叔"⑤，魏禧的"勺庭"建在"易堂"后面的山坡上，顺治五年（1648）落成，⑥是当时最后完成的一所相对独立的建筑。彭任因其家族要上山的人很多，所以单独买下与翠微峰互为犄角的三巘峰，并定期从三巘峰赶来翠微峰"易堂"与诸子聚首。魏禧说"戊子己丑之间，同诸子于翠微

---

① 彭士望《翠微峰易堂记》云："壬辰秋，宦（按即彭宦）作难，山毁。""壬辰后，遂散不复聚。"（彭士望：《翠微峰易堂记》，《易堂九子文钞·彭躬庵文钞》卷五，道光十七年刊本）

② 彭士望《翠微峰易堂记》云："时邑人彭宦得兹山，创辟，凝叔合知戚累千金，向宦买山。"（彭士望：《翠微峰易堂记》，《易堂九子文钞·彭躬庵文钞》卷五，道光十七年刊本）；魏禧《翠微峰记》云："予同伯兄、季弟大资其修凿费。"（魏禧：《翠微峰记》，《魏叔子文集》外篇卷十六，中华书局2003年版，第723页）据此知诸子隐居翠微峰代价颇大。

③ 魏禧《彭母朱宜人墓志铭》云："彭母姓朱氏，……年十五，归吾友彭躬庵。……妾刘氏生男厚德，……"（魏禧：《彭母朱宜人墓志铭》，《魏叔子文集》外篇卷十八，中华书局2003年版，第906—908页）。

④ 彭士望《翠微峰易堂记》云："'易堂'为公堂，左右室并列，善伯（引者注：魏际瑞）兄弟左庑，邦士（引者注：邱维屏）附后。邦士更为土室六七尺，依柳下。右，予（引者注：彭士望）、确斋（引者注：林时益）,庑后稍高地，予、确斋更为半丈室三。过塘塍，西，面壁堂室为止山（引者注：曾灿）居，力负（引者注：李腾蛟）附，更为书室邻止山。"（彭士望：《翠微峰易堂记》，《易堂九子文钞·彭躬庵文钞》卷五，道光十七年刊本）。

⑤ 彭士望：《翠微峰易堂记》,《易堂九子文钞·彭躬庵文钞》卷五，道光十七年刊本。

⑥ 彭士望《翠微峰易堂记》云："戊子秋，……时凝叔始落勺庭"（彭士望：《翠微峰易堂记》,《易堂九子文钞·彭躬庵文钞》卷五，道光十七年刊本）。

峰讲《易》，人日一卦"①，彭士望说"惟戊、己间聚最久"②，在"堂"中处于中心位置的魏、彭二人③的叙述留下了易堂活动弥足珍贵的记录。从中可知九子的聚居不仅为着"患难一心力，集思，性命可共"④的生存意义，更潜心于《易》这一学术主题，"易堂九子"的称号可谓名副其实，来之不虚。群居翠微六年，以戊子和己丑，即顺治五年（1648）和顺治六年（1649）诸子相聚最为频繁，"堂"中活动亦最为密集。

地缘、亲缘色彩突出、聚居和活动密集并不意味着诸子间完全不分彼此、不别远近亲疏。赵园《易堂寻踪》还指出，"易堂本是一个关系疏密不等、甚至志趣不尽一致的群体。其组成除了世乱这一外缘，作为基础的，毋宁说更是对于彼此人格的信赖"⑤。赵园认为，与群体成员之间关系深浅不同方面，最具代表性的人物即是曾灿。书中说："在易堂中，曾灿似乎从来不是主要角色，对此'堂'的态度也不像有多么积极。曾灿珍重与叔子的友情，却并不即以易堂为性命。"⑥《易堂寻踪》对于曾灿在"堂"中定位的把握、对于他与这个群体关系的描述基本上是准确的，遗憾的是，对于曾灿与易堂同人究竟如何往来，情分怎样，书中并未能结合彼此交往的史实逐个分析和论证。包括对于曾灿所无比珍重的与魏禧的友情，作者也未能明确交代这段贯穿两人生命始终的情谊变迁的历程，更未能对两人"始合而终乖"的原因加以说明。

考察曾灿与易堂同人的交谊，从结交时间和情感渊源的角度，同宁都三魏自幼比邻而居，与魏禧"最久且笃"⑦，他们少年时读书

---

① 魏禧：《论屯卦》，《魏叔子文集》外篇卷二十二，中华书局2003年版，第1039页。
② 彭士望：《翠微峰易堂记》，《易堂九子文钞·彭躬庵文钞》卷五，道光十七年刊本。
③ 赵园：《易堂寻踪——关于明清之际一个士人群体的叙述》，北京师范大学出版社2013年版，第175页。
④ 彭士望：《翠微峰易堂记》，《易堂九子文钞·彭躬庵文钞》卷五，道光十七年刊本。
⑤ 赵园：《易堂寻踪——关于明清之际一个士人群体的叙述》，北京师范大学出版社2013年版，第71页。
⑥ 赵园：《易堂寻踪——关于明清之际一个士人群体的叙述》，北京师范大学出版社2013年版，第71页。
⑦ 魏禧：《六松堂诗文集序》，《六松堂诗文集》卷首，清抄本。

切劘、相互砥砺①，成年后更结为"性命肺腑之交"②并以"死友"③相期许。曾灿与魏礼亦情同手足，堪称莫逆④。而与彭、邱、李、林诸位兄弟的友情，是翠微山居后才逐步建立。然而现实的情况往往是，彼此关系的深浅、往来的多寡并不完全与交往时间的长短相合步或相一致。曾灿与魏际瑞和与林时益，两相对比，便是感情疏密不以先来后到而论的例子。现按曾灿与易堂八位兄弟往来程度划分层次并排序，将其交游情况一一详述如下：

一 曾灿与魏禧、魏礼、林时益交游考述

（一）曾灿与魏禧

魏禧是易堂九子的领袖人物，同堂中年龄最长的李腾蛟将其之于易堂比之为"桶之有箍"⑤。九子中曾灿与魏禧、魏礼两兄弟最为亲厚，且与他们都结为儿女亲家。曾灿长子曾尚侃娶魏禧女静言，而曾灿之女嫁魏礼次子魏世俨。兄弟三人交融，儿女两段姻缘。但他们决不搞家族式的一团和气，而是将对彼此的关爱运用到相互砥砺和修身自省当中。曾灿与魏禧更是"虽两人而实一体，学问之切磋，过失之规劘，数十年如一日"⑥。然而，这段"最久且笃"⑦的情谊，却以"始合而终乖"⑧收场，不能不令人惋惜。其中的因由，或许可以从曾灿对这段友情的无比珍重与对友兄魏禧无比悔愧的反复言说中窥知一二。

1. 结为"金石之交"和"死友"

魏禧（1624—1681），字冰叔，又字叔子，号裕斋。在顺治三年（1646）齐聚翠微峰的易堂九子中，魏禧与曾灿自幼比屋而居，长

---

① 魏禧：《六松堂诗文集序》，《六松堂诗文集》卷首，清抄本。
② 曾灿：《与曹秋岳先生书》，《六松堂诗文集》卷十一，清抄本。
③ 曾灿：《哭魏叔子友兄文》，《六松堂诗文集》卷十三，清抄本。
④ 曾灿：《海上值和公诞日作此为寿》，《六松堂诗文集》卷二，清抄本。
⑤ 李腾蛟：《书魏裕斋诗后》，《李咸斋文集》卷二，清抄本。
⑥ 曾灿：《彭躬庵先生与梁质人书跋》，《六松堂诗文集》卷十三，清抄本。
⑦ 魏禧：《六松堂诗文集序》，《六松堂诗文集》卷首，清抄本。
⑧ 曾灿：《哭魏叔子友兄文》，《六松堂诗文集》卷十三，清抄本。

大后又一同学习，有着"髫发及垂冠，从未别经载"①的亲密。又因亲密而能以"绳纠"②和相互砥砺。这无疑更升华了两人的友谊，易堂诸子中数他两人感情最为深挚和厚密。魏禧说："予幼与曾止山比户而居，长又同学，自年十三四，辄以古朋友相望责，故于易堂诸子中于止山最久且笃也。"③曾灿说："往弟与兄比邻而居，十岁同为师塾，文章德业皆吾兄之造就而成者也。"④他尤其感佩和服膺魏禧，认为友兄比传道授业的良师有过之而无不及。魏禧性格坦诚直率："凡朋友有过，如芒刺在身"，"祈其改而后即安"⑤。对于曾灿他不留情面、从不护短："有小过，每面折之"⑥"有过失，每发声徵色诋呵之，如严师之于童子"，"自十三四岁时已然矣。"⑦

直到知天命之年，曾灿仍对魏禧的耳提面命刻骨铭心，对友兄的批评教诲感激不已。在训诫即将娶妻的儿子曾尚侃交友之道时，曾灿亦教其以劝善归过作为衡量良友之准则，奉其岳丈魏禧为良友之楷模。他说："我一举一动，朋友肯来规切于我，此便是良友，我即当与之交。我一举一动，朋友不但不规切于我，且日诱我为不善，此便是匪友。我即当远之避之。我十二岁时，即与汝外舅魏叔子先生，为垂髫之交。我时为贵介公子，左右之人，孰不趋跄奉承。而我稍有过举，汝外舅即正色规切之。或众人广坐中，直言无讳。我敛容而退，此固我受善之难。亦汝外舅，不以庸人待我也。汝当思人来攻我之短，苟非十分关切者，孰肯触人之怒，取人之忌，以自蹈憎恶哉。"⑧曾灿这番关于"良友""匪友"的辨析和诠释，以魏禧为楷模的同时，无形中映射出他们彼此的精神境界。魏禧直言不讳、正色相劝，曾灿从善如流、能受尽言。这对挚友以其非常之交

---

① 曾灿：《钱塘江梦魏凝叔》，《六松堂诗文集》卷二，清抄本。
② 曾灿：《钱塘江梦魏凝叔》，《六松堂诗文集》卷二，清抄本。
③ 魏禧：《六松堂诗文集序》，《六松堂诗文集》卷首，清抄本。
④ 曾灿：《哭魏叔子友兄文》，《六松堂诗文集》卷十三，清抄本。
⑤ 魏礼：《先叔兄纪略》，《魏季子文集》卷十五，道光二十五年刊本。
⑥ 魏禧：《六松堂诗文集序》，《六松堂诗文集》卷首，清抄本。
⑦ 曾灿：《魏叔子文集序》，《六松堂诗文集》卷十二，清抄本。
⑧ 曾灿：《与侃儿》，《六松堂诗文集》卷十四，清抄本。

树立了"以古朋友相望责"的典范,为晚辈魏世俨称叹再三:"外舅为贵公子时,即能交正直胜己之友,切劘砥砺,或有过动色相规,即怒詈纠绳至于流涕,终无龌龊,情好益笃。"① 又说:"外舅盖君子人也。生平不能文过,表里如一。其少也有浑金璞玉之资,朋友切劘,虽厉言于广众坐中弗为嫌,能自抑折以从于义","处兄弟能受其难""六十年如一日"②。魏世俨是曾灿女婿、魏禧侄子,这里所说的"外舅"即是曾灿,"正直胜己之友""兄弟"即是魏禧。曾灿感念友兄魏禧,为着"诤者能尽言"③;女婿魏世俨称道岳父曾灿,为着"被诤者能受尽言"④。两者相反相成、互为补充,印证着魏禧与曾灿的卓荦不凡。魏禧颇具领袖气质和风范⑤,更兼"为人一本于忠厚,天真烂漫,人乐亲之"⑥的和蔼可亲及"己有阙失,则朋友兄弟交攻之,即厉色极言,无丝发忤"⑦的宽宏大量和虚怀若谷,其感召力和人格魅力可见一斑;曾灿出身贵介公子而有着美好善良的品质,"左右之人"的"趋跄奉承"非但没有令他失去分辨能力、产生骄纵习气,相反他世事洞明、豁达谦虚。每有过失,即便友兄于大庭广众之下的批评和攻击言辞激切、声色俱厉,以至于自己颜面扫地、痛哭流涕,曾灿从来毫无怨怼而始终充满感激与敬意;两人亦不因之有丝毫隔阂与嫌隙,反而更加默契和惺惺相惜。无疑这是一种根植于深入交流与理解的难能可贵的情谊,如手似足的亲密。

魏禧说:"吾辈德业相勖,无儿女态。然气谊所结,自有一段贯金石、射日月、齐生死、诚一专精、不可磨灭之处。此在千百世后

---

① 魏世俨:《同蔡舫居祭外舅曾止山先生文》,《魏敬士文集》卷六,道光二十五年刊本。
② 魏世俨:《送外舅曾止山先生六十一岁序》,《魏敬士文集》卷三,道光二十五年刊本。
③ 赵园:《易堂寻踪——关于明清之际一个士人群体的叙述》,北京师范大学出版社 2013 年版,第 81 页。
④ 赵园:《易堂寻踪——关于明清之际一个士人群体的叙述》,北京师范大学出版社 2013 年版,第 81 页。
⑤ 赵园:《易堂寻踪——关于明清之际一个士人群体的叙述》,北京师范大学出版社 2013 年版,第 34 页。
⑥ 彭士望:《魏叔子五十一序》,《树庐文钞》卷七,道光十七年刊本。
⑦ 魏礼:《先叔兄纪略》,《魏季子文集》卷十五,道光二十五年刊本。

犹得而想见之，况指顾数十年之间耶？"① 曾灿说："弟时席先人庇荫，宾客辐辏，庭无虚日。而所托以为性命者，恃兄一人。故至有一颦一笑，一言一动，父母妻子所不及知者，兄能知之。记兄复予札云：'吾辈德业相勖，无儿女态。岂至谊所结，自有一种贯金石、齐生死，不可磨灭处。'是兄欲以死友期弟也。"② 他们气谊相投，以德行修养和学业相勉励；他们心有灵犀，互为莫逆和知己。日复一日、年复一年的切磋砥砺，造就了他们精诚专一、可歌可泣、至死不渝的情义。他们以性命相托，以"死友"相期许。他们深信，这份情谊有着无坚不摧的精神力量，永不磨灭，千载之下，仍令人想往。

在出身豪门世家的曾灿眼中，这份情谊千金难买，友兄魏禧无可替代。而从魏禧对曾灿所说"仆所以期待二三至友者，颇不以世人所谓遂足相许"③，可知在从不轻易结交朋友的魏禧看来，曾灿是自己不可多得的"至友"。"仆于天性骨肉中颇不可解，外此则一腔热血亦欲一用，非用于君，则用于友，悠悠泛泛无所用之，又安能禁宝剑沉埋之恨？"④ 魏禧自说同时又是对曾灿说，他天生执着于朋友之情谊，一腔热血，唯愿为国家和至友抛洒。不难想象，如果后来不是明王朝黯然谢幕，江山易主，使得魏禧满腔热忱无所用之；如果曾灿后来不是早早走下翠微峰，走上魏禧所谓"浮沉乞食于江湖"⑤的道路，且屡屡不听教诲，魏禧便不会发出"死友一语，仆数十年来最伤心事者"⑥的感喟，两人也不会落得"始合而终乖"的结局。

2. "朋友终始之谊，怛然其未尽"的悔恨

曾灿与魏禧皆师从宁都县名宿杨文彩。杨文彩（1585—1664），

---

① 魏禧：《复六松书》，《魏叔子文集》外篇卷五，中华书局2003年版，第259页。
② 曾灿：《哭魏叔子友兄文》，《六松堂诗文集》卷十三，清抄本。
③ 魏禧：《复六松书》，《魏叔子文集》外篇卷五，中华书局2003年版，第259页。
④ 魏禧：《复六松书》，《魏叔子文集》外篇卷五，中华书局2003年版，第259页。
⑤ 魏禧：《六松堂诗文集序》，《六松堂诗文集》卷首，清抄本。
⑥ 魏禧：《复六松书》，《魏叔子文集》外篇卷五，中华书局2003年版，第259页。

字治文，号一水。向来心直口快、待人坦诚的魏禧以其"十四岁常面诤先生"之胆识和壮举，令杨先生刮目相看、啧啧称奇，从此先生事无巨细皆与这位弟子商议："先生大悦，奇之。自是无大小事必尽言。"① 学问文章方面，杨先生就更是信任魏禧，据魏禧回忆："十四岁受业杨一水先生，时先生年五十三，每命余论定其文。"② 而在杨先生心目中，魏禧就好比身边时时警示自己的一面镜子、一柄利剑，甚至自己理应是魏禧的门人："予老无闻，晚乃得凝叔，此为明镜利剑在吾侧，吾固其门人也。"③ 作为同学和至交，说起魏禧的早慧，曾灿亦赞不绝口，对于其日后之大成，曾灿更信心十足。他骄傲地宣告着友兄的过人才能并瞻望其锦绣前程："吾友魏叔子，与予同学，年十一岁为时文，补弟子员，冠其曹。长而名公钜卿，年五六十者，咸以等辈礼之。或所执贽受业师，逡巡退让，称先生而不字。予意叔子及壮年时，已举名进士。立朝廷上，侃侃然发其所学，为世名臣。"④ 在曾灿看来，以魏禧天纵之才，成为朝廷名进士和一世名臣，指日可待。这亦符合魏禧"谓科名当探囊，得期以古名臣自致"⑤ 的自我期许。然而，突如其来的甲申国难，如晴天霹雳般，彻底击垮了魏禧及一代士人的精神。其致君尧舜的理想与热忱，都在强烈亡国之痛的冲击下瞬间崩塌："甲申流贼陷京师，天子死于社稷。先生闻辄号恸，日往公庭哭临，食不甘味，寝不安席，谋与曾公应遴起义兵勤王。先征君亦慷慨破产助之。而李自成旋殄灭，遂不果。"⑥ 当听闻崇祯皇帝殉国的凶讯，魏禧顿足搥胸，痛哭失声，终日寝食难安，以泪洗面。念及大明江山就此毁于一旦，魏禧与老伯父曾应遴商定起义兵救援，他和父亲魏天民甚至不惜毁家纾难，却因李自成很快被剿灭而未能实现。

---

① 魏禧：《杨一水先生同元配严孺人合葬墓表》，《魏叔子文集》外篇卷十八，中华书局2003年版，第888页。
② 魏禧：《孔正叔楷园文集叙》，《魏叔子文集》外篇卷八，中华书局2003年版，第388页。
③ 邱维屏：《杨先生墓志铭》，《邱邦士先生文集》卷十三，道光十七年刻本。
④ 曾灿：《魏叔子文集序》，《六松堂诗文集》卷十二，清抄本。
⑤ 魏礼：《先叔兄纪略》，《魏季子文集》卷十五，道光二十五年刊本。
⑥ 魏礼：《先叔兄纪略》，《魏季子文集》卷十五，道光二十五年刊本。

顺治三年（1646）冬，赣州失陷。怀着黍离之悲、亡国之痛，魏禧率曾灿与诸子齐上翠微，隐居"易堂"。尽管缺吃缺水、缺穿缺用，住得极其简陋和拥挤不堪，他们仍坚守在极度艰苦的翠微峰巅。读史讲《易》是他们精神力量的源泉。"壬辰秋，宦（彭宦）作难，山毁。"① 顺治九年（1652）秋天，翠微峰发生"山难"。旧时山主彭宦趁乱霸占翠微峰，易堂诸子被迫离山。"山难"使诸子流离失所、衣食无着，魏禧和曾灿一度栖身于冠石。魏禧《同曾止山宿冠石》云："结发为朋友，于今二十春。翻嫌体素异，故使往来频。霜气下茅屋，寒光生故人。时闻柬作者，郁郁动柴门。"② 魏禧将与曾灿相交二十年来的同甘苦共患难及对其深深依恋浓缩于这首《同曾止山宿冠石》中。而随后曾灿的离山出游则无法不令魏禧怅然若失、百感交集。魏禧《白日歌》并序称："交曾子二十年矣。癸巳正月就余别。朋友一道，今日不绝如发，虽予与曾子最后乃得知己，岂不难哉！絾絾白日，悠悠江水。奈何奈何！歌曰：白日絾絾兮临江水，吾与子兮永如此。"③ 魏禧感慨二十年的磨砺使他与曾灿成为知己，来之不易，希望他们的情谊如白日絾絾，江水悠悠，天长地久。语气看似豪迈，实则饱含着别离的无奈。

下山出游一年后，顺治十年（1653）底，曾灿以祖母命还山娶妻。躬耕隐居六年后，顺治十六年（1659），曾灿又一次走下翠微峰，便踏上了"常以客为家，十数载始一归"④的征途。年迈的老母终日"涕泪阑干，思子愁叹"⑤。作为肺腑之交兼儿女亲家的魏禧、魏礼兄弟，怒斥其"以饥窭故，舍养就食"的"高飞远举"⑥，痛心疾首地劝谏其"束身归庭，永绝外干"⑦，以"朝夕依扶，问安

---

① 彭士望：《翠微峰易堂记》，《易堂九子文钞·彭躬庵文钞》卷五，道光十七年刊本。
② 魏禧：《同曾止山宿冠石》，《魏叔子诗集》卷六，中华书局2003年版，第1328页。
③ 魏禧：《白日歌序》，《魏叔子诗集》卷二，中华书局2003年版，第1223页。
④ 魏世俨：《同蔡舫居祭外舅曾止山先生文》，《魏敬士文集》卷六，道光二十五年刊本。
⑤ 魏礼：《与友人书》，《魏季子文集》卷八，道光二十五年刊本。
⑥ 魏礼：《与友人书》，《魏季子文集》卷八，道光二十五年刊本。
⑦ 魏礼：《与友人书》，《魏季子文集》卷八，道光二十五年刊本。

侍膳"①来尽早弥补过失,赎清"不孝之罪"②。然而魏氏兄弟唯恐曾灿"邈而无据"的"归奉老亲之期"③,最终仍在康熙十三年(1674)他为母亲奔丧之日方才到来:"比至甲寅,老母之变,弟以烽火阻隔,抱恨终天,虽得于兵燹扰攘之际,匍匐来归,一襄葬事,而罪已不可赎矣。而弟之见绝于吾兄,亦诚不可挽矣。"④从游幕在外的"不孝之罪",到酿成老母下世的至痛至悲,其间被双双辜负了的老人的望眼欲穿和良友的苦苦规劝,从两个极端刺激着曾灿,使其哀痛至深难掩,悔恨至极难言。"丧毕入翠微"⑤时他已无法面对友兄魏禧,于是"相持恸哭,几至失声,遂不能成礼而退"⑥。随后曾灿又"出门远游"⑦,两人"就别于三巘"⑧,魏禧情深意切地叮嘱他"早归,勉励修省,以克盖前愆"⑨。而六年之后,当魏禧突然病逝真州,别后一直"游处四方而未返家园"⑩的曾灿不会想到,这一幕竟成为在故乡宁都翠微峰,两人平生最后的相见。曾灿更没能料想,后来他寓居苏州邓尉期间,就在康熙十九年(1680)夏天友兄魏禧还来此地探望自己,而后他们又聚首枫桥,联床之夕,两人"酒酣耳热,慷慨言天下事"⑪,甚至友兄"爱惜躯命,早图还山,以待上元,勿徒以贫贱困厄为戚"⑫的劝勉言犹在耳,然而时隔三月,斯人已逝。回首往事,他痛责自己"念先人之坟墓,妻子之饥寒,门户之凋零"⑬而牵于生计、不能自拔,再三辜负了叔子友兄,造成无法弥补的遗憾和难以抹平的悔恨。

---

① 魏礼:《与友人书》,《魏季子文集》卷八,道光二十五年刊本。
② 魏礼:《与友人书》,《魏季子文集》卷八,道光二十五年刊本。
③ 魏礼:《与友人书》,《魏季子文集》卷八,道光二十五年刊本。
④ 曾灿:《哭魏叔子友兄文》,《六松堂诗文集》卷十三,清抄本。
⑤ 曾灿:《哭魏叔子友兄文》,《六松堂诗文集》卷十三,清抄本。
⑥ 曾灿:《哭魏叔子友兄文》,《六松堂诗文集》卷十三,清抄本。
⑦ 曾灿:《哭魏叔子友兄文》,《六松堂诗文集》卷十三,清抄本。
⑧ 曾灿:《哭魏叔子友兄文》,《六松堂诗文集》卷十三,清抄本。
⑨ 曾灿:《哭魏叔子友兄文》,《六松堂诗文集》卷十三,清抄本。
⑩ 魏世俨:《送外舅曾止山先生六十一岁序》,《魏敬士文集》卷三,道光二十五年刊本。
⑪ 曾灿:《哭魏叔子友兄文》,《六松堂诗文集》卷十三,清抄本。
⑫ 曾灿:《哭魏叔子友兄文》,《六松堂诗文集》卷十三,清抄本。
⑬ 曾灿:《哭魏叔子友兄文》,《六松堂诗文集》卷十三,清抄本。

第二章　曾灿交游考述　　93

最让曾灿无法释怀的，是自己"哀恸虽深，而于朋友始终之谊，怛然其未尽也"①。他直言"忆昔少年时，结友岂情好。桃哀不足论，况在管与鲍。如何三十年，志气日枯槁。遂使金石交，反不如年少"②是自伤他与魏禧之"始合而终乖"。③他自知是因长年"以衣食走四方"④"离群索居、谠言无闻"，使自己"学日疏，过日积"两人"交情亦日以见薄"⑤。他痛说由于生计所累"其所以负予叔子者，不一而足"⑥，甚至是他自绝于兄长⑦，然友兄非但不肯"自处于薄"，相反日夜望其改过，"终以死友相期许"⑧。友兄之变，曾灿虽"哭之于吴门，再哭之于真州，又送哭之于舟次"⑨，哭不尽其痛失至友的哀恸和屡负良朋的悔恨；"昨梦山中友，言予不早归"⑩，阴阳悬隔，故人入梦，梦中都满是其自责；岁月消磨，长歌当哭，字字浸透其追悔之意："柔肠寸折百忧煎，到老心知悔昔年。鹦鹉救焚今已矣，井蛙测海总徒然。消磨二万一千日，赢得东西南北天。乞就馀生过六十，誓将努力盖前愆。"⑪"漫将芳草忆王孙，吾道于今枉自存。半世空怀知己恨，此生难报故人恩故人谓魏禧叔子恩也。纵令率德来多福，安得贻书向九原。良友凋零天莫问，读残楚些好招魂。"⑫他反省友兄生前自己一再铸错，背负了其期许，往者已不可谏，其似海深恩无以为报，只能寄希望于日后改过，以慰藉故人英灵。

此外，曾灿还说："自今以往，当益自淬励，勤于改过，以不敢

---

① 曾灿：《〈彭躬庵先生与梁质人书〉跋》，《六松堂诗文集》卷十三，清抄本。
② 曾灿：《长沙杂兴》，《六松堂诗文集》卷二，清抄本。
③ 曾灿：《哭魏叔子友兄文》，《六松堂诗文集》卷十三，清抄本。
④ 曾灿：《魏叔子文集序》，《六松堂诗文集》卷十二，清抄本。
⑤ 曾灿：《哭魏叔子友兄文》，《六松堂诗文集》卷十三，清抄本。
⑥ 曾灿：《〈彭躬庵先生与梁质人书〉跋》，《六松堂诗文集》卷十三，清抄本。
⑦ 曾灿《哭魏叔子友兄文》云："是岂吾兄之欲绝于弟，而弟故自绝于吾兄矣。"（曾灿：《哭魏叔子友兄文》，《六松堂诗文集》卷十三，清抄本）
⑧ 曾灿：《哭魏叔子友兄文》，《六松堂诗文集》卷十三，清抄本。
⑨ 曾灿：《〈彭躬庵先生与梁质人书〉跋》，《六松堂诗文集》卷十三，清抄本。
⑩ 曾灿：《邓尉山中岁除》其五，《六松堂诗文集》卷五，清抄本。
⑪ 曾灿：《长至前三日，……虽多呓语用遣忧怀》其三，《六松堂诗文集》卷七，清抄本。
⑫ 曾灿：《长至前三日，……虽多呓语用遣忧怀》其四，《六松堂诗文集》卷七，清抄本。

负于千秋者,正不敢重负于死友也。"① 又说:"诗曰:'匪手携之,言示之事,匪面命之,言提其耳。'予何敢忘此息壤,以再弃于知己乎。"② 足见其责己之深,悔过之诚。然而,真诚的悔恨并不能等同于真正践守诺言,"早图还山"。康熙十九年(1680)魏禧去世后,曾灿仍长期羁留苏州,"行年六十一犹买篷吴会,生子女,声名日起,身康强驰走南北,游道未衰息"③。从他"虽有过而不自知,知之而不能改,改之而不能似吾兄之全始而全终"④ 对友兄魏禧亡灵的自省和坦白中,隐约可见其几许身不由己和难言的苦衷。

3. 魏禧与曾灿"始合而终乖"原因探析

综观魏禧与曾灿"始合而终乖"的根源,无疑在于魏禧不认同曾灿的"浮沉乞食于江湖",因此反复叮嘱他"爱惜躯命,早图还山,以待上元,勿徒以贫贱困厄为戚""早归,勉励修省,以克盖前愆"。曾灿所说"怀人夜未阑,归梦亦何早。忆昔少年时,结友岂情好""昨梦山中友,言予不早归"便是魏禧之催促在其梦中的回应。如赵园所说:"在叔子那班人,还山,意味着回到正确的人生轨道,返回合乎道德的生活。"⑤ 魏禧自顺治三年(1646)始,"与同志十许人筑室金精之第一峰,讲《易》读史,盖二十年于兹"⑥。顺治九年(1652)翠微"山难"后,因"念家食日艰"⑦ 而"授徒水庄"⑧,却为此感叹"出处无据,自笑模棱"⑨,颇有自责之意。上山后近二十年"岁惟清明祭祀一入城而已"⑩,意在"通过不入城的方

---

① 曾灿:《〈彭躬庵先生与梁质人书〉跋》,《六松堂诗文集》卷十三,清抄本。
② 曾灿:《〈彭躬庵先生与梁质人书〉跋》,《六松堂诗文集》卷十三,清抄本。
③ 魏世俨:《送外舅曾止山先生六十一岁序》,《魏敬士文集》卷三,道光二十五年刊本。
④ 曾灿:《哭魏叔子友兄文》,《六松堂诗文集》卷十三,清抄本。
⑤ 赵园:《易堂寻踪——关于明清之际一个士人群体的叙述》,北京师范大学出版社2013年版,第174页。
⑥ 魏禧:《上郭天门老师书》,《魏叔子文集》外篇卷六,中华书局2003年版,第266页。
⑦ 魏禧:《里言》,《魏叔子日录》卷一,中华书局2003年版,第1102页。
⑧ 魏禧:《里言》,《魏叔子日录》卷一,中华书局2003年版,第1101页。
⑨ 魏禧:《与金华叶子九书》,《魏叔子文集》外篇卷五,中华书局2003年版,第224页。
⑩ 魏礼:《先叔兄纪略》,《魏季子文集》卷十五,道光二十五年刊本。

式杜绝与新朝社会的任何接触"①。康熙元年（1662）始，他之所以多次出游江淮、吴越，是因深感僻处赣南不足以增长见识、开拓眼界："禧闭户穷山垂二十年，恒惧封己自小，故欲一游吴越，就诸君子以正所学。"②"私念闭户自封，不可以广己造大，于是毁形急装，南涉江、淮，东逾吴、浙。"③而此时的魏禧因名气越来越大，文字应酬日多，所交之人繁杂，难免有乖违心志的地方，常生杜子美"在山泉水清，出山泉水浊"的感叹，在心生惭愧的同时，他也不断告诫自己，"居山须炼得出门人情，出游须留得还山面目"④，要留得还山面目，守住清白志节。因此尽管他才名卓著、声望日隆，屡次被清廷官员举荐，但他坚决不入幕、不应试。康熙十七年（1678），魏禧为侍郎严沆等荐举入京应博学鸿儒试，他以疾固辞，被抬到南昌后，蒙被称疾笃，坚决不赴试，牢牢守住了遗民志节和人生最后的底线。

曾灿的"浮沉乞食于江湖"，固然是"枯坐空山，并日而炊，易衣而出""儿女环阶、嗷嗷待哺"⑤生存之穷迫导致的不能不如是的选择，为此他也常常心生"依人尝自悔"⑥"贫贱难自由，终日坐悔悟"⑦"依人谋食寸心违，回首云山隔翠微"⑧的种种悔愧不安，但是"从遗民的角度看过去，作幕不能不是临界处的冒险。那风险不止在'丧吾'，更在丧失其为'遗民'"⑨。尤其曾灿曾经受知于兵部尚书杨廷麟，投身抗击清兵军事斗争且受委任为兵部职方司主事，其游幕便遭到易堂同仁彭士望和魏礼的痛斥，斥责曾灿"少壮时尝

---

① 李婵娟：《清初明遗民魏禧的生存抉择及心态探微》，《江西社会科学》2008年第9期。
② 魏禧：《与杭州汪魏美书》，《魏叔子文集》外篇卷六，中华书局2003年版，第293页。
③ 魏禧：《上郭天门老师书》，《魏叔子文集》外篇卷六，中华书局2003年版，第266页。
④ 魏禧：《答陈元孝》，《魏叔子文集》外篇卷七，中华书局2003年版，第345页。
⑤ 曾灿：《与吴留村》，《六松堂诗文集》卷十四，清抄本。
⑥ 曾灿：《临溪岁暮遣怀》其四，《六松堂诗文集》卷四，清抄本。
⑦ 曾灿：《寓宝安闻魏和公赴海南却寄》，《六松堂诗文集》卷二，清抄本。
⑧ 曾灿：《甲寅夏五雨中怀吴伯成明府》其四，《六松堂诗文集》卷七，清抄本。
⑨ 赵园：《制度·言论·心态——明清之际士大夫研究续编》，北京大学出版社2006年版，第416页。

辱名贤之知"①"夙膺先朝一命"②，而今"为饥窭故，刓方为圆。至于入幕求食，干请以自资，仰贵人鼻息，名节扫地"③，是为丧失羞恶廉耻之心与道德底线。他两人虽言辞激烈然本意为善，与魏禧"早归，勉力修省，以克盖前愆""爱惜躯命，早图还山，以待上元，勿徒以贫贱困厄为戚"的勤勤劝勉，皆是希望曾灿"束身归庭，永绝外干"④，尽快振作起来，摆脱"依人"窘境，早日回到山中，自食其力、弥补过失，不至于真的丧失身为明遗民的志节和道义。魏禧后来甚至不惜用收回年轻时以"死友"相期的诺言相劝。⑤ 尽管曾灿深深理解友兄魏禧的良苦用心，然而迫于生计的无奈，他未能听从其"早图还山"的一再召唤，甚至因"为境遇所夺，世俗所移"⑥而在"依人谋食"的道路上越走越远，直到他们成为两条平行线，人生道路的乖离由是成为两人"终乖"的根源。曾灿"予少时身受一日知遇，寄托不效，偷活草间，及老而志气愈下。愆悔丛生，远我良朋，如聋如瞆""负叔子于生前"⑦ 的述说亦印证了由效命先朝、率军抗清到游幕乞食、转变阵营是造成其自身悔恨和未尽朋友终始之谊的根源。

易堂九子中魏禧与曾灿两人"最久且笃"，他们髫龄时比邻而居、形影不离，少年时读书切劘、相互砥砺，成年后更结为"性命肺腑之交"并以"死友"相期许。而这段"诚一专精、不可磨灭"的情谊，之所以落得个"始合而终乖"的结局，究其根源在于曾灿因不甘贫贱而游幕乞食、离群索居，在于他们的生存范式代表着明清鼎革之际坚守气节与降志辱身两类遗民的分野。魏禧用至死不渝的殷切劝勉，曾灿以诉说不尽的哀恸悔恨，诠释着贯穿两人生命始

---

① 彭士望：《与门人梁份书》，《耻躬堂文钞》卷二，咸丰二年刻本。
② 魏礼：《与友人书》，《魏季子文集》卷八，道光二十五年刊本。
③ 魏礼：《与友人书》，《魏季子文集》卷八，道光二十五年刊本。
④ 魏礼：《与友人书》，《魏季子文集》卷八，道光二十五年刊本。
⑤ 魏禧《复六松书》云："死友一语，仆数十年来最伤心事者。"（魏禧：《复六松书》，《魏叔子文集》外篇卷五，中华书局2003年版，第259页）
⑥ 曾灿：《哭魏叔子友兄文》，《六松堂诗文集》卷十三，清抄本。
⑦ 曾灿：《〈彭躬庵先生与梁质人书〉跋》，《六松堂诗文集》卷十三，清抄本。

终的这份永恒的真情。

（二）曾灿与魏礼

魏礼（1629—1695），字和公，一字季子，与长兄魏际瑞、叔兄魏禧并称"宁都三魏"。魏礼自称"性好游"①，说自己"闻天下贤人，虽千里裹粮，窃愿一见"②，魏禧也说其弟"所至必交其贤豪，寻访穷岩遗逸之士"③，长子魏世傚亦称其父"南极琼海，北抵燕西，登太华绝顶，历览山川形胜，交奇伟非常士"④。显然，魏礼"好极山川之奇，求朋友，揽风土之变，视客死如家，死乱如死病，江湖之死如衽席"⑤勇于冒险、崇尚自由的天性和志趣非常人所可比，这种人格魅力必然使得他在与人交往中"有十足的吸引力"⑥。

曾灿与魏礼感情笃厚，从曾灿《春夜怀和公往琼海》《海上值和公诞日作此为寿》《寓宝安闻魏和公赴海南却寄》《和公从羊城来辄别去悒悒不能已作诗寄之》，以及诗题后注有"时和公往海南"的《午后感怀》等一连串怀赠魏礼之诗歌中，不难看出其对魏礼的厚爱和两人"逾于骨肉亲"⑦的情分。曾灿年长魏礼四岁，却甘心情愿接受他的批评教诲："君仲植道义，于予最能真。予时有纰缪，锄株及其根"⑧，自然也对他的能力十分钦佩，说："仲力能十反，条析而缕分""同堂君独少，卓卓越人群"⑨，又说："尝爱刘君长，骂人人不嗔""又爱周公瑾，坐对如饮醇"⑩。在曾灿眼里，魏礼人格可与待人至诚的刘备、气度可与宽宏大量的周瑜相比堪，与之交每有陶然自醉之感，他对魏礼的依恋之深可以想见。然而，最令曾

---

① 魏礼：《与邹幼圃书》，《魏季子文集》卷八，道光二十五年刊本。
② 魏礼：《与梁公狄书》，《魏季子文集》卷八，道光二十五年刊本。
③ 魏禧：《季弟五十述》，《魏叔子文集》外篇卷十一，中华书局2003年版，第599页。
④ 魏世傚：《享堂记》，《魏昭士文集》卷六，道光二十五年刊本。
⑤ 魏禧：《吾庐记》，《魏叔子文集》外篇卷十六，中华书局2003年版，第726页。
⑥ 赵园：《易堂寻踪——关于明清之际一个士人群体的叙述》，北京师范大学出版社2013年版，第38页。
⑦ 曾灿：《海上值和公诞日作此为寿》，《六松堂诗文集》卷二，清抄本。
⑧ 曾灿：《海上值和公诞日作此为寿》，《六松堂诗文集》卷二，清抄本。
⑨ 曾灿：《海上值和公诞日作此为寿》，《六松堂诗文集》卷二，清抄本。
⑩ 曾灿：《海上值和公诞日作此为寿》，《六松堂诗文集》卷二，清抄本。

灿惆怅的是,"年年走穷途"①的现实命运,使他们难得相聚。即便是相逢,也往往就是再度为友人送行的前奏:"乌鹊枝上噪,故人立青苔。一月不得信,我心久已灰。斯时但欢心,不暇生徘徊。何当片帆急,今日乘潮开。既知难长聚,子曾不复来。"②时曾灿寓居宝安县,得知魏礼亦来岭南,③整日立于青苔之上翘首企盼友人到来,已是望眼欲穿。然而一个月过去,友人音信杳然,不免灰心失望至极点。情感的巨大落差之间,足见对友人的强烈执着思念。等到终于见面时,突如其来的惊喜使他们激动不已。然而,还没来得及回味这激动人心的瞬间,友人又要乘帆远去,诗人不禁抱怨与其相聚短暂,不如不曾相见。从得知"和公从羊城来"到"辄别去",曾灿由喜而悲,又由悲而喜,内心掀起巨大波澜,而最终归于"悒悒不能已"长久的失落和惆怅,非"逾于骨肉亲"之情谊何以至此!而即便两人不是相见后立刻分离,也常常是刚刚分离,曾灿便重新陷入对魏礼的深深思念:"亦无多日别,动即令人思"④"别去无几日,奄忽春将深"⑤"东风相过处,怀想正凄然"⑥。"踯躅走风尘"⑦的曾灿自然颇多人情冷暖、世态炎凉的感叹:"朋友在衰季,轻薄如飘尘"⑧"依人良云难,况复游海南。人情爱新欢,久乃知苦心"⑨。而"所恃知己欢,忘我客中贫"⑩,"索游幸有两人俱"⑪,两人的深情厚谊和相知相惜,某种程度上也缓解了曾灿谋食远游的心理压力。

---

① 曾灿:《海上值和公诞日作此为寿》,《六松堂诗文集》卷二,清抄本。
② 曾灿:《和公从羊城来辄别去悒悒不能已作诗寄之》其一,《六松堂诗文集》卷二,清抄本。
③ 曾灿《和公从羊城来辄别去悒悒不能已作诗寄之》其二云:"同汝岭南春,一行一且止。"(曾灿:《和公从羊城来辄别去悒悒不能已作诗寄之》其二,《六松堂诗文集》卷二,清抄本)据此可知两人先后来到岭南,又据该诗前一首诗为《寓宝安闻魏和公赴海南却寄》,可知曾灿寓居宝安期间魏礼从羊城探访曾灿。
④ 曾灿:《春夜怀和公往琼海》,《六松堂诗文集》卷四,清抄本。
⑤ 曾灿:《寓宝安闻魏和公赴海南却寄》,《六松堂诗文集》卷二,清抄本。
⑥ 曾灿:《午后感怀》,《六松堂诗文集》卷四,清抄本。
⑦ 曾灿:《呈周计百司李》,《六松堂诗文集》卷二,清抄本。
⑧ 曾灿:《海上值和公诞日作此为寿》,《六松堂诗文集》卷二,清抄本。
⑨ 曾灿:《海上值和公诞日作此为寿》,《六松堂诗文集》卷二,清抄本。
⑩ 曾灿:《海上值和公诞日作此为寿》,《六松堂诗文集》卷二,清抄本。
⑪ 魏禧:《送曾止山客广州》,《魏叔子诗集》卷七,中华书局2003年版,第1348页。

此外，曾灿对魏礼诗推崇备至，《过日集》选魏礼诗尤多，就卷五"五言古"而言，收魏礼《偶然作》6首、《随成》6首、《黄巢矶》《水莊早起》《戊戌二月林确斋生日诗以赠之》《补寿杨一水先生七十又一》《戊戌十一月廿一日纪梦》《平西道上》《干将篇寄赠戴无忝》《纪王电辉义死诗》《再到岭南诗》《进峡》《山峡》《梁烈妇述》各1首。一卷中收一人诗多达24首，这在《过日集》编选中极其少见，曾灿以其实践证明了"当今布衣诗，和公为第一"①的观点。

（三）曾灿与林时益

林时益（1618—1678）②，原名朱议霶，字作霖，国变后更姓林，字确斋，江西南昌人。明宗室后裔，承父袭奉国中尉。崇祯末年，在"南昌宁藩支子孙"大都成为横暴一世、祸国殃民的恶少时，身为其中令人敬畏而又不可多得的贤者，③林时益广泛结交奇才剑客，壮怀天下，志在报国。④他与彭士望本为亲戚，顺治二年（1645）六月随彭士望避乱南下，徙家宁都。这个南昌人从此将宁都当作自己真正的故乡，视易堂诸子为兄弟手足。后来他每次返归南昌，都以再次回到宁都为结果。"康熙七年，诏故明宗室子孙众多，有窜伏山林者，悉归田庐，姓氏皆复旧"，而林时益"寄籍宁都久，不乐归"⑤。甚至在回南昌为儿子完婚之际突然发病，他竟然匆

---

① 魏禧《季子文集叙》云："曾止山《过日集》言当今布衣诗，和公为第一。"（魏禧：《季子文集叙》，《魏叔子文集》外篇卷八，中华书局2003年版，第391页）

② 魏禧《朱中尉传》云："戊午八月复病，呕血死，年六十一，盖中尉以戊午生戊午死云。"（魏禧：《朱中尉传》，《魏叔子文集》外篇卷十七，中华书局2003年版，第868页）据此可知林时益生于明万历戊午（1618），卒于清康熙戊午（1678）。

③ 魏禧《朱中尉传》："明季天下宗室几百万，所在暴横姦憸，穷困不自赖，为非恣犯法，而南昌宁藩支子孙尤甚。崇祯末，诸宗强猾者辄结凶党数十人各为群，白昼捉人子弟于市，或剥取人衣，或相牵评讼破人产，行人不敢过其门巷，百姓相命曰'鏖神'。当是时，奉国中尉议霶年少，特以贤名，四方豪傑士多从之游，诸鏖宗亦畏之。"（魏禧：《朱中尉传》，《魏叔子文集》外篇卷十七，中华书局2003年版，第865—866页）

④ 魏禧《朱中尉传》云："中尉性豪迈，敢大言。见天下将乱，专意结客，招致方外异人，冀他日为国家用。"（魏禧：《朱中尉传》，《魏叔子文集》外篇卷十七，中华书局2003年版，第866页）

⑤ 李元度：《国朝先正事略》，第1038页。

忙离别了家人而赶回宁都,说:"吾病恐死,欲死于吾朋友。"① 林时益对友情的执着与看重,令同堂兄弟无不为之动容。

顺治九年(1652)翠微发生"山难",诸子被迫避去。遭逢时代变乱与生活变故的双重打击,在生计日益艰难的现实面前,这个宗室后裔坚定了非其力不食的信念,遂率妻子迁居冠石,种茶芋为生。②"长子楫孙,通家子弟任安世、任瑞、吴正名,皆负担亲锄畚,手爬粪土,以力作。"③ 当有人从冠石外经过,看见田间三四少年,头著幅巾、赤脚挥锄,朗朗然歌时,"以为古图画不是过也"④,竟然以为自己来到了世外桃源。"而中尉酒后亦往往悲歌慷慨,见精悍之色。"⑤ 种茶冠石的林时益,与樵农牧夫不分彼此,只在酒后才显露其豪杰神色。晚年林氏更与世无争,持斋奉佛:"近十余年,益隐畏,务摧刚为柔,俭朴退让,使终身无所求取于人,无怨恶于世,虽子弟行以横,非相干者,勿与较也。晚又好禅,尝素食持经咒,尤严杀生戒,见者以为老农老僧,不复识为谁何之人。"⑥ 魏禧当年对林时益佩服得五体投地,甚至连性命都甘愿为其舍弃:"中尉来宁都时,年二十有八,予与季礼方壮,并愿为中尉死也。"⑦ 在说到林时益从当年那个充满传奇色彩的风流人物蜕变为眼前如"老农老僧"般"专艺植,逃禅,不留意世事"⑧的种田弄茶者时,魏禧无法掩饰自己的深深失望,说:"'吾向许君死,今不为君死矣。'确斋安之"⑨,一如他向曾灿收回以"死友"相期许的诺言。

林时益是宗室后裔,袭"奉国中尉";曾灿是贵介公子,任兵部

---

① 魏际瑞:《与子弟论文》,《魏伯子文集》卷四,道光二十五年刊本。
② 魏礼《林舟之碣文》云:"南昌林君确斋之冢子曰舟之,生八岁从其父避乱来宁都,家焉。来既八年,所居翠微山作变,各迁徙避去。林君率妻子居冠石种茶芋自活。"(魏礼:《林舟之碣文》,《魏季子文集》卷十四,道光二十五年刊本)
③ 魏禧:《朱中尉传》,《魏叔子文集》外篇卷十七,中华书局2003年版,第868页。
④ 魏禧:《朱中尉传》,《魏叔子文集》外篇卷十七,中华书局2003年版,第868页。
⑤ 魏禧:《朱中尉传》,《魏叔子文集》外篇卷十七,中华书局2003年版,第868页。
⑥ 魏禧:《朱中尉传》,《魏叔子文集》外篇卷十七,中华书局2003年版,第868页。
⑦ 魏禧:《朱中尉传》,《魏叔子文集》外篇卷十七,中华书局2003年版,第868页。
⑧ 彭士望:《祭魏叔子文》,《耻躬堂诗文合钞》卷九,咸丰二年刻本。
⑨ 彭士望:《祭魏叔子文》,《耻躬堂诗文合钞》卷九,咸丰二年刻本。

职方司主事。如赵园所说，"九子中，说得上有'家国之恨'的，只是林时益与曾灿"①。又，林时益好禅，曾灿逃禅，都与"禅"结下不解之缘。或许这就是他们虽在翠微山居后才建立交谊却彼此惺惺相惜且感情笃厚的根源。仅由曾灿《六松堂诗文集》中现存怀赠林时益诗 14 首，以绝对优势位居其怀赠易堂同仁诗歌数量首位②，且另有与林唱和、分韵诗 6 首，歌咏林茶诗 2 首的事实，便不难窥知两人相交之深，往来之密。他们以恢复大业相勉励，如《赋别用霖赴行在》流露出"闽地犹禾黍，江关未草茅。文章成豹隐，功业事龙韬"③的悲壮之情；他们共坐蒲团、体悟禅理，如《同确斋方崖坐蒲团》传达出"竹篸流泉响，草堂带月垂。何年深闭户，与君乐道归"④的隐逸之思。即便两人无语夜坐，也不乏"远林野火断还续，何处山钟吹欲来""弹琴新月低将出，与子无声坐绿苔"⑤这般无声胜有声的美好与默契。当然他们更多倾诉的还是离愁别绪。《三巘送林确斋挈家返南昌》《别确斋下旴江》《久别雨林用霖归省》记录着每当林时益返回家乡南昌，曾灿为他送行的场景。"山上别君行，山下行不止"⑥"平生重相见，畏此别离时"⑦"大江千里去，送子到洪都"⑧字里行间闪烁着曾灿久久不肯离去的身影和深情相送的目光。"风摇破屋一灯小，雨滴空阶深夜闻。我既有怀甘不寐，子因何事苦离群"⑨，当风雨交加的行旅之夜，曾灿对独在南昌的林时益的思念就更加执着和强烈。而对于林时益来说，尽管他不能理解曾

---

① 赵园：《易堂寻踪——关于明清之际一个士人群体的叙述》，北京师范大学出版社 2013 年版，第 160 页。
② 在与曾灿往来最密的易堂同人中，曾灿怀赠魏禧诗有 6 首，怀赠魏礼诗有 8 首，按同一诗题下有两首及两首以上诗者，各计为 1 首。
③ 曾灿：《赋别用霖赴行在》其一，《六松堂诗文集》卷六，清抄本。
④ 曾灿：《同确斋方崖坐蒲团》，《六松堂诗文集》卷四，清抄本。
⑤ 曾灿：《同林确斋夜坐》，《六松堂诗文集》卷六，清抄本。
⑥ 曾灿：《三巘峰送林确斋挈家返南昌》，《六松堂诗文集》卷二，清抄本。
⑦ 曾灿：《别确斋下旴江》，《六松堂诗文集》卷四，清抄本。
⑧ 曾灿：《久别雨林用霖归省》，《六松堂诗文集》卷四，清抄本。
⑨ 曾灿：《夜次头陂怀林确斋》，《六松堂诗文集》卷六，清抄本。

灿的谋食远游，说"为农方得耦，何以遂南行"①，但却无法遏制对他的深深挂念："每当风月夕，念子一何深。四野存吾辈，千秋感素心。"②康熙十七年（1678）七月当林时益病死冠石，易堂同人中，在他身边的，只有魏禧和彭任。此时曾灿正客居吴门，与诸友分韵赋诗，酒酣耳热："我本羁旅人，一醉忘乡井。"③想必是宁都僻处赣南邮传不便，"惊传万里札，又是隔年书"④，不然以曾灿对林时益的深情厚谊，必定会顿足捶胸，闻讣大恸。康熙二十四年（1685），当曾灿竭力干谒两广总督吴兴祚并乞请其资助钱财时，为吴兴祚献上了林时益生前所制的"林芥"，说："林芥二瓶，即敝乡易堂中林确斋所制，今虽作古人，而其后嗣，尚能世其业。倘或可用，当属其再觅佳者。"⑤曾灿的话看似轻松、看似寻常，但设身处地地想，以一介落拓布衣谒见"位极人臣""如在天上"⑥的两广总督，作为厚礼献出的，必定是其视如珍宝、绝不轻易送人的心爱之物。"林芥"对于曾灿而言意义之所以非同寻常，正因它代表着林时益其人，以及两人的情谊在曾灿心目中的分量。另外，曾灿《过日集》卷五"五言古"选林时益诗两首，分别是《己亥正月十二日蚤同子政过岭迟躬庵友兄登翠微峰访魏叔子季子十四日归途陟巘》和《正月十二日同李咸斋彭躬庵曾止山自东严取道圆通将登翠微峰访魏东房冰叔和公金精遇王老与谈感赋》。

二 曾灿与邱维屏、彭士望、魏际瑞交游考述

（一）曾灿与邱维屏

邱维屏（1614—1679），字邦士，宁都河东人。著有《邱邦士

---

① 林时益：《己亥冠石送曾止山之旧京将往云武访令兄庭闻》其一，《朱中尉诗集》卷三，南昌豫章丛书编刻局刊本。
② 林时益：《南丰别曾止山》，《朱中尉诗集》卷三，南昌豫章丛书编刻局刊本。
③ 曾灿：《戊午夏日张黼章招同钱宫声、蔡九霞、朱绿章汪先于暨令弟扶九令坦李平原饮雅涵堂诸公方樗蒲头拈平原扇头韵用呈诸公以博一笑》，《六松堂诗文集》卷二，清抄本。
④ 曾灿：《秋日得长兄壬辰腊月诗》，《六松堂诗文集》卷二，清抄本。
⑤ 曾灿：《与吴留村》，《六松堂诗文集》卷十四，清抄本。
⑥ 曾灿：《与吴留村》，《六松堂诗文集》卷十四，清抄本。

文集》十七卷。邱维屏是九子中地地道道的"学人",魏禧一篇《邱维屏传》,字里行间饱含着对自己这位姐丈的钦佩之情。他潜心于《易数》研究,晚境日臻精妙,达到无师自通、出神入化的境地,以至于他随手丢弃的草稿,都被"傲僻苛暴"的州官"悉以锦轴装潢""敬事如师礼",而"暴亦为之少霁"①。顺治十六年(1659)三月,方以智以僧服造访易堂,"尝与邦士布算,退而谓人曰:'此神人也。'"②这个被方以智惊为天人的饱学之士,性格沉静,口呐寡言,只有在说到学问时才口若悬河、侃侃而谈:"性静默,与人对,数日不发一言,不识者以为村老,尝不与拱揖。有问之者,日夜言娓娓不倦。"③当最是体现着"易堂真气"和易堂特色的诸子间正色犯难、相互攻谪④发起时,"独静默若未置身于其间"⑤者,是邱维屏;当因对时文有不同见解而与魏禧争论"至座中人皆罢酒,声震山谷,酣睡者悉惊寤,不为止"⑥者,也是邱维屏。其倔强性格和学人本色可以想见。为学无比执着,为人无比厚道淡和:"与人必诚直,视达官贵人与田父牧子无异。所居室如斗大,床灶鸡彘杂陈,衣破敝不能易,然人尝迎至精舍居之,衣以裘毵,直著不辞,视之与陋室敝衣等。"⑦心地单纯,和蔼可亲,待人无尊卑之分,视外物无好坏之别,无论置身何处皆平静泰然,邱氏朴实而高贵的品质可见一斑。翠微"山难"后,邱维屏搬回到河东塘角村居住,"年六十余尚健"⑧,每天坚持步行往返翠微峰教授弟子,"手批口讲、日夜不辍业"⑨,直到去世之前。临终前叮嘱儿子成禾:"食有饭菜,

---

① 魏禧:《邱维屏传》,《魏叔子文集》外篇卷十七,中华书局 2003 年版,第 870 页。
② 魏禧:《邱维屏传》,《魏叔子文集》外篇卷十七,中华书局 2003 年版,第 870 页。
③ 魏禧:《邱维屏传》,《魏叔子文集》外篇卷十七,中华书局 2003 年版,第 869 页。
④ 彭士望《翠微峰易堂记》云:"方初聚时,俱少年朗锐,轻视世务,或抗论古今、归过失,往复达曙,少亦至夜分,不服辄动色庭诉,声震厉,僮仆睡惊起;顷即欢然笑语,胸中无毫发芥蒂。"(彭士望:《翠微峰易堂记》,《易堂九子文钞·彭躬庵文钞》卷五,道光十七年刊本)
⑤ 杨龙泉:《邱邦士先生文集序》,《邱邦士先生文集》卷首,道光十七年刻本。
⑥ 魏禧:《邱维屏传》,《魏叔子文集》外篇卷十七,中华书局 2003 年版,第 869 页。
⑦ 魏禧:《邱维屏传》,《魏叔子文集》外篇卷十七,中华书局 2003 年版,第 870 页。
⑧ 魏禧:《邱维屏传》,《魏叔子文集》外篇卷十七,中华书局 2003 年版,第 870 页。
⑨ 魏禧:《邱维屏传》,《魏叔子文集》外篇卷十七,中华书局 2003 年版,第 870 页。

着可补衣，无谲戾行，堪句读师。"① 十六字中凝聚着邱维屏对人生意义的思考，是其精神境界和道德情操的真实写照。彭士望说："此十六字，元气包裹，令千古父子浓心妄想一切都尽，可为世则。"②

邱维屏对易堂活动"每有热烈的应和"③，其《集曾青藜宅夜饮，即席鼾睡，诸友呼起，分韵得芝字，卒赋书不成字，更饮达旦》一诗就再现了易堂诸子聚集曾灿家中夜饮达旦的欢乐场面和热烈氛围。"公子筵前谁不醉，模糊眼里蚌螺飞"，邱维屏畅饮后即席酣睡，被诸友呼之而起时醉眼蒙眬中恍见杯盘飞舞，这样的情态更显出其可亲可爱。憨直的邱维屏对朋友十分真诚热情，他对曾灿及其家人始终充满关切便是明证。他为曾灿父亲曾应遴撰写《兵部侍郎曾公家传》，歌颂曾应遴对大明的忠贞不渝；为曾灿的诗集作序，尤其称道其所作"工妍绰约"④的诗余。他的七言律诗《过六松草堂观曾青藜课耕即事赋赠》热情洋溢地描述了翠微山居时曾灿筑六松草堂躬耕劳作的场景："爱汝草堂倚六松，徒耕耐可得如农。山塘蓄水知疏缺，蹊径从人问下中。风撼瓦当饭失箸，雨悬囱后坐闻钟。岚西我辈栖迟尽，落日还云看杀侬。"⑤ 通过对曾灿"山塘蓄水""风撼瓦当"劳动和生活细节的描绘，写出了曾灿的以苦为乐和怡然自得，表现出对其欣赏有加的态度。该诗不禁让人联想起曾灿本人所描述"于西郊筑一小庄，督无戈辈耕锄自活，时倚六松下，邀邻人酌酒，听松声谡谡，如坐空山中"⑥的美妙情境，让人更深刻地理解曾灿所说"避人凭一杖，吾意在桃源"⑦"从来高隐者，岂必尽桃源"⑧的真正意

---

① 魏禧：《邱维屏传》，《魏叔子文集》外篇卷十七，中华书局2003年版，第871页。
② 魏禧：《邱维屏传（附彭躬庵书后）》，《魏叔子文集》外篇卷十七，中华书局2003年版，第871页。
③ 赵园：《易堂寻踪——关于明清之际一个士人群体的叙述》，北京师范大学出版社2013年版，第175页。
④ 邱维屏：《六松堂诗文集序》，《六松堂诗文集》卷首，清抄本。
⑤ 邱维屏：《过六松草堂观曾青藜课耕即事赋赠》，《邱邦士先生文集》卷十七，道光十七年刻本。
⑥ 曾灿：《与钱驭少》，《六松堂诗文集》卷十四，清抄本。
⑦ 曾灿：《初冬访钱幼光不值令嗣孝责留宿迟之》，《六松堂诗文集》卷四，清抄本。
⑧ 曾灿：《舟至东崦遇雨同奉世作》，《六松堂诗文集》卷五，清抄本。

趣，并将之与其翠微山居、草堂躬耕建立起因果联系。

后来曾灿常常下山出游，邱维屏也总是深情相送。曾灿往江宁寻其胞兄曾畹，邱维屏《送曾青藜之江宁寻令兄庭闻并简》云："十五年前一送君，十五年后君再行。老夫更添十五岁，难子还为行路人。行路人，那可道，南京却比北京好。君家阿大知不知，边水边风容易老。"① 对曾畹嘘寒问暖、有亲人般的关怀，对曾灿相隔十五年的两次出游有准确记忆，平实的话语中饱藏着其对曾氏两兄弟的深深挂念和浓浓情谊。康熙十二年（1673）曾灿前往吴门，邱维屏说他"行者再行不念群"②，看似是对行者频繁出游、离群索居有埋怨情绪，实际上这恰恰映现出送行者自身的惆怅与失落。邱维屏埋怨曾灿"不念群"，说到底是出于对其不舍和惦念。尤其"倒尽奚囊少一人"③，这一诸子分韵赋诗时曾灿不在场情景的设想更强化了邱维屏对友人的依依惜别之情。曾灿《过日集》卷五"五言古"选邱维屏诗两首，分别是《为温菖作》和《呈秋水先生》。

（二）曾灿与彭士望

彭士望（1610—1683），字达生，号躬庵，又号树庐，江西南昌人。曾师从明末鸿儒黄道周。后黄道周因触怒思宗一度下狱，彭士望舍身营救，为此几遭不测。甲申国变后，曾为杨廷麟募兵九江。又入史可法幕，未几辞归。顺治二年（1645）六月彭士望避乱南下，携妻子至宁都，与魏禧、魏礼兄弟"立谈定交"，于是决计徙家宁都。后"依魏禧居翠微峰巅"④，是易堂九子的核心人物。有《耻躬堂诗文合钞》十六卷。其不见诸该集的散文《翠微峰易堂记》是易堂九子山居生活的实录。

明清鼎革之际，易堂诸子多以废弃儒服、退隐山林间接抵抗清

---

① 邱维屏：《送曾青藜之江宁寻令兄庭闻并简》，《邱邦士先生文集》卷十七，道光十七年刻本。
② 邱维屏：《癸丑送曾青藜入会城，兼怀彭躬庵、林确斋》，《邱邦士先生文集》卷十七，道光十七年刻本。
③ 邱维屏：《癸丑送曾青藜入会城，兼怀彭躬庵、林确斋》，《邱邦士先生文集》卷十七，道光十七年刻本。
④ 陆麟书：《彭躬庵先生传》，《耻躬堂诗文合钞》卷首，咸丰二年刻本。

廷统治,其中直接投身抗击清兵军事斗争的唯有曾灿和彭士望。彭士望说:"乙丙之际,易堂之出而图者,惟予同曾止山。"① 他们都受知于兵部尚书杨廷麟。当赣州城破之际,"廷麟赴水死"② 的一幕在他们心中都留下了难以磨灭的印记,使他们的心灵受到强烈震撼。他们为杨廷麟的壮烈殉国号啕痛哭,也因自己未能以死报国、苟且偷生而深感愧耻。尽管与曾灿"遁同归"③ 后彭士望"自废,躬耕食力"④,然而却"常以不死自恨"⑤,说"予之迹固在是,而予耻在躬"⑥。其集名"耻躬堂"的命意正在于此。一个有"耻躬堂",一个筑"六松堂",从"出而图"到"遁同归",一路走来,彭士望和曾灿始终携手并肩。翠微山居六年⑦中,他们又"同农而耕""同佣人之田"⑧。而"田有诗,则又同"⑨,他们分别以《六松歌为曾止山赋》和《彭躬庵植松草堂诗》呈现了其"同农而耕"的美好自然景象。彭士望《六松歌为曾止山赋》云:"未登六松堂,不知六松高有几。意中苍翠深烟霜,即予所值依稀似。我值草堂前,君值草堂后。同兹草堂心,前后亦何有。君耕石田我茅屋,手指清溪饮黄犊。饭牛何必令牛肥,耕田何必须田熟。可烧松子餐松叶,松下哦诗自怡悦。笑予饥眼望他山,茯苓斗大何餍啜。独爱杜陵句,四松如我长。敢为故林主,黎庶犹未康。主人胸臆能如此,松与盘桓定私喜。冬夏青青万古情,没草摧薪亦何耻。"⑩ 他们耕种石田、栖身茅屋,尽管饭牛不肥、耕田不熟,甚至无米可食,却丝毫不能阻挡其辛勤劳动与作赋吟诗的兴致。"手指清溪饮黄犊""松下哦诗自怡悦"这

---

① 彭士望:《六松堂诗文集序》,《六松堂诗文集》卷首,清抄本。
② 陆麟书:《彭躬庵先生传》,《耻躬堂诗文合钞》卷首,咸丰二年刻本。
③ 彭士望:《六松堂诗文集序》,《六松堂诗文集》卷首,清抄本。
④ 陆麟书:《彭躬庵先生传》,《耻躬堂诗文合钞》卷首,咸丰二年刻本。
⑤ 陆麟书:《彭躬庵先生传》,《耻躬堂诗文合钞》卷首,咸丰二年刻本。
⑥ 陆麟书:《彭躬庵先生传》,《耻躬堂诗文合钞》卷首,咸丰二年刻本。
⑦ 彭士望《六松堂诗文集序》:"止山居山中六年,今复出,……"(彭士望:《六松堂诗文集序》,《六松堂诗文集》卷首,清抄本)
⑧ 彭士望:《六松堂诗文集序》,《六松堂诗文集》卷首,清抄本。
⑨ 彭士望:《六松堂诗文集序》,《六松堂诗文集》卷首,清抄本。
⑩ 彭士望:《六松歌为曾止山赋》,《耻躬堂诗钞》卷五,咸丰二年刻本。

样富有浓烈田园气息和生活情趣的场景中蕴藏的，是他们两人"同农同耕"的喜悦与满足，是其"同兹草堂心"、同心协力的深情厚谊，是其"甘饿如饴"①"松与盘桓"的"主人胸臆"。结句"冬夏青青万古情，没草摧薪亦何耻"，如果说"耻在躬"是因"以不死自恨"，那么"亦何耻"则意味着诗人在对"冬夏青青"的松柏的观照中汲取了巨大的精神力量，开始探寻生的价值和意义，而这又与曾灿《彭躬庵植松草堂诗》"所值倘自然，即可慰饥渴"②的表述相映成趣，进一步印证他们彼此"同兹草堂心"的"胸臆"。

（三）曾灿与魏际瑞

魏际瑞（1620—1677），原名祥，字善伯，号东房，人称魏伯子。顺治四年（1647），出而应试清廷。③魏际瑞因此成为"易堂九子"中唯一被后世诸遗民录摒除于外者。随着顺治七年（1650）前后"以才名，为当路所推重"④，魏际瑞走下翠微峰，辗转于清人幕府并以游幕终其一生。⑤所以他"对于易堂的活动并没有多少参与"⑥。尽管游幕在当时颇为人所不齿，然而在魏禧看来，正是赖于其伯兄的自我牺牲，与山下清人周旋，才保证了翠微峰上易堂诸子，乃至整个家族的始终安全。⑦

---

① 彭士望：《与门人梁份书》，《耻躬堂文钞》卷二，咸丰二年刻本。
② 曾灿：《彭躬庵植松草堂诗》，《六松堂诗文集》卷二，清抄本。
③ 魏禧《季弟五十述》云："丁亥，邑新令至。征君招诸子曰：'汝辈云何？'……伯兄逡巡对曰：'长子责在宗祧，祥其出乎！'于是二弟山居奉父母，伯兄独身出。"（魏禧：《季弟五十述》，《魏叔子文集》外篇卷十一，中华书局 2003 年版，第 598 页）
④ 魏禧：《先伯兄墓志铭》，《魏叔子文集》外篇卷十八，中华书局 2003 年版，第 962 页。
⑤ 据马将伟考证，魏际瑞四次入清幕。顺治十年（1653），入潮州总兵刘伯禄幕；康熙七年（1669），入浙江巡抚范承谟幕；康熙十三年（1674），入广东藩王尚可喜幕；康熙十六年（1677），入南赣总兵哲尔肯幕。同年四月，为哲尔肯说降滇将韩大任，而韩大任怀疑魏际瑞出卖自己，结果魏际瑞惨遭杀害。（马将伟：《魏际瑞游幕考略》，《易堂九子研究》，社会科学文献出版社 2013 年版，第 55 页—59 页）
⑥ 赵园：《易堂寻踪——关于明清之际一个士人群体的叙述》，北京师范大学出版社 2013 年版，第 146 页。
⑦ 魏禧《先伯兄墓志铭》云："宁都乱民横据城市，称义兵，禧等奉父母居翠微山。庚寅春，赣檄兵十万围攻之，城破，屠掠几尽。结砦而居者科重额，祸且不测。伯独身冒险阻止其事，屡濒于危，翠微峰得全。而伯以才名，为当路所推重，督抚大帅皆礼下之。自是，诸隐居子暨诸戚倚伯为安危者三十余年。"（魏禧：《先伯兄墓志铭》，《魏叔子文集》外篇卷十八，中华书局 2003 年版，第 962 页）

据魏禧说，曾灿初学诗词时与魏际瑞两人往往此唱彼和，以为笑乐。① 而彼时魏际瑞年未弱冠，曾灿则不过十四五岁。② 后来与诸子聚居翠微峰，九子中数他两人最早下山、山居时间最短。"易堂九子"这个遗民群体中，也只他两人有游幕经历。曾灿《月夜渡淮寄怀魏东房》和《魏东房先发赣江作此送之》虽无法考订具体作年，但根据它们被收录于《曾青藜初集》，可以推断出两诗应作于顺治年间③。"二月君离家，四月余方北。南浦再逢君，悲喜动颜色。月光浮夜潮，万里生胸臆。仰视星斗行，一枕天河直。此行由他人，待君非我力。"④ "雨势高楼重，垂垂欲浸天。故人明日去，先发大江船。君是客中客，我行年复年。无劳吟苦叶，相迟下金川。"⑤ 为了生计，为了家人，他们四处漂泊，聚少离多。短暂的相逢，片刻的激动与喜悦过后，又是新的别离，反而令彼此更加酸楚。正因"同是宦游人"，他们都随势浮沉，无力主宰自己的命运；正因"君是客中客""我行年复年"，后来他们各奔东西，难有交集。然而，康熙十六年（1677）魏际瑞的惨死，不仅"对于易堂""有着非比寻常的严重性"⑥，对于曾灿来说，也始终心绪难平。

马将伟指出，康熙十六年（1677）二月，魏际瑞被"摄印官"带到赣州时，对他礼遇有加的"赣大帅"是时任南赣总兵的哲尔肯。⑦ 四月，魏际瑞受哲尔肯委派说降韩大任，结果惨遭杀害："四月，吉安韩大任溃围走，凡两窜宁都之上乡，兵寇十万遝至，蹂躏

---

① 魏禧《六松堂诗文集序》云："止山方习制艺，时好为诗。诸诗余歌曲靡不习。日与余伯子唱和，为笑乐。"（魏禧：《六松堂诗文集序》，《六松堂诗文集》卷首，清抄本）
② 曾灿《金石堂诗序》云："某年十四五，即学为诗。"（曾灿：《金石堂诗序》，《六松堂诗文集》卷十二，清抄本）
③ 曾灿《月夜渡淮寄怀魏东房》（《六松堂诗文集》卷二）和《魏东房先发赣江作此送之》（《六松堂诗文集》卷四）均另见于国图皮藏清初刻本《曾青藜初集》中。《曾青藜初集》所收为曾灿早期作品，可考作年最迟的作于顺治十八年（1661）。详见本论文第一章第三节著述考述。
④ 曾灿：《月夜渡淮寄怀魏东房》，《六松堂诗文集》卷二，清抄本。
⑤ 曾灿：《魏东房先发赣江作此送之》，《六松堂诗文集》卷四，清抄本。
⑥ 赵园：《易堂寻踪——关于明清之际一个士人群体的叙述》，北京师范大学出版社2013年版，第146页。
⑦ 马将伟：《魏际瑞游幕考略》，《易堂九子研究》，社会科学文献出版社2013年版，第59页。

甚。邑馈饷不支，当事议招抚，久未就，而大任自言'非魏伯子吾不信也'。当事以属伯，伯既痛桑梓之祸无有穷期，又所闻大任颇为当世豪，亦欲有以全之，遂慨然行。八月甫至江西，兵遂从冬路逼大任营，大任遂疑伯卖己，辞不见。又有奸人欲牵率大任降闽军以自成功名者，遂日夜搆于大任，大任既败，十月十四日拔营走降闽，伯遂遇害，年五十有八。"① 此行固然是受幕主哲尔肯之托，但在魏际瑞看来，事关民生，自己义不容辞、责无旁贷。因此尽管事前家人"力陈其不可"，诘问魏际瑞"非怀私利，图富贵，何苦而自蹈不测之地？"② 在家人看来此乃生死攸关之事，料定此行必然凶多吉少，甚至无吉可言，故坚决反对魏际瑞前去。然而魏际瑞的回答是："两兵相交，死者千万。且吾乡蹂躏已久，秋深冬至，民无衣被，何以为生？吾何惮此一行为！"③ 他抱定了"舍生以救千万人之生"④的信念勇往直前，认为"吾往而解兵，天必不使吾死，且死固命也"⑤，可谓临危不惧、视死如归、大义凛然。结果其人真的有去无回、往而不返。更令人心痛的是，他"欲以善千万人之生"，却"不得以善吾死"⑥。当其遗体归殓于翠微山下，"细验隐处，疮瘢迹皆是"⑦，以至于其子魏世傑"乃大踊，拔小刀自刿，人夺之至再，遂奋拳搥胸腹，死血下，痛伛偻二十日而死"⑧。此后，"易堂诸子持久地体验着伯子被虐杀的余痛""这对父子的血，不能不令他们自觉创巨痛深"⑨。曾灿《过聊城县追悼魏伯子》云："射矢原非策，高君不慕名。当时吾友去，亦似鲁连情伯子因抚韩大任遇害。事岂分成败，人胡异死生。西风杨柳岸，吹起断肠声。"该诗作于康熙二十三

---

① 魏禧：《先伯兄墓志铭》，《魏叔子文集》外篇卷十八，中华书局 2003 年版，第 963 页。
② 魏禧：《祭伯兄文》，《魏叔子文集》外篇卷十四，中华书局 2003 年版，第 691 页。
③ 魏禧：《祭伯兄文》，《魏叔子文集》外篇卷十四，中华书局 2003 年版，第 691 页。
④ 邱维屏：《同众祭魏善伯父子文》，《邱邦士先生文集》卷十六，道光十七年刻本。
⑤ 邱维屏：《同众祭魏善伯父子文》，《邱邦士先生文集》卷十六，道光十七年刻本。
⑥ 邱维屏：《同众祭魏善伯父子文》，《邱邦士先生文集》卷十六，道光十七年刻本。
⑦ 魏禧：《先伯兄墓志铭》，《魏叔子文集》外篇卷十八，中华书局 2003 年版，第 963 页。
⑧ 魏禧：《先伯兄墓志铭》，《魏叔子文集》外篇卷十八，中华书局 2003 年版，第 963 页。
⑨ 赵园：《易堂寻踪——关于明清之际一个士人群体的叙述》，北京师范大学出版社 2013 年版，第 146 页。

年（1684）①，距魏际瑞遇害已整整七年，念及友人的逝去，曾灿仍无法遏制心中的余痛与愤愤不平。他将友人比作鲁仲连，歌颂其光明磊落的人格、宽广无私的胸怀，实为虽死犹生、不以成败论英雄的千秋典型。曾灿《过日集》卷五"五言古"选魏际瑞诗七首，分别是《留姑二首》《翠微中睡醒同伴坐月》《猛虎行》《将军行》《西山夷斋庙》和《独眠》之一。

三 曾灿与李腾蛟、彭任交游考述

（一）曾灿与李腾蛟

李腾蛟（1609—1668），字力负，号咸斋，江西宁都人。明季诸生，国变后弃诸生服，与诸子齐上翠微，聚处易堂。九人中李腾蛟年辈最长，"诸子皆兄事之"。②卒年最早，殁后私谥"贞惠先生"③。魏礼《宁都先贤传》称李腾蛟入清后"三十年未尝著时服"④。身着前朝旧衣几十年不变，足见其人对故国之怀念。翠微"山难"后迁居三巘峰授徒，其弟子来学者，"皆衰衣篝冠"⑤，也都保持着明人的装束打扮。除了"二十余年非法之服勿服"⑥的一面，李腾蛟之"贞"，还有他"非法之人勿见"⑦的一面："自甲乙以来，即无意于人间事，匿影穷岩，惟寒山一片石可语耳；至于四方交游，一概谢绝。"⑧匿迹幽岩、独对寒山，杜绝一切往来，李腾蛟将摒弃与当世的交接和笃守遗民气节作为终生事业。情感的抑制、理性的约束，使他在易堂与外界的对话中几乎处于失语状态，即便像南丰谢文洊、宁化李世熊这样与易堂诸子过从甚密、相交甚深的人物，也不过是

---

① 曾灿：《过聊城县追悼魏伯子》，《甲子诗》，清抄本。（另见于《六松堂诗文集》卷五）可知其作于康熙甲子，即康熙二十三年（1684），详见第一章第三节著述考述。
② 魏禧：《李咸斋私谥议》，《魏叔子文集》外篇卷四，中华书局2003年版，第214页。
③ 魏禧：《李咸斋私谥议》，《魏叔子文集》外篇卷四，中华书局2003年版，第214页。
④ 魏礼：《宁都先贤传》，《魏季子文集》卷十五，道光二十五年刊本。
⑤ 魏礼：《宁都先贤传》，《魏季子文集》卷十五，道光二十五年刊本。
⑥ 魏禧：《李咸斋私谥议》，《魏叔子文集》外篇卷四，中华书局2003年版，第214页。
⑦ 魏禧：《李咸斋私谥议》，《魏叔子文集》外篇卷四，中华书局2003年版，第214页。
⑧ 李腾蛟：《答临川陈少游书》，《李咸斋文集》卷一，清抄本。

他诗文之中仅一见者。然而，这位易堂隐者中的隐者，非但没有丝毫的冷淡与刻薄，相反，他性格淳厚温和，甚至显得缺乏原则："性诚厚爱人，与人煦煦然，若惟恐伤之，虽子弟门人，犯之勿较。"①不知魏禧和同堂兄弟在如是称道李腾蛟之"惠"时，究竟是欣赏还是惋惜更多。中年丧子②、晚年失明，也许在无常的命运面前，他早已不悲不喜，早已抹去所谓是非、尊卑、强弱、荣辱、进退、盛衰种种心念。人生之得失，与世道之治乱，皆不过一念之间。与其苦苦求索、寻觅世外桃源，不如心作良田，自立"方寸桃源"。李腾蛟有石印一方，印文为"方寸桃源"；有《桃源说》一篇，说"凡世之治乱，生于人心"③。

　　李腾蛟矢志隐逸，始终与群山为伴，遁入属于自己的"桃源"。曾灿自顺治十年（1653）下山出游，此后连年"奔走衣食，家如传舍"④，他们的交往主要是在翠微山居期间。可以肯定，李腾蛟五言古诗《六松草堂为曾止山作》和杂文《曾止山隐骚弁言》均是这一时期的作品。"大禹行疏凿，伯益烈山焚。不识圣人意，斩伐代相因。我起望广陌，郁郁六松存。维周有甘棠，维汉亦有柏。元气载公勋，六松徒郁郁。盛衰何有常，黾勉事稼穑。"⑤自然界松柏长青、巍峨挺拔暗中对比着人世间朝代兴替、荣枯无常，全诗既与曾灿以"六松独挺""与人之富贵贫贱死生患难相推移而不衰"⑥为草堂命名的立意精神相通，又歌颂了曾灿黾勉劳作、躬耕自食的可贵志气与品格。

　　杂文《曾止山隐骚弁言》则道出了从率军抗清、驰骋疆场到复国无望、退隐山中，曾灿所走过的心路历程及其鲜为人知的愤懑与苦痛。《曾止山隐骚弁言》云："或曰：'骚可隐乎？'余曰：'可。'

---

① 魏禧：《李咸斋私谥议》，《魏叔子文集》外篇卷四，中华书局2003年版，第214页。
② 魏禧《与李咸斋书》云："去秋谢曲斋暴死，今先生以中晚之年复遘令子之变，禧于此二事，辄疑天不可问……辛卯月禧白。"（魏禧：《与李咸斋书》，《魏叔子文集》外篇卷五，中华书局2003年版，第222页）
③ 李腾蛟：《桃源说》，《李咸斋文集》卷二，清抄本。
④ 曾灿：《与林武林》，《六松堂诗文集》卷十四，清抄本。
⑤ 李腾蛟：《六松草堂为曾止山作》，《李咸斋诗集》卷三，清抄本。
⑥ 曾灿：《六松堂诗文集序》，《六松堂诗文集》卷首，清抄本。

'隐可骚乎？'余曰：'可。'何也？非深于骚者，其骚不能隐；非痛于隐者，其隐不能骚。北平陷没，海立山飞，放浪之士每托骚以见志，或为长歌而多怨篇，或为短歌而多悲句。虽曰哀心感其声噍以杀，然叩其隐，未必痛也。隐未必痛，则骚未必深矣。曾子止山，目击时事，慷慨扼腕。天可怨而不胜于怨，人可尤而不胜于尤，曾子之隐，痛矣！作《隐骚》若干首，其间有怨而隐、有刺而隐者，有慕而痛、有愤而痛者，惟深于骚故也。深于骚乃痛于隐，痛于隐乃不觉骚于隐，而《隐骚》作矣。曾子怀屈子于梦寐而见之于精神，其《隐骚》也，以为曾子之骚可，以为屈子之骚亦无不可。屈子之骚名'离忧'也，安知屈子之离而忧者，非即曾子之隐而痛者？文信国曰：'痛饮读《离骚》'，则骚原自痛也。安知曾子之隐而痛者，非即屈子之离而忧者？是一是二，难为浅人道也。凄风寒雨之晨，白露青霜之夜，试将《隐骚》细吟一遍。遥呼三闾大夫，自当应声而出。有必动其隐也夫！抑有增其痛也夫！"[1] 不难看出，《曾止山隐骚弁言》是李腾蛟细读曾灿"《隐骚》若干首"，读后有感，感而有作。遗憾的是，《隐骚》原诗已经散佚，不见诸曾灿现存任何一种著作。而正是有赖于李腾蛟所作《曾止山隐骚弁言》，否则后人无从得知曾灿曾作《隐骚》诗；更无法深刻体会当此"北平陷没，海立山飞"天崩地坼、故国沦亡之际，曾灿"目击时事，慷慨扼腕"汹涌激荡的心绪。宝剑沉埋，此恨难消，一腔热血，无所用之。隐，是为着尊严与气节的最后坚守。李腾蛟"曾子之隐，痛矣！"一语道出曾灿的退隐所包藏着的极度愤懑与不甘。其"隐而痛者"，好比屈原之"离而忧者"，传递着不同时代下志士仁人心灵的共振。《隐骚》冲破了隐者所秉持的淡定与安闲，更平添了一股因苦痛郁愤而生的刚烈之气和忧患意识，是翠微山居时曾灿"痛于隐""骚于隐"苦闷心态的生动呈现。毋庸置疑，在曾灿《隐骚》原诗散佚的情况下，李腾蛟《曾止山隐骚弁言》便成为解读曾灿丰富心灵世界的重要载体，对于探讨其心路历程和生存状态有重要意义。

---

[1] 李腾蛟：《曾止山隐骚弁言》，《李咸斋文集》卷二，清抄本。

（二）曾灿与彭任

彭任（1624—1708），字中叔，一字逊士，号草亭先生。九子聚处"易堂"的六年中，除彭任住在三巘峰，其他人都住在翠微峰。彭任虽"每期必赴"①，定期从三巘峰赶来参加堂中活动，"设钟磬，歌诗，群习静坐"，或"抗论古今、规过失，往复达曙"②，但无论从易堂同仁还是其本人留下的文字看，"为人恬淡""持身谨严"③的彭任也不免显得"眉眼模糊"④、声光黯淡。他和李腾蛟"通常像是隐没在灯火不到之处"⑤，是"难得出现在前台"的"老成持重的人物"⑥。然而也正是这样两个看似庸常的人物，是为"易堂九子"两个彻头彻尾、善始善终的隐者。自顺治三年（1646）与诸子相邀上山，至康熙四十七年（1708）病卒于三巘，彭任"谢绝应酬，足迹不入城市者四十余年"⑦。还有另一种说法就是，彭任除了"一访其友谢文洊、甘京于南丰之程山，未尝再适他域"⑧。无论如何，这都意味着享寿八十五岁高龄的彭任，坚守山中六十二年。甚至就连江西巡抚请他去白鹿洞讲明圣学也坚决辞却。⑨ 无独有偶，李腾蛟提出"方寸桃源"之说，彭任则意外地在"金精洞口"发现了一处"上下有清泉涓涓，其流停止一区如浅井"的所在，遂谓之"桃源"，并云"隐居岘山，常从兹游，乃无心而得之"⑩。作为真正的隐者，彭任和李腾蛟都以生相守，将群山当成了生活的港湾、生命的归宿。

---

① 彭士望：《翠微峰易堂记》，《易堂九子文钞·彭躬庵文钞》卷五，道光十七年刊本。
② 彭士望：《翠微峰易堂记》，《易堂九子文钞·彭躬庵文钞》卷五，道光十七年刊本。
③ 彭兆泰：《彭中叔行略》，《草亭文集诗集》卷首，四库全书存目丛书集部第 236 册。
④ 赵园：《易堂寻踪——关于明清之际一个士人群体的叙述》，北京师范大学出版社 2013 年版，第 71 页。
⑤ 赵园：《易堂寻踪——关于明清之际一个士人群体的叙述》，北京师范大学出版社 2013 年版，第 175 页。
⑥ 赵园：《易堂寻踪——关于明清之际一个士人群体的叙述》，北京师范大学出版社 2013 年版，第 71 页。
⑦ 彭兆泰：《彭中叔行略》，《草亭文集诗集》卷首，四库全书存目丛书集部第 236 册。
⑧ 谢旻：(康熙)《江西通志》卷九十四，清文渊阁四库全书本。
⑨ 彭兆泰《彭中叔行略》云："时抚军安公闻先祖名，欲迎至白鹿洞讲明圣学，……先祖籍病固却，命先君辈代谢，不自署名。"（彭兆泰：《彭中叔行略》，《草亭文集诗集》卷首，四库全书存目丛书集部第 236 册）
⑩ 彭任：《桃源记》，《草亭文集诗集》卷首，四库全书存目丛书集部第 236 册第 244 页。

彭任有《曾止山从耕六松，同人有诗赠予。时居止山旧宅，宅侧有数丈桐孤枯不仆，感赋遂以为六松草堂诗》。就该诗题目而言，前半句"曾止山从耕六松，同人有诗赠予"再次道出了曾灿筑六松草堂躬耕隐居期间，易堂同人多为其赋诗这一事实。正如之前所提及，邱维屏有七言律诗《过六松草堂观曾青藜课耕即事赋赠》，彭士望有七言古诗《六松歌为曾止山赋》，李腾蛟有五言古诗《六松草堂为曾止山作》。而由后半句"时居止山旧宅，宅侧有数丈桐孤枯不仆，感赋遂以为六松草堂诗"的交代及诗中具体表述可知该诗是曾灿下山出游之后彭任因物怀人，感而有作。彭任诗云："开窗值孤桐，因怀六松堂。君今胡去此，予怀空翱翔。孤桐本挺植，何以致枯伤。非无甫露滋，炽烈外相戕。遥意石圹松，久历寒水霜。生理日秀发，磥砢亦昂藏。以桐比六松，远逊其青芳。赖可托奇响，千载慰凄凉。故物犹不朽，我心终尔望。"① 如果说邱维屏、彭士望、李腾蛟诗是对曾灿的躬耕自食充满欣赏，赞美"六松"郁勃的生命力量，那么彭任则为曾灿的离去和桐木的"枯伤"深感惋惜和悲凉。全诗尤其是"非无甫露滋，炽烈外相戕"句似有所寓意，"遥意石圹松，久历寒水霜"句则重在勉励，期望友人不为外物所累，坚持磨练意志，"故物犹不朽，我心终尔望"正表达了盼友人早日归耕六松草堂、托身自然的执着心念。

《送曾尚侃江南省觐并寄尊公止山》一诗，也着重抒发了彭任"言念同明发，应知早共归"② 期盼曾灿早日还乡的迫切心情。该诗五六两句"高堂乘鹤发，客舍惊须眉"③ 与诗题后有小字"止山母在堂故五六及之"④ 之语，使得老母在堂而游子未归的事实得到强化，

---

① 彭任：《曾止山从耕六松，同人有诗赠予。时居止山旧宅，宅侧有数丈桐孤枯不仆，感赋遂以为六松草堂诗》，《草亭文集诗集》，四库全书存目丛书集部第 236 册第 276 页。
② 彭任：《送曾尚侃江南省觐并寄尊公止山》，《草亭文集诗集》，四库全书存目丛书集部第 236 册第 292 页。
③ 彭任：《送曾尚侃江南省觐并寄尊公止山》，《草亭文集诗集》，四库全书存目丛书集部第 236 册第 292 页。
④ 彭任：《送曾尚侃江南省觐并寄尊公止山》，《草亭文集诗集》，四库全书存目丛书集部第 236 册第 292 页。

突出慈母盼游子归还、望眼欲穿。结合同堂魏禧对曾灿"早图还山"的一再规劝；魏礼在《与友人书》中对曾灿"以饥窭故，舍养就食""高飞远举"的斥责，包括由对"老人涕泪阑干，思子愁叹"引发的对曾灿的不解和不满，可知盼曾灿早日还家是易堂友人共同的心愿。足见易堂同仁对曾灿及其家人至真至诚的帮助和始终不渝的关爱。

  曾灿说过："我本隐者流，斯志曾不逮。但为儿女躯，不觉多犹悔。"[1] 他痛责自己因生存穷迫而无法顺从本心做个隐者，不得不作出"依人过一生"[2] 这样令他深感"寸心违""多尤悔""可愧耻"[3] 的艰难抉择。而这不仅使他辜负了魏禧、彭任等易堂同人的殷切希望，也意味着他放弃了自己隐逸的理想。也许，比起依人的懊悔和羞耻感，更令他痛苦不安的，还有"每来介春酒，益复想慈闱"[4]"游子饥寒何日了，高堂颜色逐年非"[5]"言愁尽是思归客""怜余白发有慈亲"[6] 这样日日夜夜撕扯心灵的思亲苦情。他纵然思母心切，急切渴盼回到母亲身边："籍君双羽翼，送我故园归"[7]"欲借鲲鹏程九万，江关万里到庭闱"[8]。然而，生存的现实是，既然选择依人，就注定着不由自主的命运。曾灿也因此酿成了终生的悔恨，造成了无法弥补的遗憾，没能见上母亲最后一面。他的遭际确实值得同情，但不可否认的是，他也确实枉费了彭任等易堂同人的一片苦心。或许，正是深深的自责和惭愧使他不知如何面对彭任，以至于他的《六松堂诗文集》中除了《已亥立春前同李咸斋彭中叔散步望翠微三魏》一诗题目中出现"彭中叔"（也包括李腾蛟"李咸斋"）三字之外，再不曾提及这（两）位隐者友人。然而，值得注意的是，作为易堂九子中性格最为活跃、交游最为广阔的人物，曾灿竟有

---

[1] 曾灿：《寄方有怀》，《六松堂诗文集》卷二，清抄本。
[2] 曾灿：《舟行》，《六松堂诗文集》卷四，清抄本。
[3] 曾灿：《与陈园公》，《六松堂诗文集》卷十四，清抄本。
[4] 曾灿：《甲寅开正六日为纪光韩郡伯寿》其二，《六松堂诗文集》卷五，清抄本。
[5] 曾灿：《甲寅夏五雨中怀吴伯成明府四首》其四，《六松堂诗文集》卷七，清抄本。
[6] 曾灿：《梁溪喜值奚苏岭少府》其三，《六松堂诗文集》卷七，清抄本。
[7] 曾灿：《甲寅开正六日为纪光韩郡伯寿》其二，《六松堂诗文集》卷五，清抄本。
[8] 曾灿：《甲寅夏五雨中怀吴伯成明府四首》其四，《六松堂诗文集》卷七，清抄本。

"务自完者，必不乐广交游、延声誉"① 如此出人意料的感悟。而探寻彭任、（李腾蛟）的人生道路，不难发现这恰是曾灿与这（两）位隐者精神联系的重要体现。

康熙二十七年（1688）曾灿去世后，曾经的"易堂九子"唯魏礼和彭任两人。其《墓碑文》是彭任撰写的："公讳灿，字青藜，号止山，行二，明岁贡生，以功题授兵部职方清吏司主事。生明天启乙丑年六月初一日辰时，殁康熙戊辰年十月十九日子时。"康熙三十四年（1695）魏礼病卒，九子中享寿最久的彭任在历数易堂同人的亡故时再次说到："戊辰，曾止山以疾卒于京师，柩归，予同君（指魏礼）哭之江干。"彭任在这篇《祭魏和公文》中，倾诉着易堂友人零落殆尽、孑然一身的无尽哀思。

第二节　曾灿与其他地区遗民交游考述

顺治十六年（1659），曾灿走下翠微峰，走上出门远游、依人谋食的道路。他先后游历南京、苏州、常州等地，羁留吴地长达十四年。其中寓居苏州邓尉山最久。在这"终年道路，衣食因人"②的生命历程中，在"饥寒愁于外，胸臆营于内"③的现实处境下，在"八载侨居邓尉峰，日无尊酒夜无春"④的艰难岁月里，曾灿与所居所到之处遗民诗人建立了伴随其生命始终的深厚情谊，以与桐城钱澄之和莱阳姜寓节的交往最为典型。他们见证了曾灿下山数十年间所经历的沧桑与变迁。曾灿与他们两人的交游，亦是其生平经历中不可忽略的事件。

一　曾灿与钱澄之交游考述

钱澄之（1612—1693），原名钱秉镫，字幼光，后改名为澄之，

---

① 曾灿：《程德滋六十寿序》，《六松堂诗文集》卷十二，清抄本。
② 曾灿：《与李元仲》，《六松堂诗文集》卷十四，清抄本。
③ 曾灿：《与谢秋水》，《六松堂诗文集》卷十四，清抄本。
④ 曾灿：《徐松之留斋头数日，夜因病起不能出，作此柬之》，《六松堂诗文集》卷九，清抄本。

字饮光，自号田间老人，安徽桐城人。明亡后一度为僧，号西顽道人。明天启七年（1627），十六岁的钱澄之参加县试，取第四名①。崇祯初，年仅弱冠的钱澄之因当众折辱阉党御史闻名遐迩。顺治二年（1645），清兵攻陷江南各镇，钱澄之"入云间，与陈子龙、徐孚远订盟而还"②，组织义兵抗清。然"因军心不齐，觊觎军资者多"，最终"义兵尽溃"③。事泄败走，在震泽猝遇清军，钱妻及一子一女亡。④钱澄之与长子法祖逃入闽中，时隆武朝建立，被授为推官。隆武覆亡，出仕永历朝，任翰林院庶吉士。⑤时同僚金堡因直谏下锦衣狱折断左肱一事，使他对南明小朝廷无比失望，于是顺治八年（1651）僧装归里，筑室田间。后又隐居南京、北京等地。⑥终身不仕清廷。著《田间易学》十二卷、《田间诗学》十二卷。

曾灿与钱澄之的友情，贯穿了两人生命的整个历程。关于两人的交往，马将伟在《易堂九子研究》第二章《易堂九子生存状态之考察》第二节《曾灿逃禅考论》中，整段引用钱澄之先后为曾灿《六松堂诗文集》所作两篇序文中的相关内容与其他文献相互印证、相互补充，但由于其着力点在于曾灿逃禅与还俗时间的推定，因而并没有梳理清楚钱曾二人交往的过程。而作者在该书第三章《易堂师友录》中就易堂诸子与钱澄之的交游逐个考释时，对曾灿与钱澄之的往来虽相对着墨较多，但那仍只是对顺治十年（1653）、顺治十七年（1660）、康熙十六年（1677）及康熙二十三年（1684）两人过从往来事实的罗列，并且马著对于钱曾二人上述会面时间的确定，只以结论的形式出现而未见其考证过程。而无疑这有待于征引相关文献作出论证和说明。基于以上几点考虑，笔者将就曾灿与钱澄之的交谊进行重新梳理，并作出进一步分析。

---

① 杨年丰：《钱澄之文学研究》，苏州大学，博士学位论文，2010年。
② 杨年丰：《钱澄之文学研究》，苏州大学，博士学位论文，2010年。
③ 杨年丰：《钱澄之文学研究》，苏州大学，博士学位论文，2010年。
④ 杨年丰：《钱澄之文学研究》，苏州大学，博士学位论文，2010年。
⑤ 杨年丰：《钱澄之文学研究》，苏州大学，博士学位论文，2010年。
⑥ 杨年丰：《钱澄之文学研究》，苏州大学，博士学位论文，2010年。

钱澄之与曾灿相交四十余年，他年长曾灿十三岁，先后为《六松堂诗文集》作序两篇，并见证了曾灿从率军抗清到薙发为僧，从躬耕自食到依人谋食的人生变迁。钱澄之说："予与青藜交垂四十载。乙丙之际，予方壮年，意气甚勇，每搤擥慷慨，指画当世之务。听者以为狂。青藜甫弱冠，尝单骑入贼垒，抚定数万之众，成盟而还。予尝以语徐复庵叹为奇才。然是时两人初未识面。"① 顺治三年（1646）春，为联合更多力量共同抗清，兵部尚书杨廷麟和太仆寺卿曾应遴委派曾灿前往招抚闽赣山林间数万游勇，时年二十二岁的曾灿单枪匹马直入不测之地与对方谈判，一举将之全部招安，被"方壮年，意气甚勇，每搤擥慷慨，指画当世之务"的钱澄之叹为奇才，不禁向好友徐孚远啧啧称赞，而是时两人尚未谋面。

他们第一次相见，是在八年后的顺治十年（1653）冬天，时两人皆逃于禅。钱澄之后来回忆说："癸巳秋，止山访予江村，予方看花双溪未归。止山留十日，迟予，相见时，盖俨然两头陀也。"② 曾灿僧装来到安徽江村时，正值钱澄之"以足疾卧双溪"③，曾灿为此留宿十日余。"待汝更何日，秋来又入冬"④ 和"一径日将暮，双溪人不来"⑤ 饱含着曾灿焦急的期盼；"暂留仆被迟余返，且脱僧衣共把觞"⑥ 诉说着钱澄之的心愿。随后来之不易的见面使"两头陀"都激动无比，他们身着僧袍，"相持大恸，因置酒脯，饮啖纵谈"⑦，令"旁观者大骇"⑧。此情此景在钱澄之脑海中留下了深深的印记，以至于三十年过去⑨，他仍然能清晰地忆起。

---

① 钱澄之：《曾青藜壬癸诗序》，《田间文集》卷十五，黄山书社1998年版，第277页。
② 钱秉镫：《六松堂诗文集序》，《六松堂诗文集》卷首，清抄本。
③ 钱澄之：《曾青藜过草堂余以足疾卧双溪俟看花始回先寄一首》，《田间诗集》卷二，四库禁毁书丛刊集部第145册第211页。
④ 曾灿：《初冬访钱幼光不值令嗣孝责留宿迟之》其三，《六松堂诗文集》卷四，清抄本。
⑤ 曾灿：《再迟幼光不至》，《六松堂诗文集》卷四，清抄本。
⑥ 钱澄之：《曾青藜过草堂余以足疾卧双溪俟看花始回先寄一首》，《田间诗集》卷二，四库禁毁书丛刊集部第145册第211页。
⑦ 钱澄之：《曾青藜壬癸诗序》，《田间文集》卷十五，黄山书社1998年版，第277页。
⑧ 钱澄之：《曾青藜壬癸诗序》，《田间文集》卷十五，黄山书社1998年版，第277页。
⑨ 钱澄之《曾青藜壬癸诗序》云："予今年七十三，君亦六十矣。"据此及钱澄之和曾灿生年可知该序作于康熙二十三年（1684）。此时距两人顺治十年（1653）初次见面已隔三十一年。

第二章　曾灿交游考述　119

从顺治十年（1653）冬曾灿在江村"留数日而去"①到顺治十六年（1659）腊月两人在南京相聚，又过了近八年。钱澄之在《曾青藜壬癸诗序》中说："又八年，相遇长干，尔乃惊涛初定，人有戒心，共子守岁驯象门外矮簷破壁中。酒尽炉寒，凄凉可念也。"②郑成功兵败南京，此时虽"惊涛初定"，然清廷对汉人志士仍有戒备之心。除夕之夜，两人在钱澄之宅驯象门外矮簷破壁中守岁，从曾灿"逋臣犹共汝，故国竟如舟"③的感喟，可以想见其复国之梦破灭后内心的凄凉悲慨。而当两人与胡长庚举杯对饮，则是"三人相和泪滂沱"④了。钱澄之高呼："酒酣仰面向天哭，荆卿在燕酒未足。易水歌罢长已矣，报仇岂望高生筑。常侯归种邵平瓜，狂奴自卖君平卜。曾生还山且耕田，汉书只在牛背读。"⑤他们失声痛哭，绝望哀嚎，是为郑成功、张煌言兵败后遗民心态的真实写照。从当年僧装相见"相持大恸，因置酒脯，饮噉纵谈"，到此刻"酒酣仰面向天哭"，钱澄之和曾灿无论为僧为俗，始终志在恢复，心系故国。然而，"万事从今过"⑥，"相和泪滂沱"定格为他们复国梦想彻底破灭的一刻。随后，"又来开岁忧"，顺治十七年（1660）正月三日，两人与沈光裕、方文诸遗民在顾梦游家中团聚，旋即又各奔东西。

从顺治十七年（1660）两人分别，到康熙十六年（1677）钱澄之经由吴门到邓尉探望曾灿，又过了十八年。钱澄之《曾青藜壬癸诗序》云："又十八年，过吴门，访君于邓尉寓居，信宿而返。"⑦曾灿《吴门喜遇钱幼光》一诗正是当时情景的写照。"城头画角入秋哀，烽火天涯醉此回。千里家山归未得，廿年风雨梦还来。只今世事应难问，为有胸怀只不开。一别自成多少恨，争看须发各相

---

① 钱澄之：《曾青藜壬癸诗序》，《田间文集》卷十五，黄山书社1998年版，第277页。
② 钱澄之：《曾青藜壬癸诗序》，《田间文集》卷十五，黄山书社1998年版，第277页。
③ 曾灿：《同钱幼光守岁》，《六松堂诗文集》卷四，清抄本。
④ 钱澄之：《青藜苍谷星卿索饮醉后作》，《田间诗集》卷五，
⑤ 钱澄之：《青藜苍谷星卿索饮醉后作》。
⑥ 曾灿：《同钱幼光守岁》，《六松堂诗文集》卷四，清抄本。
⑦ 钱澄之：《曾青藜壬癸诗序》，《田间文集》卷十五，黄山书社1998年版，第277页。

猜"①，真切细腻地传达出这对历经人世沧桑和变迁的友人对彼此的挂念和深情。

康熙十六年（1677）邓尉一别，又是八年两人才相见。康熙二十三年（1684）二月，钱澄之到苏州城南探访曾灿。② 钱澄之说："今又八年矣。君更移寓城南，予过之。复留榻数夕。其穷愁殆胜于寓邓尉时。出其壬癸两年诗，属予序之。其诗甚悲。予今年七十三，君亦六十矣。回忆四十年前跃马论兵，慨然有天下己任之志。何其壮也。今皆贫困如此。白头槁项，所求升斗，到处觅人颜色，踽踽偷生，诚足悲矣。"③ 此番相见，曾灿时年六十，钱澄之更已七十三岁。两人都是老而又贫，潦倒落魄。念及四十年前那个横刀跃马的青年英雄蜕变为眼前"到处觅人颜色"的白发老者，钱澄之不觉悲从中来，感慨良多。他见证了曾灿数十年间"终年道路，衣食因人"④的种种辛酸和艰难，因而并不苛责其人生道路的转变，而是始终对其充满理解、同情与关切，并发出"四十年来向时与我两人共事者，屈指谁在？皆已血化青燐，骨委蔓草。独吾两人犹得以衰残贫贱之躯东西游走，既已悲亦以幸也"⑤的深沉感慨。

这次相聚，钱澄之还通过曾灿结识了顾嗣立并与之论诗，又于顾氏依园秀野堂同杜濬等人分韵赋诗。⑥ 曾灿《依园雨集同杜于皇钱饮光姜勉中学在俞犀月黄宪尹史苍山诸子同用高字》⑦ 记述了当时的情景。四月，钱澄之与曾灿作别，前往松江。曾灿难以抑制内心的

---

① 曾灿：《吴门喜遇钱幼光》，《六松堂诗文集》卷七，清抄本。
② 曾灿《寄钱幼光》云："二月喜君来，四月怅君去。"（曾灿：《寄钱幼光》，《六松堂诗文集》卷二，清抄本）该诗另见于国图皮藏《甲子诗》中，可知是康熙甲子，即康熙二十三年（1684）所作。据此可知两人在康熙二十三年（1684）二月相见，这亦与后文钱澄之序中所提及的时间相吻合。
③ 钱澄之：《曾青藜壬癸诗序》，《田间文集》卷十五，黄山书社1998年版，第277页。
④ 曾灿：《与李元仲》，《六松堂诗文集》卷十四，清抄本。
⑤ 钱澄之：《曾青藜壬癸诗序》，《田间文集》卷十五，黄山书社1998年版，第277页。
⑥ 杨年丰：《钱澄之文学研究》，苏州大学，博士学位论文，2010年。
⑦ 曾灿：《依园雨集同杜于皇钱饮光姜勉中学在俞犀月黄宪尹史苍山诸子同用高字》，《六松堂诗文集》卷五，清抄本。另见于国图皮藏《甲子诗》中，可知该诗作于康熙甲子，即康熙二十三年（1684）。

惆怅，写下《寄钱幼光》："二月喜君来，四月怅君去，信宿曾几何，有求常百虑。闻君往云间，浪游成间泪。从人觅颜色，安得有天助。乾坤本刍狗，山川同沮洳。吾辈皆耆耋，勿为境所据。志当金石坚，虽老冀一遇。君归向邱圆，怀我旧游处。今夜宿吕亭，挑镫待天曙。百里至枞阳，殷勤托双鬉。"[1]尽管不能改变仰人鼻息、奔波劳顿的现实境遇，却有着老骥伏枥，志在千里的阔大胸襟。足见曾灿的豁达与乐观。"百里至枞阳，殷勤托双鬉"，是对彼此的勉励，亦寄寓着曾灿对友人坚韧不拔性格和高瞻远瞩胸怀的深深赞佩。四年后，曾灿客死京师，康熙二十三年（1684）四月的这次分别，竟成为他与钱澄之的永别。

曾灿对钱澄之诗极为推崇，《过日集》卷一"杂言"选钱澄之两首，分别是《读曲歌为左子直作》《薄命曲为张万青载花船作》；卷四"五言古"选钱澄之诗六首，分别是《南徙纪事》《田园杂诗》《述怀》《赠胡处士星卿》《彭躬庵过访田间》和《杂诗》。将曾灿《过日集》凡例"选中原无次第，而卷首取冠群才"的原则与《过日集》卷七"七言古"将钱澄之置于卷首，且选其七言古诗多达九首的事实相结合，不难得出在曾灿看来，钱澄之的七言古诗堪称首屈一指的结论。这十首诗分别是《鸡鸣》《泥鳅行》《催粮行》《水夫谣》《捉船行》《捕匠行》《张家海石歌》《胡星卿茆屋歌》《湖孰种菜歌》《同左眠樵霜鹤游碾玉峡因怀尔止》。钱澄之先后两次为曾灿作序，其《曾青藜壬癸诗序》说："君诗久行于世，大抵皆幽忧俳侧之音，予不具论。独叙与君交游之始末，聚散之情事，则知君之诗固又不容不悲者乎？"[2]从"交游之始末，聚散之情事"可见两人四十年友情的珍贵片断，而"幽忧俳侧之音"则是对曾灿诗风的准确概括。

二 曾灿与姜寓节交游考述

姜寓节（1642—1699），字奉世，山东莱阳人。是明清之际深受

---

[1] 曾灿：《寄钱幼光》，《六松堂诗文集》卷二，清抄本。
[2] 钱澄之：《曾青藜壬癸诗序》，《田间文集》卷十五，黄山书社1998年版，第277页。

士林景仰的"二姜先生"中姜垓之子。为顺治元年（1644）姜垓移居苏州光福镇后与续娶之妻于傅所生。① 与姜寓节往来最密的同乡兼好友杨宾②称："寓节孝，端谨，与童竖儿女子言，皆极庄。性好客，与人交，始终不以夷险移心。年十二，父病，朝夕侍汤药惟谨，涕泣祷于神，及居苫块，哀毁若成人。母傅以家难故，不欲生，动辄怒，寓节偕其继配陈委曲劝慰，乃能得其欢心。及病，衣不解带，与陈各划臂肉和药进，不效，啜母所咯痰若血，期以身代，其至性若此。"③ 寓节品行端庄，举止谨严。世道艰险，不能改变其对朋友的信任；事双亲至孝，垂髫之龄母病父丧，更见其早立事、有担当，孝悌之心非比寻常。至交杨宾的描述将姜寓节诚挚淳厚之"至性"活脱脱勾勒而出。以此"至性"的吸引和感召来解释曾灿年长姜寓节十八岁，而对其一见倾心且与之往来甚密相交甚深，亦即杨宾所说"青藜负才气，奉世硁硁，两人若不相类，然相得甚欢，始终无间"④，是最合适不过的。

姜寓节"慕易堂诸子之为人，魏禧、礼及灿入吴，皆深相结，既而灿亦居光福，光福在邓尉山下，山多梅花"。"灿既广交游，又邻寓节，四方之探梅者莫不至。两人更迭为主。"⑤ 据杨宾《曾青藜姜奉世合传》的叙述可知，与姜寓节相结识是曾灿迁居吴地以后的事，而两人密切往来则是在曾灿寓居苏州城西邓尉山期间。曾灿前往吴地的时间，可由国图皮藏《甲子诗》第95首《长至前三日王小坡邵子湘长安大集即送邵樾公归武林》其四"因风寄鸿雁，梦到夕阳边"⑥ 句末小字"予家吴十四年"的提示得知。根据在该诗写成的康熙甲子，即康熙二十三年（1684）诗人已侨居吴地十四年的事实，可知他是在此前十四年，即康熙十年（1671）前后迁居吴

---

① 杨宾：《曾青藜姜奉世合传》，《杨大瓢先生杂文残稿》，丛书集成续编本。
② 杨宾（1650—1720），字可师，号耕夫，别号大瓢，浙江绍兴人，后迁居苏州。
③ 杨宾：《曾青藜姜奉世合传》，《杨大瓢先生杂文残稿》，丛书集成续编本。
④ 杨宾：《曾青藜姜奉世合传》，《杨大瓢先生杂文残稿》，丛书集成续编本。
⑤ 杨宾：《曾青藜姜奉世合传》，《杨大瓢先生杂文残稿》，丛书集成续编本。
⑥ 曾灿：《长至前三日王小坡邵子湘长安大集即送邵樾公归武林》其四，《甲子诗》，清抄本。（另见《六松堂诗文集》卷五）

地。而一系列事实表明，在来吴最初的几年，为着《过日集》成书、刊刻所面临的索序、徵资等诸多现实问题，曾灿主要活动于吴门（苏州）、毗陵（常州）等地。① 他迁居邓尉山的时间，可由国图庋藏《壬癸集》中第35首《徐松之留斋头数日，夜因病起不能出，作此柬之》其三"八载侨居邓尉峰，日无尊酒夜无春"② 及第63首《赣南丁雁水宪副先辱瑶函见讯作此答赠》"家山久托东西崦"③ 句后小字"予浮家邓尉九载"的记载推知。根据在这两首诗写成的康熙癸亥，即康熙二十二年（1683）④ 曾灿已寓居邓尉山八、九年的事实，可知他是在此前八、九年，即康熙十四年（1675）、十五年（1676）前后始来邓尉。其与姜寓节的忘年之交和生死之交⑤ 亦从此开启。将曾灿一组题目很长的七言律中"太湖一住三千日，秋有桂花春有梅""主人爱客户常满，好友隔溪门对开"及其后小字"好友谓姜奉世"⑥ 和另一首题目很长的五言律中"家同上下崦，人尽

---

① 曾灿《赠毛卓人》其四："久发吴门棹，淹留独不堪。……此书倘得竟，千里报君函"后有小字云"予时以选事往吴门"（曾灿：《赠毛卓人》，《六松堂诗文集》卷四，清抄本）据此可知曾灿时为编选《过日集》前去吴门。又，曾灿《与宋荔裳先生书》云："向者过日集诗选，粗有头绪，……近笔耕毗陵，幕中所得脩脯，悉赡此役。今功垂成矣。""窃念书成而无序，譬如盛衣裳而秃其顶也。……先生收哱章甫，冠冕人伦久矣。其终会此一言乎？"（曾灿：《与宋荔裳先生书》，《六松堂诗文集》卷十一，清抄本）；曾灿《与曹秋岳先生书》云："故因魏叔子乞先生一言，弁诸册首，某笔耕毗陵郡幕，身为人役，如鹰在绦。"（曾灿：《与曹秋岳先生书》，《六松堂诗文集》卷十一，清抄本）据此可知曾灿当时身在毗陵。又，曾灿《过日集》凡例末云："六松主人曾灿止山题于金闾之寓斋"（曾灿：《过日集凡例》，《过日集》卷首，康熙曾氏六松草堂刻本）据此可知当时曾灿身在吴门。
② 曾灿：《徐松之留斋头数日，夜因病起不能出，作此柬之》其三，《壬癸集》，清抄本。（另见《六松堂诗文集》卷九）
③ 曾灿：《赣南丁雁水宪副先辱瑶函见讯作此答赠》其六，《壬癸集》，清抄本。（另见《六松堂诗文集》卷七）
④ 这两首诗作于康熙癸亥，即康熙二十二年（1683）的理由详见本论文见第一章第三节著述考述。
⑤ 杨宾《曾青藜姜奉世合传》云："灿没京师，遗札吴中故人，属其幼子女。而寓节分其一，抚之若己出，至弱冠，以易堂诸子言，归其宗。"（杨宾：《曾青藜姜奉世合传》，《杨大瓢先生杂文残稿》，丛书集成续编本）
⑥ 曾灿：《长至前三日……口占得七律二十首，虽多呓语用遣忧怀》其十八，《六松堂诗文集》卷七，清抄本。

东南朋"① 及其间小字"予与奉世俱浮家邓尉"的叙说与杨宾"（灿）乐苏州之光福镇。买一妾居之。偕莱阳姜寓节为邻"。"光福在邓尉山下，山多梅花""灿既广交游，又邻寓节，四方之探梅者莫不至。两人更迭为主。而笋舆画舫日益多"② 的记述相结合，可以想象曾灿与姜寓节那不乏诗情画意的邓尉山居生活。或许，好友，美妾、梅花、湖光山色，无不构成曾灿流连吴越风情的理由。

没有谁比"姜奉世"在曾灿《六松堂诗文集》中出场次数更多。从康熙十七年（1678）暮春至康熙二十二年（1683）清明，曾灿寄赠姜寓节，及与其唱和、分韵诗多达十九首，其中仅康熙二十一年（1682），就存有他们买舟清河返家途中因兵戈阻隔夜泊急水沟③，及于春日、初冬三次分韵赋诗的记录④。对于"常游四方""广交游"的曾灿而言，其与姜寓节往来之频繁可以想见。从中亦可知相对于"晨曦暖林岫，花气含冲融。不知身世里，住此梅花丛"⑤惬意与美好的一面，"去住原无定，孤舟信所安""曲折谋归路，年年作客难"⑥ 更接近于他们"浮家邓尉"生活的真实。在曾灿"十年家吴阊，所居如传舍。今从邓尉来，僦屋皋桥下"⑦ 的艰难生涯中，是姜寓节这个年龄与他子侄辈相仿的好友，最能令他敞开心扉，给了他最多的安慰："开怀聊共汝，莫负此艰难"⑧，"天涯夜夜看貂

---

① 曾灿：《清明日姜奉世招同梁药亭苏临白汪学先令弟学在虎丘小集分得四支十烝》，《六松堂诗文集》卷五，清抄本。
② 杨宾：《曾青藜姜奉世合传》，《杨大瓢先生杂文残稿》，丛书集成续编本。
③ 国图皮藏《壬癸集》第14首题名为《金陵兵阻纤道上清河同姜奉世买舟返吴门夜泊急水沟》。
④ 国图皮藏《壬癸集》第2首题名为《春日璞庵蔡九霞同姜奉世诸子至佘山看梅得中字》，第11首题名为《初冬同郭皋旭姜奉世蔡矶先登雨花台赴旗亭小饮得来字》，第12首题名为《又得传字》。这几首诗作于康熙二十一年（1682）的理由，详见本论文第一章第三节著述考述。
⑤ 曾灿：《壬戌辰日王璞庵蔡九霞右宣过邓尉徐长民载酒同姜奉世诸子至佘山看梅得中字》，《六松堂诗文集》卷二，清抄本。
⑥ 曾灿：《金陵兵阻纤道上清河同姜奉世买舟返吴门夜泊急水沟》，《六松堂诗文集》卷五，清抄本。
⑦ 曾灿：《吴阊秋怀同朱悔人用李端"水国叶黄时，洞庭霜落夜"为韵柬赠悔人增我长慨》，《六松堂诗文集》卷二，清抄本。
⑧ 曾灿：《金陵兵阻纤道上清河同姜奉世买舟返吴门夜泊急水沟》，《六松堂诗文集》卷五，清抄本。

裘，藉汝殷勤慰我愁"①。"阅世凭忧患，全生爱贱贫"②，饱经忧患，阅尽世事，唯有一身贱贫，他们的情谊不掺杂任何功利成分。即便是在"足不出户"的姜寓节因"灿常游四方"而"宾客独多，久之，不能应，复居郡城"③后，他们的情谊非但不因路途和距离的阻隔变淡，反而需要以更频繁的相见来化解对彼此的思念："西风瑟瑟吹庭院，卧病寒窗对书卷。与子虽然隔一城，似无三日不相见。二月扁舟到苏台，桃花飞尽榴花开。至今梧桐看又落，游子何曾归去来。"④依恋之深，浸透于字里行间。康熙二十七年（1688）曾灿客死京师，"遗札吴中故人，属其幼子女，而寓节分其一"⑤，鲜为人知的遗书和嘱托最能见出姜寓节在其心目中的分量，及其对寓节无条件的信任。曾灿有子三人，长子尚侃、次子尚倪皆嫡出，季子尚倪乃妾所生，寓节"抚之若己出，至弱冠，以易堂诸子言，归其宗"⑥。足见寓节将对曾灿的感情全部转移到其幼子曾尚倪身上，完成了曾灿最后的心愿。生死相依，不离不弃，是对曾灿与姜寓节两人友情的最好诠释。

第三节　曾灿与仕清文人交游考述

　　曾灿以其文学素养、经济才能结交了诸多清廷官员并深得其信任和赏识。他们之中既有像周令树这样默默无闻的地方官员，亦不乏如吴兴祚那样叱咤风云的封疆大吏。他们对曾灿极力提携、委以重任，为其排忧解难，作其经济后盾，他们又都雅好文学，使得曾灿充分发挥了其文学才华和经世的才干。

---

① 曾灿：《再别姜奉世》，《六松堂诗文集》卷三，清抄本。
② 曾灿：《同姜奉世舟次送春》其二，《六松堂诗文集》卷五，清抄本。
③ 杨宾：《曾青藜姜奉世合传》，《杨大瓢先生杂文残稿》，丛书集成续编本。
④ 曾灿：《再别姜奉世》，《六松堂诗文集》卷三，清抄本。
⑤ 杨宾：《曾青藜姜奉世合传》，《杨大瓢先生杂文残稿》，丛书集成续编本。
⑥ 杨宾：《曾青藜姜奉世合传》，《杨大瓢先生杂文残稿》，丛书集成续编本。

一 曾灿与周令树交游考述

周令树（1633—1688）①，字计百，一字拙庵。河南卫辉府延津县人。顺治十二年（1655）进士。顺治十五年（1658）始任江西赣州府推官（司理），康熙六年（1667）任大同同知，康熙十年（1671）任太原知府。未几告病归。"后入京补官，为'素相厚'之某御史'发其居间事'，下狱论死。系狱几二年，输金得赎。不久病逝。"②"气盛早年多忤物，才高晚岁不谋身"③是故交潘耒在周令树卒后十三年路经河南延津时对其人一生命运的慨叹。由周计百"喜交文士""极富才情""慷慨好施"而又"清高狂傲"④的个性，不难理解其"富于才华而拙于谋身"⑤的现实际遇。

在曾灿所交好的清初官员中，周令树算得上他最早结识的"有力人"之一。两人何时何地缘何相识虽不能确知，但从曾灿《呈周计百司理》诗中不难看出，早在顺治十五年（1658）周令树就任赣州府推官之前，他便关照过曾灿。《呈周计百司理》诗云："夏畦如凉风，败絮如朝暾。游子行无所，心知知己恩。顾我谢州府，踯躅走风尘。前年邗江上，今年越海滨。相彼绵蛮鸟，垂翼困邱园。时无长风发，安得凌高云。轩轩周夫子，声名噪中原。受命理我邦，降典析我民。谓我伯氏才，念我琐尾身。叹息韩昌黎，呼号大江濆。我惭非怪物，乃逢有力人。"⑥全诗先述说自身的窘境，再称颂周令树的煊赫声名，又写及其对自家长兄曾畹的垂青和对己身的同情，结句表达渴求援引的迫切心情。其中"心知知己恩""谓我伯氏才，念我琐尾身"的述说既道出诗人对周令树的深深感激，又表明此前两人既已熟识的事实。在写下这首五言古诗《呈周计百司理》贺其

---

① 周令树生卒向无著录，采用陆林先生考证结论。见陆林《金圣叹与周计百交往揭秘》，《河南师范大学学报》2002年第1期。
② 陆林：《金圣叹与周计百交往揭秘》，《河南师范大学学报》2002年第1期。
③ 潘耒：《延津怀周计百太守》，《遂初堂诗集》卷十四，康熙四十九年刻本。
④ 陆林：《金圣叹与周计百交往揭秘》，《河南师范大学学报》2002年第1期。
⑤ 陆林：《金圣叹与周计百交往揭秘》，《河南师范大学学报》2002年第1期。
⑥ 曾灿：《呈周计百司理》，《六松堂诗文集》卷二，清抄本。

赣州新命不久，诗人又以一首七言古诗《赠周计百司理报绩诗》热情洋溢地歌颂周令树的功德与政绩。曾灿的才华与真诚使得喜交文士且慷慨好施的周令树大起爱才之心，从曾灿《与周计百》一文及《病中送温闻衣同周计百司理奏最京师时予有外侮》一诗可知，周令树对其帮助和提携是全心全意、不遗余力的。

据曾灿叙述，他"薄游石城"① 时，正值周令树于此地"奉宣德教"②，在周令树的引荐下他得以"以釜庾累高密"③，其幕主及职位虽未被提及，但可以肯定足以使曾灿摆脱经济困境，正所谓"母饔可尸""妇裤无叹"④。更重要的是，周令树对其极为礼遇⑤，堪称"恩礼并隆"⑥。要知道在曾灿"浮沉乞食于江湖"⑦ "到处觅人颜色"⑧ 的依人生涯中，常有"仰面乞哀，几非人类"⑨ "觅食同鸡鹜，呼名任马牛"⑩ 种种蒙受屈辱之感，就会理解这样的厚待是多么来之不易。如果说曾灿为此深受感动，那么当他于石城馆中任职数月后，被小人侵侮⑪几至下狱⑫时周令树又一次施以援手，"以当厄之施，解伤心之怨"⑬，为其主持公道，使其洗脱不白之冤，恢复自由和声誉，曾灿的心情则只能用感激涕零来形容了。他说："某絓名爱书，伏承先生解网遏恶，拔污泥而登青天，使先大夫家声赖以不坠。感

---

① 曾灿：《与周计百》，《六松堂诗文集》卷十四，清抄本。
② 曾灿：《与周计百》，《六松堂诗文集》卷十四，清抄本。
③ 曾灿：《与周计百》，《六松堂诗文集》卷十四，清抄本。
④ 曾灿：《与周计百》，《六松堂诗文集》卷十四，清抄本。
⑤ 曾灿《与周计百》云："被某以殊礼。"（曾灿：《与周计百》，《六松堂诗文集》卷十四，清抄本）
⑥ 曾灿：《与周计百》，《六松堂诗文集》卷十四，清抄本。
⑦ 魏禧：《六松堂诗文集序》，《六松堂诗文集》卷首，清抄本。
⑧ 钱澄之：《六松堂诗文集序》，《六松堂诗文集》卷首，清抄本。
⑨ 曾灿：《与钱驭少》，《六松堂诗文集》卷十四，清抄本。
⑩ 曾灿：《张桥题壁》，《六松堂诗文集》卷五，清抄本。
⑪ 曾灿《与周计百》云："某还山抱疴痔，在馆已阅数月。……而又复为宵小所侮。"（曾灿：《与周计百》，《六松堂诗文集》卷十四，清抄本）
⑫ 曾灿《与周计百》云："絓名爱书，伏承先生解网遏恶。"（曾灿：《与周计百》，《六松堂诗文集》卷十四，清抄本）
⑬ 曾灿：《与周计百》，《六松堂诗文集》卷十四，清抄本。

激之私,所谓起死人而肉白骨,蔑过之矣。"① 又说:"伏惟今世士大夫,号称下士,能缓急人者,类多吹律于阳土,扬埃于顺风。若落宕不得志之人,虽有如昌黎所云生死呼号,去水不过尺寸,而充耳不闻,过之弗顾者,比比然也。其上不过赐之口惠,被之容接,遂谓嘘枯吹生,足与三君八顾,照耀千古。安有如先生于某,既保养其廉耻,又顾复其身家,为说者所称恒惠乎?"② 这是曾灿饱尝人情冷暖、世态炎凉后由衷的感悟与心声。面对求助者的"生死呼号",近在咫尺却置若罔闻、无动于衷的有力之人,曾灿已司空见惯。而那些号称礼贤下士、急人之难者,要么是做做样子,要么是口惠而实不至。相比之下,像周令树之于曾灿这样"既保养其廉耻,又顾复其身家"③,振其不赡、救其于厄,危难时挺身而出、维护其尊严的义举,实属难能可贵。从曾灿"感激之私,所谓起死人而肉白骨,蔑过之矣"④ 的表述中,不难窥见这份恩情在他心目中的分量,及其对周令树是怎样一种刻骨铭心的感激。所谓患难见真情,在曾灿遭遇"野雀群欺"⑤ 时"解网遏恶"⑥,既显现了周令树的贤良正直品性,又是他格外信任并理解同情曾灿的见证。

曾灿寄赠周令树诗有七首,在所往来的诸多清初官员中赠诗数量位居第二,也是两人交谊匪浅,曾灿念念不忘其恩情的侧面反映。其中《送周计百觐毕返大同兼贺太原新命》三首,结合周令树生平,可知是康熙十年(1671)周令树由大同同知升任太原知府时,曾灿为其庆贺送行而作。周令树时年三十九岁,正与该组诗其二"四十专城揽大荒"之句相印证。"熊罴旧日开河曲,虎竹新符领晋阳""下车父老曾相识,膏雨重来是故乡"⑦ 满载着恩公做达官的喜悦、

---

① 曾灿:《与周计百》,《六松堂诗文集》卷十四,清抄本。
② 曾灿:《与周计百》,《六松堂诗文集》卷十四,清抄本。
③ 曾灿:《与周计百》,《六松堂诗文集》卷十四,清抄本。
④ 曾灿:《与周计百》,《六松堂诗文集》卷十四,清抄本。
⑤ 曾灿:《病中送温闻衣同周计百司理奏最京师时予有外侮》,《六松堂诗文集》卷三,清抄本。
⑥ 曾灿:《与周计百》,《六松堂诗文集》卷十四,清抄本。
⑦ 曾灿:《送周计百觐毕返大同兼贺太原新命》其二,《六松堂诗文集》卷七,清抄本。

兴奋心情，洋溢着热烈、欢乐的气氛。而当遥望前路，想到故人即将远去，内心顿时被感伤失落占据："伏马飞狐界极边，双旌犹带凤城烟。班荆夜尽一杯酒，折柳春消三月天。下里弦歌今尚尔公前任赣李，故人风雨各苍然。他时执手重相见，白发云泥又几年。"① 春夜对饮，酒尽夜阑，分离即在眼前，再见时想必更历沧桑、白发频添，由喜翻悲之情，依依惜别之意深挚感人。是年曾灿四十六岁，周令树三十九岁，两人相交至少十三年。从现有资料来看，这次离别就是曾灿和周令树平生最后的相见。原因或许在于，康熙十年（1671）以后，为了生计，为了《过日集》的成书和刊刻，曾灿侨居经济富庶、人文荟萃的吴门（苏州）、毗陵（常州）等地长达十四年，而周令树则"入京补官"，两人相隔万里，无缘会面。曾灿《过日集》卷三"五言古"选周令树《为曾丽天题塞猎图》三首。而这又透露出周令树不仅与曾灿及其伯兄曾畹相友善，亦与曾灿六弟曾炤（字丽天）相熟识的事实。

二　曾灿与吴兴祚交游考述

吴兴祚（1632—1697），字伯成，号留村，绍兴人。顺治六年（1649），十八岁的吴兴祚以贡生授江西萍乡知县，在任六年。顺治十二年（1655），迁江西大宁知县。六年后，升山东沂州知州。康熙二年（1663）至十四年（1675），任江南无锡县知县。康熙十五年（1676），升福建按察使。十七年（1678）五月，升福建巡抚。是年以军功加封一品官。康熙二十一年（1682），擢升两广总督。总督府在肇庆。康熙三十一年（1692）十二月，徙山西大同右卫。三十四年（1695），随康熙皇帝征讨噶尔丹，康熙三十六年（1697）二月病卒。

毋庸置疑，在清初，吴兴祚是个叱咤风云的人物。他少年有为、才干卓著，长于筹划、精于实施，历任地方大员数十年间，兴利除弊、励精图治，将地方整治得井井有条、气象一新。吴兴祚更是一个

---

① 曾灿：《送周计百觐毕返大同兼贺太原新命》其三，《六松堂诗文集》卷七，清抄本。

杰出的军事家，收复台湾、平定三藩，他都是举足轻重的统帅，独当一面，建立了丰功伟业，"智名勇功，忠君爱国，不愧古名臣"[1]。

朱丽霞教授在《吴兴祚幕府文学年表长编》中指出，"由于军事、政事的需要，吴兴祚在无锡、福建、两广任上都聘请大量的私人幕僚。汇集了众多精英文士，构成一个庞大的文人幕府"[2]。其政事与文学兼美成就的取得"除了他本人的超凡才智外，也很大程度上得益于其幕僚的共同谋划与倾力协助"[3]。作为吴兴祚在两广任上聘请的私人幕僚之一，曾灿运筹帷幄，厘清淮盐与粤盐纠纷，挑起赣南盐务运作重任，成为吴兴祚幕府"一位知名的财政管理者"[4]。

以最稳妥的立场看，曾灿结识吴兴祚的时间最迟在康熙十三年（1674）。朱丽霞《吴兴祚幕府文学年表长编》将曾灿与吴兴祚的相识系于康熙八年（1669），但作者给出的依据却无法证明她所提出的"曾畹、曾灿，至少于是年（引者注：康熙八年）与吴兴祚相识，多有唱酬"[5] 这一论点。在论述吴兴祚与曾氏兄弟交往的过程中，作者只是引用了"吴兴祚未知年的《舟泊西定桥步曾庭闻韵兼寄令弟青藜》"和《苎萝诗步曾庭闻韵》"[6] 来说明吴兴祚与曾畹、曾灿两兄弟有过唱和。但问题在于，既然作为仅有依据的吴兴祚两诗"未知年"，又何以据此推断吴兴祚与曾灿相识于康熙八年？考察发现，朱著是以曾畹的卒年来界定曾氏兄弟与吴兴祚的相识时间。而恰恰朱著错记了曾畹的卒年。该书在引用吴兴祚未知作年的《舟泊西定桥步曾庭闻韵兼寄令弟青藜》和"《苎萝诗步曾庭闻韵》后这样说到："康熙八年（1669），曾畹自宁夏旋里省母，未几复出，卒于客地。"[7] 显然在作者看来，曾畹卒于康熙八年。她由此得出"曾畹、曾灿，至少于是年与吴兴祚相识，多有唱酬"的结论。然而

---

[1] 《名宦志·省总》，《广东通志》卷四十二
[2] 朱丽霞：《吴兴祚幕府文学年表长编》，中国社会科学出版社2013年版，前言。
[3] 朱丽霞：《吴兴祚幕府文学年表长编》，中国社会科学出版社2013年版，前言。
[4] 朱丽霞：《吴兴祚幕府文学年表长编》，中国社会科学出版社2013年版，第243页。
[5] 朱丽霞：《吴兴祚幕府文学年表长编》，中国社会科学出版社2013年版，第83页。
[6] 朱丽霞：《吴兴祚幕府文学年表长编》，中国社会科学出版社2013年版，第83页。
[7] 朱丽霞：《吴兴祚幕府文学年表长编》，中国社会科学出版社2013年版，第83页。

事实上，曾畹并非卒于康熙八年，而是卒于康熙十六年。曾灿《祭徐桢起文》中"记予丁巳，哭吾长兄于五狼；庚申，哭叔子于真州"①的交代无可辩驳地证明着曾畹卒于康熙丁巳，即康熙十六年（1677）。总之，在没有确切文献依据的情况下，说曾畹、曾灿与吴兴祚相识于康熙八年前是很难立住脚的。

可以肯定的是，曾灿与吴兴祚最迟在康熙十三年（1674）已经熟识。在能够证明两人交往时间的全部文献中，最早的是曾灿作于康熙十三年的《甲寅夏五雨中怀吴伯成明府四首》②。据该组诗其三"自从京阙识高名，西风无处不系情。庑下三年惭灭灶，道中一日喜班荆"及其末小字"予过无锡于舟次得晤"的具体表述，可知两人在康熙十三年（1674）夏无锡舟中相遇之前已经相识。而这次无锡相遇正值三藩乱起，曾灿一方面热情赞颂吴兴祚的治军才能，称道其体恤民情："干戈满地叹仳离，五月炎炁过北师。不惜捐金消夜掠，更闻列馔佐朝炊。桥梁阛圚经时筑，士马欢腾就日移。郡县但能如公辈，何须尽起羽林儿。"③同时委婉表示希望得到吴明府的资助返乡奉养老母："依人谋食存心违，回首云山隔翠微。游子饥寒何日了，高堂颜色逐年非。兵戈作客真无术，兄弟无家岂当归。欲借鲲鹏程九万，江关万里到庭闱。"④想必吴兴祚待曾灿不薄，以至于十年后当吴早已离开无锡，经福建按察使、福建巡抚擢升两广总督，在干谒当时"无锡令"之际曾灿仍有意无意宣扬当年吴明府对自己是如何礼贤下士与慷慨解囊："十载曾经此地游，惠山深醉碧筹秋。故人官已垂朱绂谓吴留村也，游子贫今到白头。藉有尺书来北海，可无尊酒过江州。君能好客如前尹，下榻应为十日留。"⑤康熙十三年（1674）无锡会晤后，康熙十五年（1676），吴兴祚升任福建按察

---

① 曾灿：《祭徐桢起文》，《六松堂诗文集》卷十三，清抄本。
② 曾灿：《甲寅夏五雨中怀吴伯成明府四首》，《六松堂诗文集》卷七，清抄本。
③ 曾灿：《甲寅夏五雨中怀吴伯成明府四首》其二，《六松堂诗文集》卷七，清抄本。
④ 曾灿：《甲寅夏五雨中怀吴伯成明府四首》其四，《六松堂诗文集》卷七，清抄本。
⑤ 曾灿：《赠无锡令》，《甲子诗》，清抄本。（另见《六松堂诗文集》卷七）可知该诗为曾灿康熙甲子，即康熙二十三年（1684）所作，距康熙十三年（1674）作《甲寅夏五雨中怀吴伯成明府四首》刚好十年。

使，次年（1677）初春曾灿又为其送行并作《丁巳春初送吴伯成观察入闽》四首。"八闽旧有君家泽，父老于今尚涕洟。"①颂扬吴氏祖上功德惠泽闽地，父老乡亲至今感戴不已。而今吴伯成观察入闽，是民心所向，众望所归。"春风花树拥行旌，笳鼓楼船落日明"，不仅百姓欢天喜地，日夜鸣锣敲鼓，争相簇拥，甚至"儿童争识使君名"②。而以吴伯成的卓著才干走马上任，治理闽地，闽地必定"从此桑麻膏雨遍"③，风调雨顺，仓廪丰实。"遥知君去梁溪后，南北交游少主人"结尾点明吴兴祚爱才好客、人乐亲附。"数载相依情更亲，常因旅食累官贫"又将两人的交谊、自身的处境融入离别的情景，这些都为他后来向吴兴祚申请援助及进入两广总督府协理赣州盐务奠定了友情基础。

康熙二十三年（1684）前后，时年六十④的曾灿遣其长子曾尚侃"代扣戟门"⑤，带其书札赴肇庆总督府谒见吴兴祚。他在自述"枯坐空山，并日而炊，易衣而出""比年失馆，逋负盈身，儿女环阶，嗷嗷待哺"⑥生存之穷迫，乞请吴总督"悯其穷而救之"时，开口索要白银三百两，直说"非三百金断不能耳"⑦。对此朱丽霞说曾灿"之所以似乎恳求而又带有要挟的意味是建立在其充足的博学多识的底气之上的"⑧，这样的解释看似不无道理，但实际上，曾灿是在接下来的几通书札中，才逐步通过对淮盐与粤盐两个运销系统制度差异及相关问题的深透分析展现出其"博学多识"和卓越经济才能，并表示自己厘定盐政、兴利除弊的强烈意愿和十足把握的。而此时曾灿乞请资助钱财的"底气"，主要是源自于其生计的困顿和

---

① 曾灿：《丁巳春初送吴伯成观察入闽四首》其三，《六松堂诗文集》卷七，清抄本。
② 曾灿：《甲寅夏五雨中怀吴伯成明府四首》其一，《六松堂诗文集》卷七，清抄本。
③ 曾灿：《甲寅夏五雨中怀吴伯成明府四首》其三，《六松堂诗文集》卷七，清抄本。
④ 曾灿《与吴兴祚》云："某年已六十，日望里门，如在天上。"（曾灿：《与吴兴祚》，《六松堂诗文集》卷十四，清抄本）据曾灿自述时年六十，可知该书札应作于康熙二十三年（1684）前后。
⑤ 曾灿：《与吴兴祚》，《六松堂诗文集》卷十四，清抄本。
⑥ 曾灿：《与吴兴祚》，《六松堂诗文集》卷十四，清抄本。
⑦ 曾灿：《与吴兴祚》，《六松堂诗文集》卷十四，清抄本。
⑧ 朱丽霞：《吴兴祚幕府文学年表长编》，中国社会科学出版社2013年版，第243页。

两人相交十年的情谊。当然也不能排除曾灿头脑中存在着"三百金"这个数目，对于自己"位极人臣，又当两粤繁庶之地，稍一举手，便可起死人而肉白骨"①的故人吴总督而言，根本不值一提的现实考虑。

对于曾灿"三百金"的资助请求，吴兴祚几乎毫不犹豫；而对于曾灿表示希望进入总督协理赣州盐务，吴兴祚则相当慎重。尽管曾灿处理实际事务的能力在书札中已经得到了充分体现，但吴兴祚方面仍是"召见再三"，且在经过数次详谈后，仍未给出最终答复。等待中的曾灿焦急不安，他写信催促说："老先生或不以某为不肖，望于七月内寄一确札到潮，以便遄归。如过此期，某于九月必往江南就浙幕矣。俯乞早赐批示，不致两相耽误。"②曾灿明确表示，他本人前往浙幕之事已经提上日程，如果吴总督再不发出邀请，他们的合作将会化为泡影。在吴兴祚这样权倾一时、炙手可热的大人物面前，曾灿之所以表现得不卑不亢，能有效掌控自己的话语权，正是根源于其卓越的经济才干。而吴兴祚当然不愿这样的人才为他人效命，曾灿于是如愿成为总督府的幕僚，直到赣州盐务最终被撤回。

作为一个才华横溢的文学家，吴兴祚研习唐人绝句颇有造诣和心得，作《唐人绝句选》七册。从曾灿"日者盥读尊选，皆得唐人用意所在。盖绝句以含浑秀逸为上，……其中，有不合于尊选者，稍为逸去一二，……原稿七册呈上，中间或有异同，并祈教我"③的回信中可知，他曾将其《唐人绝句选》七册交付曾灿参订，足见他对曾灿选诗眼光的信任和对其诗学理论水平的充分认可。曾灿对吴兴祚的诗也很推崇，《过日集》选其五言古诗4首，五言律诗6首，七言律诗1首，七言绝句2首，共计13首。选本的成书也离不开其"捐资玉汝之功"④。对于吴兴祚来说，曾灿既是政务上的左膀右臂，又是文学上的知音知己。

---

① 曾灿：《与吴兴祚》，《六松堂诗文集》卷十四，清抄本。
② 曾灿：《与吴兴祚》，《六松堂诗文集》卷十四，清抄本。
③ 曾灿：《与吴兴祚》，《六松堂诗文集》卷十四，清抄本。
④ 曾灿：《过日集凡例》，《过日集》卷首，康熙曾氏六松草堂刻本。

第三章 曾灿诗歌研究

曾灿以好诗、能诗著称当世，现存各体诗歌九百六十余首。然迄今为止，学界尚未出现关于其诗歌的全面、专门研究。在现存的近千首诗歌中，曾灿集中抒发了他的故国之思、高蹈隐逸之情，和因为稻粱谋而滋生的羞耻感、苦痛感这类生存之思，以及羁旅漂泊、孤独寂寞、年齿衰残、思亲怀归、人情冷暖诸多命运之叹。这既是明清鼎革之际遗民文人比较普遍的心路历程，又是曾灿丰富、生动人性的真实显现。

第一节 "蟪蛄及秋死，木槿向朝荣"
——曾灿的生存之思与诗歌中的价值表达

曾灿以能诗著称当世，一生倾尽心力，将所思所感纳入诗歌创作。在易代之际的人生道路上，他依次走过效命先朝进行抗争、事败后落发为僧、还俗并力田山中、转变阵营加入游幕行列的历程，四者兼于一身如曾灿，在清初遗民中已不多见，将这一切借助诗歌集中表达出来并指向生存之思，更非寻常。凝结于《六松堂诗文集》内近千首诗歌之中的，不仅是诗人个体的生命悲情，亦是鼎革之初遗民普遍生存困境下的典型心路历程，实可为一代心史。

一 故国之思

顺治二年（1645），唐王任命曾应遴为太常寺少卿，由兵部尚书杨廷麟统领，负责保卫赣州、吉安。顺治三年（1646）五月，赣州形势危急，曾应遴、曾灿父子率四营兵每日徒步行军二百余里赴赣救援。赣州一战，曾灿的骁勇果敢，令钱谦益发出"章贡之役，青藜年才二十，独身挡挂溃军，眇然一书生，如灌将军在梁楚间"的感叹。然而，清兵的攻势十分猖獗，曾氏父子所率部众原属劳师袭远，又无任何后援，赣州很快被蜂拥而至的清军团团围住，成为一座孤城。两个月后，赣州城破，杨廷麟壮烈殉国。

风声呼啸，战马嘶叫，血染夕阳，定格为记忆中永不褪色的景象。这段深镌其心的戎马生涯，任凭岁月消磨，时时触动着诗人敏感的神经："记得当年万马嘶，虎头城外战声悲。关山作客同狐貉，风雨招魂半友师。匣里只应存德祐，塚边长欲结要离。萧萧黄发今何在，痛哭西台有所思"是秋风凭吊、悼念友军的痛哭哀嚎；"江路崎岖去复回，家山烽火梦中来。沙平两岸知滩尽，帆指孤城见岭开。到此长风应破浪，何人落日更登台。可怜白发悲无数，犹是当年战鼓催"① 是萧萧白发，梦回疆场的战鼓悲鸣；"曾提一旅下双江，百万旌旗不肯降。壮志都教成梦呓，精魄犹自恋乡邦。哀筳断鼓月沈驿，破屋颓垣风打窗。追忆诸军同败衄，孤身誓死砥春撞"② 是追忆往昔四面楚歌只身担当的豪情万丈；"少年戎马春风里，犹记围城不肯降"③ 是少年英雄誓死不降的斗志昂扬。"半生空结三千客，一错难销十六州。耳热酒酣壶口缺，挥戈心事老来休。"④ 当年横刀跃马、驰骋疆场，早将生死置之度外；有心报国，无力回天，苦痛郁愤，到老终难排遣。对于曾灿来说，为国效忠纵然千般可贵，报国之情纵然万般殷切，然而又怎能承载得了无尽的败兵之辱，国破之痛？

赣州城破后，当曾灿在流离途中得知闽广间共立三帝的消息，他心里更难以平静："徒嗟离乱日，书剑自飘零。鼎足三分势，天涯

---

① 曾灿：《舟过万安县》，《六松堂诗文集》卷七，清抄本。
② 曾灿：《长至前三日……口占得七律二十首，虽多呓语用遣忧怀》其十三，《六松堂诗文集》卷七，清抄本。
③ 曾灿：《己酉春日张天枢招同诸子登八境台得江字》，《六松堂诗文集》卷六，清抄本。
④ 曾灿：《苏署长至次桑楚执韵》，《六松堂诗文集》卷七，清抄本。

一小亭。干戈淹旧国，榛棘托浮生。不惜迢遥意，诛茅诵屈平。"①这些朱姓贵族建立的小朝廷于残山剩水中鼎足并立，志在恢复者不多，苟且自顾、争权夺势者不少，语含讥讽之余，诗人不免灰心失望，黯然神伤，只能借吟诵屈原《离骚》来化解愁绪。赣州之役，曾灿曾受知于唐王朱聿键，并被任命为兵部职方司主事，其所率四营兵也被唐王赐名为"龙武营"。唐王励精图治，一心抗击清兵，意志坚定。顺治三年（1646）八月被俘，因清军监守严密几次自尽未果，后绝食而死。按照兄终弟即的原则，其弟朱聿鐭于十一月在广州继位称帝，这无疑让诗人幻灭了的复国志向又燃起一丝亮光，是他于闽广三帝掣肘纷乱局面中唯一的希望。因而行在的消息时时牵动着诗人脆弱的心灵。《闻行在信》二首折射出一个月后清兵夺占广州，朱聿鐭自缢身亡时诗人的心境：

> 望绝岭南信，何年却我愁。生涯如落叶，国事正东流。
> 血洗兵戈眼，魂吹关塞秋。安危同社稷，身死未为忧。
> 国破身何属，山深家仅存。无由供麦饭，竟自避桃源。
> 关驿生春草，江天起暮魂。万方牢落尽，痛哭望前村。②

如果说杜甫"国破山河在，城春草木深"是唐王朝盛衰转换之际，诗人饱经患难过后，为昔日辉煌繁荣、诗情画意岁月的无法重来而深感悲哀，导致一时"白头搔更短，浑欲不胜簪"式壮志的消歇，然尚且不乏重振朝纲和乱后重建经济秩序的期盼；那么曾灿面临的"国破"，随之而来的是"身何属"的自我怀疑，意味着归属感的完全失去，注定了"生涯如落叶""无由供麦饭""万方牢落尽，痛哭望前村"的现实遭遇。一身飘零，满目疮痍，万念俱灰，痛哭流涕。故国如水东流去，复国之期未有期。自从望绝于岭南之消息，亡国破家、颠沛流离的遗民生涯，由此彻底开启。

---

① 曾灿：《路传闽广间共立三帝感而赋此》，《六松堂诗文集》卷四，清抄本。
② 曾灿：《闻行在信》，《六松堂诗文集》卷四，清抄本。

"萧条万事一樽在，故国曾经月几华。"① 对于曾灿来说，养尊处优的生活，贵介公子的身份，抗清的骄人经历，兵部职方司主事的地位，立功封侯的志向，甚至最基本的衣食保障，无不与故国的存在产生因果联系。更何况明亡清继作为满洲蛮夷对汉民族的武力征服，使得士人的国亡之哀不止于寻常的江山易主之悲，而上升为乾坤颠倒、天下沦丧之痛。由是现实的盛与衰、治与乱、爱与恨、贵与贱、荣与辱都是曾灿亲身所经历，而以其弱冠之年为界判若霄壤，这种强烈的反差造成了他难以遏制的失落感，并在其心灵深处形成了一种特殊情结：在对故国的追忆中体验现实的痛苦，在现实的痛苦中更加依恋和怀念故国。唯其如此，故国的一切都令他伤悲动情、魂牵梦萦。

作为亲身投入抗清斗争，历尽血腥厮杀并从中幸存下来的孑遗之民，几番出生入死，曾灿最能深刻领会"人生自古谁无死"的真谛。其不能为故国而死的遗憾至老年而丝毫不减。大明覆亡后四十载，路经先朝勅葬者墓地，饱经风霜的诗人仍抑制不住迸发声声叹息："道旁累累见荒茔，无数遗碑尚勒铭。松柏亦知人事改，风霜不发旧时青。"② 松柏有情，亦知世事变迁，人事兴替，不复旧时青色。树犹如此，人何以堪。"钟山山色已成童，禾黍何人泣故宫。马鬣高眠君莫惜，石麒麟尚卧西风。"③ 逝者长眠，亦感山川色变，生民哀泣。"召南旧有伯棠存，遗爱况于近墓门。御制穹碑埋蔓草，不知谁是狄公孙。"④ 王侯将相，功业卓著，遗爱甚多，恩渥甚厚，亦随着故国的消逝而湮没无闻。眼前的一切怎能不令诗人慨叹荣华难久，悲悼故国沦亡！

承平时代二十年南去北来、裘马清狂的岁月，是曾灿心中永远无法抹去的美好记忆。以至无论光阴逝去，世事沧桑，洞庭湖畔、

---

① 曾灿：《中秋眭身壹招同顾泰初范五家集次范五韵》，《六松堂诗文集》卷六，清抄本。
② 曾灿：《东平州道傍古茔皆先朝勅葬者碑碣卧荒草中为之三叹》其一，《甲子诗》，清抄本。该诗为康熙甲子，即康熙二十三年（1684）所作，是时曾灿六十岁，距明朝灭亡已四十年。
③ 曾灿：《东平州道傍古茔皆先朝勅葬者碑碣卧荒草中为之三叹》其二，《甲子诗》，清抄本。
④ 曾灿：《东平州道傍古茔皆先朝勅葬者碑碣卧荒草中为之三叹》其三，《甲子诗》，清抄本。

白沟河水、南京钟山,从遗民的眼光看过去,每个地域都带有特殊含义。"湘黔巴蜀气氤氲,万里波涛拥楚云。极目江山皆故国,汉家曾此距三分。"① 舟行洞庭湖,极目远眺起伏江山,诗人浮想联翩。为了主宰这如画江山,当年群雄角逐,争霸中原,勾起他对大明故国的无穷眷恋。"明朝今古路,何处是神州。落日沈沙浦,残烟上驿楼。乾坤尘土梦,乡国岁时忧。为有兴亡泪,伤心渡白沟。"② 白沟是古代大宋与辽国的界河,从来被视作民族耻辱的象征,如今更成为世道兴亡的缩影。落日残烟笼罩之下,白沟河水散发的粼粼波光,刺痛诗人模糊浑浊的双眼,霎时间止不住的泪水洒向白沟,黍离之悲、亡国之恨随之布满其伤痕累累的心头。而南京钟山因埋藏着大明开国帝王朱元璋,无疑最易唤醒旧朝臣民的故国情怀:"故垒荒烟合,孤城尽日闲。千秋遗恨在,流涕过钟山。"③ 故垒废弃,孤城死寂,眼前所见仿佛是在提示警醒着诗人,大明王朝早已久罹兵祸、国祚断灭。父子两世忠臣,此刻孑然一身。当从钟山南麓太祖坟前经过,遥想故国的发祥,念及今朝的败亡,痛感千秋功业就此葬送,曾灿以泪洗面,遗恨终生。

风景不殊,举目山河有异。冷冷清清中,诗人寻寻觅觅,找寻故国的印记。七情所至,故国之思夜以继日,最终不可抗拒地反复攻占诗人的梦境:

> 昝昝朝晞入,冥冥夜梦醒。可怜风景异,不复泣新亭。
> 既入明王梦,空怀故国忧。山川遗恨在,回首大刀头。
> 何事鸣长剑,中宵梦不宽。西风吹万里,洒泪正衣冠。④

梦回故国,却惊醒于夜半,好梦未能圆满,自然无法弥补诗人对故国执着的思念。不能割舍的情思,梦醒时分,化作新一重泪与

---

① 曾灿:《舟过洞庭湖》,《六松堂诗文集》卷九,清抄本。
② 曾灿:《白沟河》,《六松堂诗文集》卷五,清抄本。
③ 曾灿:《过钟山》,《六松堂诗文集》卷九,清抄本。
④ 曾灿:《纪梦》三首,《六松堂诗文集》卷九,清抄本。

恨。于是思念变幻、放大，顽强地穿越光阴阻隔，转向沉醉的迷离恍惚中寻求着落："十年风景长流涕，故国凭留醉眼中。"① 片刻的慰藉过后，则又是"百年家国人何在，万里关河梦不归"② 这样延绵不绝的惆怅与哀伤。

身为大明遗民，蛮夷统治下"百代衣冠今作异"③ 的固有心理感受，使其当站在时代的风口浪尖回溯历朝兴替，最易与宋季遗民惺惺相惜，生发共鸣。曾灿屡次拜谒先贤庙宇祠堂，瞻仰缅怀"精光忠发千秋镜，战血流空万里涛"④ 精忠报国、九死未悔的英雄岳飞，"寸心社稷伤多故，双手乾坤誓不降"⑤ 背负幼主蹈海的大臣陆秀夫，"人生负志气，天地不为动。夫子陆沈中，屹然见大勇"⑥ 慷慨赴水殉国的金龙王谢绪，再三咏叹其生为人杰，死为鬼雄，屡屡称颂其忠贞英烈，光耀万古。悠悠百年后，国事亦东流。岁当甲子，大清定鼎中原整四十载，立于金龙王庙前，六旬老人曾灿浩然长叹"平生心事在，瞻望涕难收"⑦。一样的泪水，一样的痛楚，一脉相承的民族精神，从心灵的共振，到人格的追随，曾灿将对故国至死不渝的深情寄予对先贤至始至终的讴歌和景仰之中。

二 高蹈之情

顺治三、四年间，由于先后经历兵败、国亡、家破、父丧等多重打击，曾灿集种种苦痛于一身，久久无法释怀，迟迟不能平息。更兼抗清事败招来杀身之祸，形势所迫，只能"万里惊亡命"⑧，先是落发天界寺，之后还俗隐居翠微峰，或托身空门，或躬耕自食，

---

① 曾灿：《悲秋》其二，《六松堂诗文集》卷六，清抄本。
② 曾灿：《寄怀石濂师并次元韵》，《六松堂诗文集》卷七，清抄本。
③ 曾灿：《悲秋》其一，《六松堂诗文集》卷六，清抄本。
④ 曾灿：《阻雪桃山驿遂拜岳武穆庙》，《六松堂诗文集》卷七，清抄本。
⑤ 曾灿：《又拜陆秀夫先生祠》，《六松堂诗文集》卷七，清抄本。
⑥ 曾灿：《望黄河遂拜金龙王庙》，《六松堂诗文集》卷二，清抄本。
⑦ 曾灿：《水失故道舟不得泊遂阻拜金龙王庙》，《甲子诗》，清抄本。该诗为康熙甲子，即康熙二十三年（1684）所作，是时曾灿六十岁。
⑧ 曾灿：《初冬访钱幼光不值令嗣孝责留宿迟之》，《六松堂诗文集》卷四，清抄本。

聊以淡化悲恸，摆脱纷扰：

> 朦胧高枕上，忽听晓钟过。篆鼎香无际，敲鱼意若何。
> 忧心惭道浅，苦行识僧多。不寐愁窗外，春风动薜萝。①
> 夜静鸣钟磬，幽岩梵语深。闻声还自顾，默对但沈吟。
> 石阙澄金像，风幡挂玉林。阶前瞻气色，应愧野人心。②
> 镫影棲寒壁，蒲团坐夕崖。三人同此境，一静自忘怀。
> 竹籁流泉响，草堂带月垂。何年深闭户，与君乐道归。③
> 夜梦凭谁入，令人心境宽。泉声惊过雨，衾影独凝寒。
> 面壁思趺坐，藏舟忆钓竿。禅堂今寂寂，幽意自迷漫。④

躲开了尘世的喧嚣，逃离了夺命的战乱，曾经"少年意气，不乐浮屠，一闻佛语，则掩耳而去"⑤的曾灿师从天界寺浪丈人，将年华付与蒲团之上、禅堂之内和晓课、晚课之间。尽管"忧心惭道浅"，不谙"敲鱼意若何"，却因身处"幽岩梵语深""幽意自迷漫"的清净氛围而能"一静自忘怀"。忘怀，是现实给定的路，是曾灿此时为避免痛苦而无法另外选择的路。逃于禅，以其既能保证作为"逋臣"⑥的人身安全，又与身为大明遗民的清白志节相契合，彰显出其最大要义。

正如逃禅并非曾灿本志，是为"有托而逃焉"⑦，还俗也不意味着隐逸的结束。在"只有青峰在，能逃乱世名。江河消酒力，天地

---

① 曾灿：《晓课》，《六松堂诗文集》卷四，清抄本。
② 曾灿：《晚课》，《六松堂诗文集》卷四，清抄本。
③ 曾灿：《同确斋方崖坐蒲团》，《六松堂诗文集》卷四，清抄本。
④ 曾灿：《宿禅堂》，《六松堂诗文集》卷四，清抄本。
⑤ 曾灿：《与诸上人书》，《六松堂诗文集》卷十一，清抄本。
⑥ 曾灿多次自称"逋臣"，如："所见皆逋臣，不敢抒怀抱"（曾灿：《返里留别莞中诸子》，《六松堂诗文集》卷二，清抄本）；"为有逋臣泪，飘零自不堪"（曾灿：《任城赠任讱庵太守》，《六松堂诗文集》卷五，清抄本）；"逋臣犹共汝，故国竟如舟"（曾灿：《同钱幼光守岁》，《六松堂诗文集》卷四，清抄本）；"与君同是一逋臣，流落江湖三十春"（曾灿：《赠杨东井》，《六松堂诗文集》卷七，清抄本）。
⑦ 曾灿：《石濂上人诗序》，《六松堂诗文集》卷十二，清抄本。

托钟声。彭泽官三月,柴桑老一生。为伤孤竹子,何以不躬耕"① 对陶渊明终老田园的吟唱歌咏中,曾灿又走上翠微峰,与易堂诸子一道力田山中,渐渐体味躬耕之甘苦直至乐在其中,家国遭难时"谁无渊明志,呼酒且高歌"②的口头宣言从而真正内化为"挈饁饷农夫,食者不肯余。归来喜颜色,我心亦已愉"③ "午爨有馀暇,农歌时暂还。纷吾诸事毕,终爱此田间"④ "种豆豆易生,种瓜瓜渐熟。古之素心人,于此志愿足"⑤ 的切身感受。由农事的愉悦而热爱田园,因热爱田园而知足乐天、获得生命的归属感。

  自从陶潜将"少无适俗韵,性本爱丘山"的自我认知通过"晨兴理荒秽,带月荷锄归"的生活方式遗传给后世诗人,对田园的赏爱和躬耕的满足便与高蹈的志向、坚贞的气节紧密联系在一起。翠微山居六年,曾灿舍弃了肥马,脱去了轻裘,筑起六松草堂,披上农人的蓑衣,不管风雨晴晦,无论春去秋来,日复一日地勤勉劳作,耕锄自活。然而乱世中的翠微峰并非世外桃源,这里固然不乏春山细雨、桃花垂柳,有分享的喜悦,收获的期盼,比如碰巧遇到"溪上有人家,顾我启柴荆。牛羊薄暮归,鸡犬相迎鸣。稚子盥濯毕,拱手道姓名。虽则无礼数,中心亦至诚"⑥农人稚子,淳朴和乐的田家场景自会感到欣慰;要是足够幸运,兴许也可以盼来"新畲多种豆,平地半栽花。处处秋成熟,膏粱载满车"⑦ 这样美妙的丰收时节,然而现实中诗人更多遭逢的,恰恰是他极少提及的不适和艰辛:"我未学老农,常常乖土宜"⑧,"不历农家事,安知忧天时。"⑨ 包括承受体力的重荷,还有对收成的担忧:"贫贱无善地,十年劚两

---

① 曾灿:《过渊明先生墓道》,《六松堂诗文集》卷四,清抄本。
② 曾灿:《感乱》,《六松堂诗文集》卷四,清抄本。
③ 曾灿:《春日山庄即事》,《六松堂诗文集》卷二,清抄本。
④ 曾灿:《梁安峡值雨》,《六松堂诗文集》卷八,清抄本。
⑤ 曾灿:《种瓜圃》,《六松堂诗文集》卷九,清抄本。
⑥ 曾灿:《田家即事》,《六松堂诗文集》卷二,清抄本。
⑦ 曾灿:《徐州道上》,《六松堂诗文集》卷五,清抄本。
⑧ 曾灿:《田家即事》,《六松堂诗文集》卷二,清抄本。
⑨ 曾灿:《田家即事》,《六松堂诗文集》卷二,清抄本。

荒"①,"二月开新畦,四月未繁殖。"② 在不可抗拒的自然因素面前,尤其只能徒唤"天心何仁爱,八月乃苦旱。农家告岁成,皇皇夕与旦"③。毋庸置疑,正是田园作为心灵归宿和精神家园的支撑和振奋力量冲淡了曾灿的烦恼和忧虑,催生了他的孤高与倔强:"少年爱意气,耻为衣食资。所用失其道,自取寒与饥。"④ 虽不能自给自足,却甘愿耐受穷困饥寒而怡然自得,展示出可贵的遗民气节及其中蕴藏的坚强生存意志。

时值天崩地坼之际,身处异族统治之下,情系旧邦而又复国无望,曾灿与其易堂同仁的态度始终是坚决而鲜明的——奋起抵抗。从提刀赴难、舍身驱敌的直接抵抗转为退隐山林、采薇而食的间接抵抗。其不屈不挠的民族气节、磊落坦诚的高尚人格与巍峨雄奇、邈然孤特的翠微峰交相辉映,在蓝天和白云之下缭绕千年,形成历史的穿透力量。翠微峰南端的莲华山,气势磅礴、古木参天,这个曾灿和魏禧年少时读书的地方,总是令诗人流连不已、心驰神往。"我欲黄昏望翠微","十年心爱山阴道,灭烛看山识山好"⑤,诗中回荡着曾灿钟情翠微的心声和对家山独特的感悟。如果说白日播种于静谧的田园,带给诗人精神的遮护和安顿;那么夜幕漫步于灵动的群山之间,则让诗人的身心在天地自然的怀抱中尽情驰骋和伸展:

> 凉影萧萧暮,高斋独步归。隔林樵唱远,一水故人稀。
> 鸟带疏钟入,山馀落照飞。柴门眠小犬,觉汝更忘机。⑥
> 到庄不觉暮,却自少尘氛。独念如吾少,偏难绝世群。
> 花催初过雨,鸟倦欲归云。川水茫茫下,新田正未耘。⑦
> 群动各有息,兹游成我闲。草知深浅处,春到有无间。

---

① 曾灿:《田家即事》,《六松堂诗文集》卷二,清抄本。
② 曾灿:《田家即事》,《六松堂诗文集》卷二,清抄本。
③ 曾灿:《苦旱》,《六松堂诗文集》卷二,清抄本。
④ 曾灿:《田家即事》,《六松堂诗文集》卷二,清抄本。
⑤ 曾灿:《越溪舟中》,《六松堂诗文集》卷三,清抄本。
⑥ 曾灿:《从金精独归翠微》,《六松堂诗文集》卷四,清抄本。
⑦ 曾灿:《雨后自城入六松》,《六松堂诗文集》卷四,清抄本。

第三章 曾灿诗歌研究

寒石自流水,夕阳多远山。离离林下屋,时见鸟飞还。①

智者乐水,仁者乐山。从金精到翠微,由翠微入草堂,一路走来,近处是绿水流淌,远处有青山在望。林里传来樵夫的歌唱,柴门前小犬享受着安详,夕阳下飞鸟结伴还巢,沉浸于这暮色中醉人的景象,诗人早已忘却尘俗,顿时神清气爽。登山的路,是身体的前行,心灵的休整,是诗人追慕高标的过程。人与一切生命终将返归自然,是曾灿往还山间的启悟。

穿行丛林之中,啸歌天地之外,尽管几多艰难困苦,曾灿与易堂诸子始终坚守在突兀高耸的翠微峰上。他们以读书为乐:"砖移花影,晨浇东坡之书;榻转树阴,午摊太白之饭。"② 他们以交友为乐:"三径来白意之交,一庭坐因心之友。"③ 他们以清贫为乐:"家无造业之钱,口绝嗟来之食。"④ 他们以分韵赋诗为乐:

草木发重光,照我十八九。我得醉春游,春风偏我后。酒醒不成吟,天地忽白首。

何处是云天,云天光欲透。万木自含情,千山还不旧。西方有美人,归期无乃后。

此雪但逢春,春工何太后。岂知雪有情,雪亦为春诱。他人固何为,而我情独厚。⑤

夜响如弹筝,门开山磊砢。溟溟更濛濛,新月与远火。寒霜树欲明,野烧花千朵。自有会心人,不必月亦可。⑥

小饮坐寒镫,溟濛光欲出。相欢乐素心,与子酬鸟窟。钟响石缝开,天空云影没。寥寥夜已深,问有春风不。⑦

---

① 曾灿:《已亥立春前同李咸斋彭中叔散步望翠微三魏》,《六松堂诗文集》卷四,清抄本。
② 魏禧:《勺庭闲居叙》,《魏叔子文集》外篇卷二十,中华书局2003年版,第1014页。
③ 魏禧:《勺庭闲居叙》,《魏叔子文集》外篇卷二十,中华书局2003年版,第1014页。
④ 魏禧:《勺庭闲居叙》,《魏叔子文集》外篇卷二十,中华书局2003年版,第1014页。
⑤ 曾灿:《翠微峰同诸子坐雪分得后字》,《六松堂诗文集》卷二,清抄本。
⑥ 曾灿:《远火新月限火字》,《六松堂诗文集》卷二,清抄本。
⑦ 曾灿:《同诸子鸟谷月饮得不字》,《六松堂诗文集》卷二,清抄本。

雪后春山，远火新月，鸟谷夜饮，都可以成为诸子题诗歌咏的对象，并在咏诗中自然而然营造出"不问身后""惟娱目前"①的雍熙氛围。此中有真意，即便寥寥寒夜，也令人如坐春风。这样文才比高的游戏，同样并不妨碍诸子之间传递"自有会心人""相欢乐素心""而我情独厚"的真诚感受。这是一个特殊的群体，同堂兄弟亦亲亦友，曾灿与魏禧自幼比户而居，邱维屏与魏氏兄弟、彭士望与林时益先前就是亲戚，后来曾灿与魏禧、魏礼，彭士望和魏礼、邱维屏和林时益、彭任和李腾蛟、魏际瑞和彭任又都成为儿女亲家。这种血浓于水的亲情将他们更紧密地联系在一起，使他们自觉担当起生活照应和安全呵护的责任。

穷是常态。峰巅之上，土室之内，他们住得极其简陋和拥挤不堪。"易堂"两侧四个约八平方米的屋子，分别住了魏氏兄弟、邱维屏和彭士望、林时益四家人。人太多无法住下，彭士望和林时益只好在屋后的高地上加盖了三间小房，每间不到四平方米。缺水，"山居泉涸思迁徙"②"山泉渴已甚"③，都证明着翠微峰上一再有水荒之忧。缺吃，不仅十天半月不能吃上一点荤腥，挨饿也是常有的事。缺穿，魏礼这位昔日富公子所穿的大布裈就缝补了十几处；缺用，到晚上只能在黑暗如漆的房间里相对而坐，等到睡觉时才将油灯点亮一下。"严冬黑雨漫山谷，大风怒起夜发屋。"④峰顶的冬日寒风刺骨，没有取暖之物，实在难熬时，就锯几截干树枝燃烧代替炭火，却根本无法抵御无孔不入的砭骨寒气："寥寥冬夜寒，不敢解衣宿。拥被覆头面，手足犹蜷曲。"⑤全家人只能紧紧贴在一起，藉以抱团取暖："妇子累肩膝，婉转相弥缝。夜寒愁未遣，不及叹朝饔。"⑥就这样将一个个难眠的寒夜，熬成一个又一个饥肠辘辘的清晨。

---

① 魏禧：《勺庭闲居叙》，《魏叔子文集》外篇卷二十，中华书局2003年版，第1014页。
② 魏礼：《喜雨示俨侃生日》，《魏季子文集》卷三，道光二十五年刊本。
③ 李腾蛟：《过水庄诗访魏冰叔》，《李咸斋诗集》卷三，清抄本。
④ 魏禧：《大风》《魏叔子诗集》卷五，中华书局2003年版，第1309页。
⑤ 魏禧：《拥被》其一，《魏叔子诗集》卷三，中华书局2003年版，第1237页。
⑥ 魏禧：《拥被》其四，《魏叔子诗集》卷三，中华书局2003年版，第1238页。

惊恐之事常有发生，一惊于匪，二惊于盗。顺治九年（1652），旧时山主彭宦趁乱带人持刀上山胁迫九子，不但将财物洗劫一空，还将所有人赶下山寨。"山难"之后，诸子连栖身的陋室也失去了："被山难，贫益甚，散处谋衣食"①，彭士望"数迁三巘冠石，家益贫落"②。半夜里，竟还遭遇流窜而来的盗贼抢劫，连棉衣、棉被都抢走了，彭士望夫人将仅剩的一床破棉絮裁成几块，勉强缝成几件棉衣给孩子们御寒。③ 死人的事情常有发生，在翠微峰攀爬的过程中，或失足，或醉坠，摔死过好几个人④。山上的女眷说到下山，都胆战心惊，甚至哭闹不安。⑤ 魏禧有一次也"坠蹬数级，左足悬空"⑥，如果不是季弟魏礼"走下拽之"⑦，早已葬身崖底。惊魂之后，魏禧自说"是日以往皆余年也"⑧，感慨此后的日子已是多得。三巘峰、冠石的山路相对没有那么陡绝，但仍然崎岖难行。

艰苦卓绝的坚守，磊落高尚的人格。九子中人人都有进学的能力，个个都有经世的才具。彭士望、邱维屏都曾反复被清廷官员举荐并以重金聘请，均遭到他们一次又一次的拒绝。彭任六十二年几乎不出山门，甚至连江西巡抚请他去执掌白鹿洞书院也坚决辞却。九子的领袖人物兼成就最著者魏禧，康熙十七年（1678）为侍郎严沆、给事中余国柱、李宗孔等荐举入京应博学鸿儒试，他以疾固辞，被抬到南昌后，蒙被称疾笃，坚决不赴试，守住了人生最后的底线。这个从赣南边鄙山里走出去的读书人，其文章能与身处当时全国文

---

① 彭士望：《翠微峰易堂记》，《易堂九子文钞·彭躬庵文钞》卷五，道光十七年刊本。
② 魏禧：《彭母朱宜人墓志铭》，《魏叔子文集》外篇卷十八，中华书局2003年版，第907—908页。
③ 魏禧《彭母朱宜人墓志铭》云："冠石夜被劫盗，……时天寒，衣被俱尽。则裁败絮尺余缀衣，督护诸儿脊上。"（魏禧：《彭母朱宜人墓志铭》，《魏叔子文集》外篇卷十八，中华书局2003年版，第908页）
④ 彭士望《翠微峰易堂记》云："……欲速，失足立死，罕一二全活。亦有醉坠，……前后陨毙凡数人。"（彭士望：《翠微峰易堂记》，《易堂九子文钞·彭躬庵文钞》卷五，道光十七年刊本）
⑤ 彭士望《翠微峰易堂记》云："妇女童孺始极怖，或垂涕泣。"（彭士望：《翠微峰易堂记》，《易堂九子文钞·彭躬庵文钞》卷五，道光十七年刊本）
⑥ 魏禧：《述梦》，《魏叔子文集》外篇卷二十二，中华书局2003年版，第1045页。
⑦ 魏禧：《述梦》，《魏叔子文集》外篇卷二十二，中华书局2003年版，第1045页。
⑧ 魏禧：《述梦》，《魏叔子文集》外篇卷二十二，中华书局2003年版，第1045页。

化学术中心的江淮一带顶尖文人媲美，与侯方域、汪琬并称为"清初三大家"，是很了不起的。若论及气节，比起顺治八年（1651）参加河南乡试并选为副贡生的侯方域和顺治十二年（1655）中进士，曾任户部主事、刑部郎中的汪琬，就更为难能可贵。易堂九子自李腾蛟生于明万历三十七年（1609）至彭任病卒于康熙四十七年（1708），前后刚好历时一百年。比较同时期众多结社的遗民士人群体，如与易堂并称为"江西三山学派"的南丰程山学派、星子髻山七隐以及天峰、泉上、北田、板桥、河渚、宛溪等遗民群体可以发现，气节的坚守上，在时间的考验上，无论哪一个都没有易堂九子来得坚决和长久。

三 稻粱之谋

"今日知何日，山中不计年。"[①] "不复知唐虞，安问今与昔。"[②] 翠微峰上六年艰苦卓绝的坚守，山中岁月的寂寞漫长，与光阴的易逝和个体生命的短暂恰成反照，触发并加剧着诗人年华虚度的心理感受："翻卷甘独坐，文章亦奈何。寒猿逢夜泣，山鬼畏人多。读史抚长剑，感怀学短歌。平生堪此际，偃蹇老东柯。"[③] 对似水流年的恐惧在曾灿内心深处奔涌升腾，随之而来的是更深更久的悲哀。时间的流逝无法阻挡，生命的衰亡不可逆转，从历史的角度审视人生，人生是如此无奈；以现实的眼光打量外物，外物是如此无助：

  泊舟澄潭下，水落山嶀翠。孤村四五家，高树气萧瑟。游鱼洊洊来，不畏网罟密。我时当午食，投之以馀粒。大者遽来吞，小者还相失。汝本无机心，饥来即仓卒。[④]

  郁郁城东树，日暮万鸦集。结巢不能稳，飞出复飞入。楼高与树齐，攀折手能及。众嘴喧不惊，高下若等级。鸟性爱清

[①] 曾灿：《腊月一日》，《六松堂诗文集》卷四，清抄本。
[②] 曾灿：《感愤诗》，《六松堂诗文集》卷二，清抄本。
[③] 曾灿：《山中夜坐》，《六松堂诗文集》卷四，清抄本。
[④] 曾灿：《鲤奋江》，《六松堂诗文集》卷二，清抄本。

旷，此独巢城邑。山树云木深，湖田夏水急。乃知稻粱谋，使人无独立。①

喜逢悬悦日，开宴及天中。满院芳阴转，榴花爱晚红。麒麟堪作脯，鸾鹤会乘风。见掷麻姑米，饥来乞早饔。②

在诗人看来，尽管鱼鸟遨游天地之间逍遥自在，拥有"无机心""爱清旷"的品格与胸怀，然而当饥渴来袭，它们便毫不顾忌，"大者遽来吞，小者还相失""众嘴喧不惊，高下若等级"的情景是那样的令人触目心惊，在对外物的观照中诗人情不自禁地剖析着自身，经由"饥来即仓卒""饥来乞早饔"的不自觉回应，过渡为"乃知稻粱谋，使人无独立"的实质性共鸣。

顺治十年（1653）正月，写下《出门别山中同志》辞别易堂同仁，怀着"远游非不艰，耳目省驰骛""此事倘诚然，遑恤稼与圃"③的释然心情告别躬耕生涯，曾灿走下了翠微峰，走上出门远游、依人谋食的道路。这样的抉择与其说是其坚守意志衰退的结果，毋宁说是历经时间和变迁，遗民生存环境恶化导致的个体生存观念发生嬗变的结果。显然癸巳（1653）正月曾灿的下山谋食正是之前壬辰（1652）九月翠微峰"山难"发生后，诸子被迫避去，"饥驱离析"④"贫益甚，散处谋衣食"⑤总体处境下的具体行为方式。"山变"后诸子仍在金精山十二峰一带，翠微峰之外，又散居在了三巘峰和冠石，但已是"仅一时过从"⑥"岁不四五聚首"⑦。与诸子将群山当成生活的港湾不同，曾灿从此远走吴越、三度岭南，"截蒲凭逆旅，弹铗代躬耕"⑧成为其人生的缩影。从"躬耕"到"弹铗"，是

---

① 曾灿：《崇德县有万鸦巢城东古寺感赋》，《六松堂诗文集》卷二，清抄本。
② 曾灿：《寿陆其清尊堂七秩》，《六松堂诗文集》卷五，清抄本。
③ 曾灿：《出门别山中同志》，《六松堂诗文集》卷二，清抄本。
④ 魏礼：《同堂祭彭躬庵友兄文》，《魏季子文集》卷十六，道光二十五年刊本。
⑤ 彭士望：《翠微峰易堂记》，《易堂九子文钞·彭躬庵文钞》卷五，道光十七年刊本。
⑥ 彭士望：《翠微峰易堂记》，《易堂九子文钞·彭躬庵文钞》卷五，道光十七年刊本。
⑦ 魏礼：《同堂祭彭躬庵友兄文》，《魏季子文集》卷十六，道光二十五年刊本。
⑧ 曾灿：《临溪岁暮遣怀》其八，《六松堂诗文集》卷四，清抄本。

价值观念的变化，透露出随着时间的推移，"耻为衣食资""自取寒与饥"①的少年意气，终究无法拯人于水火、解人于倒悬，在"饥寒日见攻"②"贫病更相侵"③这样直逼性命的生存困境面前，活下去才是最大的意义。"弹铗代躬耕"，亦标明诗人对自身的去就作出了重新判读，改变了自身的人生选择。

十年庑下叹离群，才尽江淹敢论文。知有王门堪税驾，况于燕市又逢君。枯鱼远泣桑乾水，孤鸟难飞金齿云。亲老家贫愁万叠，西风弹铗向谁闻。④

自从发白已成樗，更有何人问索居。入幕才教三月半，登楼又过一年余。中庭犊鼻真难晒，安邑猪肝未见疏。今日岘山流涕后，纵歌弹铗亦无鱼。⑤

天涯常敝黑貂裘，弹铗年年苦未休。但觉陈群空愧长，敢云王粲独依刘。千秋兰谱容缝掖，万里萍踪托蒯緱。自笑腐儒轻且贱，何时得上李膺舟。⑥

历尽崎岖阅岁寒，五陵有铗日空弹。只因谋食逢人短，愈觉浮生到处难。风雨何年资羽翮，家山无梦报平安。天涯望尔成归路，六月舟过十八滩。⑦

十年踪迹旧游稀，梦寐何曾与汝违。斗室乾坤客半榻，孤灯风雨翳残晖。车鱼应笑人弹铗，蟋蟀焉知客典衣。老大长安难问世，汉阴空愧丈人机。⑧

---

① 曾灿：《田家杂诗》，《六松堂诗文集》卷二，清抄本。
② 曾灿：《壬戌辰日王璞庵蔡九霞右宣过邹尉徐长民载酒同姜奉世诸子至佘山看梅得中字》，《六松堂诗文集》卷二，清抄本。
③ 曾灿：《遣闷》，《六松堂诗文集》卷四，清抄本。
④ 曾灿：《送胡擎天还滇南》其四，《六松堂诗文集》卷七，清抄本。
⑤ 曾灿：《兰陵署中寄鞔高苍严使君兼唁湘榖森万山启》其三，《六松堂诗文集》卷七，清抄本。
⑥ 曾灿：《赠刘介庵宪副》，《六松堂诗文集》卷七，清抄本。
⑦ 曾灿：《赠南康吕邻秩明府》，《六松堂诗文集》卷七，清抄本。
⑧ 曾灿：《雨窗夜坐次韵答门人龚迈种》，《六松堂诗文集》卷七，清抄本。

"弹铗"，语出《战国策·齐策》，以冯谖遇合孟尝君，在后世成为处境窘困而又欲有所干求的代名词。"亲老家贫愁万叠"，侍奉祖母山居时曾灿全家"食指不下数十口，而家无宿舂"①，以至饥年时曾灿夫妇"皆茹糜"②。祖母去世后曾灿母亲又年老，膝下两子一女更是嗷嗷待哺，虽有薄田，然"五年之内，一废于病，再废于兵"③。生活的无情重压深深打击着曾灿，这个"曾将白眼傲豪贤"④的贵介公子，不得不逢人"弹铗"，"十年庑下"的困顿、四处投奔的屈辱，将满腔的豪气消磨殆尽。同样是"贫乏不能自存"，时移世易，战国策士的骄傲与自信，在清初游幕士人身上早已荡然无存，只剩下"弹铗年年苦未休""蟋蟀焉知客典衣"生计艰难的压抑感与"自笑腐儒轻且贱""车鱼应笑人弹铗"无人理会的自嘲，以及委曲却不能求全的难堪。

是"击筑方知佣作苦"⑤的亲身遭际，让诗人体悟到"世上英雄皆豚犬"⑥，即所谓英雄气短的真正内涵。要知道在那个物质极度匮乏的时期⑦，友人草堂内的一顿便饭竟然博得曾灿"高义何艰难，一饭当珠玉。可知杜少陵，感恩非口腹"⑧的深情赞叹，就会理解其所谓"半生事业衣兼食"⑨"人生劳扰惟衣食"⑩，将衣食说成是人生希望与烦恼的要害所在，并非语言的夸张。也许为生计发愁、为衣食担忧之类，本不该与曾灿的名字相联系，然而历史往往对人的命运进行嘲弄，时代的风云卷走了其所拥有的富贵和宁静。赵园曾指出，处易代之际的戏剧性之一，即人生过程的徒然转折，人被迫重

---

① 曾灿：《分关小引》，《六松堂诗文集》卷十三，清抄本。
② 曾灿：《分关小引》，《六松堂诗文集》卷十三，清抄本。
③ 曾灿：《分关小引》，《六松堂诗文集》卷十三，清抄本。
④ 曾灿：《赠赵山子广文》，《六松堂诗文集》卷七，清抄本。
⑤ 曾灿：《送卢星客归岭兼寄北田诸子》，《六松堂诗文集》卷七，清抄本。
⑥ 曾灿：《送卢星客归岭兼寄北田诸子》，《六松堂诗文集》卷七，清抄本。
⑦ 赵园《明清之际士大夫研究》："士人的贫困化，是明清之际普遍的事实。"（赵园：《明清之际士大夫研究》，北京大学出版社1999年版，第281页）
⑧ 曾灿：《癸巳秋游石门遇廖去门邀宿草堂感此却寄》，《六松堂诗文集》卷二，清抄本。
⑨ 曾灿：《酬石埭姚六康明府》，《六松堂诗文集》卷七，清抄本。
⑩ 曾灿：《正月廿二日汪昇三……作此酬之》，《六松堂诗文集》卷七，清抄本。

新选择角色，尤具戏剧性的，是富贵公子的命运。当年"席先人庇荫，宾客辐辏，庭无虚日""时为贵介公子，左右之人，孰不趋跄奉承"，而今反复陷入"叹我在穷途，衣食不能继"①"衣食向谁托，贫贱还自轻"②"衣食从人乞，风波向客惊。自知惭跛鳖，到老一无成"③"只因谋食逢人短，愈觉浮生到处难"④ 的窘境，人生境遇的巨大落差导致情感的失衡，令曾灿不禁发出"贫贱富贵我何有，胡为空向人乞怜"⑤ 的哀叹。"岂不忍饥寒，而以欲丧志"⑥，依人固然因了不甘久居贫贱，但"富贵非吾愿，升沉独我经"⑦ 并非暧昧、"衣食凭人惯，风霜羡鸟还"⑧ 也不是虚言，乞怜于人的羞耻感及一路依人的屈辱感最是让诗人无地自容、酸楚万端："衣食寡良谋，逢人愧颜厚"⑨ "气觉依人短，贫知作客长"⑩ "觅食同鸡鹜，呼名任马牛"⑪，随之涌起的懊悔也拷问着诗人的尊严："人生尝乖离，多为衣食故。贫贱难自由，终日坐悔悟"⑫ "依人尝自悔，看雪只因闲"⑬ "依人谋食寸心违，回首云山隔翠微"⑭，这一连串苦闷已然成为诗人挥之不去、抑之难平的人生长恨。渴望尊重而不得，抽身退却而不甘，困窘生计的消解要以舍弃尊严、经受摧残为代价，长期的精神煎熬，诗人早已感到疲惫和厌倦："吾心常爱静，恶汝但趋炎。逐逐因何事，营营太不廉。宁知为食累，早已见身歼。微物尚如此，

---

① 曾灿：《和公从羊城来辄别去悒悒不能已作诗寄之》其二，《六松堂诗文集》卷二，清抄本。
② 曾灿：《残雪》，《六松堂诗文集》卷五，清抄本。
③ 曾灿：《阻风》，《六松堂诗文集》卷五，清抄本。
④ 曾灿：《赠南康吕邻秩明府》其二，《六松堂诗文集》卷七，清抄本。
⑤ 曾灿：《长歌赠别王阮亭宫詹兼寄黄湄给谏》，《六松堂诗文集》卷三，清抄本。
⑥ 曾灿：《岁暮言怀用陆放翁"贫坚志士节，病长高人情"为韵》其三，《六松堂诗文集》卷二，清抄本。
⑦ 曾灿：《次日就斗室仅可容膝而居周遭上下书册狼藉有力者皆置不问伤哉贫贱》，《六松堂诗文集》卷五，清抄本。
⑧ 曾灿：《赠别徐艺初》，《六松堂诗文集》卷五，清抄本。
⑨ 曾灿：《答赠吴孟举即次原韵》，《六松堂诗文集》卷二，清抄本。
⑩ 曾灿：《长生店早发》，《六松堂诗文集》卷五，清抄本。
⑪ 曾灿：《张桥题壁》，《六松堂诗文集》卷五，清抄本。
⑫ 曾灿：《寓宝安闻魏和公赴海南却寄》，《六松堂诗文集》卷二，清抄本。
⑬ 曾灿：《临溪岁暮遣怀》其四，《六松堂诗文集》卷四，清抄本。
⑭ 曾灿：《甲寅夏五雨中怀吴伯成明府》其四，《六松堂诗文集》卷七，清抄本。

人生应自占。"① 以秋蝇自警并自勉，兼具告诫和启迪己身的双重意义，饱含深沉的感慨和由衷的叹息。谋食是物的本性，人的本能，然而一旦撇开廉耻随处钻营，便会陷入泥淖难以自拔，不仅累害躯命，更会玷污节操，正因"常爱静""恶趋炎"的本心与"为食累"的现实之间存在巨大鸿沟，所以念念不忘"自占"以求保持初心、免遭侵蚀，可见曾灿虽屈己干人多年，但始终未尝泯灭高蹈之志向，其"浮沉乞食于江湖"②与魏禧的"晚节风尘，卖文为活"③一样，"都非本志"④。

曾灿"我本隐者流，斯志曾不逮。但为儿女躯，不觉多尤悔"⑤，充满懊悔与自责的述说不知浓缩了多少生存的穷迫，是生存的穷迫致使他无法顺从本心做个隐者，而不得不作出"依人过一生"⑥这样令他深感"寸心违""多尤悔""可愧耻"⑦的艰难抉择。他虽明知气节之可贵、依人之可羞，然而，"蟪蛄及秋死，木槿向朝荣"⑧，生存的现实是，"恐明知其贵而不能贵之，恐明知其羞而不能羞之也。且恐知其贵而或促之，促之而反溃也；知其羞而或激之，激之而反馁也"⑨。但即便是身陷"衣食乱心，寄人庑下"⑩的窘迫处境，曾灿"篝灯夜读，亦欲思作天地间奇男子"⑪的壮志豪情也从不曾消歇。考察鼎革之际曾灿对生存价值所作的思考与探索，高蹈之情与稻粱之谋，是因生存之穷迫而幻灭了的理想和其所导致的不能不如是的选择，而贯穿曾灿生命始终的，则是"诗书可卜中兴

---

① 曾灿：《憎秋蝇》，《六松堂诗文集》卷五，清抄本。
② 魏禧：《六松堂诗文集序》，《六松堂诗文集》卷首，清抄本。
③ 彭士望：《与门人梁份书》，《耻躬堂文钞》卷二，咸丰二年刻本。
④ 彭士望：《与门人梁份书》，《耻躬堂文钞》卷二，咸丰二年刻本。
⑤ 曾灿：《寄方有怀》，《六松堂诗文集》卷二，清抄本。
⑥ 曾灿：《舟行》，《六松堂诗文集》卷四，清抄本。
⑦ 曾灿：《与陈园公》，《六松堂诗文集》卷十四，清抄本。
⑧ 曾灿：《感愤诗》，《六松堂诗文集》卷二，清抄本。
⑨ 徐枋：《与葛瑞五书》，《居易堂集》卷二，华东师范大学出版社2009年版，第27页。
⑩ 曾灿：《答王山长》，《六松堂诗文集》卷十四，清抄本。
⑪ 曾灿：《答王山长》，《六松堂诗文集》卷十四，清抄本。

事，天地还留不死身"①的恢复壮志和不灭的遗民情愫。此心此意，透过历史的烽烟捕捉之、珍视之，于"不死身"后只有一部焦灼而无奈的心史。

第二节 "世乱罕善谋，终岁走穷途"
—— 曾灿的命运之叹与诗歌中的情感宣泄

"非是爱远游，都为衣食累"②，不知包含着曾灿多少时乖命蹇、身不由己的感喟。自顺治十六年（1659）下山出游，至康熙二十七年（1688）客死京师，在曾灿三十年"以衣食走四方"③的历程中，三度岭南与"家吴十四年"尤其辛酸。因"频年走衣食"④"踯躅走风尘"⑤"终岁走穷途"⑥而与家人终年暌隔，不知"无食妻孥音信断，残年心事海天违。今宵纵有还乡梦，两地家山何处归"⑦"思家谁信穿双眼，作客难辞抱两心。一病岁残归路断，只应癔寐怨黄金"⑧"湖山是处容吾老，猿鹤多情恋客归。无限伤心千古事，应教魂断在庭闱"⑨，这样日日夜夜撕扯心灵的思亲苦情是否足以补偿他自己"常以客为家，十数载始一归"⑩背后的负疚与无奈。也许曾灿的回答通常是否定的，于是还需要用"浮生空作马牛走，末路都为妻子驱"⑪自己做牛做马无非为了求得妻子安居，舍家恰是为家

---

① 曾灿：《奉赠钱牧斋宗伯》，《六松堂诗文集》卷六，清抄本。
② 曾灿：《留别刘海门世伯》，《六松堂诗文集》卷二，清抄本。
③ 曾灿：《魏叔子文集序》，《六松堂诗文集》卷十二，清抄本。
④ 曾灿：《壬戌辰日……至佘山看梅得中字》，《六松堂诗文集》卷二，清抄本。
⑤ 曾灿：《夏日将归省祝留别龚芝麓年伯》，《六松堂诗文集》卷七，清抄本。
⑥ 曾灿：《旅舍值先大夫辛丑初度不得展拜作此纪恨》，《六松堂诗文集》卷二，清抄本。
⑦ 曾灿：《浙署除夕》，《六松堂诗文集》卷七，清抄本。
⑧ 曾灿：《长至前三日……口占得七律二十首，虽多呓语用遣忧怀》其七，《六松堂诗文集》卷七，清抄本。
⑨ 曾灿：《长至前三日……口占得七律二十首，虽多呓语用遣忧怀》其八，《六松堂诗文集》卷七，清抄本。
⑩ 魏世俨：《同蔡舫居祭外舅曾止山先生文》，《魏敬士文集》卷六，道光二十五年刊本。
⑪ 曾灿：《长至前三日……口占得七律二十首，虽多呓语用遣忧怀》其十二，《六松堂诗文集》卷七，清抄本。

之类的道理来肯定自己。尽管他从来明白，既然选择"依人"，就注定着随势浮沉、不由自主的命运。

一 羁旅、孤独、衰老之叹

"三年游闽漳，五年阻海北。"① 经年奔波劳顿、颠沛流离，思亲之余，曾灿要克服和面对的，又何止是频繁迁转征程中的跋山涉水、披荆斩棘，与"乱云低压屋，急雨远鸣滩"②"冰冻草须合，雪埋山路穷"③"不见波涛起，惟听瀜瀥惊。水从山后出，舟向石中行"④之类自然阻力，比这更让人难以承受的，还有坎坷路途上的致命精神重创与打击。早年闽漳之游"茅屋罕人过，寝食惟一床"⑤"床上鼠出入，床下作鸡埘"⑥ 的不堪窘况，更兼海风暑气的日夜侵袭⑦，致使曾灿一病不起，原本强健而又忠心耿耿的仆人更意外逝去⑧。为此曾灿几度痛责自己，始终悲哀难抑："自伤衣食故，致汝死异乡""十年穷途哭，念此摧肝肠"⑨。康熙十一、十二年（1672、1673）间，曾灿在毗陵作宾幕。"身为人役"⑩ 的同时，又忙于《过日集》的征资和索序，"年来饥驱靡暇"⑪。当康熙十二年（1673）《过日集》终于付梓刊刻，三藩之乱又爆发。曾灿不由得发出"谋食何由整羽翰，如今烽火阻江干。家贫亲老音书断，金尽朋疏道路难"⑫ 的

---

① 曾灿：《送谭蘧怀归京口兼怀令弟长益》，《六松堂诗文集》卷二，清抄本。
② 曾灿：《阻雨德安县》，《六松堂诗文集》卷五，清抄本。
③ 曾灿：《途次冰冻和袁稽亭韵》，《六松堂诗文集》卷五，清抄本。
④ 曾灿：《进十八滩》，《六松堂诗文集》卷五，清抄本。
⑤ 曾灿：《病中哭亡仆》，《六松堂诗文集》卷二，清抄本。
⑥ 曾灿：《漳州旅舍》，《六松堂诗文集》卷二，清抄本。
⑦ 曾灿《漳州旅舍》云："暑风无日夜，吹我羁旅时。歊蒸汽欝塞，行止一不宜。我闻近海居，四海恒如斯。"（曾灿：《漳州旅舍》，《六松堂诗文集》卷二，清抄本）
⑧ 曾灿《病中哭亡仆》云："我来汝尚健，我归骨在旁。"又云："役及三十载，勤劬能汝忘。在昔乱离来，后先化豺狼。惟汝日左右，中情惧弗将。"（曾灿：《病中哭亡仆》，《六松堂诗文集》卷二，清抄本）
⑨ 曾灿：《病中哭亡仆》，《六松堂诗文集》卷二，清抄本。
⑩ 曾灿：《与曹秋岳先生书》，《六松堂诗文集》卷十一，清抄本。
⑪ 曾灿：《与宋荔裳先生书》，《六松堂诗文集》卷十一，清抄本。
⑫ 曾灿：《送顾止庵少府之任虔州》其二，《六松堂诗文集》卷七，清抄本。

感叹。他再也无法遏制对母亲的想念，说，"每来介春酒，益复想慈闱"①，"游子饥寒何日了，高堂颜色逐年非"②，又说，"言愁尽是思归客""怜余白发有慈亲"③。于是康熙十三年（1674），在"乡关一夜思千里，归梦随君十八滩"④ "欲借鲲鹏程九万，江关万里到庭闱"⑤ 强烈思母之情的驱使下，曾灿踏上返家之路。不料因"烽火阻隔"⑥，"四方鼎沸"，不得不暂且避难太湖⑦。当他终于在兵祸连结之际，冒着滚滚烽烟，不顾命途危艰，拖着疲惫的身躯回到宁都，其归奉老亲之期，已然成为奔母丧之日。由是不孝之罪铸成，遗憾亦无可挽回。曾灿不禁痛哭失声、仰天哀嚎，丧毕已不能成礼而退，⑧ 其悔恨与苦痛之深，他人无从体会。历尽劫波、江海余生，诗人以平生遭际对"几年湖海双流涕，多难乾坤百炼身"⑨ 作了清晰注释。

除了承受遭遇不虞之祸的精神重创，常年寄居他乡所导致的归属感的缺失，使得"怜余羁旅客"⑩ "我本羁旅人"⑪ "终年困羁旅"⑫ "空床对羁旅"⑬ "天心困羁旅"⑭ "天涯终日愁羁旅"⑮ "羁旅

---

① 曾灿：《甲寅开正六日为纪光韩郡伯寿》其二，《六松堂诗文集》卷五，清抄本。
② 曾灿：《甲寅夏五雨中怀吴伯成明府四首》其四，《六松堂诗文集》卷七，清抄本。
③ 曾灿：《梁溪喜值奚苏岭少府》其三，《六松堂诗文集》卷七，清抄本。
④ 曾灿：《送顾止庵少府之任虔州》其二，《六松堂诗文集》卷七，清抄本。
⑤ 曾灿：《甲寅夏五雨中怀吴伯成明府四首》其四，《六松堂诗文集》卷七，清抄本。
⑥ 曾灿：《哭魏叔子友兄文》，《六松堂诗文集》卷十三，清抄本。
⑦ 曾灿《祭徐桢起文》云："迄甲寅乙卯，四方鼎沸，予奔走衣食，日有患难死亡之忧，遂避地居太湖滨。"（曾灿：《祭徐桢起文》，《六松堂诗文集》卷十三，清抄本）
⑧ 曾灿《哭魏叔子友兄文》云："当弟以丧毕入翠微，相持恸哭，几至失声，遂不能成礼而退。"（曾灿：《哭魏叔子友兄文》，《六松堂诗文集》卷十三，清抄本）
⑨ 曾灿：《送彭子载归宁都》，《六松堂诗文集》卷七，清抄本。
⑩ 曾灿：《寿潮阳林武林太守五十韵》，《六松堂诗文集》卷八，清抄本。
⑪ 曾灿：《戊午夏日张黼章招同钱宫声、蔡九霞……予拈平原扇头韵用呈诸公以博一笑》，《六松堂诗文集》卷二，清抄本。
⑫ 曾灿：《仲夏丁泰岩方伯从长安观归予亦由吴门返里赋此留别》，《六松堂诗文集》卷七，清抄本。
⑬ 曾灿：《梦中作五言六句一首中有"夜坐寂无人，孤镫窜苍鼠"之句醒时空阶滴沥似秋雨声续成自遣》，《六松堂诗文集》卷二，清抄本。
⑭ 曾灿：《移居黄鹂巷答朱悔人吴孟举赠诗再叠前韵》，《六松堂诗文集》卷二，清抄本。
⑮ 曾灿：《吴门送吕御青先生独往广陵并柬江郢上诸子》其二，《六松堂诗文集》卷七，清抄本。

十年今白发"①"韶华过眼如羁旅"②"年少飘零惯"③"飘零任去还"④"飘零自不堪"⑤"飘零歧路任安危"⑥"旅食飘零畏暮春"⑦"最是飘零无定处"⑧"人间最苦是飘零"⑨"飘零正是沍寒时"⑩，一连串字句渗透的凄凉和感伤远不止于寻常的作客之悲、游子之痛。更何况诗人心间逐年滋长蔓延的孤独、贫贱、衰老诸多人生体验，无不与羁旅行役之苦、漂泊无依之忧紧密相关，并随其所到之处进一步深度化、强势化："羁旅如孤鸟，因风托远林"⑪"真情抱羁旅，贫贱复何辞"⑫"垂老犹羁旅，况当丧乱时"⑬"回首飘零一剑孤，梁园宾客亦穷途"⑭"自叹年来漂泊甚，西风憔悴鬓如丝"⑮"老来怀抱强为欢，况复飘零感岁寒"⑯。"久客因何事，多为贫贱驱"⑰，在曾灿虽是老生常谈，却更明确地昭示了因贫贱而羁旅漂泊，因羁旅漂泊而孤苦伶仃，其间的纠结与牵绊。不消说，离群索居、穷困潦倒、年齿衰残本已令诗人苦不堪言，而当个中滋味与羁旅漂零之悲彼此两重相叠，悲情升级的同时，不免倍增孤独、贫贱、衰老之叹。这在诗人辗转道路、疲于奔命的情形中，尤其得到具体而微的生动诠释。

---

① 曾灿：《长至寿蔡太君八十初度》其二，《六松堂诗文集》卷七，清抄本。
② 曾灿：《乙丑元日立春》，《六松堂诗文集》卷七，清抄本。
③ 曾灿：《京口春怀次王山瞿八首》其二，《六松堂诗文集》卷四，清抄本。
④ 曾灿：《赣江纪事》其二，《六松堂诗文集》卷五，清抄本。
⑤ 曾灿：《任城赠任讱庵太守》其二，《六松堂诗文集》卷五，清抄本。
⑥ 曾灿：《赠吴梅村先生》其三，《六松堂诗文集》卷六，清抄本。
⑦ 曾灿：《春兴》其二，《六松堂诗文集》卷六，清抄本。
⑧ 曾灿：《长至前三日……口占得七律二十首，虽多呓语用遣忧怀》其一，《六松堂诗文集》卷七，清抄本。
⑨ 曾灿：《庚申花朝前五日同王勤中、姜奉世集棣华堂得青字》，《六松堂诗文集》卷七，清抄本。
⑩ 曾灿：《赠别孙仲愚》，《六松堂诗文集》卷六，清抄本。
⑪ 曾灿：《又和稚恭分韵》，《六松堂诗文集》卷五，清抄本。
⑫ 曾灿：《留别陈季长》，《六松堂诗文集》卷二，清抄本。
⑬ 曾灿：《鄞江道中次日端阳节》，《六松堂诗文集》卷二，清抄本。
⑭ 曾灿：《廉署即事》，《六松堂诗文集》卷九，清抄本。
⑮ 曾灿：《病中送刘石潭归南昌》，《六松堂诗文集》卷六，清抄本。
⑯ 曾灿：《赠徐翁七十初度》其四，《六松堂诗文集》卷七，清抄本。
⑰ 曾灿：《临溪岁暮遣怀》其一，《六松堂诗文集》卷四，清抄本。

不畏朔风劲，其如车马劳。老方疲道路，寒更恋簪袍。意气输谈剑，英雄愧捉刀。自伤生计拙，五岳起波涛。①

一年重过此，总是为饥驱。朔气初侵骨，寒冰欲上鬚。到河频易渡，越岭似披图。旧路随堤转，无劳问仆夫。从韩庄三波河方至徐州。②

岁月成生死，关山怅贱贫。深惭磨镜客，空作扣扉人。邱陇霑新涕，郊原发早春。亲知零落尽，天末一孤身。③

跋山涉水，越岭渡河，为了生计只身奔波，任凭朔风劲吹、寒冰沾须，任由饥寒与衰病的交相欺凌。贫不耐寒，饥更畏冷，老更觉孤，孤又生悲，种种感受织成一张无边无际的网，向着曾灿的人生旅途延展开去。途中又何尝不交汇着千辛万苦的体验和动荡不安的因素，甚至就连死亡的威胁，也往往成为曾灿生活的常态。"城阙天高惊断鸟，荻芦渔起乱轻鸿"④，诗人笔走龙蛇，谱写出盘旋在其生命上空的声声凄厉与阵阵惊悸。即便现实如此，从曾灿"年来狂走常遇此，不是依人不得游"⑤"贫士缘游幕而得游历"⑥的暗自庆幸与满足中，不难察觉其"老牯曳犁，至死莫休"⑦的坚韧。尽管步履沉重，命途多舛，但从不畏葸不前，从不托疾辞远，而是老当益壮、穷且愈坚。

二 思乡之情

只有当占据自己心中最柔软角落的思亲苦情倾泻而出时，曾灿

---

① 曾灿：《晓发》，《六松堂诗文集》卷五，清抄本。
② 曾灿：《再次徐州》，《六松堂诗文集》卷五，清抄本。
③ 曾灿：《过庐州不得展拜龚端毅公墓怆然有作》其二，《六松堂诗文集》卷五，清抄本。
④ 曾灿：《冬日同徐蘖庵、崔免床、钱驭少、丁晶庵访烟雨楼遗址》，《六松堂诗文集》卷七，清抄本。
⑤ 曾灿：《冬日同徐蘖庵、崔免床、钱驭少、丁晶庵访烟雨楼遗址》，《六松堂诗文集》卷七，清抄本。
⑥ 赵园：《制度·言论·心态——明清之际士大夫研究续编》，北京大学出版社 2006 年版，第 180 页。
⑦ 曾灿：《与李元仲》，《六松堂诗文集》卷十四，清抄本。

才格外脆弱。他说:"怜余三载犹羁旅,一夜思家竟白头"①,"贫老虽同羁旅苦,家山望断夕阳横"②,还说,"病后呻吟长不寐,异乡赢得故乡愁"③。老病贫交加,子身一人远在天涯,夕阳西下,诗人翘首企盼,望眼欲穿,还山虽有路,归去却无期。独对明月,曾灿要么举杯消愁、沉醉不问归路:"烂醉不知羁旅苦,天涯何计理归艒"④,"但令有酒对明月,客里何妨即当家"⑤;要么自欺欺人,以梦为真,说,"诗酒因贫得,家山只梦真"⑥,"眼穿应有泪,梦到即为家"⑦,又说,"借得还家梦始安"⑧。然而,梦的达成毕竟需要连诗人自身都无法掌控的各种条件,他说,"家山虽有梦,不寐更如何"⑨,"双江家不远,两地梦难通"⑩,又说"有梦何曾得到家"⑪。更何况"一夜思乡上露台","断肠最是梦中来"⑫,梦在给人最后安慰的同时,也因了真与幻之间的落差,最是叫人柔肠寸断。

"独在异乡为异客",已经够落魄,而"每逢佳节倍思亲"的特殊时刻,曾灿注定被自己品尝和咀嚼最多的孤苦寂寞、悲欢离合所吞噬和湮没。"节日是时光流逝的见证与提示。"⑬ 而"除夕处于岁月轮回的枢纽点,标志着旧年的结束和新岁的开始,极易触动人们敏感的情思"⑭,对于"年年走穷途"⑮,"家山如传舍"⑯的曾灿来

---

① 曾灿:《仲夏病中送柯翰周归里兼游吾赣》,《六松堂诗文集》卷七,清抄本。
② 曾灿:《寄赠陈尧夫六十初度》,《六松堂诗文集》卷七,清抄本。
③ 曾灿:《长至前三日……口占得七律……用遣忧怀》其十四,《六松堂诗文集》卷七,清抄本。
④ 曾灿:《立冬日汪栗亭招同诸子集梅旅山房分得江字》,《六松堂诗文集》卷七,清抄本。
⑤ 曾灿:《虞山署中看月限唐人原韵》其二,《六松堂诗文集》卷九,清抄本。
⑥ 曾灿:《寄怀石濂师并次元韵》其二,《六松堂诗文集》卷五,清抄本。
⑦ 曾灿:《遣闷》,《六松堂诗文集》卷四,清抄本。
⑧ 曾灿:《夏日将归省祝留别龚芝麓年伯》,《六松堂诗文集》卷七,清抄本。
⑨ 曾灿:《泊小溪口》,《六松堂诗文集》卷五,清抄本。
⑩ 曾灿:《途次冰冻和袁稽亭韵》,《六松堂诗文集》卷五,清抄本。
⑪ 曾灿:《夜坐》,《六松堂诗文集》卷九,清抄本。
⑫ 曾灿:《署中寄所思》,《六松堂诗文集》卷九,清抄本。
⑬ 杨晓霭:《论唐代除夕诗中的生命意识》,《青海师范大学学报》2014年第6期。
⑭ 杨晓霭:《论唐代除夕诗中的生命意识》,《青海师范大学学报》2014年第6期。
⑮ 曾灿:《海上值和公诞日作此为寿》,《六松堂诗文集》卷二,清抄本。
⑯ 曾灿:《长沙杂兴》,《六松堂诗文集》卷二,清抄本。

说，尤其如此。他在外度过无数个除夕之夜，对于这个"月穷岁尽的时间交接点"①有着深刻而独特的体会。其中，"清溪除夕"和"程昌伯馆中除夕"是曾灿所度过的两个最令他充满负疚感的除夕：

  惊心霜鬓客中催，除夕他乡又一回。道路如今喧爆竹，春风似欲放寒梅。残年帝里瞻云阙，隔水吴歌近露台。遥忆高堂倚闾望，张灯始信不归来。②

  终岁劳朋友，应惭客路难。故人当此夕，烧烛上春盘。尊酒情何厚，乡关梦易残。高堂知未寝，犹自忆长安。③

顺治十七年（1660）除夕之夜，诗人身在东莞清溪。④"惊心霜鬓客中催，除夕他乡又一回"，彼时曾灿三十六岁，在辞旧迎新的爆竹声中，猛然发觉时光荏苒催人老去而感到恐慌，因年复一年客居他乡而感到惆怅。他知道母亲此刻一定又在挑灯张望，一如既往。他更清楚，"张灯始信不归来"，不知包含着多少个年轮翻转、辞旧迎新的除夕夜晚，母亲由希望渐趋绝望的心理体验；包含了多少个母亲不愿相信、不甘接受的事实。这怎能不令终年未归、白白辜负了母亲一片苦心的诗人充满负疚之感？如果能够，诗人又何尝不希望早归故乡？康熙九年（1670）⑤除夕，曾灿身在长安。是年其母已年逾古稀，终日"涕泪阑干，思子愁叹"。"高堂知未寝，犹自忆长安"，诗人清楚地知道，这个本应阖家团聚、添岁求寿的除夕之夜，对于自己晚年孤独的母亲，将是怎样的煎熬。而诗人又何尝不是同样饱受着思念的煎熬，更兼无法言说的愧疚不安？四年后，当

---

① 杨晓霭：《论唐代除夕诗中的生命意识》，《青海师范大学学报》2014年第6期。
② 曾灿：《清溪除夕》，《六松堂诗文集》卷六，清抄本。
③ 曾灿：《程昌伯馆中除夕》，《六松堂诗文集》卷四，清抄本。
④ 曾灿顺治十七年（1660）第二次游岭南，与张穆在东莞见面（详见本论文第一章第二节），《清溪除夕》应作于当时。
⑤ 考察曾灿行迹发现，在其母亲去世前，诗人曾在康熙九年（1670）来到长安，他说："拙选庚戌馆长安时，徵收甚富。"（曾灿：《答王山长》，《六松堂诗文集》卷七，清抄本）《程昌伯馆中除夕》应作于当时。

曾灿的"归奉老亲之期"成为奔母丧之日,所有这些,一并成为令他悔恨终生的不孝之罪。

年年岁岁花相似,岁岁年年人不同。从"清溪除夕"到"浙署除夕",从"除夕他乡又一回"到"他乡又见一年春",诗人的感慨似曾相识。然而,当十九年过去,三十六岁时那个"惊心霜鬓客中催",只是惊讶于时光飞逝的曾灿已经感到"贫贱老逾真"了:

> 不用桃符役鬼神,亦知贫贱老逾真。捡来旧历愁新历,看尽今人爱古人。乱世曾无千日醉,他乡又见一年春。欲知辛苦飘残泪,三十年犹胜此身。①

康熙十八年(1679)除夕之夜,曾灿在浙江署幕中渡过。②"捡来旧历愁新历",新年旧岁交替之际,想到转眼间自己将是五十六岁的老人,却仍旧奔走他乡,寄人篱下,诗人不免自伤"贫贱老逾真"。"他乡又见一年春",生命消逝的感伤与客居他乡的寂寞中浸透着凄凉。生活的艰辛,为人驱使的羞耻感,在月终岁尽的特殊时刻给诗人以强烈刺激,致使他一度落泪,不胜其悲。而诗人此时也许不曾料想,三年之后,他的除夕之夜也将同样凄惶:

> 独卧匡床一月余,四山雾暗小楼居。病中最畏当窗坐,愁里还惊是岁除。侲子俗争喧市巷,画鸡家见贴门闾。春风尚隔人间路,春气已先到草庐是夜天暖。
>
> 高楼风静雨萧萧,无力挑灯夜寂寥。客久长贫宜送鬼,心惊多病忽闻鸮是日祀神时忽闻鸮鸣。椒盘对酒食三叹,桂炬催更魂再招。正欲祈年防毁性,不知此恨向谁销。③

---

① 曾灿:《浙署除夕》其二,《六松堂诗文集》卷七,清抄本。
② 魏世俨《送外舅客浙江李中丞序》:"己未冬,得外舅还书,将客于浙江李中丞所。"(魏世俨:《送外舅客浙江李中丞序》,魏敬士文集卷六,道光二十五年刊本)据此可知康熙己未即康熙十八年(1679)曾灿身在浙江李中丞幕府,《浙署除夕》应作于当时。
③ 曾灿:《除夕二首》,《壬癸集》,清抄本。(另见《六松堂诗文集》卷七)据其后一首诗题为《癸亥元日》,可知该诗作于康熙壬戌,即康熙二十一年(1682)除夕,是时诗人寓居苏州邓尉山。

康熙二十一年（1682），曾灿在苏州迎来新岁。"侲子俗争喧市巷，画鸡家见贴门间"，邓尉山中，年味浓烈，喜气洋洋。然而热闹欢乐是别人的，诗人此刻正卧病在床，黯然神伤。"病中最畏当窗坐，愁里还惊是岁除"，岁月匆匆，又是一年逝去，对生命消逝的焦虑，又叠加了疾病的折磨，久客他乡的感伤。满腔酸楚无处排遣，诗人不禁感叹"不知此恨向谁销"。两年后，"客久长贫"的诗人终于携家踏上了归程，康熙二十三年（1684）的除夜，他与家人在南昌度过：

> 细雨催寒腊，明灯报晓春。故乡今夜酒，犹是未归人。音问经年断，松楸入梦频。老妻应念我，尚滞翠华尘。
>
> 吴会淹留久，凄凉尽此情。犹同小儿女，守岁到深更。紫凤随衣倒，彩鸾堕髻轻。十年贫共汝，风雨梦中生。①

尽管"犹是未归人"，但对于诗人来说，比起"除夕他乡又一回""他乡又见一年春"，在南昌过年意味着很快就可以回到宁都，与家人团聚。此时，曾灿年过花甲，漂泊了二十五载，自"癸丑上元夜"在吴地纳妾算起，已与之相伴度过十一个除夕。"十年贫共汝，风雨梦中生"，夫妇二人生活贫寒，然儿女双全。康熙二十三年（1684），曾灿带着家眷返乡，同他们在南昌过年，心情似乎格外不同。"犹同小儿女，守岁到深更"，对年华的眷恋，对小儿女的深情，使得年过六旬的诗人唯恐岁尽，试图牢牢握住倏然而逝的光阴。"明灯报晓春"，明日又添新岁，"松楸入梦频"，人已风烛残年。不远处的家乡，还有老妻的苦苦等待与思念。"老妻应念我，尚滞翠华尘"，老妻念"我"，"我"又何尝不念老妻？更何况"每逢佳节倍思亲"？南昌除夕夜在勾起诗人强烈思亲之情的同时，也让诗人意识到自己渐趋老迈，甚至隐然感到死亡的逼近。

---

① 曾灿：《南昌除夕》，《甲子诗》，清抄本。据此可知该诗作于康熙甲子，即康熙二十三年（1684）。

"自从年少历沧桑，辛苦安知日月长。爆竹声中惊节序，灯花梦里识家乡"①，对于久客他乡、历经沧桑的曾灿来说，家乡是灵魂的归宿。而每逢节序更替、年轮翻转的除夕之夜，其思乡之情尤为强烈，内心也最为敏感。愧疚、孤独、贫贱、衰老、屈辱、苦痛、恐惧，一时之间"纷然万虑来"②，曾灿客中除夜的心曲，传唱着他生命中的"患难忧愁"与"憔悴贫病"。

三 人情冷暖、世态炎凉之叹

"患难忧愁远近同，吾生憔悴贫病中"③，是曾灿平生遭际的写照。他自嘲"依人谋食学苟全"④，体会最多最深的便是人情冷暖。他常感叹，"世事同春水，人情似夏云"⑤，"吾道同浮梗，人情薄似云"⑥，又说，"世情之荒凉，人情之变幻，真如夏云奇峰，不可捉摸"⑦。尽管如此，自从选择"依人"，他便一边尝试着"视跬步为进止""瞻颜为语默"⑧，一边感叹着"从人觅颜色，安得有天助"⑨"布衣短褐任蹉跎，时或从人觅颜色"⑩。但实际上，从其文字看来，曾灿似乎并没有真正学会揣摩人心、"觅人颜色"⑪。他说，"截趾谁知难适履，剖身人笑欲藏珠"⑫，时常产生强烈的不适感。从其牢骚

---

① 曾灿：《长至前三日……口占得七律二十首，虽多呓语用遣忧怀》其十九，《六松堂诗文集》卷七，清抄本。
② 曾灿：《岁暮言怀用陆放翁"贫坚志士节，病长高人情"为韵》，《六松堂诗文集》卷二，清抄本。
③ 曾灿：《长至前三日……口占得七律二十首，虽多呓语用遣忧怀》其十七，《六松堂诗文集》卷七，清抄本。
④ 曾灿：《长歌赠别王阮亭宫詹兼寄黄湄给谏》，《六松堂诗文集》卷三，清抄本。
⑤ 曾灿：《南州于周伯衡先生座上，……兼送罗浮之游》，《六松堂诗文集》卷四，清抄本。
⑥ 曾灿：《附舟者多杂逻桀骛作此自慰》，《六松堂诗文集》卷五，清抄本。
⑦ 曾灿：《与丁雁水》，《六松堂诗文集》卷十四，清抄本。
⑧ 曾灿：《上龚年伯书》，《六松堂诗文集》卷十一，清抄本。
⑨ 曾灿：《寄钱幼光》，《六松堂诗文集》卷二，清抄本。
⑩ 曾灿：《赠顾同叔》，《六松堂诗文集》卷三，清抄本。
⑪ 钱澄之：《六松堂诗文集序》，《六松堂诗文集》卷首，清抄本。
⑫ 曾灿：《长至前三日……口占得七律二十首，虽多呓语用遣忧怀》其十二，《六松堂诗文集》卷七，清抄本。

抱怨中，更可见出其"历世益深，天真益见"①的性格：

> 达人不怨命，高士不言贫。我独何愁叹，空悲有此身。十年困羁旅，满目皆荆榛。寒暑衣裳倒，饔飧并夕晨。既畏友朋诮，复愁童仆嗔。萧然环堵内，何者与我亲。②
>
> 大道贵天鬻，所任得自然。堤堰本完固，何知蚁漏穿。举世尽汤镬，防身如防川。莫为高洁行，且务学苟全。漆有用而割，膏以明自煎。不受人磨涅，岂必白与坚。③
>
> 忍饥卧胡床，寒夜冷如铁。滴沥屋檐鸣，纸窗乱飞雪。盎无隔宿舂，瓮乏香酷烈。纷然万虑来，自笑生涯拙。岁月易蹉跎，古人重晚节。一身不暇谋，遑计吾足蹩。时方蹶足④
>
> 三月辞乡里，七月上吴舠。问汝来何迟，依人随所遭。谁无舐犊心，敢惜此劬劳。言归在岁晏，冰雪川路高。汝行未几日，汝仆忽见逃予留家奴在苏未几逃归。自伤老且贱，安能系汝曹。⑤

康熙二十二年（1683），从苏州邓尉山移居黄鹂巷后，在吴地"十年八易居"⑥的曾灿饱尝人情冷暖、世态炎凉。是年岁暮，他"僦屋黄鹂巷"⑦，在狭小简陋的屋子里，抒写自己"十年困羁旅，满目皆荆榛"的遭际。他自伤"寒暑衣裳倒，饔飧并夕晨"，感叹生活贫困；又自伤"既畏友朋诮，复愁童仆嗔"，感慨人情浇薄。想

---

① 魏禧：《曾青藜初集序》，《曾青藜初集》卷首，清刻本。
② 曾灿：《岁暮言怀用陆放翁"贫坚志士节，病长高人情"为韵》其一，《六松堂诗文集》卷二，清抄本。
③ 曾灿：《岁暮言怀用陆放翁"贫坚志士节，病长高人情"为韵》其二，《六松堂诗文集》卷二，清抄本。
④ 曾灿：《岁暮言怀用陆放翁"贫坚志士节，病长高人情"为韵》其六，《六松堂诗文集》卷二，清抄本。
⑤ 曾灿：《岁暮言怀用陆放翁"贫坚志士节，病长高人情"为韵》其十，《六松堂诗文集》卷二，清抄本。
⑥ 曾灿：《移居黄鹂巷答朱悔人吴孟举赠诗再叠前韵》，《壬癸集》，清抄本。（另见《六松堂诗文集》卷二）
⑦ 曾灿：《岁暮言怀用陆放翁"贫坚志士节，病长高人情"为韵》其十二，《六松堂诗文集》卷二，清抄本。

到"天心似欲轻贫贱"①，他陷入失落，反问说"萧然环堵内，何者与我亲"，身处逆境却无人问津，内心极度苦闷。甚至就连仆人也嫌贫爱富，弃他而去。"自伤老且贱，安能縻汝曹"，既然"今之人富贵则就之，贫贱则去之"②，凡事只求"有用"，那么，做人"岂必白与坚"？何必出淤泥而不染？"莫为高洁行，且务学苟全"，莫不如摒弃节操，苟全偷生。然而，"岁月易蹉跎，古人重晚节"，经过一番斗争和思考，深感"看尽今人爱古人"③的诗人决定要守住晚节，坚持做人的底线。试想，当一个人已经撇开了廉耻、抛弃了节操，又何来牢骚？何必斗争？唯其抱怨，反见其直率、天真。

曾灿常常抱怨人心势利，世情浇薄，他说，"交道从今薄，人情到处难"④，"朋友在衰季，轻薄如飚尘"⑤，"世味冷如齑，交道薄如冰"⑥。又说，"贱贫但见交情薄，莫向人间叹雪霜"⑦，"千里贱贫僮仆散，八年生死友朋分"⑧，"名场久困谁相恤，交道于今竞弃捐"⑨。他还说，"深知举世逢场戏，愈觉浮生作事乖"⑩，感慨人生在世就要学会逢场作戏，虚与委蛇。而从另一方面，这样的牢骚抱怨也恰是他看重友情、渴望友情的表现。也正因如此，他感慨世态炎凉的同时，也感受到友情的温暖：

  贫贱无好怀，崎岖历已久。叩门多愧辞，一饭情何厚。屡过不觉频，依园独吾友。合坐陈佳肴，醉髡非独某。知子峙千

---

① 曾灿：《过惠山访秦湘侯并寿其六十》，《六松堂诗文集》卷七，清抄本。
② 曾灿：《程耳臣寿序代》，《六松堂诗文集》卷十二，清抄本。
③ 曾灿：《浙署除夕》其二，《六松堂诗文集》卷七，清抄本。
④ 曾灿：《甓园和韵》其六，《六松堂诗文集》卷五，清抄本。
⑤ 曾灿：《海上值和公诞日作此为寿》，《六松堂诗文集》卷二，清抄本。
⑥ 曾灿：《仲夏丁泰岩……返里赋此留别》，《六松堂诗文集》卷二，清抄本。
⑦ 曾灿：《移寓半塘寺端公房》，《六松堂诗文集》卷七，清抄本。
⑧ 曾灿：《长至前三日……口占得七律二十首，虽多呓语用遣忧怀》其五，《六松堂诗文集》卷七，清抄本。
⑨ 曾灿：《寄柬权关吴意辅》，《六松堂诗文集》卷七，清抄本。
⑩ 曾灿：《长至前三日……口占得七律二十首，虽多呓语用遣忧怀》其二，《六松堂诗文集》卷七，清抄本。

仞，山外皆培塿。薄俗厌风尘，空悲翻覆手。乾坤当末造，万物尽瑕垢。予方在少年，濯濯如春柳。不厌我贫居，西邻乞尊酒。①

自是关情重，非因见面亲。眼看知己少，老觉故交真。湖海天涯客，关山梦里人。依园对尊酒，敢惜往来频。②

一身如轻舟，漂泊亦云久。衣食寡良谋，逢人愧颜厚。一自御儿溪，遘此岁寒友。每过必解推，天涯常念某。世事任波澜，乾坤化培塿。日行蓬藋中，谁肯一援手。自伤虎下人，面目生尘垢。贫贱分所甘，安能托槐柳。仰看浮云驰，与君且饮酒。③

薄游不辞频，逆旅应觉久。与君同此情，天意独谁厚。爱此好溪山，日夕相为友。一病卧匡床，何人更问某。君来访我庐，如山压培塿。学自无机心，药知不龟手。抗谈析古今，一洗生平垢。西风下庭除，落日映踈柳。晨昏得过从，敢惜墙头酒。④

"贫贱无好怀，崎岖历已久"，诗人长期生活窘困，心情烦闷。"屡过不觉频，依园独吾友"，自与顾君嗣协⑤相交依园，一见倾心，往来频繁，意切情深。"每过必解推，天涯常念某"，"一病卧匡床，何人更问某"，与吴君之振、朱君载震亦患难之交，始终同甘共苦。语云："以势交者，有势则从，无势则去；以利交者，利丰则聚，利尽则散。"唯贫贱之交，以其无势利之心，方见情真。从曾灿"有客朱悔人从楚中来，亦为抚军上宾，坐此半载，仅得三十白镪。弟为设法荐之丁方伯，方得一理行装，又为顾迁客那移四十金，乃能长

---

① 曾灿：《答赠顾迁客六叠前韵》，《六松堂诗文集》卷二，清抄本。
② 曾灿：《徐蘗庵从岭南归集顾迁客招集依园次韵分赋》，《六松堂诗文集》卷五，清抄本。
③ 曾灿：《答赠吴孟举即次原韵》，《六松堂诗文集》卷二，清抄本。
④ 曾灿：《赠朱悔人三叠前韵》，《六松堂诗文集》卷二，清抄本。
⑤ 顾嗣协，字迁客，号依园，依园七子之一。曾灿《依园七子诗序》云："庚申八月，予同山阴徐子蘗庵，访顾子逸圃于依园。"（曾灿：《依园七子诗序》，《六松堂诗文集》卷十二，清抄本）

发"①的交代便可知其诗中"不厌我贫居""一饭情何厚","自是关情重""老觉故交真","贫贱分所甘""晨昏得过从"的一再诉说绝不是出于文字的营造,而是根植于他们彼此为对方所付出的真情,和他们漂泊异乡、患难与共的命运。"缓急可共,生死可托,密友也",正曾灿与顾嗣协、吴孟举、朱载震是谓。

因"终岁走穷途"而思亲盼归,因"世乱罕善谋"而遍历沧桑、备尝人情冷暖,更兼其间交织着的孤独、衰老、贫贱种种心理体验,是清初诗人曾灿对命运的哀叹。

第三节 曾灿诗歌的审美特质

曾灿现存各体诗歌九卷,近千首②。以能诗著称,既体现在他对自己心路历程、生命体验进行了淋漓尽致的抒写,也表现为情感激荡之下,他将不同诗体驾驭和运用得恰到好处。无论长篇抑或短章,古体抑或近体,曾灿都是驾轻就熟、得心应手,能够进入到随意挥洒的自由境界。比如,他擅长以七古长篇展现人物的浮沉悲欢,以七言律诗抒发兴亡之感,以五言古诗抒写自我性情。其诗或激越顿挫、或悲凉沉郁、或质朴劲健,展露出不拘一格的独特面貌。

一 跌宕顿挫的章法

曾灿现存七言古诗42首,占全部作品的4%,数量不大,却能以少胜多,显得波澜壮阔。《广陵行赠张天枢》《曲裘歌为余佺庐中丞赋》《长歌送朱悔人游长安用昌黎庐同韵》《长歌赠别王阮亭宫詹兼寄黄湄给谏》《署中夜坐读王阮亭宫詹蜀道集感而有作》《龙章歌为周子佩八十寿》等以诗写人、以诗记事的长篇尤其气势宏大、绘声绘色。

在所有诗体中,七言古诗句法最为自由,韵脚处理最为灵活,

---

① 曾灿:《与梁药亭》,《六松堂诗文集》卷十四,清抄本。
② 同一诗题下有两首及两首以上诗者,只计为1首,《六松堂诗文集》共计收录诗歌963首。

也往往最能体现一个作家的才力和气魄。明人胡应麟在概括七言古诗的流变过程时说："建安以后，五言日盛。晋末齐间，七言歌行寥寥无几。独《白红歌》《行路难》时见文士集中，皆短章也。梁人颇尚此体，《燕歌行》《捣衣曲》诸作，实为初唐鼻祖。陈江总持、卢思道等篇什浸盛，然音响时乖，节奏未协，正类当时五言律体。垂拱四子，一变而精华浏亮，抑扬起伏。悉协宫商，开合转换，咸中肯綮。七言长体，极于此矣。"①胡应麟认为七言古诗从南朝齐、梁年间，经过两百余年的发展演进，到初唐四杰手中终于达到完善境地。当今学者在继承其观点的基础上，从句法与用韵着眼，将四杰之前七言古诗的发展演变概括为"汉魏南朝前期""梁、陈宫廷文人的创作""处于南北文风交流背景上的庾信、卢思道等人的创作"三个阶段②。不少学者认为，"卢骆歌行体乃是风容与筋骨兼具、真正完备的七言歌行体"③。

曾灿说，"七言古以跌宕顿挫、起伏超忽、苍雄沉鸷为最上乘。章法妙者如百金战马驻坡蓦涧，蹄迹不羁。余谓乐府、七古之妙全在一断字。乐府断而不连，合之自成章法；七古连而能断，寻之自具肌理。今人七言整丽风华，大约祖初唐为多，而吴梅村独能以骨力行其才气，如《永昌宫词》《琵琶行》《听女道士弹琴》《松山哀》《临淮老妓行》诸篇气魄沉雄，词调铿锵，有龙跳天门、虎卧凤阙之妙"④。他认为时人七古创作多奉初唐四杰为圭臬，大都声调圆转、句式整齐、辞藻富丽。而吴伟业的创作则独步一时，呈现"跌荡顿挫""起伏超忽""苍雄沉鸷"的特质，其中《永昌宫词》《琵琶行》《听女道士弹琴》等篇章尤其音韵铿锵，气势恢宏，充满张力。

毋庸置疑，吴伟业以其七言古诗确立了在诗歌史上自成一家的地位，其创作被后人称为"梅村体"。有学者指出，"从《永和宫

---

① 胡应麟：《诗薮·内编》卷三，上海古籍出版社1979年版，第46页。
② 王明好：《卢照邻研究》，人民出版社2013年版，第186—187页。
③ 尚定：《走向盛唐》，中国社会科学出版社1994年版，第186—187页。
④ 曾灿：《过日集诸体评论》，《过日集》卷首，康熙曾氏六松草堂刻本。

词》开始,在梅村体的代表作品中,大多以某一个或一类人物的经历作为叙事核心,……如《琵琶行》中的白氏父子、《东莱行》中的姜氏兄弟,受宠于先皇而又被弃于昔时;《萧史青门曲》中的宁德公主夫妇,显贵于前朝而又沦落于当代;《听女道士卞玉京弹琴歌》的卞玉京,身经乱离而又归不得其所"[1]。从这个角度衡量,曾灿的七言古诗创作,在内容上亦"大多以某一个或一类人物的经历作为叙事核心",且在为人作传的同时融入自己的身世之感,从而侧面展示了明清鼎革之际社会的巨大变迁。除前面提到的六首外,其他如《王电辉将军挽诗》《赠别余生生归四明》《羊城歌》《赠韶州傅竹军》《赠萧孟昉》《饮酒歌为鲍子韶》《赠顾同叔》《赠俞陈芳》等篇章也都具备这样的特色。另一方面,从审美特质上看,曾灿这些七古长篇纵横腾挪、大开大合,句式长短错落,颇具吴伟业歌行那种沉雄的气魄,亦达到了他本人所称道的"跌宕挫顿""起伏超忽""苍雄沉鸷"的"最上乘"境界。如《广陵行赠张天枢》云:

> 广陵自昔繁华区,楚客吴姬貂襜褕。毹毵吹香闻象板,罘罳逗日移金铺。自从一入阿摩梦,南北羽书日夜送。可怜丞相困围城,十请援师无一动。延议撤兵控上游,不争成败争恩仇。大旗五丈蚩尤死,惟有冻雀鸣山头。恨予与子年方少,学剑未成空学道。秦中孺子说难行,城下王孙饭不饱。记得亲提一旅师,隔江射杀羽林儿。岂知白日遂西坠,鼓角无声战马嘶。世事悠悠等倾覆,龙蛇见血麒麟鬪。一领飞鹑百结衣,中风终日成狂走。君是邳州桥下人,浮家看尽五陵春。今来从军作记室,蹀屣侯门本为贫。志大不愁湖海量,数奇岂为封侯相。醉中击碎珊瑚枝,灌夫虽死犹强项。君客粤中我吴门,黑貂裘敝谁承恩?人生安能当前一快意,手掷百万何足论?饮君酒,击铜斗,广陵旧事君知否。杀贼不杀孔熙先,读书不读陈彭年。谁人才过子桓真十倍,似我与君悲歌细草徒茫然。吁嗟乎!广陵风土

---

[1] 王于飞:《吴梅村生平创作考论》,重庆出版社2003年版,第226页。

今如故,歌舞楼船自朝暮。君今且食五侯鲭,让我山中看桂树。

在这首长诗中,曾灿既倾注了对好友张天枢的一片深情,又将自身的经历与变迁纳入其中,抒发了深沉的人生感慨。诗中饱含愤慨地回顾了顺治三年抗清失败的根由在于"十请援师无一动""不争成败争恩仇",显示对当朝弊政深刻而清醒的认识。"记得亲提一旅师,隔江射杀羽林儿。岂知白日遂西坠,鼓角无声战马嘶",以白描的手法写出了其率军抗清的难忘经历,以及战败后的凄惨景象。"恨予与子年方少,学剑未成空学道",将当年复国无望的愤懑与抗清事败后逃禅的无奈寓于形象化的表述之中。"醉中击碎珊瑚枝,灌夫虽死犹强项",以灌夫使酒骂坐的典故,刻画出自己耿直倔强、傲视权贵的性格。而"君客粤中我吴门,黑貂裘敝谁承恩"则进一步突出了自己沦落不遇的现实命运。"人生安能当前一快意,手掷百万何足论",显然是受李白名句"人生得意须尽欢""千金散尽还复来"的启发,又不乏李白酒后吐真言的豪迈。"饮君酒,击铜斗,广陵旧事君知否",短句的点染,节奏的加快,淋漓尽致地传达出曾灿与张天枢对饮时兴奋热烈的情态,大有李白"与君歌一曲,请君为我倾耳听"的意味。同时又为"似我与君悲歌细草徒茫然"作了铺垫。全诗波澜壮阔,起伏跌宕,笔力劲健,读来令人心潮起伏、思绪难平。结句暗藏今与昔、繁华与冷寂、富贵与贫寒诸多对比,尤其耐人寻味。而由曾灿另一以诗记人的七古长篇《龙章歌为周子佩八十寿》,就更可见诗人的豪迈气魄与非凡才力:

先生生在神宗乙巳年,中原边辅无烽烟。圣人御极贤者出,粟米流脂贯朽钱。从此太平历一纪,洛阳地陷苍鹅起。人情对面生波澜,白日长天走蛇豕。宝幢御座狐来升,汉世奸阉党祸兴。卿相甘心作伊鹿,衣冠侧目愁苍鹰。是时大臣尽韬笔,诛杀皆由中旨出。锻錬频施犊子车,深文曲致婪官律。朝阳之凤半东南,直声争与天地参。豺狼塞路麟在野,义儿乳媪何駪駪。蓼洲公时久家食,抚膺对客长叹息。京师更有告密人,缇骑一朝下江北。金阊城外尘飞扬，金阊门里宣诏章。百官拜舞群趋跄，观者排列如堵墙。敕使开读声未遍，瓦甓泥沙飞扑面。裂诏不知功令严，杀官一旦人心变。欲夺公去归私第，满城几作燎原势。公能解慰勿令他故生，自上银铛就拘系。何地不闻棘林鹗鸟鸣，何日不闻圜扉箠楚声。捷擸拗头关木索，肢肤但有空骨撑。人生大节惟忠孝，今古日月常相照。一自下公北寺时，王恭厂地成泥淖。可知人心即天心，烈皇龙飞鹗革音。大者交章加窜殛，小者落籍声名沈。先生年当二十四，刺血上书动天意。请诛毛倪两贼臣，下笔一字一流泪。先皇览书生悲哀，温旨褒嘉亲手裁。官赠太常谥忠介，殊恩三代为君开。龙章黼黻真华衮，孔鼎汤盘皆有本。玉轴牙签气象新，焜煌御玺出宫壸。自此永当为世宝，何期寇来如电扫。生民板荡化为鱼，金陵宫阙埋芳草。乙丙之间君四十，踉跄避地离城邑。资装一日属他人，独抱龙章空涕泣。三卷只余一卷存，归来还自忆空村。鸡鸣巷陌日方晓，忽有短衣骑马来叩门。上云身隶湖州城守之骑卒，得君诰命闻不闻。远来亲致忠臣裔，愿以宝之示子孙。下云少年从军非得已，腰跨宝刀挽弓矢。谁无忠臣义士心，笑尽人间龌龊之馀子。先生乱后无多金，搜箧仅足供行李。挥手出门不复言，临江节士知谁是？大孝真能格苍昊，至诚真可通鬼神。能使龙章散复合，从来至宝必为造物珍。兹当甲子上巳日，正值先生八十之诞辰。河上翁持青莲花，健如四十无停轮。闻道凤凰出泗滨，闻道黄河清更直。太平天子不世出，但见后车载取熊羆入梦之老人。八十年来一转瞬，乾坤谁许容双鬓。摩挲铜狄看沧桑，大笑堕驴今益信[①]。

周子佩名茂兰，江南吴县人，周顺昌长子。生于明万历二十三年（1605），卒于清康熙二十五年（1686）。周茂兰十九岁时，周顺昌被阉党诬陷逮捕，他一路追随至京口。父亲被害致死后，他泣血

---

① 曾灿：《龙章歌为周子佩八十寿》，《甲子诗》，清抄本。（另见《六松堂诗文集》卷三）

三年，痛不欲生。崇祯初，诛杀阉党，为周顺昌平反。周茂兰认为父仇未报，刺血上疏请求诛杀倪文焕，又请赐三代诰命。姚希孟见茂兰十指血肉模糊，劝其改用笔书，茂兰则刺舌血再书，又当堂揭倪文焕罪状，倪文焕终伏法受诛。父亲冤案昭雪后，茂兰归里隐居。

曾灿《龙章歌为周子佩八十寿》作于康熙甲子，即康熙二十三年（1684）① 三月三日，正值周茂兰"八十之诞辰"。全诗以"慷慨淋漓"② 的笔墨，歌颂了他富有传奇色彩的一生。全诗由"先生生在神宗乙巳年，中原边辅无烽烟"朗朗上口的长句开篇，读来令人为之振奋。经由"圣人御极贤者出，粟米流脂贯朽钱"的简短过渡，急转而下，进入"从此太平历一纪，洛阳地陷苍鹅起。人情对面生波澜，白日长天走蛇豕"的叙述，盛世平地起波澜，骤然间天地色变，可谓大起大落，起伏顿挫。从"宝幢御座狐来升，汉世奸阉党祸兴"至"捷撅拗头关木索，肢肤但有空骨撑"，是长篇的铺叙，交代周顺昌被阉党陷害的经过及其所受酷刑，为周茂兰替父报仇作了铺垫。"人生大节惟忠孝，今古日月常相照"，"先生年当二十四，刺血上书动天意。请诛毛倪两贼臣，下笔一字一流泪"，歌颂周茂兰的孝行感天动地，将全篇推向高潮。"先皇览书生悲哀，温旨褒嘉亲手裁。官赠太常谥忠介，殊恩三代为君开"，周茂兰的举动令先帝为之动容，遂赐其父周顺昌谥号忠介，给三代诰命。引出茂兰"自此永当为世宝"的"龙章"。全篇由此以"龙章"为线索，交代了其由"得"而"失"而终于"复合"的历程，将周茂兰的人生变迁寓于形象化的表述与故事性的冲突之中，从而百步九折地揭示出其激荡起伏的人生历程。

在结构上，曾灿《龙章歌为周子佩八十寿》前半篇以周茂兰为父报仇为线索，交代"龙章"之得，后半篇以"龙章"之得而复失，失而复得为线索，讲述先生的人生变迁。全诗跌宕顿挫，句式

---

① 《龙章歌为周子佩八十寿》作于康熙甲子，即康熙二十三年（1684）。又，据周茂兰生于1605年，时正值其八十寿辰，亦可推知该诗作于1684年。

② 曾灿：《题辞小引》，《六松堂诗文集》卷十三，清抄本。

极尽参差变化之能事，文字声情并茂，叙事一波三折，显示了诗人非凡的才力和气魄。

曾灿还有不少七言古诗也别具特色。如《赠别余生生归四明》称余本"气豪不觉老将至，一饮百杯酒乃酣。醉绕樱园大呼急，急上高楼狷窗立。歙歙跳踯能千回，座中少年皆不及。兴尽更阑各分赋，君遂先成龙凤句"，生动形象地刻画出其人豪放不羁、潇洒活跃的精神性格。再如《饮酒歌为鲍子韶寿》云："一时大叫酒重至，主人逡巡客退避。月转高楼已五更，醉卧氍毹不肯睡。鲍生未醉好作歌，鲍生既醉舞傞傞。妇人醇酒原非英雄得意事，鲍生潦倒复如何？且酌尊前酒，奉觞为君寿，但愿眼中之人皆白首。昔年酒酣拔剑斫地歌，今日鲍生无时无不有"，诗人将鲍夔生的醉态描摹得活灵活现，宛在目前。对其赏爱之情见诸字里行间。不禁令人遐想鲍生"不屑屑迂谨绳矩""草莽里巷之夫或不敢仰视"[①]的豪侠气魄。又如《赠萧孟昉》云："昔游春浮园，不知亭台今有几。累石为桥叠断山，方塘注入小溪水。记得维舟太平时，楼船歌吹风参差。柳溪云墩车马客，炫服新妆游冶儿。君家奉尝与余先子称莫逆，先后文章名赫奕。余时年少愧终军，芙蓉池上遂虚席。三十年前繁华春，三十年后寂寥人"[②]，以无韵之笔描绘出对盛世的追忆和对现实的感伤，意脉连贯而抑扬顿挫，可谓"自成章法""自具肌理"，读来令人酣畅淋漓。

二 壮丽悲凉的气格

曾灿近千首诗歌中，七言律诗共 330 首，占全部诗歌总数的三分之一，数量相当可观。足见诗人在七言律诗创作上倾注了极大的热情和心力。七言律诗定型于初唐，而在盛唐时期创作成就到达顶峰。最能代表盛唐七言律诗创作成就的，首推杜甫。如在胡应麟《诗薮》中所说："唯工部诸作，气象巍峨，规模巨远，当其神来境

[①] 魏礼：《鲍子韶墓志铭》，《魏季子文集》卷十四，道光二十五年刊本。
[②] 曾灿：《赠萧孟昉》，《六松堂诗文集》卷三，清抄本。

诣，错综幻化，不可端倪。千古以还，一人而已"，并称杜甫《登高》为"古今七言律第一"。作为清初知名诗人和选家，曾灿对杜甫七言律诗也有极高的评价。他说："七律难于五律，前人论之备矣。既增二字，体格气色便大不同，则不得不首推沈壮典丽，而次清逸之作。工部其正的也。"① 在推崇杜甫七言律诗的同时，曾灿也将学习杜诗付诸实践，他的七言律诗，尤其善于传达忧思忠愤，颇具沉郁悲凉的气格，激荡着一种感动人心的力量：

  仰首长空忆所天，行行秋雁入幽燕。玉鱼昨日葬无地，金马同时焚有烟。日落关山吞四海，烽传宫阙照三边。遥知此夜伤心处，哭向空山吊杜鹃。

  千骑突入禁门中，谁向城头报晚烽。一夜挑灯传血诏，三声挥泪急晨钟。丈夫气概同红日，英主功名贯白虹。万古伤心无限恸，猛然抚剑涕临风。

  一纸忠经事若何，未闻绅佩杂铜驼。可怜海阔蛟龙泣，但看台空麋鹿多。白帝城中巢水鹤，青枫江上吊流波。五陵裘马有谁贵，愤起挥天一枕戈。

  闻道长安似奕棋，秋风战罢不胜悲。寒鸿不下江南久，征马终为塞北迟。三尺镆铘谁壮士，半挥戈甲孰吾师。少年直节当今贱，不使壮心老大违。②

甲申（1644）国变，崇祯皇帝自缢于煤山。凶讯传来，年甫弱冠的曾灿如遭雷击，哀恸难抑，作《杪秋哭先帝》四首予以悼念。秋风萧瑟，雁鸟高飞，诗人仰望长空，追忆故君。"一夜挑灯传血诏，三声挥泪急晨钟"，既以形象化的语言展现出先皇的壮烈殉国，绝不苟活，又渲染了惨烈悲壮的氛围，侧面烘托出大明遗民的殇国之痛。"丈夫气概同红日，英主功名贯白虹"，歌颂先皇大义凛然、

---

① 曾灿：《过日集诸体评论》，《过日集》卷首，康熙曾氏六松草堂刻本。
② 曾灿：《杪秋哭先帝》，《六松堂诗文集》卷六，清抄本。

英勇无畏地踏上历史祭坛,功名与日月齐辉,抒发了对先帝的无限崇敬。"万古伤心无限恸,猛然抚剑涕临风",一语传神,写出内心的哀恸与愤懑。"万古伤心"与"猛然抚剑",持久与瞬间、内心世界与外部动作的对照,可谓壮怀激切、悲慨豪迈,将按捺不住的失路之悲融入骤然而至、令人不知所措的失君之痛,深沉而苍凉。"愤起挥天一枕戈","不使壮心老大违"语意更递进一层,直抒胸臆,尤其以"不使"和"违"构成的双重否定表示立志成为勇赴国难、杀敌立功的青年英雄。从而将对君王的哭祭上升为对国家前途命运的热切关注。全诗悲慨苍凉而矫健壮丽,读来令人心潮起伏,深受感染。

除《抄秋哭先帝》四首外,《秋兴二十首次舒鲁斋有序》也是曾灿"沉壮典丽"体格气色的代表作,兹举三首为例:

> 逢秋百感乱生平,树树悲风暗短檠。谁是濮阳生季布,不闻易水送荆卿。剑鸣深夜双龙闘,月出寒沙万幕明。起舞刘琨今在否,九关虎豹正催更。①
>
> 烽传督府三秦陷,师出京畿万国伤。当日赤眉犹助汉,降臣朱晃竟倾唐。龙城柳色春无梦,马嵬秋风夜断肠。先帝恩深终古少,百年养士为谁忙。②
>
> 篱门流水汇村居,丛竹横桥晚照余。声价难言和氏玉,风流久谢石家珠。才能今古容挥尘,事到安危敢绝裾。拔剑中宵徒斫地,茫茫四海已空庐。③

杜甫以其树立了一介匹夫关注国家兴衰的千秋楷模,每逢家国内忧外患,其人其诗便占尽后人景仰怀念。曾灿《秋兴二十首》在继承杜甫诗歌精神实质的同时,亦表现出沉郁悲壮的风格。诗人置

---

① 曾灿:《秋兴二十首次舒鲁斋》其一,《六松堂诗文集》卷六,清抄本。
② 曾灿:《秋兴二十首次舒鲁斋》其三,《六松堂诗文集》卷六,清抄本。
③ 曾灿:《秋兴二十首次舒鲁斋》其八,《六松堂诗文集》卷六,清抄本。

身清秋的时空背景之下,在"念我生之不辰,痛逢世之多难"① 的苦闷咀嚼中,受杜甫《秋兴》诗的感召触发,将"烽传督府三秦陷,师出京畿万国伤"的天地变更与"拔剑中宵徒斫地,茫茫四海已空庐"的感伤、无助交融并置,使得全诗境界开阔、情调悲凉。其中"逢秋百感乱生平,树树悲风暗短檠"以秋暗含肃杀之气展现生命末路的寂灭和悲哀。"谁是濮阳生季布,不闻易水送荆卿",以"谁是"和"不闻"的疑问和否定表达对英雄豪杰的殷勤期待。"龙城柳色春无梦,马嵬秋风夜断肠",以"马嵬"意象抒发失去先帝的断肠之痛和无限惆怅。"先帝恩深终古少,百年养士为谁忙",再度感念先帝义烈,先君恩重,同时表现出对国亡因由的辩证思考。全诗以"逢秋百感乱生平"作为发端和主旨,以万物萧瑟凸显"秋必含悲"的苍凉意绪,汇聚了易代之际士人所普遍感悟的家国衰败残破、个体孤寂落寞,体格悲壮,色调凄凉,读来令人为之黯然神伤。

作为亲身投入抗击清兵军事斗争的青年将领,顺治三年(1646)八月,当赣州战役屡屡失利,曾灿百感交集,涌起万千思绪。回首千年风尘,安史叛军凌踏中原的铁蹄使大唐王朝从盛世的顶峰跌入谷底,如今江山社稷又将被异族占据。天下兴亡,匹夫有责,抚今溯昔,杜甫忧国忧民的胸怀,再度令诗人思之情热,挥笔写下《即事步杜子美诸将五首韵》:

> 独立昂霄万仞山,临风怅望向虔关。一声戍鼓归何处,八月烽烟息此间。龟角城楼新鬼哭,虎头峰顶片云殷。可怜日暮双江水,汗马忠臣泪满颜。
>
> 千骑争锐赣江城,又向宁阳仆汉旌。壮士恨无三尺剑,将军空有一枝兵。新亭举目山河异,濠水何年日月清。我辈衣冠今尽此,丈夫宁不愧生平。
>
> 忆昔延津报晚烽,秋声入夜恨千重。烟消百里马蹄绝,泪洒孤云草色封。补衮当年谁称职,橐饘今日几人供。此身应愧

---

① 曾灿:《秋兴二十首次舒鲁斋序》,《六松堂诗文集》卷六,清抄本。

从王愿，去国迢遥学老农。

　　山居不为惧名标，胡羯腥膻气未销。一望旌旗心默默，万方刁斗夜寥寥。天高木落悲黄鹄，风薄霜寒怨黑貂。海上田横今已死，自知俛仰愧先朝。

　　啾啾阴雨暗吹来，鼓角风悲万国哀。海宇几时曾息战，王师何日更登台。短衣视剑愁千斛，长泪当歌酒一杯。多少英雄增感慨，嫖姚原不是群材。①

　　该组诗虽用杜甫《诸将五首》原韵，但所思所感，无不与亲身作战经历有关。赣州因位于章、贡两江汇合处而被曾灿称为"双江"。日暮关山，戍鼓烽烟，哭嚎漫天，愁云连片，阴雨连绵，意象的组合，辞采的渲染，透露出赣州之役的惨烈。尽管抵死一战，局势仍遭衰难挽，"可怜日暮双江水，汗马忠臣泪满颜"，以白描手法抒写自我形象和内心苦痛、遗憾。举目四望，天高木落，山河残破，诗人感慨良多。"壮士恨无三尺剑，将军空有一支兵"，指出将帅平庸、良才遭到埋没，笔力劲健，力量壮阔。"烟消百里马蹄绝，泪洒孤云草色封"，"一望旌旗心默默，万方刁斗夜寥寥"，马蹄断绝，旌旗无光，长夜寂寥，对仗的运用，叠字的点染，暗示了战争的一再失利和最终惨败。"短衣视剑愁千斛，长泪当歌酒一杯"，"短衣"与"长泪"，"视剑"与"当歌"，"愁千斛"与"酒一杯"所形成的工整对仗及其内在语意联系，颇有杜诗风味，读之令人称快。"多少英雄增感慨，嫖姚原不是群材"，饱含英雄失路之悲，书生无用之叹，可谓慷慨悲凉，意气豪迈。

　　可见，《秋兴二十首》和《即事步杜子美诸将五首》虽是曾灿拟杜、学杜之作，但因凝聚着其抗击清兵的切身体会和异族入侵之际的真实感受，因而能摈除单纯摹拟之作的弊病，形成独有魅力和特色。他的这类诗歌，悲愤豪壮，气势开阔，矫健壮丽，具备了他本人所称道的"沉壮典丽"的"体格气色"。

---

① 曾灿：《即事步杜子美诸将五首韵》，《六松堂诗文集》卷六，清抄本。

三 质朴劲健的语言

作为选家,曾灿对各体诗歌都有自己独到的认识和评价。他说:"诗惟为五言古格最变化。凡经史诸家之书,皆可运用,学问最大。盖写性情叙事实,其体莫宜于五古。正如史家列传足供发挥也。诗以坚老古朴,如杜甫元结者为上。"① 曾灿认为所有诗体中,五言古诗用韵最为自由,格律最富于变化,最有利于作家学识、才力的充分展示。无论抒写性情抑或叙述事实,没有哪种体式比它更合适。同时五古所承载的内容也往往最为深广,因此以杜甫、元结诗那样"坚老古朴"的境界为最上。在曾灿本人的创作实践中,五言古诗也占有不小的比重。他现存的 110 首五言古诗中,语言运用方面,很好地体现了他所倡导的质朴劲健的特点。即使在他早期的作品中也不例外。如《行路难为胡韶先作》②:

> 草木迪霜雪,始觉天地寒。人不逢乱世,安知道路难。子昔提雄剑,旨欲斩楼兰。风云一为合,血肉生羽翰。十年值阴雨,后土曾不乾。水辞苍梧去,陆经牂牁还。向时亲与故,死亡亦已殚。向时琴与剑,弃捐不复弹。从来御魑魅,安得身独完。日闻北风来,故人作达官。一身各有托,歧路非所叹。鸟当养青鸾,客当结任安。瞻彼无终子,流涕辞曹瞒。③

《行路难》本为乐府旧题,后世多以之表现世道艰难。该诗也不例外。虽是为朋友胡韶先而作,但显然融入了诗人自身感受。"日闻北风来,故人作达官。一身各有托,歧路非所叹",以简洁有力的语言表现出我与人、昔与今、高与下的差别和随之而来的感伤。"一身各有托,歧路非所叹",又展露出试图遏制感伤、从苦闷中挣脱出来

---

① 曾灿:《过日集诸体评论》,《过日集》卷首,康熙曾氏六松草堂刻本。
② 《行路难为胡韶先作》见于国图皮藏《曾青藜初集》一卷,可知为曾灿早年所作。详见第一章第三节著述考述。
③ 曾灿:《行路难为胡韶先作》,《曾青藜初集》,清刻本。(另见《六松堂诗文集》卷二)

的强大精神力量。全诗语言质朴,笔力劲健。曾灿质朴刚劲的语言特点不仅体现在其拟乐府的创作中,即便是在表现日常生活小事的诗中,也是如此。

> 朋友予所喜,饮酒予所欢。病起初学饮,一杯已眉攒。忆昔强健日,呼朋聚春盘。白日醉眼过,不知夜已残。今日与斯会,兴致殊阑珊。先畏酒力厚,掺水入壶端光福买酒论端不论斤。方擎杯在手,两杯取次完。三杯复四杯,欲饮先愁干。酌酒至五六,面目起峰峦。颓然形欲睡,不计客饥寒。平生恶甜酒,如恶曹马奸。手内常苦腻,口中常苦酸。独爱味酷烈,劝客不为难。何为今日里,无复旧时看。嗟予少定力,身世如波澜。爱憎随俯仰,喜怒任讥弹。始悟本来理,不为忧患干。①

《病起饮酒诗》作于康熙二十二年（1683）②,当时曾灿寓居苏州光福镇邓尉山。在"买酒论端不论斤"的光福,饮酒也应别有一番风味。尤其诗人"病起初学饮",更是充满新鲜感。"一杯已眉攒""两杯取次完""三杯复四杯,欲饮先愁干。酌酒至五六,面目起峰峦",诗人老道的语言富有极强的表现力,传达出每饮一杯的心理感受。又将随着干杯节奏的加快,自己醉眼蒙眬的情态描摹得惟妙惟肖,读来令人忍俊不禁。接着他又说,"平生恶甜酒,如恶曹马奸。手内常苦腻,口中常苦酸。独爱味酷烈,劝客不为难",借饮酒品味人生,语言亦庄亦谐、如脱口而出,其天真直率、豪爽热烈的性情见诸字里行间。"嗟予少定力,身世如波澜。爱憎随俯仰,喜怒任讥弹",进一步借酒兴豪情抒发胸中感慨,表达愤世嫉俗的情怀。最终以"始悟本来理,不为忧患干"的感悟收束全篇。整首诗以"欢""喜"开篇,以"忧患"作结,将叙事、抒情、议论融为一

---

① 曾灿:《病起饮酒诗》,《壬癸集》,清抄本。(另见《六松堂诗文集》卷二)
② 该诗见于国图庋藏《壬癸集》中,是《壬癸集》中第27首诗,据《壬癸集》第25首为《癸亥元日》,可知该诗为康熙癸亥,即康熙二十二年（1683）所作。详见第一章第三节著述考述。

体，首尾贯通，层次井然。又一韵到底，一气舒卷，语言质朴劲健。如果说《病起饮酒诗》是借酒力宣泄胸中愤懑，并使得一个爱憎分明、愤世嫉俗的诗人自我形象见诸笔端，那么从《甲子上元雨集》中，则更能透过诗人自我形象，见出其人生的沧桑与时代的变迁：

> 岁当甲子春，天地遘阳九。斯时为上元，昨夜闻雷吼。寒灯渐不花，门巷无人叩时有夜禁。顾子开春筵，招邀尽良友。细雨过庭除，冷风逼窗牖。名士盛簪裾，高人托林薮。气欲凌云霄，酒可吸升斗。回看坐中人，沧桑历已久。渐觉雪盈巅，行藏各自守。嗟予岁五周，明年又乙丑。天启朋党兴，阉珰正祸首。诛杀尽衣冠，朝堂血肉走。沦及崇祯间，乾坤日解纽。予时方少年，不忍平生负。踯躅遍江湖，鹑衣露两肘。排墙分所甘，筑室锥何有。今日与斯会，岂独为杯酒。相逢皆老苍，同在神宗后时同集者皆庚申以后之人。转盼六十年，卯角未分剖。挥杯叫苍天，乌兔落吾手。许我作酒狂，知君意良厚①。

该诗作于康熙甲子，即康熙二十三年（1684）② 元宵节。"寒灯渐不花，门巷无人叩"，以"不"和"无"表明节日特有景象的缺失，传达出一种萧条冷寂的气氛。然而外界的冷清并不能影响曾灿好友顾君的雅兴，此刻他正在家中大设筵席，邀各方宾朋开怀畅饮："顾子开春筵，招邀尽良友。细雨过庭除，冷风逼窗牖。名士盛簪裾，高人托林薮。气欲凌云霄，酒可吸升斗。"曾灿形象地描摹了才子文士聚集一堂豪饮高歌的声势和场面，语言凝练，笔调沉郁。"回看坐中人，沧桑历已久。渐觉雪盈巅，行藏各自守。嗟予岁五周，明年又乙丑"，环顾四周，友人皆已老去，诗人不禁感叹世事沧桑、人事兴替；他生于天启乙丑，而"明年又乙丑"，时光轮回，又勾起他对往事的回忆："天启朋党兴，阉珰正祸首。诛杀尽衣冠，朝堂血

---

① 曾灿：《甲子上元雨集》，《甲子诗》，清抄本。（另见《六松堂诗文集》卷二）
② 该诗见于国图庋藏《甲子诗》中，为康熙甲子，即康熙二十三年（1684）所作。详见第一章第三节著述考述。

肉走。沦及崇祯间，乾坤日解纽。予时方少年，不忍平生负。踽踽遍江湖，鹑衣露两肘。排墙分所甘，筑室锥何有。"诗人以白描手法勾勒出天启、崇祯年间的政治色调，及自己少年时的精神面貌。并有意将其豪气干云、光明磊落的形象置于朝廷血腥黑暗的政治背景之下，使两者形成鲜明对比。读来令人为之痛心、为之惋惜。语言尤其富有感染力。"今日与斯会，岂独为杯酒。相逢皆老苍，同在神宗后。转盼六十年，卯角未分剖。挥杯叫苍天，鸟兔落吾手。许我作酒狂，知君意良厚"，从少年到老年，诗人历尽沧桑，但性情不改，傲骨依然。结句饱含身世之感，无字处呈露出坎坷与艰难。特别值得称道的是，全诗情感怒张而不叫嚣，气势充沛而不一览无余。应归功于诗人雄健的笔力与质朴刚劲的语言。

  曾灿以能诗著称，"在诸子中诗最净炼"①。简净、有力的语言并不为其五言古诗所独有，而是在其各体诗歌创作中都有鲜明体现。如"与君对饮无深醉，共此一灯清且寒"②，写与好友魏书深夜对饮的情景，灯虽"清且寒"，而温暖在彼此心间。"诗书可卜中兴事，天地还留不死身"③，写图谋恢复的壮志和建功立业的豪情，被钱谦益称赞为"壮哉其言之也"。"微风吹雪柴门晚，细雨围灯草阁西。酒薄家贫无宿酿，厨荒烟断只寒齑"④，写与好友徐崧春日冒雪还山夜宿草堂的情景，扑面而来的是浪漫诗意与烟火气息，读之不难体味诗人生活虽然贫寒但兴致饱满，使人如身临其境一般。"移头就枕怜娇女，抱脚煨衾谢小妻。但有痴儿顽劣性，学人欢笑学人啼"⑤，小妻、痴儿、娇女，组构成一幅其乐融融的画面，令诗人沉醉其间。满载着幸福感。总之，曾灿的创作，始终以传神、有力的语言见长，显示诗人良好的诗学修养。

---

① 徐世昌：《晚晴簃诗汇》卷十二，民国退耕堂刻本。
② 曾灿：《同魏石床泊舟三门滩灯下看菊》，《六松堂诗文集》卷六，清抄本。
③ 曾灿：《奉赠钱牧斋宗伯》，《六松堂诗文集》卷六，清抄本。
④ 曾灿：《春日同徐崧之冒雪还山留宿西崦草堂作此写志》，《六松堂诗文集》卷七，清抄本。
⑤ 曾灿：《长至前三日……口占得七律二十首，虽多呓语用遣忧怀》其九，《六松堂诗文集》卷七，清抄本。

甲子诗（一）

甲子诗（二）

第三章 曾灿诗歌研究

甲子诗（三）

壬癸集（一）

壬癸集（二）

壬癸集（三）

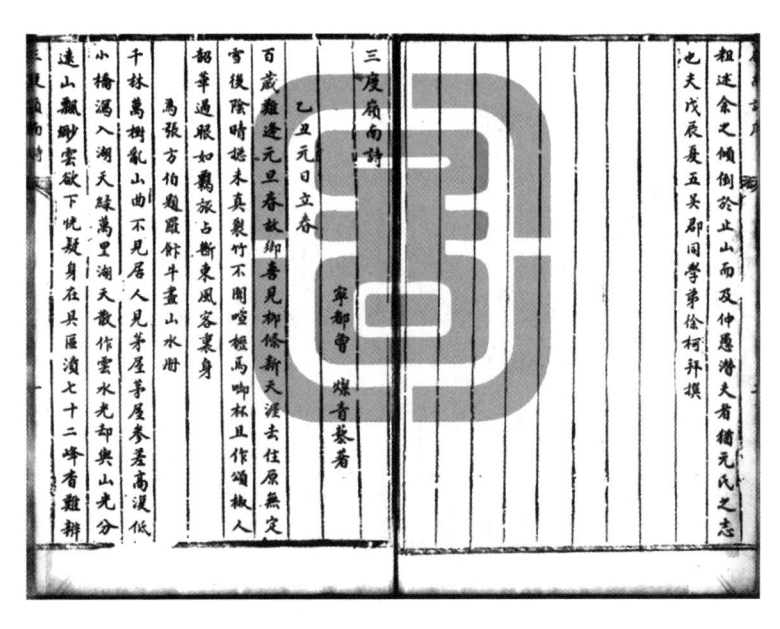

三度岭南诗（一）

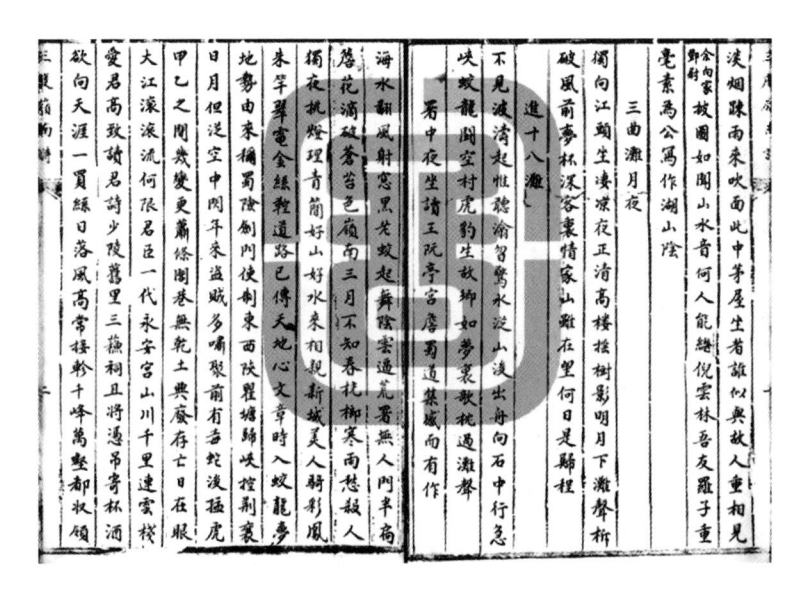

三度岭南诗（二）

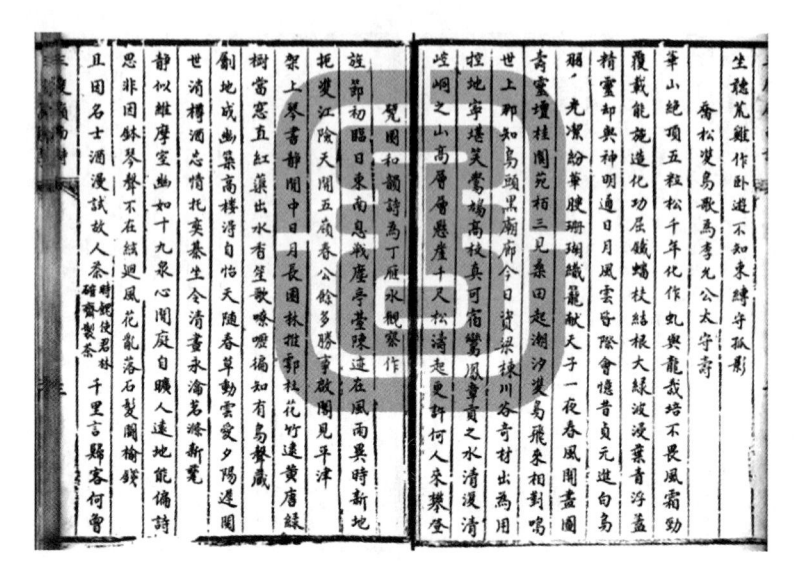

三度岭南诗（三）

第四章 《过日集》研究

康熙十二年（1673），曾灿悉心经营十年①的诗选《过日集》二十卷附《名媛诗》一卷问世。同年，徐崧等人编选的《诗风初集》十八卷付梓。康熙十一年（1672），邓汉仪《诗观初集》十二卷编成。康熙十年（1671），徐增编选《珠林风雅》、魏宪编选《补石仓诗选》三十二卷刊刻。康熙九年（1670），顾有孝辑选《骊珠集》十二卷告竣。康熙八年（1669），徐崧选《云山酬倡》行世。康熙七年（1668），邹漪辑《名家诗选三十种》二十四卷印行。在此之前，顺治十二年（1655）至十八年（1661），黄传祖辑《扶轮广集》十四卷，魏裔介选《观始集》十二卷，韩诗选《国门集初选》六卷，程棟等人辑《鼓吹新编》十四卷，陈瑚《离忧集》二卷、《从游集》二卷，魏耕、钱价人选《今诗粹》十五卷，黄传祖辑《扶轮新集》十四卷，严津编《燕台七子诗选》七卷相继成书。正如魏耕《今诗粹凡例》所说："近来诗人云起，作者如林，选本亦富，见诸坊刻者，亡虑二十余部。他如一郡专选，亦不下十余种。或专稿，或数子合稿，或一时唱和成编者，又数十百家。"② 张缙彦《扶轮新集序》亦云："诗至今日，与唐比盛，选诗者亦与唐比盛。"③ 魏宪《补石仓诗选凡例》也说："迩来选诗，多表章同时。"④ 不难想见，

---

① 曾灿《过日集凡例》云："此集计十年而后成。"（曾灿：《过日集凡例》，《过日集》卷首，康熙曾氏六松草堂刻本）
② 魏耕、钱价人：《今诗粹凡例》，《今诗粹》卷首，顺治刻本。
③ 张缙彦：《扶轮新集序》，《扶轮新集》卷首，顺治十六年刻本。
④ 魏宪：《补石仓诗选凡例》，《补石仓诗选》卷首，康熙十年枕江堂刻本。

《过日集》正是在清初清诗选本繁荣的背景下应运而生。

《过日集》二十卷"人始乙酉，诗终癸丑"，选入顺治二年（1645）至康熙十二年（1673）近三十年间全国各地1500多位诗人8200余首诗歌。《名媛诗》一卷，选入140多位女性诗人430余首诗歌。曾灿次子曾尚倪说："先君一生心力具在文史。尝蒐辑当代名人所为诗选，成《过日》一集，价重鸡林数十年，传播海内。"① 沈荃说："天下选诗，无虑数十家，有名于诗歌者不少。宁都曾子青藜所选《过日集》称最善。"② 选本的价值与影响可见一斑。尽管曾尚倪和沈荃所言难免有主观的成分，但在注重商业性与时效性的清初诗选，快者数月便可问世，"臻一代之伟观"③ 如邓汉仪《诗观》，每集从编选到刊刻用时也不过三或五年。十年磨一剑如《过日集》，实不多见。然而迄今为止，关于这一大型诗选，尚未见专门研究，未免遗憾。

第一节 《过日集》的编选

选本的命名往往体现着选家的愿望。如邓汉仪《十五国名家诗观》，透露出其意在传承《诗经》国风传统，"追国雅而绍诗史""纪时变之极而臻一代之伟观"④ 的选诗宗旨。曾灿在选集的命名上也是苦心孤诣的。他在《凡例》中说："集名《过日》，取少陵'把君诗过日'之意"。或谓过日本作过目，为伤神属对。然过日意义甚长，易以过目，便索然老学究语矣。"⑤ 可见集名"过日"言近旨远，有可以反复玩味和相伴度日的深意。从其出处看，杜甫《赠别郑炼赴襄阳》"戎马交驰际，柴门老病身。把君诗过日，念此别惊

---

① 曾尚倪：《六松堂诗文集序》，《六松堂诗文集》卷首，清抄本。
② 沈荃：《过日集序》，《过日集》卷首，康熙曾氏六松草堂刻本。
③ 邓汉仪：《诗观序》，《诗观》卷首，康熙慎墨堂刻本。
④ 邓汉仪：《诗观序》，《诗观》卷首，康熙慎墨堂刻本。
⑤ 曾灿：《过日集凡例》，《过日集》卷首，康熙曾氏六松草堂刻本。

神"与曾灿"频年饥驱道路,水陆顿徙"①的游幕和选政生涯在心境上亦有相通之处。

辗转颠沛的游幕生涯也为选家广泛征诗提供了现实条件。曾灿说,"余以病废之后,出游吴、越、燕、齐间,同人贻赠不下千卷,遂编次以娱耳目,非敢告世也"②。又说,"拙选于庚戌馆长安时,徵收甚富。"③《过日集》所选1500多位诗人涉及现在行政区域的北京、辽宁、山西、陕西、山东、河南、湖北、湖南、江苏、安徽、浙江、江西、福建、广东等各个地区,广阔的游历使他得以编成这部全国性诗集。康熙十二年(1673)《过日集》付梓时,顾有孝、程棅等人还在协助曾灿搜集诗歌以备采录,但考虑到或有佳诗甚多不能悉登,或有诗稿不全、旧稿散失等具体问题,曾灿于是有再出"二集"的打算:"既以坊人请授剞劂,而顾茂伦、程杓石诸子复广搜他本,以备采录。然有佳诗甚多,限于卷帙,不能悉登者;有全稿不及搜致,仅从偶见录其一二者。又频年饥驱道路,水陆顿徙,旧稿有散失者。兹欲暂毕初集,以应坊人之求,其他名篇,嗣登二集。"④但从目前选本流传情况看,"二集"的设想并没能实现,《过日》只此一集。

一 《过日集》的编辑体例

清初清诗选本的繁荣不仅体现在选本数量众多,而且表现为体例和形式的多样,"或分人,或分地,或分体"⑤。选家魏宪也说:"各家之诗,有以体序者,有以类序者,有以时与地系者,各从所好。"⑥黄传祖《扶轮广集》《新集》、魏裔介《观始集》、韩诗《国门集初选》、魏耕《今诗粹》、曾灿《过日集》等均为"以体序者",

---

① 曾灿:《过日集凡例》,《过日集》卷首,康熙曾氏六松草堂刻本。
② 曾灿:《过日集凡例》,《过日集》卷首,康熙曾氏六松草堂刻本。
③ 曾灿:《答王山长》,《六松堂诗文集》卷十四,清抄本。
④ 曾灿:《过日集凡例》,《过日集》卷首,康熙曾氏六松草堂刻本。
⑤ 王尔纲:《名家诗永》十六卷,清康熙二十七年砌玉轩刻本。
⑥ 魏宪:《诗持三集凡例》,《诗持三集》卷首,《四库禁毁书丛刊》集部38册影印康熙刻本,第386页。

全书分体编排。

《过日集》二十卷以体标目，卷一、卷二"杂言"；卷三至卷五"五言古"；卷六至卷八"七言古"；卷九至卷十二"五言律"；卷十三至卷十六"七言律"；卷十七"五言排律"；卷十八"七言排律"；卷十九"五言绝句"；卷二十"七言绝句"。每卷先列姓名，姓名下附诗人字或号及里籍。次选诗，诗无评点。如卷一杂言选86人[①]诗，从首位钱谦益到末位俞楷，分别按"钱谦益牧斋江南常熟人""俞楷陈芳江南泰州人"的格式一一列出，再将各人数量不等的代表作依次辑录于其各自名下。选集每卷均以诗人姓字里籍目录开篇，对应诗人诗作按序编排。各卷所选诗人数目及诗歌数目如下表：

《过日集》各卷诗体分布及诗人、诗歌数量统计

卷目	诗体	诗人总数	诗歌总数
卷一	杂言	86	261
卷二	杂言	79	211
卷三	五言古	169	422
卷四	五言古	181	400
卷五	五言古	150	415
卷六	七言古	90	185
卷七	七言古	117	199
卷八	七言古	107	196
卷九	五言律	205	572
卷十	五言律	215	744
卷十一	五言律	224	571
卷十二	五言律	259	665
卷十三	七言律	166	578

[①] 《过日集》卷一目录实列86位诗人，但目录第1页"李腾蛟"与"李潜蛟"其下一标"力负"，一标"少贱"，里籍皆江西宁都，实为同一人，均是"易堂九子"之一的"李腾蛟"，"李潜蛟"实误。因此《过日集》卷一实选85位诗人。

续表

卷目	诗体	诗人总数	诗歌总数
卷十四	七言律	221	558
卷十五	七言律	243	531
卷十六	七言律	182	479
卷十七	五言排律	58	92
卷十八	七言排律	17	47
卷十九	五言绝句	143	270
卷二十	七言绝句	328	816
合计	—	1506（不计重复）	8212

曾灿选诗不求诗体之全，他明确表示不立乐府，不录六言。其《凡例》云："诗可被之金石管弦，乃名乐府古篇，题虽存，而其法自汉后亡已久矣。后人沿习为之，问其命题之义，则不知，问其可入乐与否，则不知。作者昧昧而作，选者昧昧而选。然则今人用古乐府题者虽极工，但可言古诗，不可言乐府也。故兹选不立乐府一体，统以杂言古诗概之，以别于五言七言古诗耳。"① 乐府与古诗的最大区别在于是否合乐，后人因古乐失传而难以对两者作出区分，是客观事实，曾灿所言不无道理。而相对于《观始集》《国门集初选》《今诗粹》等分体诗选，不立乐府也正是《过日集》的独特之处。在《凡例》中曾灿也谈到不录六言诗的理由："六言诗，必每句增损一字不得，然后称体。唐张继以六言诗寄皇甫冉，冉酬以七言。洪容斋编《唐绝万首》，而六言不满四十。高廷礼《品汇》，所选不满三十。盖非独工者难，而作者亦鲜矣。今人间有作六言诗者，每句中增入一字不为多，损去一字不为少，饾饤攒簇，都无情致，故此体不录。"② 他指出六言诗体既不为前人所推崇，今人所作又有生拼硬凑之嫌，因而始终未能广为流行。

---

① 曾灿：《过日集凡例》，《过日集》卷首，康熙曾氏六松草堂刻本。
② 曾灿：《过日集凡例》，《过日集》卷首，康熙曾氏六松草堂刻本。

对于所选诗人，曾灿亦不求其众体皆备，而是择其善者而选之。他说："诗有不必众体备者。一体苟长，便可颉颃古人。如孟襄阳，止以五言独擅，遂称王孟。少陵无乐府，未尝以此减价。今人刻集，必欲诸体毕备，珠不足而益以鱼目，使人并真珠而疑之。集中有一体佳者，选至数十首，余或一首不录。"① 曾灿反对今人刻集鱼目混珠的做法，始终将宁缺毋滥的主张付诸其选诗实践。就诗坛盟主钱谦益而言，《过日集》选钱诗 47 首，其中七言绝句 31 首，五言排律、七言排律和五言绝句均一首未录。而这与他对钱诗的看法很是一致："虞山才大学优，作宋诗而能不蹈宋人鄙俚浅陋之习。然喜撷拾故实，刻画古人，又未免为学府书厨所累。至其七言绝句，风流蕴藉，一唱三叹，则纯乎其为唐人诗矣。"② 五言古诗曾灿推崇易堂魏礼，他说："无可师尝言余易堂诸子五言古长于叙事，为同时独步。余以为间伤细琐，惟魏和公比兴最多，不失古意，别成一调。"③《过日集》选魏礼诗 45 首，其中五言古诗 24 首，五言排律、七言排律和七言绝句则一首未录。又，选黎士弘诗 30 首，其中杂言 28 首，五言古诗、七言古诗各 1 首，其他诗体不录；选郭棻诗 45 首，其中五言律诗 13 首，七言律诗 32 首，其他诗体未收录；选毛先舒杂言 6 首，其他诗体一概不录。正所谓"诗之传以工，不以多"④，乾隆间袁景辂辑《国朝松陵诗征凡例》曰："诗之可传，在工不在多。刘慎虚十四篇是也。能工一体，不必定兼各体，孟襄阳独擅五古是也。集中凡一首佳与一体佳者登之，余不旁及。"⑤ 可见曾灿的这一主张对后来的选家产生了一定影响。

二 《过日集》的编选原则

作为一种带有主观性的活动，选诗一方面"实自著一书"⑥，无

---

① 曾灿：《过日集凡例》，《过日集》卷首，康熙曾氏六松草堂刻本。
② 曾灿：《过日集凡例》，《过日集》卷首，康熙曾氏六松草堂刻本。
③ 曾灿：《过日集诸体评论》，《过日集》卷首，康熙曾氏六松草堂刻本。
④ 曾灿：《过日集凡例》，《过日集》卷首，康熙曾氏六松草堂刻本。
⑤ 袁景辂：《国朝松陵诗征凡例》，《国朝松陵诗征》卷首，乾隆三十二年爱吟阁刻本。
⑥ 钟惺：《与蔡敬夫》，《隐秀轩集》卷二八，上海古籍出版社 1992 年版，第 469 页。

论采用何种标准、何种形式，都要受到编选者趣味好尚的影响。而另一方面，"选诗则存乎生平之学识"①，对选家学识修养的极高要求使选本被世人认可变得尤为难能可贵："识不精，不能辨析豪芒；学不深，不能会通渊奥。求其学识兼优，一书甫出，举世奉为金科玉律，诚戛戛乎其难之。"② 正所谓"识足以兼诸家者，乃能选诸家"③，操选政实为不易，而今人选今诗更难上加难。明末邹迪光说："为诗非难，选难。选诗非难，选今人诗难。盖有去取，则有爱憎，取未必爱而去无不憎，任爱寡而任憎多，难也。""能诗者未必真能诗者，吾以名取而人以实求，实不如名，不以为阿则以为瞽，难也。""截贽而求绍介。以请冀一厕而名其间，而许之不可，不可不能，难也。""肆口嘲讥，解忌抵讳，强而入之，人不作者憾而厕者憾，难也。"④ 后来清初魏宪也有十分相似的说法，其《诗持三集自序》云："作诗非难也，选诗难；选亦非难也，选今人之诗难。同生天壤，不能无所爱憎，而去取实爱憎之媒，一难。""诗学日替，名实不敷，我以名收，世以实求，无其实焉，匪阿则瞽，三难。载质而来，绍介以进，忤之不可，许之不能，四难。纵笔讥嘲，触冒忌讳，作固有罪，选亦与均，五难。"⑤ 可见，因与诗人同处一时，选家选诗的去取标准，除了受制于自身学识、审美趣味等内在因素，还须考虑诸多外在因素，如绍介、名实、忌讳等人情世故的牵绊与舆论的束缚。为了能既保证选本的质量，使之成为经典，又不至为舆论所不满，对于今人选今诗，编选原则的界定就显得尤其关键。《过日集》凡例说：

---

① 丁澎：《诗乘序》，《诗乘初集》卷首，《四库禁毁书丛刊》集部 156 册影印康熙刻本，第 5 页。
② 丁澎：《诗乘序》，《诗乘初集》卷首，《四库禁毁书丛刊》集部 156 册影印康熙刻本，第 5 页。
③ 李东阳：《麓堂诗话》，《历代诗话续编》本，中华书局 1983 年版，第 1376 页。
④ 邹迪光：《盛明百家诗选序》，《盛明百家诗选》卷首，台湾"中央图书馆"藏明刊本。
⑤ 魏宪：《诗持三集自序》，《诗持三集》卷首，《四库禁毁书丛刊》集部 38 册影印康熙刻本，第 385 页。

选中原无次第，而卷首取冠群才。然有余素所心折，而未冠于卷首者，是卷首有限耳。余才短学疏，谬司丹黄，去取既严，出处不问。有仕籍通显而仅录一二首者，有从未知名、未识面录至数十首者。虽采访未遍，鉴别未精，亦不敢媕阿爱憎，取辱贤者耳。昔刘后村选元白绝句，白取二三首，元止五言一首，而刘杳虚平生，竟以十四首传。彼诗窖子之万篇，岂能胜乎？是诗之传以工，不以多也。周栎园语人曰，今之操诗选者，于风雅一道，本无所窥，不过籍以媚时贵耳。某也贵，宜首宜多；某也贵不若某，宜次，宜减。某也昔卑而今贵，递增之。某也昔贵而今贱，遂骤减之。非仕籍也，而仕籍矣。非履历也，而履历矣。故观近人所选，不必细读其中去取若何，闭其书而暗射之，则其人历历可数矣。余服膺此言，谓如吴道子画地狱变相，又如温太真燃犀照牛渚中。牛鬼蛇神，各呈其状。真操选政者药石，生我之言也。①

曾灿所谈及的诗人排序、入选数量、诗人地位与刻资等问题，都是舆论关注的焦点，也是选家须妥善处理的难点。其中诗人地位是核心点且最为敏感。曾灿引周亮工"某也贵，宜首宜多；某也贵不若某，宜次，宜减。某也昔卑而今贵，递增之。某也昔贵而今贱，遂骤减之。非仕籍也，而仕籍矣。非履历也，而履历矣"的一番议论，"固然是针对当代诗选的某种编辑现状而发，不过它却足以对所有选家造成相当的压力"②。魏宪说："今之选家，动相诋毁，曰某也以显贵登，某也以师友录，某某多，而某某少，如聚讼焉。故是集所选，得之先辈遗稿者十之三，得之寒士逸篇者十之七。其他大家有专集行世者，宁以见少获罪，亦甚避此讪谤矣。"③顾施祯说："诗歌之家，在朝在野，皆风雅中士也。故不序爵、不序齿。但因诗

---

① 曾灿：《过日集凡例》，《过日集》卷首，康熙曾氏六松草堂刻本。
② 邓晓东：《清初清诗选本研究》，南京师范大学，博士学位论文，2009年。
③ 魏宪：《诗持一集凡例》，《诗持一集》卷首，《四库禁毁书丛刊》集部38册影印康熙刻本，第4页。

到先后，随付剞劂编次之。非有意为异同、分位置也，庶几可告无罪。"① 可见选家都竭力避免诗人身份高低决定收诗多寡、排序先后的舆论，魏宪甚至为避"媚时贵"之嫌专选先辈及寒士诗，顾施祯则采取以得诗先后为序随到随刻的方式规避"序爵、序齿"的嫌疑，唯恐得罪舆论、名誉受损。

曾灿服膺周亮工所言，将之列入《凡例》并奉为圭臬，使舆论压力成为自我约束的动力。他选诗不区分排序："选中原无次第，而卷首取冠群才。"他深谙"选诗非选官，论诗非论人。故若耶女子，天竺牧童，皆得预唐名公之列"的道理，因而"去取既严，出处不问。有仕籍通显而仅录一二首者，有从未知名、未识面录至数十首者"。并明确表示"选中不书官爵，不称先生"②，"吾辈既以文字相交，自无世俗之见"③。他懂得"凡操选政，须用一副铁肝、一枝铁笔，乃能成书垂远。稍稍私徇，即滋天下后世议论矣"④的道理，因此说"真操选政者药石，生我之言也"。值得注意的是，《过日集》各卷"冠于卷首者"，并不总是其中入选诗歌数目最多者。这既与曾灿所说"有余素所心折，而未冠于卷首者，是卷首有限"相符合，想必也是邹迪光和魏宪所言今人选今诗之难的体现，比如诸如"名实不敷"等种种牵绊。不仅如此，《过日集》也因"用人不当"而几乎陷入"触冒忌讳，作固有罪，选亦与均"⑤的艰难局面。钱虞山"才大学优"，曾灿又尤为服膺其七绝，因而选本首卷和末卷均以钱谦益为首。然据清初涨潮"若某公文字虽甚佳，然其为人往往为士林所鄙。忆昔年闵宾连语邓孝威云：《诗观》三集以何人压卷，再万不可用某公。观此则世人之议论可知已"⑥的一番箴言，不难得知

---

① 顾施祯：《盛朝诗选初集凡例》，《盛朝诗选初集》卷首，康熙二十八年刻本。
② 曾灿：《过日集凡例》，《过日集》卷首，康熙曾氏六松草堂刻本。
③ 曾灿：《过日集凡例》，《过日集》卷首，康熙曾氏六松草堂刻本。
④ 李麟：《复卓鹿墟》，《虹峰文集》卷十七，《四库禁毁书丛刊》集部131册影印康熙刻本，第552页。
⑤ 魏宪：《诗持三集自序》，《诗持三集》卷首，《四库禁毁书丛刊》集部38册影印康熙刻本，第385页。
⑥ 张潮：《与迂庵》，《尺牍偶存》卷三，乾隆四十五年刻本。

邓汉仪因将"为士林所鄙"的"某公"（钱谦益）置于《诗观》卷首而遭受非议，由此也就容易理解《过日集》国家图书馆藏本作为卷首的钱谦益姓名为何被挖去。

《过日集》各卷卷首与诗歌数目统计

卷目	诗体	卷首	诗歌数目	入选最多	诗歌数目
卷一	杂言	钱谦益	4	黎士弘	28
卷二	杂言	徐倬	27	徐倬	27
卷三	五言古	吴伟业	13	朱载震	14
卷四	五言古	龚鼎孳	27	龚鼎孳	27
卷五	五言古	魏礼	24	魏礼	24
卷六	七言古	吴伟业	14	吴伟业	14
卷七	七言古	钱秉镫	14	钱秉镫	14
卷八	七言古	杜濬	4	颜光敏	13
卷九	五言律	宋琬	9	杨森	13
卷十	五言律	王士禛	30	龚鼎孳	62
卷十一	五言律	杜濬	33	杜濬	33
卷十二	五言律	姜埂	11	赵吉士	30
卷十三	七言律	龚鼎孳	41	龚鼎孳	41
卷十四	七言律	施闰章	16	赵吉士	26
卷十五	七言律	赵进美	8	郭棻	32
卷十六	七言律	魏际瑞	18	毛甡	38
卷十七	五言排律	毛甡	11	毛甡	11
卷十八	七言排律	彭而述	1	毛甡	5
卷十九	五言绝句	王士禛	11	毛甡	30
卷二十	七言绝句	钱谦益	31	钱谦益	31

三 《过日集》的征诗与刻资

"选本成书必须经过收集材料、整理材料、筹备刻资、刊刻印行等四个主要环节"①，其中收集材料是选本成书的来源，筹备刻资是选本成书的保障。

《过日集》选入顺治二年（1645）至康熙十二年（1673）1500多位诗人8200余首诗歌，其中诗人里籍可考者近1400人，其籍贯遍布全国各地，在三百多年前交通相对落后、信息传递困难的情况下，如果不是通过有意识的征集，很难想象这跨越二十九年，出自1500多人的8200余首诗歌如何集中到一起。以曾灿之"频年饥驱""水陆顿徙"，可以想象从游历征诗到最终付梓，他所要付出的代价和努力。

《过日集》二十卷诗人里籍统计

合计	诗人里籍可考者														
	江南	浙江	江西	福建	山东	湖广	直隶	山西	河南	广东	辽东	陕西	北直	四川	贵州	云南	广西
1377	677	296	104	45	42	41	39	31	27	22	20	14	8	7	2	1	1

曾灿自称"出游吴、越、燕、齐间，同人贻赠不下千卷，遂编次以娱耳目"，沈荃称其"既游历吴、越、燕、楚间，士之能诗者，每挟册投赠，卷帙日多"②。其中以康熙九年（1670）居处北京时，征诗尤夥。曾灿在写给王岱③的信中说：

> 拙选于庚戌馆长安时，征收甚富。余或在选本，或友人案头取阅，故所载未备。然有一脔片羽可入选者，亦不敢漫至。至于名流，尤不敢忽。亦惟视其得稿之多寡也。如敝乡徐巨源、陈士业、王于一诸公，皆与弟旧交，而亦仅存一二。或竟一首未录，非遗忘也，实无从索其遗稿耳。世之湮灭不传者，不知

---

① 邓晓东：《清初清诗选本研究》，南京师范大学，博士学位论文，2009年。
② 沈荃：《过日集序》，《过日集》卷首，康熙曾氏六松草堂刻本。
③ 王岱，字山长，湖广湘潭人。崇祯十二年（1639）举人，清初官京卫教授，诗才出众，声名赫然。

凡几。而侥幸于传者，亦不知凡几。今取唐诗观之，其所传者，尽皆科目中人。李杜虽未登制科，亦必见知明皇。然唐书艺文所载，何止千百十人。而其在耳目间者，亦不过二三而止。传世盖若斯之难也。先生固南宫才隽，方在弱冠，即膺乡荐，一时名满天下。知名之士，无不知湘潭之有王山长者。其传于后世无疑。①

曾灿表示，尽管康熙九年（1670）居处北京时《过日》已"征收甚富"，又有选本备选，但对于名家诗，他仍丝毫不敢忽视。只是得稿不易，且多寡不等。如其同乡徐世溥、陈宏绪、王猷定诸公诗作，《过日集》中或仅存一二，或一首未录，原因正在于"无从索其遗稿"。由此发出"世之湮灭不传者，不知凡几。而侥幸于传者，亦不知凡几"的感叹。又从有唐诗人传世之难论及眼前，委婉表达了向王岱征诗的请求，点明来信的关键。果然，曾灿再次给王岱写信时说："贻我谣篇，兼拜嘉惠。欢情雅意，迸集一时。感荷非可言喻。佳诗清新俊逸，不减庾鲍风流。讽读再三，足以永日。俟至吴门，当续入拙选，以光卷帙。"② 得到赠诗的喜悦与荣耀之情溢于言表，并在《过日集》中选入王岱五言古诗4首。可以想见，除了"同人贻赠"抑或"士之能诗者"的"挟册投赠"，曾灿主动征集也是选本诗歌的主要来源。《与丁雁水》所说"拙选仅守尺寸，而于尊集采录甚多。非敢尊轩冕而邀声誉，实古人所谓'中心好之，不啻口出'者"③，表明曾灿也曾向丁炜征诗，《过日集》选丁炜杂言5首，五言古诗9首，七言古诗3首，五言律诗21首，七言律诗14首，共计52首。入选诗歌总数介于施闰章与钱澄之之间，位列全书第13。

---

① 曾灿：《答王山长》，《六松堂诗文集》卷十四，清抄本。
② 曾灿：《答王山长》，《六松堂诗文集》卷十四，清抄本。
③ 曾灿：《与丁雁水》，《六松堂诗文集》卷十四，清抄本。

第四章 《过日集》研究　　197

《过日集》二十卷入选诗歌总数排名

排序	姓名	字/号	里籍	入选诗歌总数
1	龚鼎孳	芝麓	江南合肥	166
2	毛甡	大可	浙江萧山	124
3	吴伟业	梅村	江南太仓	104
4	王士禛	贻上	山东新城	91
5	杜濬	于皇	湖广黄冈	83
6	陈玉璂	赓明	江南武进	70
7	田雯	子纶	山东安德	67
8	魏际瑞	善伯	江西宁都	67
9	徐倬	方虎	浙江德清	64
10	赵吉士	天羽	江南休宁	64
11	曹申吉	澹余	山东安丘	56
12	施闰章	尚白	江南宣城	54
13	蔡仲光	大敬	浙江萧山	52
13	丁炜	雁水	福建德华	52
15	钱秉镫	幼光	江南桐城	50
15	颜光敏	修来	山东曲阜	50

"竭十数人之精神，乃得完余十年未竟之业"[1] 是曾灿对《过日集》成书的高度概括。他说，"搜辑之功，则顾茂伦、徐崧之、程杓石、袁重其也"[2]。可见顾有孝、徐崧、程棅、袁骏在诗歌搜集上的功劳。如杜桂萍所说，"历史遮蔽了蕴含于过程之中的挫折、自卑乃至精神与肉体上的艰辛"[3]。曹煜写给曾灿的两封回信，为我们了解选本的征集与刻资等提供了宝贵资料和线索：

　　尊刻虽已将竣，弟实未经领教。昔袁重其曾云：先生欲补

---

[1] 曾灿：《过日集凡例》，《过日集》卷首，康熙曾氏六松草堂刻本。
[2] 曾灿：《过日集凡例》，《过日集》卷首，康熙曾氏六松草堂刻本。
[3] 杜桂萍：《袁骏〈霜哺篇〉与清初文学生态》，《文学评论》2010年第5期。

录弟各体诗一二首,不知如论否?日来门庭萧索,薪米不支,满望向来陋刻例,足以稍济珠桂之用。而上下奉法自爱,严恪是务,不复作此非非想。所云助币印书一事,乞容稍缓时日,俟尊刻大竣何如?此时鬻砚典帏,恐亦无济,惟先生谅之。①

今论再征拙稿,蛙鼓虫笙,本难入耳。而新刻未竣,旧刻无币能印,其奈之何?想尘胎俗骨,无缘入琼玉之林矣。仅以未竣一种,聊应台命,至于选附尊集,则亦不必也。聊具菲薄,为元宵一醉之费。一年后,倘得近转一署,当下南洲之榻,以候先生,勿谓此伧父不足语。②

显然,袁骏曾为曹煜诗歌进入《过日集》提供绍介。袁骏(1612—约1684),字重其,江南长洲人,关于其人"名士牙行"的身份属性,"消息灵通、好为人谋""头脑灵活、善解人意"③的性格特征,及其以"获取润笔和名声之双重利益"④为目标的"治生途径"⑤,和他通常发挥的"穿针引线"⑥"奔走联络,通报声气"⑦的功能,杜桂萍在《袁骏〈霜哺篇〉与清初文学生态》一文中已辨之甚明。杜师还指出,"曹煜《绣虎轩尺牍》保存有给袁骏的十一通尺牍,记录了他们在康熙十三年到二十年(1674—1681)的交往。其中涉及的主要内容有两个方面:一是曹煜请袁氏赴宴,有四次之多,另有三封信谈及馈赠其舟资、脯肉、西瓜等;二是袁氏邀曹煜参与和诗,并为其抄写、传递或代买册页。可以看出,其担负的主要是中间人的职责,并因之得到收益。如就'和种菜诗''和

---

① 曹煜:《复曾青藜》,《绣虎轩尺牍》卷三,《四库禁毁书丛刊》集部73册影印康熙刻本,第211页。
② 曹煜:《复曾青藜》,《绣虎轩尺牍》二集卷四,《四库禁毁书丛刊》集部73册影印康熙刻本,第225—226页。
③ 杜桂萍:《袁骏〈霜哺篇〉与清初文学生态》,《文学评论》2010年第5期。
④ 杜桂萍:《袁骏〈霜哺篇〉与清初文学生态》,《文学评论》2010年第5期。
⑤ 杜桂萍:《袁骏〈霜哺篇〉与清初文学生态》,《文学评论》2010年第5期。
⑥ 杜桂萍:《袁骏〈霜哺篇〉与清初文学生态》,《文学评论》2010年第5期。
⑦ 杜桂萍:《袁骏〈霜哺篇〉与清初文学生态》,《文学评论》2010年第5期。

管节妇诗'之题征诗，因袁骏的牵线搭桥，曹煜成为这一群体性唱和中的一员，亦为唱和活动发起者完成了任务。再如为曹煜诗歌进入曾灿所编《过日集》提供绍介"①"钱肃润编辑《文瀫初编》收有曹煜之文，袁骏还同时担负了互通消息、传递赞助银钱等使命。"②钱肃润，字礎日，江南无锡人。《过日集》收录其诗7首，其中杂言、五律、七律各1首，五言古诗和七言古诗各2首。可以肯定，为钱肃润诗歌进入《过日集》提供绍介的，正是作为"名士牙行"的袁骏。

杜桂萍还提到，袁骏曾为不少"声名不显的下层文士"牵线搭桥③，请"苏州或临郡的著名文人"为其作序④。如"吴伟业康熙三年（1654）为山西程康庄写序：'昆仑之于文，含咀菁华，讲求体要，雅自命为作者，其从吾郡袁重其邮书于余也。'"⑤ 程康庄，字昆仑，山西武乡人。其诗五古2首、七律2首见于《过日集》。选本中里籍山西者共31人，程康庄得以成为其中之一，想必亦是袁骏穿针引线的结果。诚如杜桂萍所说，"明末以来，征诗唱和、编选当代诗文选集成为时尚，某种意义上，这是文人确证自我的一种方式。作为全国著名的经济文化和出版中心，清初的苏州、扬州等地人文荟萃，名流云集，各种诗文总集和别集的编纂、刊刻和传播异常频繁"。"其中的许多编选者，或多或少都会与'名士牙行'发生一些关系。"⑥ 以此解释曾灿与袁骏的关系，及刊刻于苏州⑦的《过日集》缘何选江南诗人最多，都最合适不过。

从曹煜前后两次给曾灿回信的内容，可知他因"门庭萧索，薪米不支"，先是希望"助币印书一事"可以"稍缓时日"，后又表示

---

① 杜桂萍：《袁骏〈霜哺篇〉与清初文学生态》，《文学评论》2010年第5期。
② 杜桂萍：《袁骏〈霜哺篇〉与清初文学生态》，《文学评论》2010年第5期。
③ 杜桂萍：《袁骏〈霜哺篇〉与清初文学生态》，《文学评论》2010年第5期。
④ 杜桂萍：《袁骏〈霜哺篇〉与清初文学生态》，《文学评论》2010年第5期。
⑤ 杜桂萍：《袁骏〈霜哺篇〉与清初文学生态》，《文学评论》2010年第5期。
⑥ 杜桂萍：《袁骏〈霜哺篇〉与清初文学生态》，《文学评论》2010年第5期。
⑦ 曾灿《过日集凡例》末云："六松主人曾灿止山题于金闾之寓斋。"（曾灿：《过日集凡例》，《过日集》卷首，康熙曾氏六松草堂刻本）

"至于选附尊集，则亦不必"，反映出清初作者自付刻资的普遍现实。徐崧《诗风初集凡例》就曾直言："近日征刻，大都篇之多寡，视其资。"① 清初诗歌选本遭致非议的原因往往在此。

曾灿说："余念风雅一道，一世风气所关，不敢视为木鱼漆鸭，酬献宾客，渔猎衣食。故凡登选诗，皆自捐资剞劂。虽集中不无情面，然伤于风雅，即骨肉交，不敢听命。"他虽然意识到在"名似爱才，心实网利"②"假声气，鬻金钱，借风雅，媚权贵"③ 的舆论批评中，刻资往往直接关乎选家的声誉，作者自付剞劂难免招致物议，但"刊一书也，……募写之者金若干，买板金若干，募刻之者金若干，募刷印之者金若干，其他杂费多寡不等"④ 的巨大资金压力，非常人承受得起。《过日集》康熙十二年（1673）刊刻于吴门，要知道此时"吴门刻宋字者，每刻一百字，连写与板，计白银七分五厘，有圈者，以三圈当一字。《元气集》每一叶字与圈，约有四百字，该白银三钱，今加笔墨纸张，修补印刷之费一钱，每叶定白银四钱"⑤。按页计算每页需白银四钱；"每篇长短约扯作三叶，每叶约三百四五十字，共约字百万，以坊刻例计之，约刻费三四百金。"⑥ 按字计算每百万字需三四百金，就会理解他为何致信周亮工，望其"多方引手，或捐其清橐，或嘘之闻人"⑦，尽管在周亮工看来"贫贱之士所汇布之诗"⑧ 不过是"贫无事事，假声气，鬻金钱，借风雅，媚权贵"⑨ 而未予理会。《过日集》刻资，除了源于曾灿"幕中所得脩脯"和作者自付，其余由吴兴祚、姚子庄、吴之振三人资助。曾灿在《凡例》最后说：

---

① 徐崧：《诗风初集凡例》，《诗风初集》卷首，《四库禁毁书丛刊补编》56 册，第 631 页。
② 魏宪：《诗持三集自序》，《诗持三集》卷首，《四库禁毁书丛刊》集部 38 册影印康熙刻本，第 385 页。
③ 周亮工：《与镜庵书》，《赖古堂集》卷一九，康熙刊本。
④ 戴名世：《忧庵集》，《戴名世遗文集》，中华书局 2002 年版，第 136—137 页。
⑤ 陈鉴等：《刻元气集例》，《元气集》卷首，顺治、康熙刻本。
⑥ 张潮：《与迂庵》，《尺牍偶存》卷三，乾隆四十五年刻本。
⑦ 曾灿：《与周栎园书》，《六松堂诗文集》卷十一，清抄本。
⑧ 周亮工：《与镜庵书》，《赖古堂集》卷一九，康熙刊本。
⑨ 周亮工：《与镜庵书》，《赖古堂集》卷一九，康熙刊本。

此集计十年而后成，非惟剞劂之云难，良亦辑较之不易。将伯之助，幸有其人。丽句或藏箧笥，佳篇偶寄邮筒。搜辑之功，则顾茂伦、徐崧之、程杓石、袁重其也。嘉树成阴，能植者芟其繁冗；清泉入户，疏流者汰其污泥。参订之功，则魏冰叔、彭躬庵、徐贯时、蔡九霞、魏和公、吴子政也。字画既多亥豕，文章难辨鲁鱼，较阅之功，则张无择、徐祯起、杨震百、王勤中、华子三也。成千仞者亏一篑，行百里者半九十。捐资玉汝之功，则吴伯成、姚六康、吴孟举也。斯集也，茂伦、贯时开之于先，伯成、六康继之于后。竭十数人之精神，乃得完余十年未竟之业。古人云，专絃难听，水一难食。验之斯集，岂不信然。①

足见，《过日集》远非曾灿一人之功，而是"竭十数人之精神"，经过十年苦心经营才最终完成。除了顾有孝、徐崧、程棫和袁骏的"搜辑之功"，吴兴祚、姚子庄、吴之振赠与其刊刻费用，诗歌的参酌评定，则有赖于魏禧、彭士望、徐柯、蔡方炳、魏礼和吴政名；文字辨识、校对审阅得力于张抡、徐桢起、华坡等。总之，是这些好友各司其职、各显其能，历经十年，才最终完成这一大型诗选的编撰和刊刻。

第二节 《过日集》的诗学主张

曾灿的诗学观念在其编纂的大型诗选《过日集》中有集中体现。清代著名文学家王昶在总结历代选家编纂各种选本的初衷时精辟地论述道："古人选诗者有二，一则取一代之诗，撷精华，综宏博，并治乱兴衰之故，朝章国典之大，以诗证史，有裨于知人论世。如《唐文萃》《宋文鉴》《元文类》所载之诗，与各史相为表里者，是也。一则取交游之所赠，性情之所嗜，偶有会心，辄操管而录之，

---

① 曾灿：《过日集凡例》，《过日集》卷首，康熙曾氏六松草堂刻本。

以为怀人思旧之助,人不必取其全,诗不必求其备,如元结、殷璠、高仲武、姚合之类,所谓唐人选唐诗者,是也。二者义类已不同矣。"① 王昶将古往今来选家选诗的本意区分为确立以诗证史的自觉意识和顺应自身诗学趣尚两种倾向,从这个意义上说,曾灿所编选的《过日集》二十卷无疑属于后者。《过日集》序跋和凡例中所反复强调的"性情",包括选家以有无"性情以流其间"作为准绳的选诗原则及其影响下的选诗风格、选诗态度,既显现出选家个人的好尚与诗学主张,又体现了这一大型诗选对当时文坛风气的批评意义。

一 以发乎性情为准绳的选诗原则

《过日集》所选可谓曾灿"性情之所嗜"。在《凡例》中,曾灿反复强调自己对"性情"的看重。在论及"所选率多唐韵"② 时,他说:"诗以道性情,音韵相近,声律自谐。"③ 在论及所选"名媛诗"时,他说:"余特以节妇贞女冠其篇首。如方维仪之深情贞静,朱中楣之秀整悠闲,张昊之意指高远。其他亦取其性情之正,不背于关雎哀乐之旨者。"④ 在论及"诗须有谓而发"⑤ 时,他说:"若第点缀夫春花秋月、晓风夜露,而无性情以流其间,吾无取焉耳。"⑥ 足见曾灿始终将有无"性情"的流露作为衡量是否入选《过日集》的首要标准。曾灿之所以大力倡导性情,是针对当时诗风之弊而发,根本上是为了扭转诗坛缺乏"真诗"的局面。他在《依园七子诗序》中说:"诗之至于今日,盛矣哉。盖自王者采风而有《三百篇》,率多忠臣孝子、征夫思妇之什,皆能自道其性情而无所勉强。六朝三唐而下,渐失其真,应制有诗,登眺有诗,以及宴会赠答莫

---

① 王昶:《蒲褐山房诗话新编》,齐鲁书社1988年版,第311页。
② 曾灿:《过日集凡例》,《过日集》卷首,康熙曾氏六松草堂刻本。
③ 曾灿:《过日集凡例》,《过日集》卷首,康熙曾氏六松草堂刻本。
④ 曾灿:《过日集凡例》,《过日集》卷首,康熙曾氏六松草堂刻本。
⑤ 曾灿:《过日集凡例》,《过日集》卷首,康熙曾氏六松草堂刻本。
⑥ 曾灿:《过日集凡例》,《过日集》卷首,康熙曾氏六松草堂刻本。

不有诗，人擅其名，家各有集。至于今日，举生平未识面之人，亦必以诗贻赠；卿士大夫寿言挽章，不论其人之能诗与否，必欲乞为诗歌。呜呼，不喜而笑，不悲而啼，而欲求为真诗，难矣。是诗之盛，盛于今日；而诗之衰，亦衰于今日也。"① 应制、登眺、宴会、赠答，皆为作诗而作诗，没有切身的感受，没有率真的激情，只能勉为其难，敷衍成章。"不喜而笑，不悲而啼"，矫揉造作的创作心态造成了"诗之盛，盛于今日；而诗之衰，亦衰于今日"的局面。真性情、真面目的缺失所招致的虚假与空疏使得诗坛繁华热闹的表象之下掩藏着虚浮无力的本质。

而真性情的丧失又绝不是发生在个别作家身上的个别现象。就曾灿而言，或许也有来自自己的反思。时人称其"十许岁便工为诗，三十则名已动天下"②，他本人也不讳言"天下往往曰，曾氏兄弟能诗"③，然而在回忆自己诗歌创作道路时，曾灿说："及出游吴越闽广燕齐，则登临者十三，酬赠者十七，欲求其工难矣"④，对下山出游后诗歌创作不尽如人意的主要原因进行了深刻反思，将其归结为酬赠往来，想必更有追随依附他人所造成的言不由衷与身不由己。正因曾灿对撇开真性情而沦为交际工具和筹码的创作深感无奈和疲惫，他在给朋友的回信中大声疾呼"为文须切实有用，作诗必清真无泛。诗以道性情，若性情失其真，即典雅骈俪，不过为优孟衣冠而已"⑤。阐明诗人性情的真实抒发而非"典雅骈俪"的外在形式才是诗歌创作的高标。真性情的展露自然与作家个体创作的独特性密不可分。在为友人作序时曾灿进一步说："作诗者必得其性之所近。虽出入众作，要皆自成一家。如杜之老朴坚厚，韩李之奇崛峭厉，王孟高岑之闲秀，莫不有规模气度，足以轶越古人。然不能变，则

---

① 曾灿：《依园七子诗序》，《六松堂诗文集》卷十二，清抄本。
② 沈荃：《过日集序》，《过日集》卷首，康熙曾氏六松草堂刻本。
③ 曾灿：《金石堂诗序》，《六松堂诗文集》卷十二，清抄本。
④ 曾灿：《金石堂诗序》，《六松堂诗文集》卷十二，清抄本。
⑤ 曾灿：《复金曾公》，《六松堂诗文集》卷十四，清抄本。

又优孟衣冠，得其形似而已。"① 他特别强调"自成一家"的重要，强调"出入众作"、学习古人的同时也要能够形成自身的"规模气度"从而"轶越古人"。对诗坛上那些摒弃个性一味摹拟古人的做法进行批判，认为那样只能如优孟衣冠，虽则酷肖，却丝毫不具备主体应有的鲜活生命力，徒然落得一个没有灵魂的外壳。因此，出于捍卫诗歌尊严的种种考虑，作为选家，在编选《过日集》的过程中，曾灿始终将性情作为第一要义。这表现为他倡导诗主性情，以有无真性情的流露作为选诗原则的同时，兼以投合其自身性情作为入选的因素。他始终坚持自己的主张，与其往来密切的龚鼎孳在为曾灿《过日集》作序时称其"不欲苟同于古人，并不欲苟异于今人"②，又称"其选诗也，旁搜博购，以己意毅然去取之"③，竭力避免"取天下人之声诗以役己"抑或"驱在我之性情以从人"④ 的弊病即是明证。龚鼎孳尤其称道作为选家曾灿不循人情、唯论其诗的魄力，赞赏其听从本心、唯取其性情之所嗜的选诗态度："虽声誉交游与当时名位之通显者，未之或遗，然惟论其诗而已，无所为徇人之具也。或谓青藜是选，惟取其性情之所近，犹是青藜之诗也。不知诗本性情，选诗而违其性情，亦岂可以为选乎？"⑤ 通过对那些质疑曾灿选诗"惟取其性情之所近"声音的否定，进一步肯定性情乃诗歌之根本，揭示了选诗的价值和批评意义亦以选家真性情的展露为前提的道理。又说："青藜以《过日》名其选，盖自为其性情谋也。子美《赠郑炼赴襄阳》诗有曰，把君诗过日。夫炼不以诗名，而子美为是语，意必有所取于炼，而不在诗之名与不名也。然则青藜持此意以选诗，固有以正天下之性情，而天下之人得此意以读青藜之选诗，宜有以感发其性情，而一归之于正。是则青藜有异于世

---

① 曾灿：《邵其人吴趋吟序》，《六松堂诗文集》卷十二，清抄本。
② 龚鼎孳：《过日集序》，《过日集》卷首，康熙曾氏六松草堂刻本。
③ 龚鼎孳：《过日集序》，《过日集》卷首，康熙曾氏六松草堂刻本。
④ 龚鼎孳：《过日集序》，《过日集》卷首，康熙曾氏六松草堂刻本。
⑤ 龚鼎孳：《过日集序》，《过日集》卷首，康熙曾氏六松草堂刻本。

之选诗者矣。"① 龚鼎孳认为曾灿《过日集》选诗"自为其性情谋"而旨在触发天下诗人之真性情,并能以其感召力矫正诗风之弊,由此在诗坛独树一帜。

二 以沉雄典雅为主导的选诗风格

曾灿选诗大力倡导性情的同时,也秉持着较为严格的审美标准。他在《过日集》凡例中说:"余所选诗,去纤巧,归于古朴;去肤浅,归于深厚;去滞涩,归于宛转;去冗杂,归于纯雅。不论其为汉魏六朝、初盛中晚、宋元明之诗,而要归于沉雄典雅。"② 曾灿选诗不拘于流派,不论其崇尚汉魏六朝、唐宋元明之诗抑或专宗初唐、盛唐、中唐、晚唐诗,甚至因"去取既严"而"出处不问"③,但所选诗歌务必要去除纤巧、肤浅、滞涩、冗杂的弊病,达到古朴、深厚、宛转、纯雅的境地。其中雅俗之辨是曾灿强调的重点。他分别引用黄庭坚、曹学佺、孙承泽、钱谦益关于雅俗之辨的经典论断推进其崇雅黜俗的主张:"黄鲁直曰,子弟凡病皆可医,惟俗不可医。曹能始序胡白叔诗曰,作诗先辨雅俗二字。孙北海曰,诗文之事,莫妙于易,莫难于老。又曰,吾辈读书,即不能穷及理奥,决不可事禅悦以助波澜;吾辈作诗文,即不能力追大雅,决不可袭噍聱以堕恶道。钱虞山论诗曰,宁质而无佻,宁正而无倾,宁贫而无儌,宁弱而无飘,宁为长天晴日,无为盲风涩雨,宁为清渠细流,无为浊沙恶潦,宁为鹑衣短褐之萧条,无为天吴紫凤之补坼;宁为书生之步趋,无为巫师之鼓舞;宁病而呻吟,无梦而厌寐;宁人而寝貌,无鬼而假面。"④ 显然曾灿认同黄庭坚之俗乃最不可救药的诗学观念,并将曹学佺为胡梅作序时所说"作诗先辨雅俗二字"奉为圭臬,继而以孙承泽、钱谦益捍卫诗歌本色与纯正性的宣言阐明雅与俗有着严格的界限,作诗要唯俗之务去,宁为玉碎不为瓦全,与俗势不

---

① 龚鼎孳:《过日集序》,《过日集》卷首,康熙曾氏六松草堂刻本。
② 曾灿:《过日集凡例》,《过日集》卷首,康熙曾氏六松草堂刻本。
③ 曾灿:《过日集凡例》,《过日集》卷首,康熙曾氏六松草堂刻本。
④ 曾灿:《过日集凡例》,《过日集》卷首,康熙曾氏六松草堂刻本。

两立。曾灿本人又在此基础上补充道:"余曰,宁为钟、谭之木客吟啸,无为王、李之优孟衣冠也。"① 进一步指出其所倡导的崇雅黜俗与真性情的抒发两者之间的一致性与内在关联。

曾灿提出诗歌"要归于沉雄典雅"这一理论主张的同时,又能将其始终贯穿于《过日集》的编选实践。他在《过日集》凡例中说:"近日如吴梅村、龚芝麓、赵韫退、梁玉立、施尚白、曹澹余、钱幼光、王阮亭、陈说严、徐方虎、魏和公、陈元孝、程周量诸诗,怨而不诽,哀而不伤,或肖摩诘之幽闲,或写杜陵之悲壮,此永嘉正始之音,不可概见者。他如魏冰叔、钱开少、蔡大敬之杂言,彭骏孙、彭躬庵、林确斋之五古,李武曾、王蓼航、颜修来之七古,高苍严、宋荔裳、姜铁夫之五律,周元亮、吴孟举之七律,杜于皇之五古、五律,周伯衡、魏善伯、丁雁水、郭快庵、田子纶、赵天羽、陈赓明之五七律,董文友之杂言、七绝,毛大可之七律、五排,吴六益之七律、七绝,彭禹峰之七排,钱虞山、严荪友之七绝,或标唐人之词,或拟宋人之调,而要皆浑厚博畅,归于雅驯。余读其全稿,因得而论列之。"在辑选者曾灿看来,从所选作家的角度,《过日集》中吴伟业、龚鼎孳、赵进美、梁清标、施闰章、曹申吉、钱澄之、王士禛、陈廷敬、徐倬、魏礼、陈恭尹、程可则诸家之诗,或具王维诗幽微闲雅的意趣,或有杜甫诗深沉悲壮的情怀,可谓盛唐之音的典型,代表着古今诗人创作的最高艺术水平。而以诗歌体式为着眼点,魏禧、钱邦芑、蔡仲光的杂言诗,彭孙遹、彭士望、林时益的五言古诗,李良年、王紫绶、颜光敏的七言古诗,高晫、宋琬、姜埂的五言律诗,周亮工、吴之振的七言律诗,杜濬的五言古诗、五言律诗,周体观、魏际瑞、丁炜、郭棻、田雯、赵吉士、陈玉璂的五七言律诗,董以宁的杂言诗、七言绝句,毛甡的七言律诗、五言排律,吴懋谦的七言律诗、七言绝句,彭而述的七言排律,钱谦益、严绳孙的七言绝句,无论推崇唐诗还是学习宋诗,均能从中撷取精华,自成一体,达到典雅浑厚的艺术境地。

---

① 曾灿:《过日集凡例》,《过日集》卷首,康熙曾氏六松草堂刻本。

不难看出，在清初诗坛宗唐与宗宋界限泾渭分明、彼此互相排斥的局面中，作为选家，曾灿以诗歌"要归于沉雄典雅"为原则和纲领，表现出努力打破门户之见的勇气。他说："今人论诗，必宗汉唐，至以道理议论胜者，斥为宋诗，虽佳不录。此亦过也。宋诗到至处，虽格调不及，亦自天地间不可磨灭。"① 曾灿指出时人对宋诗持有偏见，出之以道理、议论并不能妨碍宋诗的妙处，他认为"宋诗的最高境界，也是独成一格的"②。在充分肯定宋诗的价值之后，曾灿又说："方密之曰，今人有唐人无诗，诗在宋元之说，总由学疏而自便，好异而力薄，故迁就遮掩耳。"③ 通过征引方以智对时人"唐人无诗，诗在宋元之说"的驳斥，及对持此说之人学识浅陋、才力薄弱却喜欢自作主张，刻意标新立异的批评，肯定唐诗的地位和价值同样不容置疑。接着曾灿又说："徐崧之曰，唐诗尚风华，故多浮而不实；宋诗贵尖刻，未免显而近粗。余所选者，虽不敢云藻鉴之至精，然准之古人之诗，唐宋两病，吾知免夫。"④ 与曾灿唱和往来颇多的徐崧认为唐宋诗各有长处的同时，又都存在着不足。唐诗缺乏厚重感而不够踏实，宋诗则伤于直露且不够精致。在曾灿看来，以徐崧对唐宋诗的品评为尺度进行衡量和鉴赏，《过日集》所选之诗，既兼具了唐诗的风采才华与宋诗的深刻犀利，又将它们各自的瑕疵和弊端一概避免。不难看出，曾灿为着选诗"要归于沉雄典雅"的主张在努力摆脱唐宋界限束缚的基础上"藻鉴之至精"，付出了大量心血和努力。

从诸家对《过日集》的评价中亦可见曾灿选诗去取之严，格调之高。将《过日集》"翻阅累日夜"的陈玉璂在谈及这一大型选集选诗时说："大约取体必高以浑，取词必正以则。宁简毋滥，宁朴勿华，而其意一主三百篇。"⑤ 沈荃也说："青藜是选，既本以质，而

---

① 曾灿：《过日集凡例》，《过日集》卷首，康熙曾氏六松草堂刻本。
② 王英志：《清代唐宋诗之争流变史》，人民文学出版社2012年版，第218页。
③ 曾灿：《过日集凡例》，《过日集》卷首，康熙曾氏六松草堂刻本。
④ 曾灿：《过日集凡例》，《过日集》卷首，康熙曾氏六松草堂刻本。
⑤ 陈玉璂：《过日集序》，《过日集》卷首，康熙曾氏六松草堂刻本。

出之沉雄典雅，要使天下学诗之人，皆彬彬乎质有其文。是则青藜之意也。余叨窃侍从之班，见今天子锐意文学，一时公卿大夫，以及韦布之士，莫不崇尚风雅，以成一代之文献。则斯集也，诚足以正风尚，而敦世教也矣。"① 陈玉璂和沈荃都认为《过日集》选诗远绍《诗经》质朴而典雅的风格，因而能够担当确立诗歌正则，恢复风雅传统的重要使命。

三 崇尚唐诗的倾向

曾灿以诗歌"要归于沉雄典雅"为纲领和原则，提出"宋诗到至处，虽格调不及，亦自天地间不可磨灭"的主张，表现出了对宋诗价值的高度肯定，以及努力破除门户之见的勇气。但这并不能等同于在他的诗学观念中，宋诗的分量可与唐诗并驾齐驱。对此，王英志在《清代唐宋诗之争流变史》中已经作出阐释，他说："曾灿并不认为诗中有议论便是劣等，而是肯定宋诗的最高境界，也是独成一格的。只要符合古朴、深厚、宛转、沉雅等标准的诗，不拘朝代，他都选入。但是从他的议论中我们还是不难看出，他仍认为宋诗的'格调不及'唐诗，准确地说，他是站在唐诗的立场上适当肯定宋诗，这与兼融唐宋的思想还是有差别的。"② 作者的眼光很是敏锐，对于"宋诗'格调不及'唐诗"，曾灿的确也有过具体表述，他认为朱载震③诗不如梁佩兰诗的理由正在于此："悔人意气超绝，绰有楚风，诗亦自成一家言，但微有宋气，不及药亭遒逸，有一唱三叹之致。"④ 指出朱载震诗不能像梁佩兰诗那样笔力遒劲、洒脱飘逸和起伏摇曳应归因于"微有宋气"。可见他所秉持的仍是唐诗本位立场。

实际上，从曾灿各种情境下，对各体诗歌的评论中，都不难看出他一贯高度崇尚唐诗的倾向。比如在谈到五言古诗的最高境界时，

---

① 沈荃：《过日集序》，《过日集》卷首，康熙曾氏六松草堂刻本。
② 王英志：《清代唐宋诗之争流变史》，人民文学出版社2012年版，第218页。
③ 朱载震，字悔人，湖广潜山人。
④ 曾灿：《与梁药亭》，《六松堂诗文集》卷十四，清抄本。

他说,"诗以坚老古朴,如杜甫元结者为上,清逸婉秀学王孟者次之,高迈蕴藉学苏李者又次之"①,三重境界均以唐诗为榜样;在论及时人七言古诗的典范之作时,他说,"有似李杜者,有似高岑者,有似王季友者,有似韩昌黎、李长吉、曹邺之者"②,无不以唐代诸家为楷模予以衡量;提起五言律诗的境界,他说,"五律以闲远高秀为上。事外景外别具风概,使人悠然得之言外,次则老健典雅,王孟高岑未尝逊工部也"③,又说七律刚好与五律相反:"七律难于五律,前人论之备矣。既增二字,体格气色便大不同,则不得不首推沈壮典丽,而次清逸之作。工部其正的也。"④五七言律难易之间,闲远与典雅两重最高境界之间,比较只在盛唐诸公,尤其杜甫、高岑、王孟中进行,曾灿对唐诗的推崇得到了无可辩驳的证明。

从曾灿对各体诗歌的评论中还可以发现,他最多提及的,最推崇的诗人就是杜甫。他还说:"唐人七古最推李杜,然李诗豪逸,每伤滑放,若不善学,不为信口油腔,则如醉人狂舞矣。王元美称杜五律七古皆入神境,余谓七古真足掩抑三唐无一首不佳者。学之纵不能似,断不受病他体,奇作虽多,疵病亦时有也。"⑤ 他说杜甫七言古诗在有唐一代所向披靡,无人能及,甚至无一首不佳,钦佩之情溢于言表。当然,曾灿在宗尚唐诗,推崇杜甫的同时,也看到了其不足。比如他认为李白的诗伤于"滑放",不够典雅庄重;杜甫七言古诗之外的其他诗体多佳篇奇作的同时,也有不少瑕疵。这都体现了他作为选家的批评意识和辩证看待问题的眼光。另外,对于好友徐崧"唐诗尚风华,故多浮而不实"的观点,他也颇为认同。这在前文已经论及,不赘。

总之,曾灿的诗学思想和主张在《过日集》中有集中体现。他对当时"不喜而笑,不悲而啼"的诗歌创作风气深表忧虑,提出要

---

① 曾灿:《过日集诸体评论》,《过日集》卷首,康熙曾氏六松草堂刻本。
② 曾灿:《过日集诸体评论》,《过日集》卷首,康熙曾氏六松草堂刻本。
③ 曾灿:《过日集诸体评论》,《过日集》卷首,康熙曾氏六松草堂刻本。
④ 曾灿:《过日集诸体评论》,《过日集》卷首,康熙曾氏六松草堂刻本。
⑤ 曾灿:《过日集诸体评论》,《过日集》卷首,康熙曾氏六松草堂刻本。

作"真诗",大力倡导性情。他选诗以发乎性情为准绳的同时,又提出"诗歌要归于沉雄典雅"的主张,体现出其对于诗歌的审美理想。另外,从他各种情境下对于诗歌的评论中,可以窥见其崇尚唐诗的倾向。

第三节 《过日集》的诗歌评论

清初选诗蔚然成风,但选家对评点的态度却不尽相同,总体有赞成和反对两种。赞成者如陈允衡,他在《国雅初集》凡例中说:"古人选诗,原无圈点。然欲嘉惠来学,稍致点睛画颊之意,亦不可废。须溪阅杜,沧浪阅李,不无遗议。但当其相说,以解独得肯綮处,亦可以益读者之志。"① 反对者如顾施祯,他在《盛朝诗选初集》凡例中说:"近诗选家林立,行世善本,各出手眼,概加评点。但作诗之人,各有兴会,性情所至,行于咏言。而选者意为议论,或泛加褒美,殊失作者大旨。故是集就诗选诗,不敢妄加评点,意为溢词也。"②

曾灿也不赞成评点,《过日集》凡例说:"集中不加圈点评语者,遵古也。《文选》一书,家传户诵,垂千百年不变,要略示其的,随后人所领取耳。评点切当者,不无裨益后学,而古人之精神,或反沉泥于句下。况仁者见仁,智者见智,亦何必执一法以例天下之学者乎。"③ 归纳其实质就是中国文论中"诗无达诂"的观念:"诗无达诂,在观者以意逆志,不加评释,不著圈点,其原有自注者仍之。"④ 说得再具体一点,选而不评正是为了避免选家可能带来的先入为主观念,给读者留下思考和感悟的空间。然而,即便是反对"执以一法以例天下",在《过日集》卷首《诸体评论》中,曾灿仍从选本收录的1500余家诗人所作8200余首诗歌中标举各体宗尚并

---

① 陈允衡:《国雅初集凡例》,《国雅初集》,康熙刻本。
② 顾施祯:《盛朝诗选初集凡例》,《盛朝诗选初集》卷首,康熙二十八年心耕堂刻本。
③ 曾灿:《过日集凡例》,《过日集》卷首,康熙曾氏六松草堂刻本。
④ 李锡麟:《盛朝诗选初集例言》,《盛朝诗选初集》卷首,嘉庆刻本。

摘句以示其特色，无论其为遗民或贰臣所作，无论其题材为咏史怀古、忠孝节烈、山水田园、羁旅行役抑或酬赠送别，皆为《过日集》审美价值的集中体现。

黄传祖《扶轮续集》自序说："予选续集，而更有说焉。盖不徒以诗选诗也。愀然念兵戈扰扰，饥馑颠连，父子家室，离析莫保。"①可见，"易代的惨痛经历及夷夏文化的冲突，激起了选家以诗存史、借诗存人的诗史意识"。"鼎革而来的时代感，促使选家自觉地将清诗与明诗划清界限。"②魏裔介说，"诗与史并重，必须时代分明。是集所取断自甲申，其甲申以前，虽有佳篇，宜入明代诗集，余所未遑"③。曾灿也表示，"启、祯以前钜公名篇，备载《列朝诗选》中，不复籍表章也。至死义诸公，不登选帙者，亦王介甫不欲列孔子于世家之意。"④他还感叹说，"近代文人，诗品渐贵，隆、万以来所不及也。盖当承平之时，不过登临宴飨，酬赠问答，初无关于安危治乱之故。若历沧桑，遭变难，徘徊于黍离麦秀，坎坷于人散家亡，则其为诗，定有以感天地而泣鬼神者。昌黎有云，和平之音澹薄，而愁思之声要妙，欢愉之辞难工，而穷苦之言易好"⑤。曾灿通过清初近三十年代表性诗作展示出彼时人物的情感世界和精神风貌，及鼎革以来个体与家国命运交织的兴亡之感。

作为选家，曾灿也有着明确的诗体意识。他以孟浩然独擅五言和杜甫不作乐府为例，精辟地指出"诗有不必众体备者"和"一体苟长，便可颉颃古人"的道理，并对"今人刻集，必欲诸体毕备，珠不足而益以鱼目"的行为表示质疑。进而彰显自己"集中有一体佳者，选至数十首，余或一首不录"从诗体着眼衡量诸家之诗，宁缺毋滥的选诗精神。正鉴于此，在《过日集》诸体评论中，曾灿对

---

① 黄传祖：《扶轮续集自序》，谢正光、佘汝丰《清初人选清初诗汇考》，南京大学出版社1998年版，第6页。
② 邓晓东：《清初清诗选本研究》，南京师范大学，博士学位论文，2009年。
③ 魏裔介：《观始集凡例》，《观始集》卷首，顺治十三年刻本。
④ 曾灿：《过日集凡例》，《过日集》卷首，康熙曾氏六松草堂刻本。
⑤ 曾灿：《过日集凡例》，《过日集》卷首，康熙曾氏六松草堂刻本。

杂言、五古、七古、五律、七律、五七言排律、五七言绝句各体诗歌的典型风格和上乘境界，也结合古往今来优秀诗作分别作了评介和讨论。如王兵所说："清诗选家非常重视诗歌体裁的演变，在选文时最常用的体例就是以体分类，即使是按诗家排序的选本，在排列具体作品时也会按照古今诗体的发展顺序来选诗。"①《过日集》当然也不例外。王兵同时指出，"诗体"的含义不只一重，即"一是指古体、近体、五七言律绝等不同的诗歌体裁，二是指各种不同体裁类型诗歌的风格、体势"②。实际上，曾灿正是以不同体裁为依据，以比较的眼光，对各体诗歌的作法、风格、体式等进行论述和评介。从中不难窥见辑选者深厚的诗学素养和苦心孤诣的努力。并且，他所强调的性情，所倡导的沉雄典雅风格在其对各体诗歌的评论中得到了更为具体和深入的阐释。

一　四言诗与乐府

在"杂言"体式下，曾灿首先对四言诗进行了讨论。他说："四言诗惟三百篇最难摹拟，亦最不可摹拟。次则陶诗。四言亦然。盖无古人之性情深厚，神骨简贵，而徒习其音句，未有不庸滥浅滑者。余每见人拟三百篇、拟陶之作便读不终行。魏武《短歌》虽全用三百篇成句，究竟一毫不似古人，所以妙也。集中似三百篇者惟录魏冰叔《秋虫》一章。又以其极似而绝非摹仿。"③曾灿认为作为中国诗歌源头的《诗经》，代表着四言诗所能达到的最高境界，"最难摹拟，亦最不可摹拟"，而同时代人中只有魏禧的《秋虫》达到了神似而毫无模仿痕迹的境地。因此《过日集》卷一"杂言"将魏禧《秋虫五章》并序全部收录。《秋虫五章》序云："甲乙之交，大变三及，予三言之已。卧听秋虫，慨然有赋。"④《秋虫五章》其一

---

① 王兵：《清人选清诗与清代诗学》，北京语言大学，博士学位论文，2009年。
② 王兵：《清人选清诗与清代诗学》，北京语言大学，博士学位论文，2009年。
③ 曾灿：《过日集诸体评论》，《过日集》卷首，康熙曾氏六松草堂刻本。
④ 魏禧：《秋虫五章序》，《过日集》卷一，康熙曾氏六松草堂刻本。

云："万物欲秋，有虫啾啾。或鸣在原，曰秋曰秋。人曰无然。"①其二云："或鸣在原，只不尔听。或鸣在巅，帝不尔信。帝曰：眇尔虫无知，不念下民之无衣。"② 其三云："我行四野，秋风索索。或吹其南，或吹其北。"③ 其四云："曰谋诸市，欲以贸丝。曰谋诸妇，维此杼机。维此杼机，则已后时。"④ 第五章云："维秋徂矣。维冬居矣。雱雱雨雪，则载途矣。民曰祈寒，逝剥肤矣。虫则殂矣，帝曰吁矣。"⑤ 曾灿认为，魏禧四言诗作水平之高在当时是首屈一指的，而且他所取得的成就正与其理论水平相得益彰，曾灿为此最是服膺魏禧："魏冰叔尝谓余曰'工四言诗须于未立局时炼意，未成文时炼笔，先将作诗之情酝酿，沉默左旋右折如不忍，遽出手口，及不得已而后下笔，时自然深厚朴婉、意味无穷'。余最服膺此言，故魏冰叔诗四言最高而陈贞倩以为近代绝唱，良不诬也。余所录者十之一二耳。"⑥ 陈丽称魏禧四言诗乃"近代绝唱"，曾灿认为魏禧是当之无愧的。除了《秋虫五章》，《过日集》还收录了魏禧的《拟钟建新婚诗》《季芊答诗》《已而行》《读水浒》《叶烈妇诔》《赋得老骥伏枥志在千里》。除了魏禧，其他作家四言典范之作，《过日集》中亦多所收录："他如钱虞山《题高士册》、徐季重《崇祯皇帝诔》、李坦园《后雨谣》、陈元孝《黄河谣》、申凫盟《插稻谣》、魏和公《上滩谣》、李力负《伊耆歌》、黎愧曾《短歌》、李艾山《北山》、李季子《禽言》，或似汉魏，或似古谣，或似易林，可谓脱出蹊径矣。"⑦ 在曾灿看来，钱谦益、徐开任、李霈、陈恭尹等人的创作格局开阔，可远追汉魏，是当代四言诗的楷模。如王兵所说："康熙朝以来，不论诗歌作者主张宗唐还是宗宋的诗学倾向，其诗歌创作风格仍是以'诗三百'中的'风雅'传统为最高诉求，具体来说，就

---

① 魏禧：《秋虫五章》其一，《过日集》卷一，康熙曾氏六松草堂刻本。
② 魏禧：《秋虫五章》其二，《过日集》卷一，康熙曾氏六松草堂刻本。
③ 魏禧：《秋虫五章》其三，《过日集》卷一，康熙曾氏六松草堂刻本。
④ 魏禧：《秋虫五章》其四，《过日集》卷一，康熙曾氏六松草堂刻本。
⑤ 魏禧：《秋虫五章》其五，《过日集》卷一，康熙曾氏六松草堂刻本。
⑥ 曾灿：《过日集诸体评论》，《过日集》卷首，康熙曾氏六松草堂刻本。
⑦ 曾灿：《过日集诸体评论》，《过日集》卷首，康熙曾氏六松草堂刻本。

是温柔敦厚,中正和平。"① 曾灿对四言诗的评价印证了这一观点。

除了四言诗,《过日集》诸体评论在"杂言"体式下还对乐府诗做了评介和讨论。对于《过日集》"不立乐府一体,统以杂言古诗概之"的原因,曾灿在《过日集》凡例中首先已作了解释和说明。他说:"诗可被之金石管弦,乃名乐府古篇,题虽存,而其法自汉后亡已久矣。后人沿习为之,问其命题之义,则不知,问其可入乐与否,则不知。作者昧昧而作,选者昧昧而选。然则今人用古乐府题者虽极工,但可言古诗,不可言乐府也。故兹选不立乐府一体,统以杂言古诗概之,以别于五言七言古诗耳。"② 曾灿认为古乐府与四言诗一样,都贵在语言淳朴自然而意义委婉曲折,都继承和发扬了《诗经》的比兴精神:"四言诗贵语朴而意婉,古乐府贵意曲而语直。三百篇而下不失比兴之旨者,唯乐府近之。"③ 而相对于四言诗的工稳整饬,乐府更婉转流动,纵横多姿:"乐府之妙,乍去乍来,若断若续。忽饮酒,忽谈仙;忽而富贵,忽而衰落;忽而旖旎,忽而慷慨;忽而感恩,忽而报仇;忽好色,忽悟道;忽喜欢快乐,忽幽忧怫郁。言近而托旨远,法严而格不羁。"④ 曾灿说,乐府妙在具有极强的跳跃性,大起大落、大开大合,章法谨严而不拘一格,常有意在言外的表达效果。

谈到当代乐府诗的代表作,曾灿说:"集中如周元亮《悲歌》《来日大难》,李元仲《善哉行》,董阆石《子夜歌》《乌栖曲》,施愚山《当空》《仓雀》《采麦词》,陈确庵《反行路难》《日出入行》,徐方虎《独漉篇》《行路难》,张朗屋《独漉篇》,杨起文《短歌行》,董文友《行路难》,魏善伯《古相思》,魏贞庵《薤露歌》,梁玉立、钱开少《咏古》诸作,葛瑞五《短歌行》,章云李《大木行》,皆自出机轴,自具手眼,自谐音节。岂拾古人咳唾,自

---

① 王兵:《清人选清诗与清代诗学》,北京语言大学,博士学位论文,2009 年。
② 曾灿:《过日集凡例》,《过日集》卷首,康熙曾氏六松草堂刻本。
③ 曾灿:《过日集诸体评论》,《过日集》卷首,康熙曾氏六松草堂刻本。
④ 曾灿:《过日集诸体评论》,《过日集》卷首,康熙曾氏六松草堂刻本。

称珠玉者哉?"① 他指出周亮工、李世熊、董含、施闰章等人的创作无一不是别具一格，在学习古人之基础上形成自身的规模气度而成为当代乐府诗的楷模。

二 五言古诗与七言古诗

曾灿说："诗惟为五言古格最变化。凡经史诸子百家之书，皆可运用，学问最大。盖写性情叙事实，其体莫宜于五古。正如史家列传足供发挥也。诗以坚老古朴，如杜甫、元结者为上，清逸婉秀学王、孟者次之，高迈蕴藉学苏、李者又次之。近日五古风尚汉魏，然声调篇篇一律，影响恍惚，似有指归，细而求之终不见用意所在，多读之反生人厌。故余尝谓假汉魏不如真唐人也。"② 曾灿说五言古诗是最富有表现力的诗歌体式，没有哪种诗体比它更适合抒情、叙事。同时五古所承载的内容也往往最为深广。因此以杜甫、元结诗"坚老古朴"的境界为最上，其下分别是王维、孟浩然"清逸婉秀"之风和李峤、苏味道"高迈蕴藉"之味。曾灿还指出，当时诗坛五言古诗创作普遍崇尚汉魏，一味拟古的结果是千人一面、千篇一律、有形无神、似是而非，令他不禁发出"假汉魏不如真唐人"的感喟。

为矫正诗风之弊，曾灿广泛搜罗，精心挑选，得到诸多上乘之作，他说："集中如龚芝麓《过饥凤轩》《咏怀诗》《十八滩》古雅修整，吴梅村《临江参军》《南厢园叟》《矾清湖》诸诗苍老高凉，施愚山《望叔父不至》《为先祖母生辰》坚响朴奥，王贻上《五日龙溪》《白石桥寻黛溪》《由槲山入几山》诸作清真秀逸，魏和公《偶然作》《再到岭南》《梁烈妇述》沉郁悲壮，皆极古人用意用词之妙，而无一字不经锤炼者。"③ 曾灿说，《过日集》所选五言古诗题材丰富多样，笔调不拘一格。有典雅整饬的，有苍劲庄严的，有质朴深沉的，有清真秀逸的，有沉郁悲壮的。而无论哪一种，都是

---

① 曾灿:《过日集诸体评论》,《过日集》卷首，康熙曾氏六松草堂刻本。
② 曾灿:《过日集诸体评论》,《过日集》卷首，康熙曾氏六松草堂刻本。
③ 曾灿:《过日集诸体评论》,《过日集》卷首，康熙曾氏六松草堂刻本。

极尽前人用词之妙，经千锤百炼而后成的典范之作。

评论中还提到，"申凫盟《咏古》，钱幼光《南徙纪事》，周伯衡《再渡峡口》《补童谣》，宋玉叔《感怀》，周元亮《庚子》《重九》，赵韫退《田家》《冬日》，吴六益《西园》《古离别》，陈说严《屋后闲眺》，魏冰叔《卖薪》诸行，彭躬庵《冬心诗》《袁二游浙西》，潘署藻《出门》诸诗，李武曾《九岭》，秦留仙《冬日诗》，王蓼航《山中》《夕雨》，曹澹余《武陵杂诗》《早发桃源》，陈元孝《拟古》《杂诗》，李力负《雨后移梅》《金精怀古》，魏石床《家政》，杨商贤《游爱园》，魏善伯《猛虎》《将军》两行，孙凤山《山中夜坐》，沈绎堂《繁台怀古》，彭骏孙《抵英德县》，方尔止《石埭》，汪蛟门《进山》，韩君望《言怀》，程周量《舟夜》，徐健庵《入晋》，杜于皇《寓园即事》《赠孙无言》，屈翁山《赠朱廿二》，孙仲愚《竹林寺》，陈鹤客《赠姜大》《行苕溪道上》，曹秋岳《武林遇何芝函》，严颢亭《喜雨》，钱开少《归田》，陈赓明《咏怀》《冬至》，毛卓人《黄河》《虎丘》，张无择、钱驭少《杂诗》，蔡雪余《拟杜》，徐方虎《苦寒行》，蔡九霞《述先烈诗》，诸诗皆缘情随事，因物赋形，赠答宴游，别具风概，泓泓乎大雅之音也"①。曾灿又指出，《过日集》中如申涵光《咏古》、钱澄之《南徙纪事》、周体观《再渡峡口》《补童谣》，宋琬《感怀》诸诗，或抒发感慨，或摹写景物，别有风度气概，无一不是继承《诗经》风雅精神的优秀作品。

此外，曾灿还说，"无可师尝言余易堂诸子五言古长于叙事，为同时独步。余以为间伤细琐，惟魏和公比兴最多，不失古意，别成一调"②。方以智认为易堂诸子的五言古诗长于叙事，是当时人中的佼佼者。作为选家，曾灿则认为其易堂同仁的创作不免伤于琐碎，唯独魏礼的五古长于比兴，颇有古风，能自成一家。《过日集》卷五"五言古"以魏礼为首，曾灿"当今布衣诗，和公为第一"的评价，

---

① 曾灿：《过日集诸体评论》，《过日集》卷首，康熙曾氏六松草堂刻本。
② 曾灿：《过日集诸体评论》，《过日集》卷首，康熙曾氏六松草堂刻本。

均与魏礼五言古诗创作成就有直接关系。

如果说五古以质朴老健为妙,七古则以激越顿挫为妙。曾灿说:"七言古以跌宕顿挫、起伏超忽、苍雄沉鸷为最上乘。章法妙者如百金战马驻坡蓦涧,蹄迹不羁。余谓乐府、七古之妙全在一断字。乐府断而不连,合之自成章法;七古连而能断,寻之自具脉理。今人七言整丽风华,大约祖初唐为多,而吴梅村独能以骨力行其才气,如《永昌宫词》《琵琶行》《听女道士弹琴》《松山哀》《临淮老妓行》诸篇气魄沉雄,词调铿锵,有龙跳天门、虎卧凤阙之妙。"① 曾灿说七言古诗最大的妙处在于跌宕顿挫,大起大落。又"连而能断",看似跳跃极大,实则"自具脉理""自成章法"。往往最能体现一个作家的气魄和才力。在他看来,吴伟业的七言古诗在当时可谓首屈一指,《永昌宫词》《琵琶行》《听女道士下玉京弹琴》《松山哀》《临淮老妓行》诸篇,气势苍雄,铿锵遒劲,读来令人酣畅淋漓。从这个意义上说,《过日集》卷六"七言古"以吴伟业为首,可谓实至名归。

评论中还说,"其他名作如龚芝麓《金陵篇》《樟树》诸行,郑次公《父老叹》,赵韫退《荞豆行》,周宿来《秣陵行》,施愚山《烟火行》,尤展成《忧盗行》《长安道》,彭骏孙《秦筝歌》,薛行屋《汴中曲》,申凫盟《邯郸行》,吴汉槎《白头宫女行》,钱幼光《鸡鸣》《泥鳅》《催粮》诸行,……宋荔裳《诏狱行》,曹顾庵《沧海行》,王蓼航《大梁宫》《入柳园》两行,或感慨呜咽,或嬉笑怒骂,所谓借他人之酒杯浇自己之块垒者,岂白香山、元微之、辛稼轩、杨铁崖所能颉颃哉?"② 曾灿指出龚鼎孳《金陵篇》,郑日奎《父老叹》,赵进美《荞豆行》,周茂源《秣陵行》诸歌行,或为己身遭际愤愤不平,或因世道不公怒斥责骂,皆是借他人之酒杯浇自己心中之块垒,慷慨淋漓,随意挥洒,比起白居易、元稹、辛弃疾、杨维桢的创作非但毫不逊色,反而后来者居上。

曾灿又进一步说,"王贻上《枇杷园歌》《春不雨》《石龟行》,

---

① 曾灿:《过日集诸体评论》,《过日集》卷首,康熙曾氏六松草堂刻本。
② 曾灿:《过日集诸体评论》,《过日集》卷首,康熙曾氏六松草堂刻本。

范觐公《冬猎篇》,彭躬庵《败茅行》,陈元孝《赤壁舟中》,方尔止《文德桥》,杨嘉树《题沈师鸿万轴楼》《七月十三日夜坐书怀》,魏冰叔《金精行》,彭禹峰《赠吴六益》,孙仲愚《柘沟山》,谭维石《早谣》,魏和公《乘月渡海歌》《黄河舟中》,方素伯《雾中驴背诗》,梁玉立《潭园歌》《郊猎篇》,曹澹余《大理石屏歌》,吴野人《白塔河》,杜于皇《椰冠歌》,……高云客《汤御史行》,李武曾《官马行》《见盆中水仙》,毛大可《逢姜九饮》《别戴大黄大》,邵子湘《京口行》《隋宫篇》,有似李杜者,有似高岑者,有似王季友者,有似韩昌黎、李长吉、曹邺之者"[1]。他提到王士禛《枇杷园歌》,范承谟《冬猎篇》,彭士望《败茅行》,陈恭尹《赤壁舟中》诸篇,或似李白杜甫,或似高适岑参,或似韩愈李贺,皆以顿挫之笔写激越之情,堪称可圈可点之作。

三 五言律诗与七言律诗

曾灿说:"五律以闲远高秀为上。事外景外别具风概,使人悠然得之言外,次则老健典雅,王孟高岑未尝逊工部也。然亦各有体裁。如王摩诘《秋宵寓直》《观猎》等篇则绮丽精工,《辋川闲居》《送孟六归襄阳》诸篇则幽闲古澹,题有不同体自各别。李本宁曰:'山林宴游则兴寄清远,朝飨侍从则制存茁丽,边塞征伐则悽惋悲壮,暌离患难则沈痛感慨。今惧其格之卑而必求之清远闲适,则又过矣'。今日名作不越二种,而必以学杜为中的,非通论也。"[2]曾灿说,五言律诗讲求意在言外,以高远闲适为上乘境界,其次是老练典雅之作,王孟、高岑的五言律诗并不逊于杜甫。又以王维诗为例说明诗歌风格由题材决定,并引李维桢语进一步加以证明。在曾灿看来,五律作者若是出于担心其诗格调纤弱而强求高远闲适,也并不合适。总之是要根据题材而论风格,不能千篇一律。

曾灿指出,《过日集》中所选五律兼有"闲远高秀者"与"老

---

[1] 曾灿:《过日集诸体评论》,《过日集》卷首,康熙曾氏六松草堂刻本。
[2] 曾灿:《过日集诸体评论》,《过日集》卷首,康熙曾氏六松草堂刻本。

健典雅者"①。

其中"闲远高秀者"如宋琬"侧看岩际屋，直似画中村"，"秋气归残菊，山空补落霞"；周亮工"云过茅屋去，水望板桥来"，"万山连夜雨，孤客五更心"；计东"可惜春光尽，方为客路初"；周体观"夜雨洗山月，残春落涧花"，"滩路三千里，莺花二月时"；施闰章"江青秋雨后，山紫夕阳斜"；程可则"木叶一时下，孤鸿千里来"；王士禛"落日眺平楚，青山生暮寒"，"独坐寒林静，故人相见稀"；金侃"云深难辨寺，林尽始闻钟"；吴伟业"正尔出门夜，忽逢山雨深"，"家贫残雪里，门闭乱山中"；吴兴祚"鸟卧千林月，渔归两岸灯"；林时益"人行古细路，屋在此高峰"，"秋高多在野，江远半于烟"；龚鼎孳"秋光先到水，树色欲浮城"，"青灯疏落木，微雨报秋钟"，"白日此高卧，凉秋昨渐生"等。

"老健典雅"者如钱澄之"日月当门出，江山抱屋来"；梁清标"灯火明林屋，星河落酒尊"；章金牧"海色浮齐动，河声挟岳来"；纪映钟"送君归故里，大火正西流"；魏裔介"轻鲦浮浅者，高鸟下平芜"，"地连关陕近，山入太行多"；龚鼎孳"人压楼台外，天浮鼓吹中"；彭孙遹"白日频西下，沧江自北流"；王豸来"江汉故人远，溪山落日微"；严沆"归云双阙迥，初日万家寒"；吴懋谦"乾坤此尊酒，秋色上楼台"；舒忠谠"英雄消马迹，天地感鸡声"；毛甡"城郭千重起，江山万里来"；陈玉璜"乾坤都在眼，齐鲁只如丸"等。

曾灿说："七律难于五律，前人论之备矣。既增二字，体格气色便大不同，则不得不首推沉壮典丽，而次清逸之作。工部其正的也。"② 接着又说，"今人力量不能壮阔，专靠用事为工，如虚庭寥寥，必欲旅百以实之，则肉兀鱼笱亦陈阶堂，即有博赡之家夸多斗靡，又如贾肆列货，金玉锦绣填塞几巷，令人无行坐处。王敬美曰，善使故事者，勿为故事所使，妙在有而若无，实而若虚，可意悟不

---

① 曾灿：《过日集诸体评论》，《过日集》卷首，康熙曾氏六松草堂刻本。
② 曾灿：《过日集诸体评论》，《过日集》卷首，康熙曾氏六松草堂刻本。

可言传，可力学得，不可仓促得，斯言得之矣"①。曾灿指出七律难于五律，原因在于每句增加两字，整体上大大拓展了诗歌的表现空间，使其顿时格局开阔，气势宏大。与五律相反，七律首推典雅壮丽之作，其次是清新飘逸之作。曾灿奉杜甫七律为圭臬，同时对今人学力才情不足而靠堆砌典故辞藻来虚张声势的现象进行斥责。曾灿认同王世懋所说，作七律要善于驾驭典故，而不是为其所驱使，用典做到无形无象，不着痕迹，方是境界。

曾灿指出，《过日集》中所选七律兼有"沉丽之作"与"清逸之作"。②

集中"沉丽之作"如周亮工"深秋梁苑新沙碛，明月清溪旧板桥。""江边见塔知城近，郡里看山觉寺深。""长风送客江村暮，细雨留人草阁闲。"龚鼎孳"云霞横吹曾千骑，今古凭栏只远山。""羸马短裘僮仆散，秋灯残叶道途长。"梁清标"霜落蒹葭河朔早，风高禾黍太行秋。"周体观"渡头寒雨连江急，城角秋阴向暮催。"宋琬"古木十围遮鸟道，大江千里见龙蟠。"陈三岛"匹马关山何处月，二陵风雨未归人。"万寿祺"升沉日月此茅屋，俯仰乾坤今布衣。"汪楫"过树钟声临寺出，入门山色隔江来。"魏际瑞"风高落日双归雁，水浅围城乱泊船"等。

集中"清逸之作"如李淦"二载家山人未老，一江春水客初归。"周体观"残月远从林际出，秋山疑向梦中看。"舒忠谠"野花数点落微雨，沙鸟一声飞破烟。千家雨过凉添水，一郡秋生远见山。"钱谦益"夕阳多处暮山好，秋水波时木叶闻。"范又蠡"湖船钓入草迷路，山点沽来花满溪。"尤侗"塞上云山新梦里，江南风雪暮寒余。"严正矩"溪响柴门千万壑，松围茅屋两三间。"纪映钟"饶有路通三涧雪，绝无人处一声钟。"徐倬"人情最苦他乡雨，病客还登何处楼。"李良年"湘竹自寒秋浦外，岭云欲落寺钟边"等。

另外，曾灿还特别谈到了五七言排律。他说："排律作者既少佳

---

① 曾灿：《过日集诸体评论》，《过日集》卷首，康熙曾氏六松草堂刻本。
② 曾灿：《过日集诸体评论》，《过日集》卷首，康熙曾氏六松草堂刻本。

者，复难，然其体不可废也。"① 表明对这一体式的认可。又说，"杨仲弘曰，'长律妙在铺叙，时将一联挑转，又平平说去，如此转换数匝，却将数语收拾'。此言已入奥室，余不能益也"②。以杨载对排律的妙论阐明这一诗体的章法。曾灿最推崇唐人钱起和刘长卿的排律，其次是杜甫。他说："余于唐人排律最喜钱刘，脱洗排俪堆砌之习，而出以澹宕清隽，次则少陵长篇，典则藻丽，虽间有凑句，而不伤于繁缛，此非力厚思深者不能。"③ 他十分欣赏号称"五言长城"的刘长卿天纵之才和清新宛曲之诗风，对杜甫深厚的功力和驾驭长篇的才能也赞叹不止。

关于《过日集》中排律经典作品，他说有毛甡《夜到真州》《河桥驿》《经姑苏作》；王士禛《蝉鸣》《秋城夕》；吴伟业《思陵长公主》；龚鼎孳《广陵元夜》等，这些作品均以长篇铺排展示出作家的卓越天资与深厚功力。

四 五言绝句与七言绝句

曾灿对五七言绝句的讨论以明谢榛的名言开篇，他说："谢茂秦曰：'作七言绝起句如爆竹，斩然而断。结如撞钟，余响不辍，可谓善言矣。'"④ 他接着说："余谓五言绝反是，起句如枝头花落，飘然而来，结如空山落石，囮然而住。律则七难于五，绝则五难于七。所以然者，诗只四句，又减二字，情景意思都无展布处也。"⑤ 他说五七言绝句风格截然不同，七绝起句要迅急猛烈，五绝起句则需温婉悠然。相比之下，五绝难于七绝。理由在于，绝句体制短小，只有四句，可谓离首即尾，离尾即首，缺乏铺排抒情的空间。而五绝比起七绝每句又减二字，所能承载的情感或意象更受限制，写作难度自然增加。只有起得悠然，收得稳健，方能做到语绝而意不绝，

---

① 曾灿：《过日集诸体评论》，《过日集》卷首，康熙曾氏六松草堂刻本。
② 曾灿：《过日集诸体评论》，《过日集》卷首，康熙曾氏六松草堂刻本。
③ 曾灿：《过日集诸体评论》，《过日集》卷首，康熙曾氏六松草堂刻本。
④ 曾灿：《过日集诸体评论》，《过日集》卷首，康熙曾氏六松草堂刻本。
⑤ 曾灿：《过日集诸体评论》，《过日集》卷首，康熙曾氏六松草堂刻本。

令人回味无穷。

曾灿最称道唐人绝句,认为无论其用典与否,都能"合于化工"①。他说前者如"秋来见月多归思,自起开笼放白鹇"之类;后者如"故人家在桃花岸,直到门前溪水流"之类。谈到《过日集》中五七言绝句的典范之作,曾灿说王士禛《青山》《惠山下》诸诗"气味似裴迪、贾岛而婉秀过之"②。称道屈大均"可怜三月草,看尽六朝人",周篔"长因归信误,翻使寄衣迟",魏世傑"月光不得下,只是挂藤萝",邵长蘅"落叶不曾扫,空阶作雨声",毛甡"采花入林中,始信有人住。""帆樯严寺外,知在夕阳中"诸诗"语直意远,真足刻画唐人矣"③。

又说七绝如钱谦益《霞老累夕置酒》《金坛逢水榭故妓》《赠歌者》,王士禛《夜雨》,董以宁《楚宫》《秋暮》,李良年《晚晴即事》《金陵杂诗》,严绳孙《寒食》《中秋雨》等篇"婉转流丽,最得唐人风调"④。其他如施闰章"欲问水源还隔岭,不知身坐白云根",彭而述"异日并州回首处,故乡多在曲阳西",方文"溪上重寻仙女庙,门前依旧碧桃花",周体观"送君欲趁桃花水,直到陶潜五柳家",魏裔介"旧时歌舞诸年少,也向深山学力耕",舒忠说"三尺清波鱼可数,计程知到子陵滩",魏际瑞"亡国自应今更恨,并无人唱后庭花",龚鼎孳"惆怅巴陵明月夜,万山烟树乱猿啼",陈玉璂"依稀昨夜残更梦,梦到江头春已归",陈廷敬"如今见雪常相忆,旅馆寒灯十六年",曹申吉"霜薄星稀何处去,教人无奈五更钟",曹尔堪"花影清溪人影散,画船停处水平桥",程可则"不知后夜楼头月,多少离思向洞庭",梁玉立"澹烟古寺临春水,一半人家在画桥",无不脍炙人口,生趣盎然,令人一唱三叹。

---

① 曾灿:《过日集诸体评论》,《过日集》卷首,康熙曾氏六松草堂刻本。
② 曾灿:《过日集诸体评论》,《过日集》卷首,康熙曾氏六松草堂刻本。
③ 曾灿:《过日集诸体评论》,《过日集》卷首,康熙曾氏六松草堂刻本。
④ 曾灿:《过日集诸体评论》,《过日集》卷首,康熙曾氏六松草堂刻本。

结　　语

　　尽管父亲曾应遴一时权势显赫，然而对于曾灿来说，人生却是"富贵之日少，而贫贱之日多"。甲申国难和家庭变故的相继袭来，使这个裘马清狂的贵介公子入清后不得不辗转依人、委屈求活。其遭际变迁、所思所感既彰显了个体之于社会生活结构中的丰富细节和独特价值，又体现着明清之际遗民的普遍心路历程。曾灿以能诗著称，现存各体诗歌近千首，其诗才为钱谦益、龚鼎孳、施闰章、朱彝尊等清诗大家所激赏。在诗学主张上，他倡导诗本性情，崇尚沉雄典雅的风格，反对应酬习气与门户之见，尤其反对分唐界宋。通过对诗坛流弊的反思，凭借广阔的交游，历经十年磨砺，曾灿编成"价重鸡林数十年，传播海内"的《过日集》。《过日集》的编撰又进一步拓展了曾灿的交游范围，提升了其文坛地位，使"其名尤著于公卿间"。更兼久居人文荟萃的吴地，曾灿成为僻处赣南的易堂诸子往来通都大邑的使者，令"易堂九子"诗名远播。

　　抗清、逃禅、隐居、游幕，四者兼于一身如曾灿，在清初遗民中已不多见，而像曾灿这样将其从率军抗清到薙发为僧、从躬耕自食到依人谋食的人生变迁，及羁旅孤苦、思亲盼归、年齿衰残、贫贱卑微、世情冷暖等每一段鲜活而隐秘的心路历程抒发得如此淋漓尽致者，更少之又少。历史遮蔽了蕴含于过程之中的挫折、自卑乃至精神与肉体上的艰辛。透过曾灿的心灵世界，不难窥见明清鼎革之际遗民普遍的辛酸与艰难，及其个人独特的生命体验。由此可以谛视江山易帜、兴变无常的历史文化境遇中遗民心态的深邃和遗民人格彰显的多种形态。

　　曾灿客游三十余年，足迹遍历吴越、闽广、燕齐。他侨居吴地最久，凭借自身的家世背景和文学才能，他广交文坛耆旧和诗坛名流。父执钱谦益和龚鼎孳的大力提携，对其影响尤巨。他不仅在诗歌创作上颇有造诣，在诗歌批评方面也颇有功绩。在诗坛大肆批判竟陵一派时，曾灿明确表示"宁为钟、谭之木客吟啸，无为王李之优孟衣冠"，可谓独树一帜。"宗唐""宗宋"一直是清初诗坛论争的焦点。当宋诗风初兴之际，唐诗派和宋诗派已分成两大阵营。而曾灿在认可唐诗典范意义的同时，提出"宋诗到至处，虽格调不及，亦自天地间不可磨灭"的主张，肯定宋诗的最高境界，也是独成一格的。曾灿还指出，"尚唐音者取声调，作宋诗者喜酣畅。而于古人意格相去倍蓰"，阐明两派冲突的焦点不在于宋诗本身的价值，而在于取法的策略或着眼点，道破唐、宋之争的问题实质。曾灿的诗学主张对后来选家也产生了深远影响，乾隆间袁景辂辑《国朝松陵诗征凡例》所云"诗之可传，在工不在多。刘慎虚十四篇是也。能工一体，不必定兼各体，孟襄阳独擅五古是也。集中凡一首佳与一体佳者登之，余不旁及"①，显然是受曾灿"诗之传以工，不以多"②"诗有不必众体备者。一体苟长，便可颉颃古人。如孟襄阳，止以五言独擅，遂称王孟。少陵无乐府，未尝以此减价。今人刻集，必欲诸体毕备，珠不足而益以鱼目，使人并真珠而疑之。集中有一体佳者，选至数十首，余或一首不录"③的启发而来。

作为清初最重要的诗歌选本之一，《过日集》是眺望诗坛整体景观的窗口。它收录顺治二年（1645）至清康熙十二年（1673）二十九年间佳作名篇，选入各地诗人1500余家，兼及遗民、贰臣、清初大吏各个诗人群；收各体诗歌8200余首，题材内容十分广阔，咏史怀古、忠孝节烈、山水田园、羁旅行役、酬赠送别，几乎无所不包，展示出彼时人物的情感世界和精神风貌。《过日集》"竭十数人之精神"，苦心经营十年而后成，在类似钱谦益、吴伟业、王士祯、周亮工等清初文坛领袖一呼百应的表象之后，曾灿与如工蜂般劳碌奔忙的文士们各司其职、互为表里，共同架构起了一代文学兴盛之巨厦。

---

① 袁景辂：《国朝松陵诗征凡例》，《国朝松陵诗征》卷首，乾隆三十二年爱吟阁刻本。
② 曾灿：《过日集凡例》，《过日集》卷首，康熙曾氏六松草堂刻本。
③ 曾灿：《过日集凡例》，《过日集》卷首，康熙曾氏六松草堂刻本。

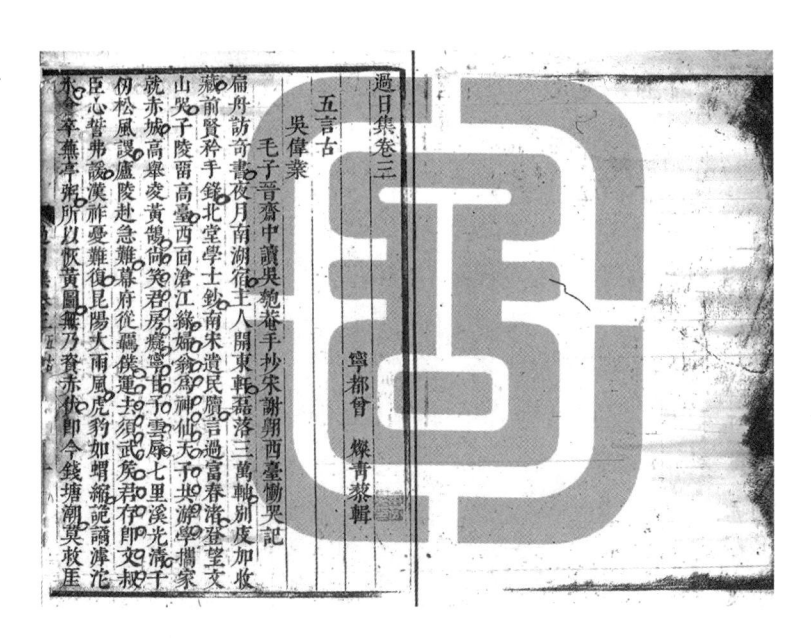

《过日集》卷三（一）

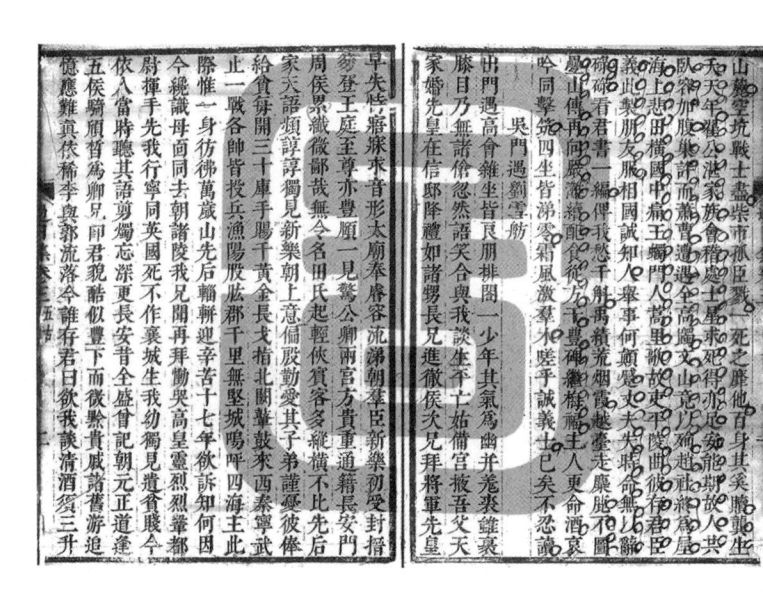

《过日集》卷三（二）

《过日集》卷三（三）

附录　曾灿年表

明天启五年，乙丑（1625）　一岁

六月初一辰时，宁都曾灿（青藜）生。

彭任《曾灿墓碑文》云："公讳灿，字青藜，号止山，行二，明岁贡生，以功题授兵部职方清吏司主事。生明天启乙丑年六月初一日辰时，殁康熙戊辰年十月十九日子时。"（《曾灿墓碑文》）

一说曾灿生于乙丑六月十日。

魏世俨《送外舅曾止山先生六十一岁序》云："乙丑六月十日，吾外舅止山先生历十日十二子以周之辰，于是外舅游处四方而未返家园者，盖又十有一年矣。……"（《魏敬士文集》卷三《送外舅曾止山先生六十一岁序》）

明崇祯三年，庚午（1630）　六岁

是年，父亲曾应遴乡试中举。

方以智《曾少司马墓志铭》："公中崇祯庚午乡试。"（《浮山文集》前编卷九《曾少司马墓志铭》）

明崇祯七年，甲戌（1634）　十岁

是年，父亲曾应遴中进士。

方以智《曾少司马墓志铭》："公中崇祯庚午乡试，甲戌进士。"（《浮山文集》前编卷九《曾少司马墓志铭》）

曾灿《先大母陈氏太安人行状》："先大夫应遴，甲戌进士，官兵部右侍郎兼都察院右佥都御史。"（《六松堂诗文集》卷十三《先

大母陈氏太安人行状》)

邱维屏《兵部右侍郎曾公家传》:"曾公应遴,字无择,宁都县人,崇祯七年赐进士出身。"(《邱邦士先生文集》卷十五《兵部右侍郎曾公家传》)

是年,曾灿与魏禧订交。

曾灿《哭魏叔子友兄文》云:"往弟与兄比邻而居,十岁同为师塾,文章德业皆吾兄之造就而成者也。"(《六松堂诗文集》卷十三《哭魏叔子友兄文》)

魏禧《彭躬庵七十序》云:"余十一岁颇知求友,里中如刘公定、李咸斋、曾青藜、谢君求,或以笃行令德,或污身辱名而志不滓,皆次第相与为石交。"(《魏叔子文集》外篇卷十一《彭躬庵七十序》)

明崇祯九年,丙子(1636)　十二岁

是年,曾灿就童子试于螺川(今江西吉安市南),拜见父亲曾应遴友人陆梦鹤先生。

曾灿《题陆梯霞耕鱼图》:"陆君梯霞,为年伯梦鹤先生之第三子也。记崇祯丙子,予就童子试于螺川,年伯官吉水,予得展拜床下。"(《六松堂诗文集》卷一《题陆梯霞耕渔图》)

曾灿稍有过举,魏禧即正色规切之。

曾灿《与侃儿》:"我十二岁时,即与汝外舅魏叔子先生为垂髫之交。我时为贵介公子,左右之人,孰不趋跄奉承?而我稍有过举,汝外舅即正色规切之,或众人广坐中直言无讳,我敛容而退。此固我受善之难,亦汝外舅不以庸人待我也。"(《六松堂诗文集》卷十四《与侃儿》)

明崇祯十一年,戊寅(1638)　十四岁

是年,曾灿始学为诗,好艳情之作。

曾灿《金石堂诗序》:"某年十四五,即学为诗。……吾少时好情艳之作。"(《六松堂诗文集》卷十二《金石堂诗序》)

明崇祯十二年，己卯（1639） 十五岁

是年二月二十三日，曾灿六弟曾传焴生。

邱维屏《文学曾丽天墓碑志》："丽天者，其字也。名传焴，于兄弟行居最季。以崇祯己卯岁二月二十三日生于皇考少司马公之官舍。"(《邱邦士先生文集》卷十三《文学曾丽天墓碑志》)

明崇祯十五年，壬午（1642） 十八岁

是年，父亲曾应遴任工科右给事中，奉命出督江西、广东兵饷。岁末，任刑科左给事中、兵科都给事中。

邱维屏《兵部右侍郎曾公家传》："又二年，转工科右给事中，奉命出督江西、广东兵饷，置奸吏魏恒法死。岁余，入为刑科左给事中。未几，迁兵科都给事中。"(《邱邦士先生文集》卷十五《兵部右侍郎曾公家传》)

曾灿《先大母陈氏太安人行状》："至壬午督江、粤饷，尊养始益备。"(《六松堂诗文集》卷十三《先大母陈氏太安人行状》)

是年，曾灿与长兄、诸兄弟分家。

曾灿《分关小引》："岁壬午，予甫十八龄，与长兄、先诸兄弟析爨而居。"(《六松堂诗文集》卷十三《分关小引》)

是年，与魏禧读书莲花山。

魏禧《谢廷诏传》："崇祯壬午年，余与曾子灿读书莲花山，诏因余舅氏子假馆江园。"(《魏叔子文集》外篇卷十七《谢廷诏传》)

明崇祯十六年，癸未（1643） 十九岁

春，父亲曾应遴为都科直，多次上疏言事。

邱维屏《兵部右侍郎曾公家传》："崇祯十六年春，公为都科直，□（按：原文缺字）已破山东莱芜诸城，蹿内地，半岁乃去。而寇李闯、张献忠连破荆、襄、湖、陕，一年中，公论奏殆无虚日。"(《邱邦士先生文集》卷十五《兵部右侍郎曾公家传》)

夏，曾灿与魏禧、叶永圻游螺石。

魏禧《读曾止山哀叶蓟鋋作而追哭之并寄令弟子九》："螺石癸未夏，曾子时就予。蓟鋋窃有闻，中署命笋舆。"（《魏叔子诗集》卷三《读曾止山哀叶蓟鋋作而追哭之并寄令弟子九》）

秋，曾灿至南昌，时张献忠陷湖南、吉安，魏禧深忧曾灿，计无所出。

魏禧《谢廷诏传》："癸未秋，灿之会城，会献贼陷湖南，其部略长沙，陷吉安，湖东西骚然路绝，予绕床自念无所出。"（《魏叔子文集》外篇卷十七《谢廷诏传》）

明崇祯十七年，清顺治元年，甲申（1644） 二十岁

父亲曾应遴被罢官，后二十余日国亡。闻国变，曾应遴谋起兵勤王，因南都有旨禁义兵，乃罢。

邱维屏《兵部右侍郎曾公家传》："崇祯十六年春，公为都科直……明年春，公始被议去，去二十余日，寇大至，国随以亡。……公既罢，抵家。闻贼已陷京师，遽募兵讨贼，其后南都旨禁义兵，公不得已，释其兵。"（《邱邦士先生文集》卷十五《兵部右侍郎曾公家传》）

秋末，曾灿哭祭崇祯皇帝，作《杪秋哭先帝》四首。

曾灿《杪秋哭先帝》："仰首长空忆所天，行行秋雁入幽燕。玉鱼昨日葬无地，金马同时焚有烟。日落关山吞四海，烽传宫阙照三边。遥知此夜伤心处，哭向空山吊杜鹃。"（其一）"千骑突入禁门中，谁向城头报晚烽。一夜挑灯传血诏，三声挥泪急晨钟。丈夫气概同红日，英主功名贯白虹。万古伤心无限恸，猛然抚剑涕临风。"（其二）"一纸忠经事若何，未闻绅佩杂铜驼。可怜海阔蛟龙泣，但看台空麋鹿多。白帝城中巢水鹤，青枫江上吊流波。五陵裘马有谁贵，愤起挥天一枕戈。"（其三）"闻道长安似奕棋，秋风战罢不胜悲。寒鸿不下江南久，征马终为塞北迟。三尺镆铘谁壮士，半挥戈甲孰吾师。少年直节当今贱，不使壮心老大违。"（其四）（《六松堂诗文集》卷六《杪秋哭先帝》四首）

明隆武元年，清顺治二年，乙酉（1645）　二十一岁

父亲曾应遴迁家赣州，为乱民焚烧侵略，不久返宁都，五月赣州失守。

曾灿《先大母陈氏太安人行状》："南都之变，先大夫迁家赣州，为乱民烧掇焚杅，家人或怨。先大母曰：'未始非福。'返宁都，赣城不五月果失守。"（《六松堂诗文集》卷十三《先大母陈氏太安人行状》）

父亲曾应遴被起用为太常寺少卿，与杨廷麟联合抗清。

邱维屏《兵部右侍郎曾公家传》："隆武元年，起公为太常寺少卿。是时永宁王参军陈丹与罗缨、陈勋过谒公，丹、缨皆故阎总寇，顾招锡山并阎总兵尽为公用。公即日至万安，与阁部杨廷麟议。公曰：'阎总寇甚众，自崇祯初入江闽，今傥与合，则为祸益烈，不如招之。'杨公喜，亦以为然，遂言之上。"（《邱邦士先生文集》卷十五《兵部右侍郎曾公家传》）

冬，与魏禧兄弟等买山翠微。

彭士望《翠微峰易堂记》："乙酉冬，魏凝叔知天下未易见天平，与其友将为四方之役，谋所以托家者，时邑人彭宦得兹山，创辟，凝叔合知戚累千金，向宦买山，奉父母及兄善伯（魏际瑞）、弟和公（魏礼）居焉，旁及其知戚。始，远人林确斋（林时益）、予以义让，不甚较赀，余视赀多寡，最，凝叔兄弟及曾止山（曾灿）家，次，杨、谢诸姓，又次，邱邦士（邱维屏）、李力负（李腾蛟），俱宁人。"（《易堂九子文钞·彭躬庵文钞》卷五《翠微峰易堂记》）

明隆武二年，清顺治三年，丙戌（1646）　二十二岁

春，隆武授曾应遴太仆寺卿，命招降阎总，曾灿参与其事。

邱维屏《兵部右侍郎曾公家传》："隆武元年，起公为太常寺少卿。……明年春，转公太仆寺卿，公入阎总营，抚谕之。而公子传灿亦同陈丹招锡山兵。"（《邱邦士先生文集》卷十五《兵部右侍郎

曾公家传》)

三月，隆武授曾应遴兵部右侍郎兼都察院右佥都御史，授曾灿兵部职方司主事。

邱维屏《兵部右侍郎曾公家传》："其三月，……上命抚众为龙武营，手勅二锡公，命公督师出湖东，迁公兵部右侍郎兼都察院右佥督御史，以传灿为兵部职方司主事。"（《邱邦士先生文集》卷十五《兵部右侍郎曾公家传》）

春，因杨廷麟荐，奉命监军四营。友谢廷诏欲往助之，不日病死。

魏禧《谢廷诏传》："丙戌春，灿以清江公荐，奉命监军四营，将出湖东。诏私谓余曰：'四营虎狼也，曾子徒忠诚，亦惧其才之不胜任也。且曾子既为人上，则难以得下之情，予不可不往。'然而诏之疾已大渐矣。后三日，诏病死。诏昏革不知人，惟大呼曰：'杀贼！杀贼！'盖孟夏十有三日也。"（《魏叔子文集》外篇卷十七《谢廷诏传》）

曾灿《率四营兵援赣》："此日愁无已，其如虎豹何？三军谁转战，百里不闻歌。落日关山冷，凄风草木多。所怀乡井异，宁敢怨干戈？"（《六松堂诗文集》卷四《率四营兵援赣》）

曾灿《营中夜望》："寒意迎霜发，荧光近露浮。云高千嶂落，水静一江愁。铃柝惊长夜，干戈接素秋。天涯犹在眼，努力事封侯。"（《六松堂诗文集》卷四《营中夜望》）

五月，清兵围赣州，曾应遴父子率兵数万人，往救赣州，与清兵战，兵败而还，曾应遴病剧。

邱维屏《兵部右侍郎曾公家传》："五月，破吉安围赣，廷麟率标兵救之，传灿亦督锡山兵至，一战而溃。公闻呼传灿谓曰：'赣一不守，大势去矣。'今吾父子抚隆武一旅，莫如姑缓湖东，即日入营，趣车往救赣。诸将或不应，更以饷为辞。公从假贷得金与之诸将，乃更辞其金，不复肯受。当是时，公父子提兵数万人，赤日徒行二百余里，军无怨色。公军几振，数日抵赣。与战，军遂败还。公病方剧，而众亦散去矣。"（《邱邦士先生文集》卷十五《兵部右

侍郎曾公家传》）

十月初四，清军攻克赣州，督师清江杨廷麟投清水塘自尽。曾灿有《哭清江杨相国死节》三首。

张廷玉《杨廷麟传》："十月四日，大兵登城，廷麟督战，久之，力不支，走西城投水死。"（《明史》卷二七八《杨廷麟传》）

曾灿《哭清江杨相国死节》："降旗出江戍，千里暮云昏。独有杨夫子，提戈章水源。孤城婴六月，四望绝诸援。痛哭丹心在，岂因成败论。"（其一）"世独悲生死，吾应惜去留。风尘辞故国，江汉失同舟。一水鱼龙夜，三军麋鹿秋。淮东称国士，负此泪长流。"（其二）"江水流无尽，只今恨不衰。天高黄鹤远，日暮白云垂。三辅原如此，五坡未有期。先生先我死，后死难其谁。"（其三）（《六松堂诗文集》卷四《哭清江杨相国死节》三首）

明永历元年，清顺治四年，丁亥（1647）　二十三岁
十一月二十五日寅时，父亲曾应遴卒。

方以智《曾少司马墓志铭》："逾两月，公少苏，闻汀赣之变，伏枕叹曰：'嗟乎！吾故抚龙武为国杀贼，不幸众散归籍。虽十万盗贼已为良民，虔南闽粤，无剥肤患，亦十世之利。然非吾之始志也！今若此，吾生不如死。'遂椎心垢面，顿亢绝食。太夫人劳之曰：'吾尚在也。'复勉迁延，五阅月，语灿曰：'吾终死已矣。国仇不能报，少孤，又不能终养吾母。死且有憾。'遂晕眩不能言。卒以此死。死且曰：'吾忠孝未尽，死勿旌我。'……公生万历辛丑四月十一日午时，殁永历丁亥十一月二十五日寅时。"（《浮山文集》前编卷九《曾少司马墓志铭》）

明永历二年，清顺治五年，戊子（1648）　二十四岁
曾灿与吴参避乱来易堂。

魏禧《哭吴秉季文》："戊子七月，兄同曾仲子间关避乱来易堂，堂中诸子闻之，皆倒衣迎。"（《魏叔子文集》外篇卷十四《哭吴秉季文》）

岁饥米贵，曾灿奉母山居。

曾灿《分关小引》："记戊子（1648）岁饥，斗米至二百文。予奉太夫人山居，食指不下数十口，而家无宿舂，贡膳而外，予与汝母皆茹糜。"（《六松堂集》卷十三《分关小引》）

明永历四年，清顺治七年，庚寅（1650）　二十六岁

是年，曾畹、曾灿以书寄方以智，请其为父亲曾应遴作墓志铭。

方以智《曾少司马墓志铭》："余隐平西之二年，虔之二曾以书为其尊君请志铭。余自惟通籍后，即辱与韦庵先生交，今以尽瘁终，是何所辞。"（《浮山文集》前编卷九《曾少司马墓志铭》）

按：方以智1649年始隐于广西平乐县平西山，曾应遴号韦庵。

是年，曾灿在南京，晤山阳吴珊（菘三）。

曾灿《喜晤吴菘三秦淮酒楼》："执手秦淮是旧游，飘零犹见黑貂裘。百年生死双蓬鬓，千古行藏一酒楼庚寅同耻庵仲望菘三上长干酒楼。"（《六松堂诗文集》卷七《喜晤吴菘三秦淮酒楼》）

明永历五年，清顺治八年，辛卯（1651）　二十七岁

是年，曾灿与彭士望京口相会。

彭士望《耻躬堂诗集自序》："辛卯，诣姑孰，晤区湖寄公沈名士柱，栖碧即黎士彦诸子，就止山即曾传灿京口。"（《耻躬堂诗集》卷首《耻躬堂诗集自序》）

是年，曾灿谋食于岭南。

曾灿《张穆之诗序》："予于辛卯岁，谋食岭南。"（《六松堂诗文集》卷十二《张穆之诗序》）

明永历六年，清顺治九年，壬辰（1652）　二十八岁

七月，曾灿到梧州，时方以智将南归，有诗送别。后曾灿随密之北返，时言及易堂诸公，至梅岭两人分别。

曾灿《初入梧州无可大师将南归赋呈并列》："苍梧曾记旧宫阙，当日銮舆从此来。百道衣冠迎拜舞，一时风雨暗楼台。并州曲使归人泪，河上歌无听者哀。独有孤臣心未死，三年钟磬不曾回。"（其一）"几年客向徭蛮住，消息难真欲问谁。白帽天容归去后，缁衣春尽老来时。久传鹦鹉嗤黄祖大师昔以文章取罪马阮故难及，独感龙蛇吊介推。此别卢生吹渐少，知犹君有异乡思。"（其二）（《六松堂诗文集》卷六《初入梧州无可大师将南归赋呈并列》）

方以智《无生寐·别滴投》："即曾青藜，时言易堂诸公。"诗云："苍梧同过岭，烽火里谈心。自论梅川砦，堪称藜杖林。三更看月冷，五岳托云深。只为刘驎顾，聊依香谷阴。"（《浮山后集》卷一《无生寐·别滴投》）

曾灿从梧州归宁都，为魏禧言金华叶子九近况。

曾灿《梧州别周思皇由赣州返楚二首》："自伤萍梗亦徒存，不谓天涯有弟昆。亡命十年知己泪，敝衣一日故人恩。兰舟欲傍桑门隐思皇新拜无可大师门下，莲幕谁容栗里尊时予在梧州署中。遥记高楼坐灯火，与君静听海潮喧。"（其一）"落叶西风入暮吹，漓江何事阻归期。长贫但觉山川远，多病偏生妻子思。桑下愁深为客日，芦中歌正感君时。飘零莫向故乡道，畏重倚间人更悲。"（其二）（《六松堂诗文集》卷六《梧州别周思皇由赣州返楚二首》）

魏禧《与金华叶子九书》："壬辰止山归，得悉近履，惊闻老师暨伯子同先之变。"（《魏叔子文集》卷五《与金华叶子九书》）

明永历七年，清顺治十年，癸巳（1653）　　二十九岁

正月，辞别魏禧，下山出游。

魏禧《白日歌序》："交曾子二十年矣。癸巳正月就余别。朋友一道，今日不绝如发，虽予与曾子最后乃得知己，岂不难哉！"（《魏叔子诗集》卷二《白日歌序》）

秋，游江西石门。

曾灿《癸巳秋游石门遇廖去门邀宿草堂感此却寄》："忆登石门时，夕晖散寒木。人间秋气清，未至心已足。涧水留野香，村烟点疏竹。君自山中来，袍深结巾幞。相见无他辞，各道姓名熟。手指此半峰，即为我家屋。向邻乞浊醪，牵衣转山麓。月光垂薜萝，却疑路不属。数折到门前，箕帚命僮仆。抗谈及平生，峥嵘列灯烛。知我情饥寒，山厨罗鸡鹜。忻然营一饱，不暇计晚肉。于时有故人，文章惊流俗。高义何艰难，一饭当珠玉。可知杜少陵，感恩非口腹。"（《六松堂诗文集》卷二《癸巳秋游石门遇廖去门邀宿草堂感此却寄》）

九月，僧服（号滴投）至桐城访方文。十六日，方文、左国材、潘江、陈垣、张浚哲、陈式、马之琼集城东送曾灿之庐山，左国栋之商丘。

方文《喜曾止山见访》："止山，庭闻之弟也。自粤还，已为僧矣。赤铸山前送尔兄，看云忆弟不胜情。南浮粤海应归佛，西去秦关且用兵。烽火一年无远信，蒲团九月到荒城。中宵细雨愁方剧，况听霜风白雁声。"（《嵞山集》卷八《喜曾止山见访》）

方文《九月十六日载城东送曾止山还匡庐左子直游归德同送者陈子垣张浚之陈二如马孔璋左子厚也》："明月不堪千里共，一时遂有两人分。邹阳正及梁园雪，惠远终归庐岳云。马首朔风侵短褐，杖头秋色挂斜曛。我来故园那能久，亦欲相随鸾鹤群。"（《嵞山集》卷八《九月十六日载城东送曾止山还匡庐左子直游归德同送者陈子垣张浚之陈二如马孔璋左子厚也》）

曾灿《赠方尔止》："一闻送别秦中句，未见已知意气真。天地到今归隐士，文章自古让愁人。云藏远岫生寒色，鸟没平川飐暮尘。此去匡庐看断壁，知君曾不厌游贫。"（《六松堂诗文集》卷六《赠方尔止》）

秋末冬初，僧服访钱澄之于安徽江村，钱氏看花双溪未归。十日后两人僧装相会，相持大哭，曾灿留数日而去。

曾灿《初冬访钱幼光不值令嗣孝责留宿迟之》其三："待汝更何日，秋来又入冬。客衣艰夜絮，旅食乏晨舂。自信江湖老，多令云水供。枞川枫叶尽，迟步到青峰。"（《六松堂诗文集》卷四《初冬访钱幼光不值令嗣孝责留宿迟之》其三）

曾灿《再迟幼光不至》："一径日将暮，双溪人不来。涛声低宿嶂，寒色着空苔。扫叶防炉冷，抚松听客哀。重云红又黑，似欲放

山梅。"(《六松堂诗文集》卷四《再迟幼光不至》)

钱秉镫《六松堂诗文集序》："癸巳秋，止山访予江村，予方看花双溪未归。止山留十日，迟予，相见时，盖俨然两头陀也。"(《六松堂诗文集》卷首钱秉镫序)

钱澄之《六松堂诗文集序》："越八年，予戢影江村，有缁而直造吾庐者，不通姓字，予遽曰：'此宁都曾青藜也。'惟时予亦缁，相持大恸，因置酒脯，饮啖纵谈，旁观者大骇。留数日而去。"(《六松堂诗文集》卷首钱澄之序)

冬，寓庐山东林寺。方文赴江西建昌，从南康经过有怀曾灿。

方文《雪后顺风至南康》："十日凝寒雨不收，江边行客坐生愁。霜天夜吐初弦月，风渚晴开上濑舟。大小孤山劳指顾，东西林寺忆交游时曾止山寓东林寺。凭阑贪看庐峰雪，五老真形是白头。"(《嵞山集》卷八《雪后顺风至南康》)

冬，僧装回宁都探望祖母陈氏。陈氏日涕泣，令其返初服，终人世事。

曾灿《送西林游序》："昔予以多难，遁迹吴越间。游天界参浪和尚，遂落发为弟子。后以省觐太夫人返里，太夫人年八十五，日涕泣，令予返初服，终人世事。"(《六松堂诗文集》卷十二《送西林游序》)

明永历八年，清顺治十一年，甲午（1654）　　三十岁

元日作诗抒怀。

曾灿《甲午元日雪》："不知颁历春谁纪，闻到阏逢愈可伤。驱厉未销穿幕瘴，雕胡尚傍御园香。雪犹散作山川色，天久耻开日月光。借问东风吹几许，雁归应早下衡阳。"(《六松堂诗文集》卷六《甲午元日雪》)

兄曾畹中陕西乡试。

《道光宁都直隶州志》："曾畹，字庭闻，应遴冢子。……后游边徼，寄籍西安。中顺治甲午陕西乡试，计偕赴京，诸名公争延致之，诗文脱稿，辄传诵持去。"(《道光宁都直隶州志》卷二三《人

物志·文苑》)

秋，得长兄曾畹壬辰腊月诗。

曾灿《甲午秋日得长兄庭闻壬辰腊月诗》："翩翩归鸟夕，集我旧庭除。游子行当久，音信似全疏。长紫骨肉念，不知舟与车。惊传万里札，又是隔年书。消息到故里，行者无定居。"（其一）(《曾青藜初集》之《甲午秋日得长兄庭闻壬辰腊月诗》)

明永历十年，清顺治十三年，丙申（1656）　　三十二岁

春，曾畹送弟灿就耕鸟石坨，时曾灿新筑六松草堂。

曾畹《丙申自秦中归送弟灿就耕鸟石坨》："每羡西周古，千家尚力耕。高原无奥草，春日少人行。被襆空山满，衣冠乱世轻。鹿门归去好，闭户有松声时弟新筑六松草堂。"（《曾庭闻诗》卷三《丙申自秦中归送弟灿就耕鸟石坨》)

曾灿《与沈昆铜书》："某亦于春中筑小庄，定省之余，入焉憩息。屋后植青松数树，颜曰'六松草堂'。"（《六松堂诗文集》卷十一《与沈昆铜书》)

曾灿《六松堂诗文集序》："六松草堂何取？其仅六松焉。而草堂适荫，是以名夫天地之大，川岳之广，鸟兽虫鱼草木之繁，而以六松名其间。"（《六松堂诗文集》卷首曾止山自序)

春，彭士望访曾灿六松草堂，为作《六松歌为曾止山赋》。

彭士望《六松歌为曾止山赋》："未登六松堂，不知六松高有几。意中苍翠深烟霜，即予所值依稀似。我值草堂前，君值草堂后。同兹草堂心，前后亦何有。君耕石田我茅屋，手指清溪饮黄犊。饭牛何必令牛肥，耕田何必须田熟。可烧松子餐松叶，松下哦诗自怡悦。笑予饥眼望他山，茯苓斗大何籀啜。独爱杜陵句，四松如我长。敢为故林主，黎庶犹未康。主人胸臆能如此，松与盘桓定私喜。冬夏青青万古情，没草摧薪亦何耻。"（《耻躬堂诗钞》卷五《六松歌为曾止山赋》)

明永历十一年，清顺治十四年，丁酉（1657）　　三十三岁

六月九日，曾灿祖母陈氏殁，与伯兄曾畹回宁都奔丧。

曾灿《先大母陈氏太安人行状》："大母考希深姚赖氏南关人，年二十归大父，以先大父累封太安人。生大明隆庆乙巳年五月二十二日辰时，殁顺治丁酉年六月初九日申时，享年八十有九。"（《六松堂诗文集》卷十三《先大母陈氏太安人行状》）

曾灿《送谢元一还绥安》："仲夏走衣食，载过李又元。寓言属吾子，肇秋来梅川。为我大母老，暨暨卜新阡。五月七八月，每食曾不咽。自计必客死，望此骨月全。何期六月九，大母竟永捐。伏枕哭无力，积血成涌泉。伯兄挈我归，迁我到绥安。稽首拜吾子，敢以当筳篿。子来未几日，择龙须西偏。我葬必祖侧，大母昔有言。龙须虽善壤，不如近郊原。子请还相视，祖垅屏风间。钁土石椁出，五色文蝉联。卜以孟冬朔，执绋涕浉涟。悲风自北来，寒郊生暮烟。将子立层冈，萧萧墓与田。"（《六松堂诗文集》卷二《先大母陈氏太安人行状》）

明永历十二年，清顺治十五年，戊戌（1658）　　三十四岁

正月十三日，与彭士望、李腾蛟、林时益、魏际瑞、魏禧、魏礼在金精山遇王辛研，话及甲申旧事。

彭士望《金精行同行李力负、林确斋、曾止山、翠微易堂魏伯子、凝叔、和公》："戊戌开岁十三日，有客旅行从冠石。攀跻数里岩壑幽，道出金精暂休息。溪竹午寒僧未归，一老擎茶饮群客。客因从觅采茶傭，却自诩言蒸焙术。笑忆韩公昔有云，包蓄不深发无力。语多错乱那可了，忽尔愀然变颜色。可怜天子大明宫，请观竟是谁家域。我老无家念旧恩，哀汝王孙旅难食。涕随语下不可收，予时不觉泪倾臆。相惊疑或是龙种，乃闻世长千夫秩。盱里姓王辛研字，衣短形癯年六十。随脱破帽指白头，云予丧亲便除帻。吾今持此孝先皇，删鬓谢人言藉藉。已更笑语及他事，仍许茶时为过摘。猗欤此老其谁何，笑哭不齐在顷刻。客亦从此登翠微，为向易堂知者述。"（彭士望

《耻躬堂诗钞》卷五《金精行同行李力负、林确斋、曾止山、翠微易堂魏伯子、凝叔、和公》）

十一月二十五日，曾灿在宁都祭祀其父。

曾灿《戊戌三巘峰拜先大夫忌日兼示五弟煇》："夙兴瞻光灵，悲涕不能止。闵予愍庚身，兄弟多转徙。丁亥降鞠凶，同居将一纪。盥手罗酒浆，岁时偕拜跪。去年大母殂，从此离析始。我父生六人，伤哉两弟死。伯兄爱远游，炤又留绵水。独予三巘峰，安得不念尔。才尽身足危，勉旃无遗懼。"（《六松堂诗文集》卷二《戊戌三巘峰拜先大夫忌日兼示五弟煇》）

明永历十三年，清顺治十六年，己亥（1659）　　三十五岁

立春前，同李腾蛟、彭任散步望翠微三魏。

曾灿《己亥立春前同李咸斋彭中叔散步望翠微三魏》："群动各有息，兹游成我闲。草知深浅处，春到有无间。寒石自流水，夕阳多远山。离离林下屋，时见鸟飞还。"（《六松堂诗文集》卷四《己亥立春前同李咸斋彭中叔散步望翠微三魏》）

曾灿有离乡游吴越之意，易堂友兄彭士望作序送之。

彭士望《六松堂诗文集序》："乙丙之际易堂之出而图者惟予同曾止山，……止山贫而好游，无具独能，以其诗见当世之大人先生暨名下士，而予之诗远不逮止山，不敢以请，仅得言其生平同止山者如是。止山居山中六年，今复出自章贡，以适吴越。计寒食必可达旧京，……进而饮京口酒，……又进而之吴市……南昌彭士望书于梅川之树庐。"（《六松堂诗文集》卷首彭士望序）

春，出游，欲先至南京，再往云武访兄曾庭闻。道经程山谢文洊处，遇方以智，曾灿为言宁都诸名胜并先返回报信，无可大师随后以僧服来易堂，称"易堂真气，天下罕二"，并称邱维屏"神人"。

林时益《己亥冠石送曾止山之旧京将往云武访令兄庭闻》其一："为农方得耦，何以遂南行？不惮满江水，言寻绝塞兄。平田双驾稳，野雁一舟横。量得添愁思，衔杯恨独醒。"（《朱中尉诗集》卷三《己亥冠石送曾止山之旧京将往云武访令兄庭闻》其一）

方以智《游梅川赤面易堂记》："程山秋水斋晤止山，言赤面、三巘、冠石之胜，先走信回梅川。"（《浮山文集后编》卷二《游梅川赤面易堂记》）

魏禧《同确斋与桐城三方书》："昔岁己亥，丈人栖迹寒山，列兄德业便以委悉。……丈人见易堂诸子，颇以直谅相许，而教诲缱绻，则于益、禧尤笃，是固同堂同室人也。"（《魏叔子文集》外篇卷五《同确斋与桐城三方书》）

魏礼《先叔兄纪略》："往僧无可公至山中，叹曰：'易堂真气，天下罕二矣！'"（《魏季子文集》卷十五《先叔兄纪略》）

魏禧《邱维屏传》："桐城方公以智以僧服来易堂，尝与邦士布算，退而谓人曰：'此神人也。'"（《魏叔子文集》外篇卷十七《邱维屏传》）

诗集《游草》成，欲付梓，至南京访张自烈、钱秉镫（钱澄之），张、钱为其诗集作序。

张自烈《六松堂诗文集序》："曾子止山偕彭子躬庵力田山中，阅六年，乃者出游吴越间。……今年春，止山发章贡，道金陵访予，躬庵、天若二子贻予书，述止山畴囊颇详。……故予谓止山是时虽出游，视向者力田山中无以异，此惟止山自知耳。止山乃出诗质予曰：'生平诗不止是，所删存仅十之一二。冀览者哀其志，岂求知于世哉？'……"（《六松堂诗文集》卷首张自烈序）

钱秉镫《六松堂诗文集序》："癸巳秋，止山访予于江村。……别六年矣。中间一得止山书，云方筑六松居，课耕为业。……今年有人遇止山于长干市，仓猝不能识。止山追而语之曰：'我曾止山也！'其人熟视良久乃悟。盖止山亦既易缁为素，又貌益魁梧，予闻之喜止山渐不为人所识也。乃止山复好游，遂以游名其诗，且欲刻其诗出示人，其意又岂惟恐人不知有曾止山耶？……"（《六松堂诗文集》卷首钱秉镫序）

六月，曾灿至常熟芙蓉庄拜访钱谦益，钱谦益为其诗集作序。

曾灿《奉赠钱牧斋宗伯》其二："北道应知少主人，滹沱麦饭益沾巾。诗书可卜中兴事，天地还留不死身。暂托柴门耽地僻，敢

将槐板踏车尘。江山廿载连烽火，帐下能容贱子陈。"（《六松堂诗文集》卷六《奉赠钱牧斋宗伯》其二）

钱谦益《与曾青藜书》："枉赠三章，激昂魁垒，'诗书可卜中兴事，天地还留不死身'，壮哉其言之矣。"（《牧斋有学集》卷三十八《与曾青藜书》）

钱谦益《金石堂诗序》："宁都曾侍郎二濂，有才子曰传灯，字庭闻；传灿，字青藜。兄弟皆雄骏自命，负文武大略，而其行藏则少异。庭闻脱屣越峤，挟书剑，携妻妾，走绝塞数千里，行不齐粮。俄而试锁院，登天府，簪笔荷橐，取次在承明著作之庭。青藜与其徒退耕于野，衣被禚，量晴雨者，六年于此。襆被下估航，出游吴中。褐衣席帽，挟策行吟，贸贸然老书生也。庭闻之诗，朝而紫塞，夕而朱邸。凉州之歌曲与凝碧之管弦，繁声入破，奔赴交作于行墨之间。吾读之，如见眩人焉，如观侲童焉，耳目回易而不自主也。青藜则以其诗为诗，晤言什之，咏叹五之。其思则《黍离》《麦秀》也，其志则《天问》《卜居》也。夷考彭氏诗史，章贡之役，青藜年才二十，独身搘挂溃军，眇然一书生，如灌将军在梁楚间。旋观其诗，求其精强剽悍之色，瞥然已失之矣，为掩卷太息者久之。……岁在己亥夏六月十八日，虞山蒙叟钱谦益序。"（《金石堂诗》卷首钱谦益序）

曾灿《再上钱牧斋宗伯书》："自芙蓉莊拜别，曾两奉启事，皆匆匆据案，未皇略陈悃素，罪甚罪甚。……伏承赐以诗叙，时于人定长跪展诵，涕洟交面，惭感所并，不知纪极。"（《六松堂诗文集》卷十一《再上钱牧斋宗伯书》）

七月，在镇江海岳庵为眭修季祝四十寿。

曾灿《己亥七月京口赠眭咨予四十初度是日饷予海岳庵》："挈榼晨过水竹居，登临秋色正萧疏。我来未及二三日，君诞适当四十初。万里山形皆北顾，中分天堑此南徐。伯符事业今犹在，却望鸡笼下羽书。"（《六松堂诗文集》卷六《己亥七月京口赠眭咨予四十初度是日饷予海岳庵》）

曾灿《中秋眭身壹招同顾泰初范五家集次范五韵》："烽火何由到白沙南昌有白沙寺时有烽火，客来有酒即为家。门前溪水落寒木，篱外秋山多野花。爱汝盘中新煮橡，怀人石上旧烹茶确斋冠石制茶易堂诸子常集夜话。萧条万事一樽在，故国曾经月几华。"（《六松堂诗文集》卷六《中秋睚身壹招同顾泰初范五家集次范五韵》）

八月，寓居吴地，与魏禧中断联络，叔子寄诗怀之。时郑成功、张煌言兵入长江，江南为之震动，故叔子诗中有"闻说三吴归战舰，何当六月断音书"之语。

魏禧《己亥八月怀曾止山在吴》："天凉风急万山虚，处处秋烟到敝庐。闻说三吴归战舰，何当六月断音书。梦樵已识蕉无鹿，春浪还生海大鱼。念汝洞庭将木叶，随波离合一愁予。"（《魏叔子诗集》卷七《己亥八月怀曾止山在吴》）

岁末在南京邂逅钱澄之，十二月十四，同钱澄之访孙中缘，除夕与钱澄之守岁。

钱澄之《六松堂诗文集序》："又八年，相遇长干，尔乃惊涛初定，人有戒心。共子守岁驯象门外矮檐破壁中，酒尽炉寒，凄凉可念也。"（《六松堂诗文集》卷首钱澄之序）

曾灿《腊月望前一夕同钱幼光过孙易公围炉看雪共用十烝》："只因归未得，岁晏见高朋。开径人来暮，冲寒酒欲冰。炉存深夜火，雪压一堂灯。萧飒干戈里，言愁是秣陵。"（《六松堂诗文集》卷四《腊月望前一夕同钱幼光过孙易公围炉看雪共用十烝》）

曾灿《同钱幼光守岁》："他乡惟此夜，最易白人头。寒雨不成梦，明灯生远愁。逋臣犹共汝，故国竟如舟。万事从今过，又来开岁忧。"（《六松堂诗文集》卷四《同钱幼光守岁》）

是年，周茂兰在南京文德桥送别曾灿。

曾灿《赠周子佩》：十年一见各苍然，芳草春风咽杜鹃。旧日楼船成梦寐，故人生死隔云天己亥子佩同姚佺期送别文德桥而佺期遂死。衣冠多难无新制，贫老孤城为薄田。羡汝独能敦古谊，素车还见巨卿贤吾乡严水屏死子佩不避风雨走山中殡殓之。（《六松堂诗文集》卷六《赠周子佩》）

明永历十四年，清顺治十七年，庚子（1660）　　三十六岁

正月一日（一说"三日"），与沈仲连等集顾梦游书斋赋诗。

曾灿《庚子正月一日沈仲连比部移尊顾与治斋头集诸子分赋次元韵》："乱后飘零似野僧，看花载酒梦何曾。漫愁三日饶风雨，且喜联床见友朋。屋北春将抽细草，城南路已泮层冰。椒盘深醉归来晚，蜡屐冲泥我独能。"（《六松堂诗文集》卷六《庚子正月一日沈仲连比部移尊顾与治斋头集诸子分赋次元韵》）

钱澄之《六松堂诗文集序》："改岁三日，沈仲连邀同流寓诸子团揖于顾与治家，分韵言别。既别，各东西散去。然自是两人者皆以谋食远游，不复缁矣。"（《六松堂诗文集》卷首钱澄之序）

秋，曾灿客东莞，交张铁桥。

曾灿《题张铁桥像后》："庚子岁，予客东莞，交铁桥先生，尝饮其东溪草堂，酒酣耳热，道当日少壮时事，辄欲击剑起舞。"（《六松堂诗文集》卷十三《题张铁桥像后》）

十一月八日夜，同魏礼、余本等饮。

曾灿《庚子畅月八夜闻雷同余生生张昆承魏和公叶钟麟限雨字》："时当仲冬月，楼头日日雨。良友三五人，挑灯酌寒醑。骤闻窗外声，裂裂如破柱。疑此发巨礮，将无鸣骚鼓。吁嗟群阴伏，诸蛰死下土。占年为兵荒，斯雷戒自古。犹记去年腊，雷声震江浒。至今春复来，南北如安堵。乱世天难信，毋为自劳苦。"（《六松堂诗文集》卷二《庚子畅月八夜闻雷同余生生张昆承魏和公叶钟麟限雨字》）

明永历十五年，清顺治十八年，辛丑（1661）　　三十七岁

寓旅舍，值父亲曾应遴阴寿，作诗纪恨。

曾灿《旅舍值先大夫辛丑初度不得展拜作此纪恨》："嗟予违亲颜，一纪倏已逾。世乱罕善谋，终岁走穷途。兹今值初度，心目空瞿瞿。料知陈儿筵，拜跪中无余。生时少膝下，此日复天隅。长年三十七，亲于予何须？人谁不生子，生我不如无。"（《六松堂诗文

集》卷二《旅舍值先大夫辛丑初度不得展拜作此纪恨》）

孟秋，自海南归翠微梅川，族弟西林以僧服来访。

曾灿《送西林游序》："辛丑孟秋，予自海南归。有僧颀然，褒衣博袖，谒予于门。予摄衣迎上阶，则予族弟西林也。……"（《六松堂诗文集》卷十二《送西林游序》）

清康熙元年，壬寅（1662）　三十八岁

是年，曾灿在宁都，因魏禧之请为休宁黄鸣岐作七十寿诗。

曾灿《黄黄山七十诗》："我从万里归，登峰晤魏子。不及道平安，为道黄山氏。"（《六松堂诗文集》卷二《黄黄山七十诗》）

魏禧《黄黄山七十诗跋》："辛丑六月，余于金楼见虬须僧，知黄山名鸣岐，休宁人为人。意黄山状貌修长，面多奇骨，视瞻不寻常，其为人必激昂蹈厉，有横绝一世之概；言论雄伟轻天下，乡里善人不足比数；必薄儒术，其子弟必通轻侠，有马氏客卿之风。

……

黄山忘年，齿予为兄弟交。明年夏五，为黄山七十初度，余曰：'当来寿吾黄山。'黄山喜，不予辞。余归易堂，诸子问余所得，必以黄山对。诸子皆愿见黄山，因各为序、为诗，为黄山寿。诸子李咸斋以贞疾废笔研；彭躬庵游吴门未归；伯子近家书至，云方自塞上归燕市，皆未得相闻，故三人无作。彭躬庵、家伯子已心识黄山，他日竟造黄山，未可知也。"（《魏叔子文集外编》卷十二《黄黄山七十诗跋》）

清康熙三年，甲辰（1664）　四十岁

立秋日，为魏禧文集作序。

曾灿《魏叔子文集序》："吾友魏叔子，与予同学，年十一岁为时文，补弟子员，冠其曹。长而名公钜卿，年五六十者，咸以等辈礼之。或所执贽受业师，逡巡退让，称先生而不字。予意叔子及壮年时，已举名进士。立朝廷上，侃侃然发其所学，为世名臣。乃甲申乙酉来，自以病放废山中，尽弃去其时文，为古文辞。……时甲

辰立秋日，易堂友弟曾灿撰。"（《六松堂诗文集》卷首《魏叔子文集序》）

至青原山访方以智。

曾灿《青原山访无大师》："高松苍翠合，数里起寒声。但见溪流转，遥从殿角生。草披空径出，石压小桥横。刚到山门外，芒鞋早出迎。"（其一）"归云新筑阁，正对倒荆开。即此千年树，从师一念回师入青原倒荆复生。青山生户牖，白日下池台。到晚开清梵，诸天入座来。"（《六松堂诗文集》卷二《青原山访无大师》两首）

曾灿《小三叠在青原山》："孤梦爱山幽，寒钟冒禅榻。侵晨起披衣，言寻小三叠。万壑风飕飕，云雾忽然合。涧声与雨声，噌吰互相答。无师言此泉，开辟自老衲。旧为猛虎居，樵斧不敢入。绝壁垂枯藤，山空响鞞鞳。记昔游匡庐，冰雪纷杂遝。是时三叠泉，飞瀑空中立。流沫溅须眉，蛟龙争吐纳。我友同跻攀，足穷肩代给。依稀此行游，匆匆过四十。今日闻师言，挈杖欣然急。不意猛虎威，岂顾衣裳湿。呫呫多病身，筋力恐不及。乃知山水缘，亦有时命集。"（《六松堂诗文集》卷二《小三叠在青原山》）

清康熙四年，乙巳（1665）四十一岁

九月九日，与左国棅、沈蕙纕、杜绍凯等在泚水，携樽登杨沂中将军庙访阎尔梅，遇袁于令。

曾灿《乙巳九日泚水同左子直张公上沈馨闻杜苍略携尊登杨将军庙访阎古古而袁箨庵亦移酒肴至限重阳登高四韵》："伤怀最畏上高峰，不为幽人不过从。携到盘尊谁是客，看来头腹总为龙。池塘一水深盈尺，烟树千家白几重。极目青山苍翠里，黯然空忆二陵松。"（其一）"日暮高台起大荒，四围秋色望苍凉。地连江楚开淮甸，天护风云接帝乡。名士床应分上下，将军庙久识兴亡将军讳沂中，与齐刘倪大战越家坊。此番尽是东南客，烂醉同来看夕阳。"（其二）"苍苔坐久冷如冰，此夜开尊尽五陵。落帽已忘司马贵，知音莫使丈人称。西风雁过云千里，北极天高月一棱。绝世英雄皆际运，自从广武后谁登。"（其三）"鼓角声悲夜渐高，藏舟犹自说孙曹藏舟浦相传孙权与曹操战藏舟于此。一天星斗啼乌鹊，九月秋风足蟹螯。俱是异乡人载酒，喜无新样字题糕。更深霜滑愁归去，谁向寒溪动桔槔。"（其四）（《六松堂诗文集》卷六《乙巳九日溎水同左子直张公上沈馨闻杜苍略携尊登杨将军庙访阎古古而袁箨庵亦移酒肴至限重阳登高四韵》）

清康熙五年，丙午（1666）四十二岁
诗赠汤来贺六十。

曾灿《寿汤惕庵年伯》："我曾游长安，再客邗江水。相逢期耋人，尽说汤司李。所食惟芜菁，所着惟敝履。事久论靡定，于时廿年矣。又尝宦岭海，下车发奸宄。海波不敢扬，东顾慰天子。嗟予生也晚，丧乱多转徙。虽同事驰驱，不获执鞭弭。幸从先司马，同籍维敬梓。爱弟方弱龄，见公在京邸。许字以鹓雏，至今成绩似。公老当益壮，百里尝步趾。乡约白社多，赈荒青州比。天寿平格人，六十强如此。遥拜向五云，襃德侯可俟。"（《六松堂诗文集》卷二《寿汤惕庵年伯》）

秋末，与蒋埴之（名待考）、左国棅、杨森集胡铁庵（名待考）斋。

曾灿《丙午秋杪胡铁庵招同蒋埴之左子直杨嘉树小饮草堂兼怀令兄星卿得山字》："池塘千亩屋三间，翠竹千竿水一湾。君住园林公主墓，我来涕泪蒋侯山。几年对酒空循发，绝塞传烽且破颜。阿大天涯曾梦否，江湖秋老不知还。"（《六松堂诗文集》卷六《丙午秋杪胡铁庵招同蒋埴之左子直杨嘉树小饮草堂兼怀令兄星卿得山字》）

是年在长干、京口等地。

曾灿《曹集孔杨嘉树小饮长干寓楼感赋》："江头夜夜听潮声，怕近长干是帝京。塔影当窗灯火出，山光入袂晚霞生。他乡缟纻一杯酒，旧日鳞鸿千里情十四年前寄书二兄。南北故交零落尽，廿年还向此中行。"（《六松堂诗文集》卷六《曹集孔杨嘉树小饮长干寓楼感赋》）

曾灿《与子直同至京口言别兼怀令弟子厚》："一别已经十四

载，相思仅得数行书。风波天末人非旧，涕泪年来发渐疏。千里云山愁路断，连床灯火对窗虚。豪华意气今销落，只恐重逢又不如。"（其一）"鸿雁亦知惊岁晚，鹡鸰何事起寒声。君能有弟常将母，我独离家为访兄。乱后青山多赋税，天涯白首是功名。今朝定向江头别，潮打吴船梦不成。"（《六松堂诗文集》卷六《与子直同至京口言别兼怀令弟子厚》）

清康熙六年，丁未（1667） 四十三岁

春，与方文、刘命赤、刘祖昆等人游白雀寺。

曾灿《丁未仲春同盫山刘子常周勿弇陈子介刘民长游白雀寺分得河字》："山门溪浅不通河，策杖徐徐桥畔过。夹岸松阴环古寺，穿林樵路上层坡。台连城堞浮空出，亭接湖天入望多。十里登临日已晚，归途新月似修蛾。"（《六松堂诗文集》卷六《丁未仲春同盫山刘子常周勿弇陈子介刘民长游白雀寺分得河字》）

是年，与长兄曾畹游苏州，结交徐祯。

曾灿《祭徐祯起文》："……丁未，予同吾兄庭闻游吴门，得交君于吴趋二株园。君时年五十余，予亦四十有三。激昂慷慨，渊渊出金石声。……"（《六松堂诗文集》卷十三《祭徐祯起文》）

清康熙七年，戊申（1668） 四十四岁

正月九日方文初度，曾灿赋诗祝寿。

曾灿《寿方尔止》："开正九日逢初度，万里春风到绮筵。楼对钟山云气出，门临淮水草堂偏。梁鸿久识傭春案，玉燕新占入梦年。何幸停舟同此会，东南宾主定谁贤。"（《六松堂诗文集》卷六《寿方尔止》）

清康熙八年，己酉（1669） 四十五岁

正月与方文观灯。

曾灿《庚戌上元前一日同向黼文集杨商贤斋头得年字》："对此清溪月，萧条似去年。同时人不见商贤宅近龛山草堂因念昨岁同尔止看灯不觉有生死之感，爱汝独依然。击鼓催春夜，挑灯落酒筵。欣逢良友聚，烂醉草堂前。"（《六松堂诗文集》卷五《庚戌上元前一日同向黼文集杨商贤斋头得年字》）

春，游赣州八境台。

曾灿《己酉春日张天枢招同诸子登八境台得江字》："且向花前倒玉缸，东南宾主自无双。万家烟火连千嶂，八境楼台接两江。拔剑酣歌空斫地诸子有醉后自起歌舞者，伤怀落日莫开窗时楼窗皆开。少年戎马春风里，犹记围城不肯降。"（《六松堂诗文集》卷六《己酉春日张天枢招同诸子登八境台得江字》）

清康熙九年，庚戌（1670）　　四十六岁

正月十四，与向球集杨彭龄寓所。

曾灿《庚戌上元前一日同向黼文集杨商贤斋头得年字》："对此清溪月，萧条似去年。同时人不见商贤宅近舍山草堂因念昨岁同尔止看灯不觉有生死之感，爱汝独依然。击鼓催春夜，挑灯落酒筵。欣逢良友聚，烂醉草堂前。"（《六松堂诗文集》卷五《庚戌上元前一日同向黼文集杨商贤斋头得年字》）

正月十五，与向球、杨彭龄集王孝绰（名待考）餐胜阁，分韵赋诗。

曾灿《庚戌元夕同杨商贤道思向黼文集王孝绰餐胜阁得重字》："每忆王微能有几，偶因杨炯得相逢。高楼千尺人同醉，寒幙双灯月一重。箫鼓风中喧鸟雀，烟花天半斗鱼龙。六朝文物余多少，看尽繁华付酒钟。"（《六松堂诗文集》卷七《庚戌元夕同杨商贤道思向黼文集王孝绰餐胜阁得重字》）

正月十六，与高苍略集白梦鼎冠山草堂。

曾灿《十六夜雨中同高苍略集白孟新冠山草堂》："星桥今夕聚，还复忆开元。花雨初侵鬓，春风直到门。台存山下路孟新家傍观象台，家傍市中村。莫问南朝事，羞登广武原。"（《六松堂诗文集》卷五《十六夜雨中同高苍略集白孟新冠山草堂》）

早春，与杨彭龄、赵岛等人集王孝绰餐胜阁，限韵赋诗。时曾灿有北行之计。

曾灿《早春雨中王孝绰招同杨商贤、赵浪仙、沈大士、向藟文、方子山饮殨胜阁同限青字时予有北行》："杨柳江头欲报青，知君为我独开扃。长途细雨偕诸子，小阁春风似一亭。盘已烹鲜分玉馔，酒能隔水出银瓶孝绰时为我隔水热酒。他年蹑屩重相访，敢负人占处士星。"（《六松堂诗文集》卷七《早春雨中王孝绰招同杨商贤、赵浪仙、沈大士、向藟文、方子山饮殨胜阁同限青字时予有北行》）

春，南京重晤吴菘。

曾灿《喜晤吴菘三秦淮酒楼》："执手秦淮是旧游，飘零犹见黑貂裘。百年生死双蓬鬓，千古行藏一酒楼庚寅同耻庵仲望菘三上长干酒楼。云树朝瞻陵阙外，风樯夜颭石城头。故人漫自伤离别，已过苏卿十九秋别菘三二十年矣。"（《六松堂诗文集》卷七《喜晤吴菘三秦淮酒楼》）

六月，六弟曾炤经徐州入京，投宿旅店。九月十五日，卒于徐州。

曾灿《庚戌夏六弟炤经此入都投宿旅店无病而卒作此追哭焚纸钱以招之》："汝死及庚戌，正当颜子年炤时年三十二。如何涉远道，遽尔拚重泉。身世俱空幻，才华竟弃捐。浮生如此过，吾欲问苍天。"（其一）"寿夭虽有命，汝死信难明。旅食未曾减，沈疴何处生。无言及妻子，有梦返柴荆未闻讣之先家人各梦炤归。负郭田园在，胡为亦远行。"（其二）"吾家兄弟内，汝独最多才。门户将谁托，琴书久不开。老年凭后起，世德赖群推。欲见知何地，可能梦里来。"（其三）"灯火荧荧暗，开窗客影孤。今宵茅店月，曾照旅魂孤炤于是夜尚开窗看月。天地成刍狗，关山听鹧鸪。此生知渐老，哭汝更怜吾。"（其四）

邱维屏《文学曾丽天墓碑志》："（丽天）行及徐州，病作，遂死。是为庚戌岁九月十有五日。"（《邱邦士先生文集》卷十三《文学曾丽天墓碑志》）

是年，寓居北京，《过日》之选得诗甚富。

拙选于庚戌馆长安时，徵收甚富。余或在选本，或友人案头取阅，故所载未备。然有一鳞片羽可入选者，亦不敢漫至。至于名流，尤不敢忽。亦惟视其得稿之多寡也。如敝乡徐巨源、陈士业、王于一诸公，皆与弟旧交，而亦仅存一二。或竟一首未录，非遗忘也，实无从索其遗稿耳。世之湮灭不传者，不知凡几。而侥倖于传者，亦不知凡几。(《六松堂诗文集》卷十四《答王山长》)

八月八日，为纪映钟赋诗祝寿。

曾灿《八月八日为纪伯紫寿》："南金竹箭世应稀，爱汝文章老愈微。倚马不推袁彦伯，惊人可继谢元晖。空怀邱怀家多累，欲挽乾坤愿又违。九万扶摇谁借力，秋风鸿鹄足高飞。"（其一）"肃肃高天爽气催，度先佳节且衔杯。廿年老友今同聚，万里清光渐欲来。耆旧谁知瞻鲁殿，声名独久重燕台。如君傲雪凌云志，珍重人间汉代材。"（其二）(《六松堂诗文集》卷七《八月八日为纪伯紫寿》)

九月九日，与龚鼎孳、纪映钟、徐倬、白梦鼐、杜首昌、陈晋明、陈维岳、冒嘉穗集北京黑窑厂登高赋诗。

曾灿《九日龚芝麓宗伯招同纪伯紫、徐方虎、白仲调、杜湘草、陈康侯、纬云、冒毂梁黑窑厂登高共用康侯西山韵》："每怀谷口向王官，旅食京华负翠峦。白日倒飞千树影，青天高并万峰寒。宾朋促坐垂金抉，仆射开筵出玉盘。阵阵秋风吹短发，几回萧瑟惰游冠。"（其一）"西山爽气正开尊，得共登临即是恩。霜杵数声闻落木，塞鸿一点下空园。故人子弟犹虚席，名士簪缨半在门。当日韩欧曾置酒，但容明允著清言。"（其二）"他乡九日畏登台，万里家山一望开。薄雾龙楼吹画角，夕阳雉堞起风埃。滇南音向愁中断，岭北人从梦里哀。细摘茱萸今共醉，不知秋色为谁来。"（其三）"金台自古郁嵯峨，此日能容贱子过。一座清歌停夜月，九天彩笔动星河。衣冠槐板人争羡，词赋梁园客正多。沙软霜深归路永，细毛短褐取于驼。"（其四）"官骢夜拥路重重，高会何年得再逢。鹦鸰青衫浑欲倦，蟹螯黄菊又相供。高天一色沈宫漏，深幔初寒冷烛笼。最喜山公多暇日，追陪杖履正从容。"（其五）(《六松堂诗文集》卷七《九日龚芝麓宗伯招同纪伯紫、徐方虎、白仲调、杜湘草、陈康侯、纬云、冒毂梁黑窑厂登高共用康侯西山韵》)

十一月十七日，北京。阎尔梅为龚鼎孳寿用杜甫《秋兴》八首韵，曾灿和之。时赵国子（名待考）以恶语伤曾灿。

曾灿《龚宗伯初度阁古古用少陵秋兴八首韵为寿同人共和诗十一月十七日》："长至融风转上林，山川一望起寒森。线添宫馆三微动，冰映楼台万叠阴。□□□□□□□，飞潜时复发冬心。王褒著有贤臣颂，何用裁诗赋藁砧。"（其一）"虬枝鹤干自欹斜，金雀觚稜望翠华。楛矢常来天外使，珊瑚自贡越中槎。卿云晓待铜龙漏，夜月寒听玉塞笳。礼署退闲封事少，宫梅又见一年花。"（其二）"西来山色动寒晖，睥睨凌云远树微。牛斗气冲双剑合，江天雪照一鸿飞。时逢已仕人惟旧，身系安危愿莫违。不羡神仙颜渥赭，应知战胜自轻肥。"（其三）

"生事曾闻谢傅棋，至今三楚有余悲。桑麻邱陇皆烽火，邑里弦歌且岁时。补衮未教簪笔久，请缨犹恨弃繻迟。旧年舟过靳阳道，父老牵衣说去思。"（其四）"波涛百里驾空山，鲍子兴歌梦寐间。白日鱼龙生屋舍，西风鸿雁叫江关。忧天无路堪分病，退食何时一破颜。讲幄新开多侍从，喜今献纳有同班。"（其五）

"宝甲彫弓海水头，寒冰积雪接深秋。旌旗缭绕群雄避，天地阴沈万马愁。未许封章停远猎，难将心事付轻鸥。老臣但为苍生计，白草黄羊亦九州。"（其六）

"久久乾坤不世功，赐环迥出五云中。金科玉律霑新露，海锷山镡起大风。藜阁高悬星欲紫，沙堤遥筑日初红。糟邱营向长干里，六一先生旧醉翁。"（其七）

"宾坐春风正逦迤，汪汪千顷□□陂。自惭鸿鹄心千里，私喜鹡鸰梦一枝。日久始知交道险时赵国子以恶语及予，老来方信岁华移。南丰尚就龙门祝，小子名因骥尾垂。"（其八）（《六松堂诗文集》卷七《龚宗伯初度阁古古用少陵秋兴八首韵为寿同人共和诗十一月十七日》）

清康熙十年，辛亥（1671）　　四十七岁

是年曾灿初识王士禛。

曾灿《长歌赠别王阮亭宫詹兼寄黄湄给谏》："……邂逅先生十四年，沧海几变为桑田。先生宅揆任方专，廊庙名与日月悬。嗟予落拓江湖边，依人谋食学苟全。何时乞得买山钱，著书空老翠微巅金精十二峰名。新诗惠我千百篇,高歌山涧声潺湲。闻君奉使出南海,圭璧元纁来告虔。一朝兄弟相后先王黄湄给谏典试粤东,暑雨炎风万里船,恨不逢之同周旋。"(《甲子诗》之《长歌赠别王阮亭宫詹兼寄黄湄给谏》)

清康熙十一年,壬子(1672) 四十八岁

正月,入常州纪尧典幕府。

曾灿《寿纪光韩太守序》:"今年正月六日,毗陵郡伯纪光韩公初度之辰,某适在宾幕,再拜献一卮以祝公,而为叙以侑之。……朝夕承事于公,几二年所,公廉于物,躬俭以率下,敝衣菲食,绝不为嫌。"(《六松堂诗文集》卷十二《寿纪光韩太守序》)

曾灿《甲寅开正六日为纪光韩郡伯寿》:"斗杓惊节侯,三度祝君辰。元日频开宴,华堂半旅人。鸬鹚杯正起,鹦鹉舞方新。即尔成佳会,难忘此一春。"(其一)"六载飘零客,庭前缺彩衣。每来介春酒,益复想慈闱。南国遍荆棘,北山馀蕨薇。藉君双羽翼,送我故园归。"(其二)(《六松堂诗文集》卷五《甲寅开正六日为纪光韩郡伯寿》)

夏,魏禧侨寓苏州。是年冬始去。时曾灿在苏州,昵一娼,魏禧常与其笑语。

魏禧《述梦》:"予壬子客吴门,晨起,曾庭闻使人来请速。……时青藜昵一娼,予常与其笑语,颇欲狎之,既以为不可,而念不能绝。"(《魏叔子文集》外篇卷二十二《述梦》)

十二月,沈荃于毗陵舟中为曾灿《过日集》作序。

沈荃《过日集序》:"……天下选诗,无虑数十家,有名于时者不少。宁都曾子青藜所选《过日集》称最善。往余与青藜游长安时,知其十许岁便工为诗,三十则名已动天下。既游历吴、越、燕、楚间,士之能诗者,每挟册投赠,卷帙日多。青藜芟繁就简,严于去取。而贫走衣食,历五年未成。洎余典试两浙士,返过毗陵,与青藜相遇,则其刻已斐然成帙矣。取而读之,抑何精而备,准于古人而宜于今也。……康熙壬子岁涂月云间沈荃题于毗陵之舟次。"

(《过日集》卷首沈荃序)

清康熙十二年，癸丑（1673）　　四十九岁

正月十五纳妾，妾为曾灿二百金所买，其人因此遭到魏禧、魏礼兄弟强烈谴责，魏禧甚至欲剥夺其易堂席位。

曾灿《灯夕书怀寄妾》："偃蹇入春城，春风日渐增。良辰经眼过，老病畏人憎。市近喧童子，家贫少友朋。门前箫鼓动，知是夜催灯。"（其一）"五年如此夕，只是叹驱驰。但见灯初转，不知月尚迟。锦棚垂络索，绿树出琉璃。癸丑上元夜，正当归汝时癸丑正令夕纳妾。"（其二）（《六松堂诗文集》卷五《灯夕书怀寄妾》）

魏礼《先叔兄纪略》："初有友人某先生与最亲善数十年，其后有乖大义，先生遂㦜然割席，勿少恤。"（《魏季子文集》卷十五《先叔兄纪略》）

彭士望《祭魏叔子文》："叔子夺曾青藜之席，为古石交。远在吴门，诸子凡再延礼维宁就易堂，宁再坚辞不入。"（《耻躬堂文钞》卷九《祭魏叔子文》）

魏礼《与友人书》："……去岁过常州，以署幕严密未便通问。……顷闻足下以二百金买妾，令人骇愕愤闷，遏不可禁。嗟嗟叔宝，全无心肝，岂意足下颠倒悖谬，一至乎此也。仆非迂论，谓色不可好，老年好色，恐死期至。夫好色与死皆无害，特如足下者，则凛凛未可耳。仆少陈之，足下幸降心少听之。足下凤膺先朝一命，出处本末与仆辈不侔，为饥窭故，刓方为圆。至于人幕求食，干请以自资，仰贵人鼻息，名节扫地，大足伤心。犹曰将有槁死之忧，虽未能固穷，尚或见谅于宽厚之君子，今以二百金买妾，其可恨一也。老母七十有三，为人子者当朝夕依扶，问安侍膳，为日不足。而出腹二子皆高飞远举，老人涕泪阑干，思子愁叹。夫七十之寿，称曰古稀，以饥窭故，舍养就食，竟不得亲奉一觞，为老母寿。吾意足下当痛心刻骨，食不甘味，寝不安席，不孝之罪，梦寐惊责，将惜金如命，即慷慨豪举，亦云悠怨。思得稍供菽水，束身归庭，永绝外干，今以二百金买妾，其可恨二也。自足下去后，结发之妻愁苦万状,朝不谋夕,举家嗷嗷待其哺饲,亲戚馈遗待其支应,高堂甘旨待其仰事,告借匮竭,雪刺盈头。足下所得财物,不以安业妻子,计其终极,且儿女婚嫁正未有艾,悉力经营只恐未给,今以二百金买妾,其可恨三也。足下平时子贷,新旧甚众,漫不思偿,有贻累代借之人,赔备践信,子母丛积,至于恒产费尽,身受饥困者。且彼纵积金至斗,我应丝忽不负,若果困穷,他人即或见原,然我心终难于自安。今可偿不偿,而以二百金买妾,其可恨四也。……"(《魏季子文集》卷八《与友人书》)

寓书长子尚侃,督促其"立志作人,努力读书"。冬,曾尚侃将娶魏禧之女静言。

曾灿《与侃儿》:"汝年渐长,今冬便欲娶妇,百宜老成历炼,撑持门户,以纾我内顾忧。而其要在于'立志作人,努力读书'八字。作人、读书,又在于取友,取友又在于受善。我一举一动,朋友肯来规切于我,此便是良友,我即当与之交;我一举一动,朋友不但不规切于我,且日诱我为不善,此便是匪友,我即当远之避之。

我十二岁时,即与汝外舅魏叔子先生为垂髫之交。我时为贵介公子,左右之人,孰不趋跄奉承?而我稍有过举,汝外舅即正色规切之,或众人广坐中直言无讳,我敛容而退。此固我受善之难,亦汝外舅不以庸人待我也。汝当思人来攻我之短,苟非十分关切者,孰肯触人之怒,取人之忌,以自蹈憎恶哉?吾邑中少年,谨饬者固多,而浮薄者亦不少。儿但以我之所言绳人求友,便自得之。易堂诸先生与我为异姓骨肉,文章学问,无一不可师资。儿但能时时过从,日闻嘉言,便有长益,何须更向他处觅友乎?至于读书一节,尤宜大加发愤,要思我不读书,更有何事可为!况父兄不可长恃,乡国不可长保。万一有意外之虞,我能识得数字,大则显亲扬名,为不朽事业;小亦可供人笔墨,觅衣食以养妻子。且儿为魏氏之婿,彼一家兄弟亲戚,无一不通经史实学者,汝厕身其间,所问非所对,能不愧耻?今汝无衣食之忧,又无外侮之入,不趋此时庇荫之下,埋头三年,下帷攻苦,更待何时?

我此番解债之后,倘有余资,上可供菽水,下可充衣食。我便欲将家还汝，不能复为儿女作牛马也。我年未过五十，至今鬚鬓已白其半，葢我心已枯，服劳不得，正欲望汝兄弟成人，以终我天年耳。猛省！"（《六松堂诗文集》卷十四《与侃儿》）

春，宋琬途经苏州，曾灿请以序其《过日集》。三年前，曾氏已向其请序。

曾灿《与宋荔裳先生书》："……向者《过日集》诗选，粗有头绪，而年来饥驱糜暇，剞劂无资，遂而因循，前功几堕。近笔耕毘陵，幕中所得脩脯，悉瞻此役。今功垂成矣。……况某托在交素，获承音旨，故曾奉乞序言，以光选册，亦既诺而不拒，于今三年矣。窃念书成而无序，譬如盛衣裳而秃其顶也。序而不得其人与文，譬犹垂绅佩玉，赤舄朱縢，而戴以敝冠也。先生收哔章甫，冠冕人伦久矣。其终吝此一言乎？伏知旌节莅蜀，道出吴门。某身为人役，羁絏公署，不得一瞻马首。怅望云气，徒有神往。极知车尘多冗，然海内名人待先生而彰。扣其囊底倚马可就固不待思索也。韦布之士，然诺必矜。况在大人君子，当无虚此口惠耳。临启可胜翘企。"（《六松堂诗文集》卷十一《与宋荔裳先生书》）

七月十六日，龚鼎孳序曾灿《过日集》，时曾灿充龚鼎孳幕僚。

龚鼎孳《过日集序》："今天下诗极盛矣。自学士大夫，以至山林高蹈之士，以诗名家者，指不胜屈。而选诗者，亦无虑数十百家。于以鼓吹风雅，表章文治，其盛业也。然选者大抵采声誉、广交游、标榜逸士及一时名位之通显者。其初也，取天下人之声诗以役己；其既也，驱在我之性情以从人，而要非古人作诗之意指。此其弊亦终于徇人而已矣。故选日盛，而诗日衰。吾同年曾二濂都谏仲子青藜，肆力诗道，盖已有年。近余延至宾幕，饮酒论诗，不欲苟同于古人，并不欲苟异于今人。其为诗也，清真微婉，远追韦柳。其选诗也，旁搜博购，以己意毅然去取之。虽声誉交游与当时名位之通显者，未之或遗，然惟论其诗而已，无所为徇人之具也。或谓青藜是选，惟取其性情之所近，犹是青藜之诗也。不知诗本性情，选诗而违其性情，亦岂可以为选乎？……然则青藜持此意以选诗，固有以正天下之性情，而天下之人得此意以读青藜之选诗，宜有以感发

其性情，而一归之于正。是则青藜有异于世之选诗者矣。康熙癸丑秋七月既望淮南龚鼎孳撰。"（《过日集》卷首龚鼎孳序）

十月，毗陵陈玉璂于苏州馆舍序曾灿《过日集》。

陈玉璂《过日集序》："诗者何？经是也。古人诗即为经，后人诗非惟不可为经，渐且不可为诗。……今人甫解声律，即以为出语惊其长老，高自标置，为人讪笑，而莫之耻，苟亦终身焉。藏修游息，服习久而变化生，纵不能果至乎三百篇，亦何至为汉魏唐人所拘系，而不克独行以成一家言也。余向为《文统》之选，旋事《诗统》，持是论以求天下之诗，而曾子青藜《过日集》先成。近客昌亭，翻阅累日夜，叹其获我心。大约取体必高以浑，取词必正以则。宁简毋滥，宁朴勿华，而其意一主三百篇。柳子厚传梓人曰，群才毕聚，群工毕会，执斧斤刀锯者环立，梓人左持引，右执杖，量宇度木，群工悉视其色以为指向。是群工之能，梓人之能也。今天下诗家之能，可不谓青藜之能乎哉！青藜固贫士也，弹铗走四方，虽达官钜公，争相折节而赠馈，盖亦无几。青藜恒节其旅食余羡，铢累以付剞劂，凡阅数岁而讫工。青藜岂籍是以弋取声称鸣得意。诚见夫诗道波靡，非此不可云救。故青藜尝语余曰，余见近世诗人，裒然有集，中无有关于伦理教化者，则笑之，何也？以其无本也。是可以观青藜之用心矣。余十年以来，家居落落，拮据为《文统》一书，亦有鉴于前代古文之失，思欲以一发引千钧。用心虽与青藜略同，而才识疏短，取舍无当，其不及青藜也远甚。当世士君子，倘因《过日》一集，以为昭代诗文，不可偏废，亦罗致余选，考其得失，辨其指归，有诗教之入人深，而于此又稍补于世之学者，余与青藜交快之，三复斯编，余其能已于深望也哉。是为序。时康熙岁次癸丑阳月毗陵陈玉璂椒峰氏拜撰于姑苏客馆。"（《过日集》卷首陈玉璂序）

十二月，施闰章序曾灿《过日集》。

施闰章《过日集序》："……青藜曾氏，西江之能言者也。其学与宁都易堂诸君子相砥砺，与人不苟同。挟其艺游京师，四方所交弥众。而论诗，特择以真气为正始，不袭浮格。卒之原本古学，波澜闳阔，包纳细流。间录海内词人所作，用以自娱，谓之《过日集》。盖向所称诸家之病，庶几免焉。……于论青藜之选而及之，亦以见斯事之难也。康熙癸丑嘉平月宣城施闰章撰于寄云楼。"（《过日集》卷首施闰章序）

冬，避乱汀州。

曾灿《癸丑冬避乱汀州今赍捧再至》："忆昔侨居地，栖身尚水楼。山川今未改，盗贼几时休。云回三冬色，城高万里秋。皇皇凭驿使，槎远望牵牛。"（《六松堂诗文集》卷四《癸丑冬避乱汀州今赍捧再至》）

是年，邱维屏送曾灿入南昌。

曾灿《癸丑送曾青藜入会城兼怀彭躬庵林确斋》："行者再行不念群，此情犹见古之人。着来僧帽推三乘，倒尽奚囊少一人。家向虞姚堪托宿，食须漂母莫言恩。诸公次过麻姑去，寄我先扬海底尘。"（《邱邦士先生文集》卷十七《癸丑送曾青藜入会城兼怀彭躬庵林确斋》）

清康熙十三年，甲寅（1674）　　五十岁

正月六日，为常州知府纪尧典祝寿，时曾灿有归乡之意。

曾灿《甲寅开正六日为纪光韩郡伯寿》："斗杓惊节侯，三度祝君辰。元日频开宴，华堂半旅人。鸬鹚杯正起，鹦鹆舞方新。即尔成佳会，难忘此一春。"（其一）"六载飘零客，庭前缺彩衣。每来介春酒，益复想慈闱。南国遍荆棘，北山余蕨薇。藉君双羽翼，送我故园归。"（其二）（《六松堂诗文集》卷五《甲寅开正六日为纪光韩郡伯寿》）

夏，雨中怀无锡知县吴兴祚。

曾灿《甲寅夏五雨中怀吴伯成明府四首》："榴花初放绿阴齐，宿雨沈绵没路蹊。溪水乱流城郭里，云峰时拥县楼西。遥知爱客常投辖，每借看山一命题。几度欲来寻旧侣，阖闾城上乱乌啼。"（其一）"干戈满地叹吪离，五月炎烝过北师。不惜捐金消夜掠，更闻列馔佐朝炊。桥梁阛阓经时筑，士马欢腾就日移。郡县但能如公辈，

何须尽起羽林儿。"（其二）"自从京阙识高名，无处西风不系情。庑下三年惭灭灶，道中一日喜班荆予过无锡于舟次得晤。我行淹滞原多故，君宦升沈太不平。南北战争今未已，安危端赖系长缨。"（其三）"依人谋食寸心违，回首云山隔翠微故山名。游子饥寒何日了，高堂颜色逐年非。兵戈作客真无术，兄弟无家岂当归。欲借鹍鹏程九万，江关千里到庭闱。"（其四）（《六松堂诗文集》卷七《甲寅夏五雨中怀吴伯成明府四首》）

彭任诗送曾灿次子曾尚倪往江南省视其父。

彭任《送曾尚倪江南省觐并寄尊公止山止山母在堂，故五六及之》："省亲千里外，来往莫徘徊。行色看朝露，乡心对落晖。高堂垂鹤发，客舍惊须眉。言念同明发，知应早共归。"（彭任《草亭诗集（不分卷）》之《送曾尚倪江南省觐并寄尊公止山》）

是年，曾灿母卒，时值三藩兵变，道路以阻，曾灿以未及奔丧为恨。

曾灿《哭魏叔子友兄文》："……比至甲寅，老母之变，弟以烽火阻隔，抱恨终天。虽得于兵燹扰攘之际，匍匐来归，一襄葬事，而罪已不可赎矣。……"（《六松堂诗文集》卷十三《哭魏叔子友兄文》）

清康熙十四年，乙卯（1675）　五十一岁

是年，曾灿奔母丧回宁都，家居不半载，又出游，侨居苏州邓尉十余年。

曾尚倪《六松堂诗文集序》："倪六岁时，先君即出远游。至乙卯，先大母谢世时，兵戈扰攘，先君冒艰险匍匐奔丧。不半载，又他适。……"（《六松堂诗文集》卷首曾尚倪序）

曾灿《与陈元孝》："乙卯奔丧返里，得荷垂喑。当兵火骚扰之候，估客甚稀，故未奉答。嗣是复出里门，侨吴闾者，十稔于兹。……"（《六松堂诗文集》卷十四《与陈元孝》）

是年，与花隐道人之子交。

曾灿《书花隐道人传后》："岁乙卯，获与令子宿柬、天木交，展拜先生遗像，不胜邦国殄瘁之感。呜呼！使先生而有期颐之寿，

视今日民生，其肯筑室种花，而以花隐老哉？"（《六松堂诗文集》卷十三《书花隐道人传后》）

初夏，李淦至吴门，诗送曾灿入杭州。

李淦《乙卯初夏吴门喜晤曾青藜赋赠兼送之武林》："老骥志千里，伏枥何足叹。幸不负盐车，得以谢羁线。我友素同心，渺渺隔河汉。相去几千程，况复遭丧乱。乞食走四方，孤身出患难。以此谋面艰，吴市聚还散。闻君游虎林，劳君湖上探。先人有棠阴，飞鸿既九断。堂构倘尚存，翚飞须复旦。子行何时归，余恐复他窜。念子经济才，于今弄柔翰。愧我乃驽骀，奔驰徒放诞。慷慨发悲歌，壮心时拍案。"（《过日集》卷五李淦《乙卯初夏吴门喜晤曾青藜赋赠兼送之武林》）

秋日与董玚、张杉、钱霍、毛奇龄宴集。

曾灿《乙卯秋日董无休、张南士、钱去病、毛大可集寓斋分赋得残字》："雨后新凉暑气残，相逢白发各垂冠。座中客尽为司马，庑下人谁是伯鸾。藉有诗篇成缟紵，惭无鸡黍出盘餐。小庭花草分秋色，喜得君来一共看。"（《六松堂诗文集》卷七《乙卯秋日董无休、张南士、钱去病、毛大可集寓斋分赋得残字》）

清康熙十五年，丙辰（1676） 五十二岁

七月二十四日，曾灿病中送吴正名返杭州。

曾灿《丙辰七月廿四病中不寐口占送吴子政返武林并寄河渚诸子》："一住已三月，还如初到时。可知当患难，不是惜分离。天地愁无极，饥寒困有涯。开怀常赖汝，汝去更依谁。"（其一）"汝苦难为客，吾衰已似僧。初凉闻落叶，不寐坐挑灯。悠积因名误，途穷到老增。伤心无限事，欲语竟何曾。"（其二）

"同有终天痛，如予万事差。两年谁泣墓，一病转思家。日月劳乡梦，风波阅岁华。不须詹尹卜，忧患是生涯。"（其三）"武林有高士，卜筑在河滨。汝独能偕隐，青山护好春。生平耽结客，心事托何人。莽芥乾坤内，怜予止一身。"（其四）"烽烟传故里，消息至今迟。念子来吾邑，天方丧乱时。萧条空有妇，四十尚无儿。此地虽云好，还应计本支。"（其五）"久客因何事，寸心只自怜。行藏难对汝，生死且由天。残月寒孤枕，微风透薄绵。明朝分手去，只有泪潸然。"（其六）（《六松堂诗文集》卷五《丙辰七月廿四病中不寐口占送吴子政返武林并寄河渚诸子》）

八月，汪徽远至苏州访曾灿，出示《闻雁诗》，曾灿读而为之序。

曾灿《汪扶晨闻雁诗序》："丙辰八月，汪子扶晨从新安谒予吴门，僦居虎邱之退居庵。一日以和家天木闻雁诗示予。予叹曰：甚矣，扶晨之遇穷而思深也。……"（《六松堂诗文集》卷十二《汪扶晨闻雁诗序》）

是年，曾灿始居苏州邓尉山。

曾灿《徐松之留斋头数日，夜因病起不能出，作此束之》："八载侨居邓尉峰，日无尊酒夜无舂。开窗只见梅花好，天不由人一杖筇。"（《壬癸集》之《徐松之留斋头数日，夜因病起不能出，作此束之》其三）

曾灿《赣南丁雁水宪副先辱瑶函见讯作此答赠》："岁月惊心过异粮，吹箫击筑自苍凉。家山久托东西崦予浮家邓尉九载，湖海难消上下床。半世行藏同画饼，十年踪迹类投荒。藉君好客过严郑，不比虞臣恤许棠。"（《壬癸集》之《赣南丁雁水宪副先辱瑶函见讯作此答赠》其六）

清康熙十六年，丁巳（1677） 五十三岁

是年，曾灿长兄曾畹卒于通州。

曾灿《祭徐桢起文》："……记予丁巳，哭吾长兄于五狼，……"（《六松堂诗文集》卷十三《祭徐桢起文》）

曾灿《答王山长》："……先兄于丁巳捐馆通州，……"（《六松堂诗文集》卷十四《答王山长》）

初春，曾灿送吴兴祚赴福建按察使任。

曾灿《丁巳春初送吴伯成观察入闽》："春风花树拥行旌，笳鼓楼船落日明。观察旧为唐节度，都官原属汉公卿。云迷岭峤生寒色，

水入海天作雨声。泽国讴歌三异著,儿童争识使君名。"(其一)
"淹留花县为时久,此日声名连帝畿。自是君才看十倍,可知天意转三微。干戈满地惊鸿断,城郭无人燕子飞。风雪严寒如绝塞,海山芳草待春晖。"(其二)"八闽旧有君家泽,父老于今尚涕洟。庭下柳为刘尹植,道南棠是召公遗。桅樯时见翻旗影,幕府重看列戟枝。从此桑麻膏雨遍,不须泪堕岘山碑。"(其三)"数载相依情更亲,常因旅食累官贫。夙钦诸葛真名士,却爱子同是隐沦。乡国天涯愁里过,湖山春色梦中频。遥知君去梁溪后,南北交游少主人。"(其四)(《六松堂诗文集》卷七《丁巳春初送吴伯成观察入闽》)

秋,钱澄之过苏州,访曾灿于邓尉寓居。

钱澄之《六松堂诗文集序》:"又十八年,过吴门,访君于邓尉寓居,信宿而返。"(《六松堂诗文集》卷首钱澄之序)

曾灿《吴门喜遇钱幼光》:"城头画角入秋哀,烽火天涯醉此回。千里家山归未得,廿年风雨梦还来。只今世事应难问,为有胸怀只不开。一别自成多少恨,争看须发各相猜。"(《六松堂诗文集》卷七《吴门喜遇钱幼光》)

除夕,曾灿与侄曾尚俨(曾畹第三子)在邓尉守岁,由长兄之卒忆及魏际瑞之殁,心念魏禧奔兄丧归里。

曾灿《偕诸子尚俨度岁因忆魏叔子奔兄丧归里》:"山中已度两除夕,今夕何为更怆神?兄弟心伤生死异,友朋祸遭乱离真。天涯白首偕诸子,梦里黄泉半故人。独忆扁舟江上客,西风憔悴一孤身。"(《六松堂诗文集》卷七《偕诸子尚俨度岁因忆魏叔子奔兄丧归里》)

清康熙十七年,戊午(1678)　　五十四岁

初春同刘肇基过访张孟公。

曾灿《戊午初春同刘武城过访张孟恭留小饮分赋得眠字》:"春气逼庭户,春花生绮筵。时当烽火日,人醉夕阳天。钟磬堂前设,藤萝壁上悬。心闲境自旷,且学希夷眠。"(《六松堂诗文集》卷五《戊午初春同刘武城过访张孟恭留小饮分赋得眠字》)

夏日与钱中谐、蔡方炳等饮雅涵堂。

曾灿《戊午夏日张黼章招同钱宫声蔡九霞朱彩章汪先于暨令弟扶九令坦李平原饮雅涵堂诸公方樗蒲角胜余拈平原扇头韵用呈诸公以博一笑》："高树蔽寒绿，阴峭出峰顶。池塘尽日闲，斗茗煮双井。风来花自香，雨过衣先冷。活火发新泉，虽动理亦静。乾坤迭胜负，杂坐无人省。揖让与干戈，志乃在九鼎。暂乞此时清，枵然万虑屏。吾将遁深山，啸傲从箕颍。吾闻古张颠，醉后辄露顶。我本羁旅人，一醉忘乡井。驼峰翠釜浓，鱼鲙银丝冷。主人雅好客，招邀爱幽静。山川出庭除，触处发深省。坐久已忘言，寒烟篆宝鼎。深杯本不辞，白发何由屏。惭无灵运诗，灏气入茗颖。"（《六松堂诗文集》卷二《戊午夏日张黼章招同钱宫声蔡九霞朱彩章汪先于暨令弟扶九令坦李平原饮雅涵堂诸公方樗蒲角胜余拈平原扇头韵用呈诸公以博一笑》）

暮春，与徐蛰、周京、姜寓节等夜集先春堂，饮酒赋诗。

曾灿《戊午暮春徐长民招同周雨郇、江中石、姜奉世令弟羽宾夜饮先春堂得三字》："晚风吹起柳毵毵，春色已过七十三。簾幙双灯开翠黛，宾朋今夜尽东南。碧筩久酿人皆醉，紫笋初肥味正甘。最惜酒阑歌罢后，一声催出晓钟齽。"

（《六松堂诗文集》卷七《戊午暮春徐长民招同周雨郇、江中石、姜奉世令弟羽宾夜饮先春堂得三字》）

康熙十八年，己未（1679） 五十五岁

夏，送彭士望之子彭厚德归宁都。

曾灿《送彭子载归宁都》："天涯惆怅向谁亲，暑雨炎风阅五旬。垂老渐看家似客，离乡喜见汝为人。几年湖海双流涕，多难乾坤百炼身。珍重此行归去好，莫将辛苦负清贫。"（其一）"到家未久即长违，衰病心知万事非。两世身名惭父执，五年魂梦隔慈闱。通天有罪容谁逭，蹈海何人许独归？涕泪由来因老减，西风为汝一沾衣。"（其二）（《六松堂诗文集》卷七《送彭子载归宁都》）

八月十五日，与吕士鹤饮舟次。

曾灿《己未中秋喜晤吕御青招饮舟次得公字》："秋山秋水乱云中，小艇横流沍晚风。作客不知佳节至，衔杯却喜旅人同。榛苓有梦西归好，禾黍无家北望穷。江国讹离今又甚，墙东何处避君公。"（《六松堂诗文集》卷七《己未中秋喜晤吕御青招饮舟次得公字》）

立冬日，扬州，汪士铉招曾灿等同集平山堂梅旅山房，分韵赋诗。

曾灿《立冬日汪栗亭招同诸子集梅旅山房分得江字》："今年冬日如春日，布裕单衣坐北窗。三径萧疏多过客，一身漂泊尚邗江。□□□□□□，壁上诸侯已尽降。烂醉不知羁旅苦，天涯何计理归艭。"（《六松堂诗文集》卷七《立冬日汪栗亭招同诸子集梅旅山房分得江字》）

冬，程洪招曾灿等人旗亭小饮，时有小史度曲，诸人赋诗。

曾灿《程葛川招同诸子旗亭小饮时有小史度曲共用青字》："百年老友似晨星，赖有程林合醉醒。渤海诗篇推李白，春风歌板爱秦青。铜龙夜静停霜月，金马人归聚酒亭孝威时从都门归。唱尽开元天宝曲，如今燕市有谁听。"（《六松堂诗文集》卷七《程葛川招同诸子旗亭小饮时有小史度曲共用青字》）

冬，曹溶过扬州，曾灿等集其寓斋剧饮。

曾灿《诸子移尊曹秋岳先生寓斋共用留字，是夜剧饮大顿，诸子作诗嘲予故末及之》："路过邗江一暂留，喜看李郭得同舟。风霜人老家千里，楚汉兵销酒百瓯。烛影漫成鹦鹉舞，月光空恋鹔鹴裘。今宵大顿归来晚，潦倒乾坤任马牛。"（《六松堂诗文集》卷七《诸子移尊曹秋岳先生寓斋共用留字，是夜剧饮大顿，诸子作诗嘲予故末及之》）

冬，嘉兴。与徐行、崔干城、钱邦寅、丁灏访烟雨楼遗址。

曾灿《冬日同徐蘖庵、崔兔床、钱驭少、丁晁庵访烟雨楼遗址》："落日南湖一系舟，四围风景尚如秋。钟残荒草空馀寺，石卧寒烟未见楼。城阙天高惊断鸟，荻芦渔起乱轻鸿。年来狂走常遇此，不是依人不得游。"（《六松堂诗文集》卷七《冬日同徐蘖庵、崔兔床、钱驭少、丁晁庵访烟雨楼遗址》）

冬，客浙江李中丞所，于浙署中度除夕。

魏世俨《送外舅客浙江李中丞序》："己未冬得外舅还书，将客于浙江李中丞所。且道中丞之贤将逾于前范中丞政事。……"（《魏敬士文集》卷六《送外舅客浙江李中丞序》）

曾灿《浙署除夕》："静掩高斋灯火微，风光荏苒恋寒扉。隔墙箫鼓喧街市，入夜春盘闢蕨薇。无食妻孥音信断，残年心事海天违。今宵纵有还乡梦，两地家山何处归。"（其一）"不用桃符役鬼神，亦知贫贱老逾真。捡来旧历愁新历，看尽今人爱古人。乱世曾无千日醉，他乡又见一年春。欲知辛苦飘残泪，三十年犹胜此身。"（其二）（《六松堂诗文集》卷七《浙署除夕》）

清康熙十九年，庚申（1680）　　五十六岁

二月十日，苏州邓尉，与王武、姜寓节集棣华堂分韵赋诗。

曾灿《庚申花朝前五日同王勤中、姜奉世集棣华堂得青字》："高馆张灯对翠屏，梅花深处醉刘伶。春风散绮千林绿，夜雨凝寒四壁青。衰后不堪逢丧乱，人间最苦是飘零。与君漫饮今宵酒，好友年年散若星。"（六松堂诗文集》卷七《庚申花朝前五日同王勤中、姜奉世集棣华堂得青字》）

儿曾尚侃、曾尚倪自翠微来苏州邓尉省亲。夏，魏禧携魏世傚（魏礼之子，字昭士）、彭士望携子相继访曾灿于邓尉，魏禧病。

曾尚倪《六松堂诗文集序》："迨庚申，倪同长兄趋侍吴门，历三年，然朝吴暮楚，终不得长依膝下。"（《六松堂诗文集》卷首曾尚倪序）

魏世傚《曾若思二十序》："庚申夏，予从仲父过曾止山先生于邓尉，时妹夫彭子务从其尊先生至，曾子幼行、弟学钼来省亲。幼行之同祖弟若思则居此二年矣。"（《魏昭士文集》卷三《曾若思二十序》）

曾灿《哭魏叔子友兄文》："去夏兄与躬兄先后同来邓尉，相继而病。兄尝语弟以躬兄年老不归，恐终为旅人累。而躬兄亦念吾兄肌体尪羸，不欲其去昌闿而就扬州。"（《六松堂诗文集》卷十三

《哭魏叔子友兄文》）

八月，与魏禧、彭士望枫桥联床夜谈，魏禧叮嘱曾灿早日还山，勿以贫贱为忧。

曾灿《哭魏叔子友兄文》："八月两兄少瘥，而弟亦旋病，自悲夫老之将至，世愈穷而途愈蹶也。枫桥联床之夕，酒酣耳热，慷慨言天下事，勗弟以爱惜躯命，早图还山，以待上元，勿徒以贫贱困陋为戚。"（《六松堂诗文集》卷十三《哭魏叔子友兄文》）

八月十八日，从越东返苏州，徐行挈舟过访，时逢徐行六十生辰，曾灿有诗贺之。

曾灿《中秋后三日予从越东归徐蘖庵挈舟过访值其六十初度作此祝之》："才华意气似君稀，结发从军愿久违。蹈海不因烽火累，移家岂为稻粱肥。百年天地容双鬓，万里关河驻落晖。欲叩鸿濛归混沌，西风先上薜萝衣蘖庵师清虚子。"（其一）"秦笛吴箫吹未残，江湖秋色雁声寒。只缘多难浮三世，欲试诸艰就一官。石马嘶风防鸟道，铜人泣露走螺盘。伤心六诏归来晚，明月中天取次看。"（其二）"天涯常敝黑貂裘，结客荆高贫未休。有弟壮年称畏友谓邻初，故人今日半通侯张赵诸公皆蘖庵旧交。黄金莫笑空过眼，白发应知未上头。愧我论交逾五载，至今漂泊尚虚舟。"（其三）"秋高月白露华滋，喜尔悬弧值此期。两崦溪山归篛画，一天星斗入罘罳。莲花峰似浮霜镜，桂蕊香先到酒卮。阅尽沧桑羊胛熟，与君大笑堕驴时。"（其四）（《六松堂诗文集》卷七《中秋后三日予从越东归徐蘖庵挈舟过访值其六十初度作此祝之》）

八月，曾灿与徐行访顾嗣协于依园，顾嗣协出《依园七子诗》，请两人校雠并以问序。

曾灿《依园七子诗序》："庚申八月，予同山阴徐子蘖庵，访顾子逸圃于依园。逸圃出七子诗，属予同蘖庵较雠，且以问序。"（《六松堂诗文集》卷十二《依园七子诗序》）

闰八月二十日，与徐晟、魏禧、彭士望、钱肃润、吴正名等集吴传鼎远香堂。

曾灿《闰中秋诗跋》："庚申闰八月之二十日，徐子桢起，同其长君彦通，移尊于吴子瓶庵之远香堂。时瓶庵有两孙戚，而予友魏叔子，彦通师也。适侨远香堂同集者，彭子躬庵、钱子磏日、通家子吴子政。……"（《六松堂诗文集》卷十三《闰中秋诗跋》）

十一月十七日，发棹之杭州。闻魏禧卒，哭之于苏州，再哭之于仪征，又送哭之于舟次，哀恸悔恨不能自已。

魏礼《先叔兄纪略》："庚申十一月十七日，从无锡赴维扬故人约。舟至仪真，忽发心气病，一夕卒。时门人梁份从行。"（《魏季子文集》卷十五《先叔兄纪略》）

曾灿《哭魏叔子友兄文》："……计兄捐馆真州，即予发棹西泠之日，虽儿辈归装未束，经营拮据，心血为枯，而宴谈寝处，犹自若也。古人有临终而见梦于数千里之外者。今大江南北，所隔止此一水，乃何以音问杳然，竟至越归，入门之顷，而始闻吾兄之讣也。岂兄之不以死友相许而精诚遂不能感召乎？抑弟之不能改过，而果见绝于吾兄乎？呜呼！吾兄往矣，兄之气节贯日月，文章垂天壤。虽经纶才略未得稍展其生平，而天下后世，孰不知宁都有魏叔子其人者？吾兄其可以无憾矣乎。而吾独不禁闻讣而神伤者，盖以弟年日衰，志日下，后虽有过而不自知，知之而不能改，改之而不能似吾兄之全始而全终也，岂不痛哉！"（《六松堂诗文集》卷十三《哭魏叔子友兄文》）

清康熙二十年，辛酉（1681）　　五十七岁

魏禧妻谢季孙闻凶信，昼夜号呼，矢志饿殉。绝食十三日，正月六日卒。曾灿得彭士望《与门人梁份书》，知嫂氏谢季孙绝食殉夫，愈加哀恸悔恨。

彭士望《与门人梁份书》："叔内闻讣，昼夜号呼，勺水不入口者旬余，矢志饿殉，戚友内外劝之，不得，望请俟榇归行志，不得。和公长跪榻前，号泣反复，引大义陈说万端，矢没齿以母事，终不能得。延至辛酉春正月六日饿卒内寝。"（《耻躬堂文钞》卷二《与门人梁份书》）

曾灿《彭躬庵先生〈与梁质人书〉跋》："叔子友兄之变，予哭之于吴门,再哭之于真州,又送哭之于舟次。哀恸虽深,而于朋友始终之谊,怛然其未尽也。盖予与叔子为性命交,虽两人而实一体。学问之切磋,过失之规劘,数十年如一日。迩年境遇迫于外,衣食乱于内,其所以负予叔子者,不一而足。予负叔子,而叔子未负予。今者嫂氏以百年之情,绝食十三日而死。人孰无死?嫂氏之死,死犹生也。五伦至今日,澌灭尽矣。父子兄弟之间,生而视为秦越人,其或为仇雠者皆然。嫂氏能砥颓波于陆沈之后,岂得不谓之豪杰也哉?予少时身受一日知遇,寄托不效,偷活草间,及老而志气愈下。懊悔丛生,远我良朋,如聋如瞶,嫂氏不肯负叔子于死后,而予乃忍负叔子于生前,尚可得而云人乎?⋯⋯"(《六松堂诗文集》卷十三《彭躬庵先生〈与梁质人书〉跋》)

立春日,曾灿在苏州山塘送吕士鹤赴京。

曾灿《辛酉送春日山塘送吕御青之燕分得儒字》:"落日旗亭问酒垆,虎邱送客上京都。一天风起斗牛乱,五夜春归灯火孤。欲别暂成杨子路,高谈且绘郑公图。羡君奋翮青云去,笑尽乾坤老腐儒。"(《六松堂诗文集》卷七《辛酉送春日山塘送吕御青之燕分得儒字》)

是年,宋实颖六十生辰,曾灿赋诗四首贺之。

曾灿《寿宋既庭六十并次元韵》:"春风花雨记当年,池上芙蓉望若仙。八代文章孤节著,百年薪火几人传。干戈空见催时序,邱壑岂甘托醉眠。丛桂吹香寒菊发,莫将辛苦怨秋天。"(其一)"徵书一日下皇州,传筑曾闻帝梦求。弦管空嗟留绛帐,乾坤只合付清流。王门子弟多龙凤,石氏山川半虎鸥。世事浮云如嚼蜡,天容高卧醉糟邱。"(其二)"赤侧黄金岂足多,输财卜式事如何。近传妖鼓鸣昏昼,忍见秋田长蔚莪。睫里焦螟能再乳,水边丁子亦承波。输君百尺高楼上,看尽沧桑发浩歌。"(其三)"白首青编任卷舒,四时花鸟爱吾庐。过都不揭歌鱼铗,避世且看种树书。何处湖山堪结隐,至今须发未全疏。阴阳蚀尽麒麟閟,暂向人间学遯初。"(其四)(《六松堂诗文集》卷七《寿宋既庭六十并次元韵》)

七月,与叶燮、周篔、俞玚等同集汪文桢、汪森雅涵堂。

曾灿《七月同叶星期、周青士、张绳其、俞犀月集汪周士晋贤雅涵堂得翁字》："传说吴王避暑宫，四郊地尽种梧桐。芷兰不见思公子，禾黍只堪怨狡童。可信乾坤真断梗，却怜身世似飞蓬。与君共对今宵酒，且学当年六一翁。"（其一）"两年三客此堂中，风景萧疏自不同。五夜天高飞过雁，一簾秋冷乱鸣虫。庭开但见书签满，坐久岂教酒琖空。星汉迢迢银漏转，不知身是白头翁。"（其二）

"簾幙霏微冷玉虫，紫罗襦觉夜寒空。东南隽美推三凤周士三昆仲俱有文名，大小山成赋八公。千载行藏虽有异叶张成进士，予与周俞皆布衣，一时心事得无同。座中名辈谁雄长，万卷还须让老翁。"（其三）"檐前铁马战秋风，每至欢场万事空。蟋蟀鸣中衣自薄，琵琶声里曲谁工。老年但觉家乡好，乱世何妨客路穷。蓬葆生涯无善策，归来漫学祝鸡翁。"（其四）（《六松堂诗文集》卷七《七月同叶星期、周青士、张绳其、俞犀月集汪周士晋贤雅涵堂得翁字》）

秋，与蔡方炳作一画册寿徐乾学五十。

曾灿《与徐健庵》："辛酉秋，曾同敝世叔蔡九霞，作一画册及小械附长公入都奉祝嵩龄，未审得达典签否？……"（《六松堂诗文集》卷十四《与徐健庵》）

清康熙二十一年，壬戌（1682）　　五十八岁

正月三日（一说正月六日），曾灿赴顾嗣协饮。

曾灿《壬戌开正六日顾迁客招饮分得九佳》："辛盘开好日，花气逼重阶。但得酒常满，不知天一涯。谈深看赠尘，醉后见遗钗。自到春风夜，何曾散旅怀。"（《六松堂诗文集》卷五《壬戌开正六日顾迁客招饮分得九佳》，另见《壬癸集》之《开正三日顾迁客招饮得九佳》）

春，与王廷铨、蔡方炳、蔡元翼、徐蚩、姜寓节至佘山看梅。

曾灿《壬戌辰日王璞庵蔡九霞右宣过邓尉徐长民载酒同姜奉世诸子至佘山看梅得中字》："晨曦暖林岫，花气含冲融。不知身世里，住此梅花丛。频年走衣食，到眼辄成空。有时得乘暇，又以筋力惝。今日天色佳，客来访旧踪。欲探梅花胜，因之缘路穷。陟岭逾层冈，隐隐见远峰。左挹姑射仙，右邀浮邱翁。花光与水光，苍茫万顷同。主人雅好客，载具相过从。肴核饤盘俎，家醅置郫筒。举杯举山灵，人生能几逢。兵革虽暂息，饥寒日见攻。况予衰朽质，聚散如飞蓬。古来贤达士，尺蠖与神龙。一望忧思集，乾坤有无中。邱壑岂吾愿，高歌豁心胸。薜萝挂新月，衣袂吹晚风。恨无济胜具，闲行且从容。无劳弋者心，皓首慕飞鸿。"（《六松堂诗文集》卷二《壬戌辰日王璞庵蔡九霞右宣过邓尉徐长民载酒同姜奉世诸子至佘山看梅得中字》，另见《壬癸集》之《春日璞庵蔡九霞同姜奉世诸子至佘山看梅得中字》）

　　贺吕士骏新任南康县令。

　　曾灿《赠南康吕邻秩明府》："故人新作南康令，百里花封正少年。县小但容山色到，庭闲时有鸟音传。孤城日落人烟外，五岭天高堠火边。君去不须愁路远，吾家犹自隔梅川。"（其一）"历尽崎岖阅岁寒，五陵有铗日空弹。只因谋食逢人短，愈觉浮生到处难。风雨何年资羽翩，家山无梦报平安。天涯望尔成归路，六月舟过十八滩。"（其二）（《壬癸集》之《赠南康吕邻秩明府》）

　　挽吕士骏、士鹤父吕旦先。

　　曾灿《輓吕旦先兼唁令嗣邻秩御青》："浮生如梦任西东，对面都为白发翁。下榻每倾家酿美，分金常慰客途穷。自予不见方三月，於世何求只一空。玩得庄周齐物论，好将心事付冥鸿。"（其一）"行行且住只因贫，不谓来时已暮春。何意死生消二竖，遂令天地少斯人。传家喜有琴书在，绾绶空瞻姓字新邻秩方授吾乡南康令。欲附舟归今已矣，此生应老大江滨。"（其二）（《壬癸集》之《輓吕旦先兼唁令嗣邻秩御青》）

　　春夜与宋恭诒宴集。

　　曾灿《三月晦宋稚恭偶集寓楼送春即席口占得寒字时立夏后一日》："春来原不易，春去未曾难。昨日无人问，高楼落暮寒。自知逢世拙，与汝坐更阑。遥忆归时路，前村绿影攒。"（其一）"既无兼味美，复畏一杯干。城阙夜来静，轩窗星欲残。依人劳梦寐，得友感饥寒。今日知何日，应教花事阑。"（其二）（《壬癸集》之《三

月晦宋稚恭偶集寓楼送春即席口占得寒字时立夏后一日》）

曾灿《又和稚恭分韵》："羁旅如孤鸟，因风托远林。不因今夜酒，难见旧时心丁巳彼此往返俱不值。静坐观群息，幽栖辨众音。吾侪神自合，何用苦招寻。"（《壬癸集》之《又和稚恭分韵》）

经钟山至南京。

曾灿《过钟山》："故垒荒烟合，孤城尽日闲。千秋遗恨在，流涕过钟山。"（《壬癸集》之《过钟山》）

曾灿《金陵道上》："雨势朝来重，千山半是云。驱车原上过，禾黍正新耘。"（《壬癸集》之《金陵道上》）

苏州虞山看月。

曾灿《虞山署中看月限唐人原韵》："隔邻高树动栖鸦，灯烬寒窗欲落花。一望清光千万里，梦中那得不思家。"（其一）"日落西风起暮鸦，重阳未见菊开花。但令有酒对明月，客里何妨即当家。"（其二）（《壬癸集》之《虞山署中看月限唐人原韵》）

初冬同郭襄图、姜寓节等登南京雨花台。

曾灿《初冬同郭皋旭姜奉世蔡矶先登雨花台赴旗亭小饮得来字》："一上雨花台，愁怀不肯开。江山战留伐，钟鼓杂莓苔。天阙凌风去，旗亭载酒来。不须谈往事，落日且衔杯。"（《壬癸集》之《初冬同郭皋旭姜奉世蔡矶先登雨花台赴旗亭小饮得来字》）"挈伴来游眺，登高一惘然。草埋钟阜碣，日散石城烟。雁影雾中落，钟声天外传。伤怀谁痛饮，不管接罹偏。"（《壬癸集》之《又得传字》

同姜寓节买舟，由南京返苏州。

曾灿《金陵兵阻纤道上清河同姜奉世买舟返吴门夜泊急水沟》："去住原无定，孤舟信所安。江催帆影疾，风送夕阳残。鸡犬林中出，家山梦里看。开怀聊共汝，莫负此艰难。"（其一）"曲折谋归路，年年作客难。村犹鸣画角，天不爱渔竿。世事无终极，吾生不得安。兵戈何日已，但觉夜漫漫。"（其二）（《壬癸集》之《金陵兵阻纤道上清河同姜奉世买舟返吴门夜泊急水沟》）

诗赠徐树谷。

曾灿《赠别徐艺初》："落照生江水，门前系远航。桐高通德里,柳护读书堂。意气先风雨,文章逼汉唐。始知松柏操,自不畏繁霜。"(其一)"八载吴门客,何曾一破颜。心知惭老丑,梦只恋家山。衣食凭人惯,风霜羡鸟还。他年霄汉上,肯念草堂间。"(其二)(《壬癸集》之《赠别徐艺初》)

冬至前五日,过娄东别王炜,时灿欲经浙东返里营旧宅。

曾灿《壬戌冬至前五日过娄东王不庵,由浙东返里,时不庵亦归营葬》:"广莫风生欲雪天,江城晓色净无烟。故人共指钱塘路,为数归程各二千。我返家乡营旧宅,君哀慈母卜新阡。重来吴地知何日,痛哭云山但怆然。"(《六松堂诗文集》卷七《壬戌冬至前五日过娄东王不庵,由浙东返里,时不庵亦归营葬》)

是年,送吕士骏入粤,时曾灿将赴端州。

曾灿《送吕邻秩明府入粤时予亦有端州之行》:"梅花五岭接桃溪,道出南康赣水西。县里儿童看客喜,江头定有马声嘶邻秩旧选南康令。蛮兵万里降旗出时沿路阻兵,峡狭千峰古木啼。我亦欲访安期子,北山应有白云梯。"(《壬癸集》之《送吕邻秩明府入粤时予亦有端州之行》)

哭祭吴传鼎。

曾灿《病中遥哭吴瓶庵》:"方结青山作比邻,天涯与尔共相亲。一生意气推吾党,十载交游重隐沦。入梦常弹亡友泪魏叔子死瓶庵语之必涕零,分金每念客途贫。如何末路成冤报瓶庵忽遭奇祸遂以忧死,欲上凌霄叩紫宸。"(其一)"久知曡耻未全消,欲报昊天罔极劳。难以寸心酬父志,忍将一死等鸿毛瓶庵子凌苍闻讣一恸而绝。读书未遂平生愿,蒿目谁同冰雪操。有子能令回造化,为君不必续离骚。"(其二)"萧斋静掩坐黄昏,寂寞还同虫处裩。到老方知诸病入,浮生能得几人存。年来枫浦断行路,醉后西州谁叩门。除却梦魂难再见,安能痛哭不声吞。"(其三)(《壬癸集》之《病中遥哭吴瓶庵》)

送汪楫出使琉球国。

曾灿《送汪舟次检讨册封琉球》:"万里开重驿,殊方列外藩,儒臣持汉节,诏使出京门。视草銮坡远,看花水驿繁。关亭逾越峤,车辙下仙源。海自彭湖入,舟从华屿奔。蛟涎生怒浪,鳌背起高鼋。

日月看明灭，星辰互吐吞。占风随柁转，辨色识云屯。落潆原无岛，那门自有村。鲛人多缥甲，番女亦囊鞬。守礼垂城阙琉球城门有牓曰守礼之门，藏经向祇园园中藏五经于寺。名王强负弩，属国远承恩。开宴葡萄美，闻香阗镂麑。文章惊白傅，博洽过张骞。纸以鱼牋贵，书因鸟翻存。诗篇悬峋崚，姓字重玙璠。刘向推磐石，马迁传大宛。自知才本钜，遂使节弥敦。威德羽干格，声灵金鼓喧。止谗无薏苡，昭信有蘋蘩。龙凤裘能动，鸳蜂蜜最温。冰绡屏水火，神锦敌寒暄。贡赋因君重，山川记事烦。风飙归海外，乡树见潮痕。不自南天至，安知中国尊。"（《壬癸集》之《送汪舟次检讨册封琉球》）

苏州邓尉，除夕感怀。

曾灿《除夕》："独卧匡床一月余，四山雾暗小楼居。病中最畏当窗坐，愁里还惊是岁除。侲子俗争喧市巷，画鸡家见贴门闾。春风尚隔人间路，春气已先到草庐是夜天暖。"（其一）"高楼风静雨萧萧，无力挑灯夜寂寥。客久长贫宜送鬼，心惊多病忽闻鸮是日祀神时忽闻鸮鸣。椒盘对酒食三叹，桂炬催更魂再招。正欲祈年防毁性，不知此恨向谁销。"（其二）（《壬癸集》之《除夕》）

清康熙二十二年，癸亥（1683）　　五十九岁

元日感怀。

曾灿《癸亥元日》："天地当阴晦，难将物理推。六身看岁纪，三户起人思。烟火千家动，风云万里吹。明年新甲子，可是上元期。"（《壬癸集》之《癸亥元日》）

苏州邓尉，病起饮酒。

曾灿《病起饮酒诗》："朋友予所喜，饮酒予所欢。病起初学饮，一杯已眉攒。忆昔强健日，呼朋聚春盘。白日醉眼过，不知夜已残。今日与斯会，兴致殊阑珊。先畏酒力厚，搀水入壶端光福买酒论端不论筋。方擎杯在手，两杯取次完。三杯复四杯，欲饮先愁乾。酌酒至五六，面目起峰峦。颓然形欲睡，不计客饥寒。平生恶甜酒，如恶曹马奸。手内常苦腻，口中常苦酸。独爱味酷烈，劝客不为难。何为今日里，无复旧时看。嗟予少定力，身世如波澜。爱憎随俯仰，

喜怒任讥弹。始悟本来理，不为忧患干。"（《壬癸集》之《病起饮酒诗》）

春，泊长水多次过访周颖不值。

曾灿《泊长水数日周青士频过不值作此却寄》："日日江头住，频过不见君。风花迎细雨，烟火破重云。梅里家居少，桐溪客路分。同为衣食累，我病更纷纭。"（《壬癸集》之《泊长水数日周青士频过不值作此却寄》）

病中送徐涵敏赴京师应选，时曾灿将归故里。

曾灿《病中送徐逊若谒选京师》："一上京畿道，非如故里时。山川尘土梦，乡国水云思。世路多欹仄，人情半险巇。此行良不易，勿使笑男儿。"（其一）"戮力功名会，应知在少年。官因民社重，清以德门传乐馀公书清慎二字贻后人。喜怒无从已，交游且择贤。临歧情缱绻，慎着祖生鞭。"（其二）"不必言离别，伤怀已至今。君当家破后，予正病愁深。多难全身世，长贫乱客心。顾瞻南北路，一日一沈吟时予将还故里。"（其三）（《壬癸集》之《病中送徐逊若谒选京师》）

吴门送吕士鹤之扬州。

曾灿《吴门送吕御青先生独往广陵并柬江郢上诸子》："寒梅如雪柳如丝，君到正当二月时。津驿风花随路转，春江烟树见船移。言愁未可当名士，多病还应累故知。寄语维扬各同志，怜予尚尔少归期。"（其一）"坐向空山老蕨薇，谢君常自慰朝饥。乡关入梦长流涕，贫病经春未得归。西崦何人怜药裹，东风无意到柴扉。天涯终日愁羁旅，谁遣余波上钓矶。"（其二）（《壬癸集》之《吴门送吕御青先生独往广陵并柬江郢上诸子》）

春，徐崧留宿曾灿邓尉寓所数日。

曾灿《春日同徐松之冒雪还山留宿西崦草堂》："花乱春山水蘸堤，寺桥杨柳过船低。微风吹雪柴门晚，细雨围灯草阁西。酒薄家贫无宿酿，厨荒烟断只寒虀。萧然一榻淹佳客，从此何人说剡溪。"（《壬癸集》之《春日同徐松之冒雪还山留宿西崦草堂》）

曾灿《徐松之留斋头数日，夜因病起不能出，作此柬之》："镇日恹恹独卧时，梅花春雨上楼迟。孤衾不管寒如铁，只爱人来与病宜。"

（其一）"眼前儿女苦哜嘈，欲卧先愁归梦遥。最是无情贫与病，殢人春思过花朝。"（其二）"八载侨居邓尉峰，日无尊酒夜无春。开窗只见梅花好，天不由人一杖筇。"（其三）"虽无娄水新黄韭，藉有吴江旧白醅。如此严寒风雪夜，忍教好友独衔杯。"（其四）（《壬癸集》之《徐松之留斋头数日，夜因病起不能出，作此束之》）

移居半塘寺端公房。

曾灿《移寓半塘寺端公房》："八载前曾宿半塘，柳花初放菜花香。小窗草色荒三径，柔橹溪声隔一墙。病后空惭徐孺榻，生涯暂借赞公房。贱贫但见交情薄，莫向人间叹雪霜。"（《壬癸集》之《移寓半塘寺端公房》）

清明日于虎丘与姜寓节、梁佩兰等宴集。

曾灿《清明日姜奉世招同梁药亭苏临白汪学先令弟学在虎丘小集分得四支十烝韵》："春雨日未歇，莺花渐过时。老应惊节换，心惜放船迟。宿雾吞林岫，轻烟上柳丝。浮杯清涧畔，不畏晚雨吹。"（其一）"胜地逢佳节，何妨著屐登。家同上下崦予与奉世俱浮家邓尉，人尽东南朋。野菜青方甲，春醅绿似渑。雨深归路远，钟起上方灯。"（其二）（《壬癸集》之《清明日姜奉世招同梁药亭苏临白汪学先令弟学在虎丘小集分得四支十烝韵》）

四月，丁思孔自长安归苏州，时曾灿由苏州返乡。

曾灿《仲夏丁泰岩方伯从长安观归予亦由吴门返里赋此留别》："严冬上长安，四月返吴会。春草随旅程，悠悠此行旆。畿辅视东南，拱翼如襟带。一自军兴来，徵舒尽民害。苛牒下有司，于此课殿最。公力能干旋，急迫见宽大。冰雪耀寒威，雨露感濡霈。人情厌兵戈，天宇结春霭。欲因上计书，危言发深慨。流涕陈疮痍，臣心不敢昧。前席动宸衷，褒语忽嘉贲。江南多宿逋，例不以才贷。乃今三异名，车服示无外。可知直道行，非独在三代。神龙天上行，扶桑或顿辔。千里能追风，鼓车困骐骥。名垂三十年，奋此云霄翅。胸罗蝌蚪文，笔走龙蛇字。颢气横九州，眼阔视天地。南北当要冲，川原尽烽燧。庙廊方倚公，独使诸艰试。海宇渐升平，朝廷日无事。同时奉职人，皆膺节钺出。公具经济才，而反为例累。吾闻东西陕，周召分藩卫。父师任保釐,天子尊崇异。挽近有分职,方伯莞会计。虽多经国猷,割断由大吏。鹏作垂天云,麟为王者瑞。苟可泽斯民,平生志已遂。上客如豪鹰,下士如苍蝇。侯门日噂沓,识者辨其能。少者耻干谒,槐柳畏同升。非欲慕名高,久嫌与物竞。念昔托华胄,交游尽五陵。遇人露怀抱,顺物无崚嶒。一朝志气合,千金何足凭。丈夫贵旷达,不遂人爱憎。昆仑作邱垤,江海当淄渑。摩挲三尺剑,万里将腾凌。下与蛟龙鬪,年徂力不胜。雨来嗟老大,发白见鬅髼。世味冷如蘗,交道薄如冰。长安满冠盖,强半如友朋。录事草堂资,欲寄叹何曾。终年困羁旅,诵书而约绳。浮家十余日,托命青山层。我实惭徐孺,公真比李膺。爱士先饥渴,才名动见称。所以龙门士,高人争欲登。徘徊怜涸鲋,活我以斗升。安知非怪物,喷薄风云腾。顾瞻气郁勃,远近红霞蒸。轻装趋故里,草色掩行滕。湖山知渐远,公德知渐宏。东南一回首,日月空环緪。"(《壬癸集》之《仲夏丁泰岩方伯从长安观归予亦由吴门返里赋此留别》)

徐行从岭南归,顾嗣协招曾灿等饮于依园。

曾灿《徐蘖庵从岭南归顾迂客招集依园次韵分赋》:"自是关情重,非因见面亲。眼看知己少,老觉故交真。湖海天涯客,关山梦里人。依园对尊酒,敢惜往来频。"(《壬癸集》之《徐蘖庵从岭南归顾迂客招集依园次韵分赋》)

曾灿《初秋顾迂客招同蒋大鸿、徐蘖庵、朱悔人、唐铸万、顾梁汾、高澹游、黄宪尹、金筮文依园雅集得程字》:"辟疆亭馆自秋清,木叶萧疏过雨声。翠水寒菱浮椀动,白鸦新栗出盘轻。时因好友成高会,天为闲人放晚晴。烂醉不知明月上,岸边风露促归程。"(《壬癸集》之《初秋顾迂客招同蒋大鸿、徐蘖庵、朱悔人、唐铸万、顾梁汾、高澹游、黄宪尹、金筮文依园雅集得程字》)

是年,移居黄鹂巷。

曾灿《移居黄鹂巷答朱悔人吴孟举赠诗再叠前韵》:"十年八易居,淹留正苦久。亲知日在门,谁薄谁为厚。怒马感予怀,因念平生友。天心困羁旅,慨岂独在某。深本因川泽,高自借培塿。为力既因人,况予赤双手。资君镜里花,刮我眼中垢。不见支离叔,左

肘忽生柳。鼠壤有余蔬，吾乐吾尊酒。"(《壬癸集》之《移居黄鹂巷答朱悔人吴孟举赠诗再叠前韵》)

与吴之振、唐大陶、朱载震饮黄鹂巷。

曾灿《吴孟举过访寓斋留同唐铸万朱悔人小饮四叠前韵》："霜气积庭阴，秋光入帘久。叩门剥啄声，屐破苔藓厚。倒屣方出迎，喜见同心友。剪烛具盘飧，招邀惟某某。嵯峨松柏姿，岂肯植培塿。能令匠石心，常缩挥斤手。予也江湖人，行藏不可垢。空为老大悲，安心托蒲柳。聚散亦何常，莫负尊中酒。"(《壬癸集》之《吴孟举过访寓斋留同唐铸万朱悔人小饮四叠前韵》)

夏至后二日与朱载震话别，值其寿辰，诗以赠之。

曾灿《长至后二日朱悔人招同诸子话别时值诞辰次韵次之》："普天皆雪窖，何处置吾身。车马劳劳去，溪山日日新。将兹岁为寿，送汝心所亲。计及长安路，千门报晓春。"(《壬癸集》之《长至后二日朱悔人招同诸子话别时值诞辰次韵次之》)

岁暮感怀，作诗十首。

曾灿《岁暮言怀用陆放翁"贫坚志士节，病长高人情"为韵》："达人不怨命，高士不言贫。我独何愁叹，空悲有此身。十年困羁旅，满目皆荆榛。寒暑衣裳倒，饔飧并夕晨。既畏友朋诮，复愁童仆嗔。萧然环堵内，何者与我亲。"（其一）"大道贵天鬻，所任得自然。堤堰本完固，何知蚁漏穿。举世尽汤镬，防身如防川。莫为高洁行，且务学苟全。漆有用而割，膏以明自煎。不受人磨涅，岂必白与坚。"（其二）"僦屋黄鹂巷，怀古当初春。不闻携酒者，但见索逋人。旅食亦云久，惊心岁屡更。共此深宵坐，劳劳乡国情。七当少阳数，淹及吾父兄吾父以四十七吾兄以五十七捐弃馆舍。今予届六十，岂不是余生。圣贤重忧患，魑魅忌骄盈。倘能测物理，天地且屏营。"（其十）(《壬癸集》之《岁暮言怀用陆放翁"贫坚志士节，病长高人情"为韵》)

清康熙二十三年，甲子（1684） 六十岁

元日、人日赋诗抒怀。

曾灿《甲子元旦遣兴》："晴旭天开是上元，吾生谁复望腾骞。贡廷不见重明鸟，朝庙应来五日猿。蛮触风前遗故垒，鹪鹩枝上识中原。自从万里无家后，愁绝江天何处村。"（《六松堂诗文集》卷七《甲子元旦遣兴》）

曾灿《甲子人日》："但觉改年岁，不知闻见新。山川惊窜鼠，日月让闲人。彩胜留空壁，晴丝入早春。老来无一事，只有病随身。"（《六松堂诗文集》卷五《甲子人日》）

正月五日顾嗣协招饮依园，因病足未赴。

曾灿《开岁五日顾迂客招集依园予以病足未赴分得十三元十一真》："病衰经时久闭门，谢君折柬欲开尊。萧窗但见友朋少，蓬径能教天地存。绿柳墙边春气动，紫藤架上鸟声繁。遥知今日成高会，应念深居独负暄。"（其一）"玉琯频惊节候新，风光坐啸瓮头春。世方驱我为羁旅，天不容予作酒人。倚树空传坚白说，飘蓬且逐软红尘予时有长安行。摩挲铜狄催吾老，醉里乾坤梦里身。"（其二）（《甲子诗》之《开岁五日顾迂客招集依园予以病足未赴分得十三元十一真》）

正月十五与友人宴集。

曾灿《甲子上元雨集》："岁当甲子春，天地遘阳九。斯时为上元，昨夜闻雷吼。寒灯渐不花，门巷无人叩时有夜禁。顾子开春筵，招邀尽良友。细雨过庭除，冷风逼窗牖。名士盛簪裾，高人托林薮。气欲凌云霄，酒可吸升斗。回看坐中人，沧桑历已久。渐觉雪盈巅，行藏各自守。嗟予岁五周，明年又乙丑。天启朋党兴，阉珰正祸首。诛杀尽衣冠，朝堂血肉走。沧及崇祯间，乾坤日解纽。予时方少年，不忍平生负。踯躅遍江湖，鹑衣露两肘。排墙分所甘，筑室锥何有。今日与斯会，岂独为杯酒。相逢皆老苍，同在神宗后时同集者皆庚申以后之人。转盼六十年，卯角未分剖。挥杯叫苍天，鸟兔落吾手。许我作酒狂，知君意良厚。"（《六松堂诗文集》卷二《甲子上元雨集》）

正月二十二日赴杭州。

曾灿《正月廿二日汪昇三折柬见招时有西陵之行不克赴作此酬之》："病后龙钟手一械，朝饥无计荷长镵。君方折简成高会，我已移装上去帆。画幌遥知春昼永，远山但见夕阳衔。人生劳扰惟衣食，惭愧王伦白玉函。"（《甲子诗》之《正月廿二日汪昇三折柬见招时有西陵之行不克赴作此酬之》）

二月，钱澄之过访，时曾灿由邓尉移居苏州城南，钱澄之留宿数日并为曾灿《壬癸集》作序。

曾灿《寄钱幼光》："二月喜君来，四月怅君去。信宿曾几何，有求常百虑。闻君往云间，浪游成间沮。从人觅颜色，安得有天助。乾坤本蒭狗，山川同沮洳。吾辈皆耄耋，勿为境所据。志当金石坚，虽老冀一遇。君归向邱园，怀我旧游处。今夜宿吕亭，挑灯待天曙。百里至枞阳，殷勤托双鬻。"（《甲子诗》之《寄钱幼光》）

钱澄之《曾青藜壬癸诗序》："……今又八年矣。君更移寓城南，予过之。复留榻数夕。其穷愁殆胜于寓邓尉时。出其壬癸两年诗，属予序之。其诗甚悲。予今年七十三，君亦六十矣。回忆四十年前跃马论兵，慨然有天下己任之志。何其壮也。今皆贫困如此。白头槁项，所求升斗，到处觅人颜色，踽踽偷生，诚足悲矣。……"（《田间文集》卷十五《曾青藜壬癸诗序》）

三月三日，为周茂兰八十寿辰赋《龙章歌》。

曾灿《龙章歌为周子佩八十寿》："先生生在神宗乙巳年，中原边辅无烽烟。圣人御极贤者出，粟米流脂贯朽钱。从此太平历一纪，洛阳地陷苍鹅起。人情对面生波澜，白日长天走蛇豕。宝幢御座狐来升，汉世奸阉党祸兴。卿相甘心作伊鹿，衣冠侧目愁苍鹰。是时大臣尽韬笔，诛杀皆由中旨出。锻炼频施犊子车，深文曲致婪官律。朝阳之凤半东南，直声争与天地参。豺狼塞路麟在野，义儿乳媪何就就。蓼洲公时久家食，抚膺对客长叹息。京师更有告密人，缇骑一朝下江北。金阊城外尘飞扬，金阊门里宣诏章。百官拜舞群趋跄，观者排列如堵墙。敕使开读声未遍，瓦甓泥沙飞扑面。裂诏不知功令严，杀官一旦人心变。欲夺公去归私第，满城几作燎原势。公能解慰勿令他故生，自上银铛就拘系。何地不闻棘林鸦鸟鸣，何日不闻圜扉箠楚声。捷撅拗头关木索，肢肤但有空骨撑。人生大节惟忠孝，今古日月常相照。一自下公比寺时，王恭厂地成泥淖，可知人心即天心。烈皇龙飞鹗革音,大者交章加窜殛,小者落籍声名沈。先生年当二十四,刺血上书动天意。请诛毛倪两贼臣,下笔一字一流泪。先皇览书生悲哀,温旨褒嘉亲手裁。官赠太常谥忠介,殊恩三代为君开。龙章黼黻真华衮,孔鼎汤盘皆有本。玉轴牙签气象新,焜煌御玺出宫壸。自此永当为世宝,何期寇来如电扫。生民板荡化为鱼,金陵宫阙埋芳草。乙丙之间君四十,踉跄避地离城邑。资装一日属他人,独抱龙章空涕泣。三卷只余一卷存,归来还自忆空村。鸡鸣巷陌日方晓,忽有短衣骑马来叩门。上云身隶湖州城守之骑卒,得君诰命闻不闻。远来亲致忠臣裔,愿以宝之示子孙。下云少年从军非得已,腰跨宝刀挽弓矢。谁无忠臣义士心,笑尽人间龌龊之余子。先生乱后无多金,搜箧仅足供行李。挥手出门不复言,临江节士知谁是?大孝真能格苍昊,至诚真可通鬼神。能使龙章散复合,从来至宝必为造物珍。兹当甲子上巳日,正值先生八十之诞辰。河上翁持青莲花,健如四十无停轮。闻道凤凰出泗滨,闻道黄河清更直。太平天子不世出,但见后车载取熊罴入梦之老人。八十年来一转瞬,乾坤谁许容双鬓。摩挲铜狄看沧桑,大笑堕驴今益信。(《甲子诗》之《龙章歌为周子佩八十寿》)

春,与陈荚等夜饮。

曾灿《春日过访陈尧夫移尊小舟同宋懼闻夜饮限经字》:"隔年不到子云亭,溪水山花一样青。举世渐看吾辈少,孤舟暂为故人停。移尊合醉贤兼圣,烧烛雄谈史与经时与尧夫辩古人行事未合。尔我行藏俱老大,且将心事付沧溟。"(《甲子诗》之《春日过访陈尧夫移尊小舟同宋懼闻夜饮限经字》)

春,送徐崧往扬州。

曾灿《送徐松之往广陵》:"烟树迷离一叶舟,夕阳犹挂大江楼。我方无处谋朝食,君复经春作远游。相国衣冠多鞠草谓史相国,帝王宫阙尽荒邱。但能载入诗篇去,管取风光满杖头。"(《甲子诗》之《送徐松之往广陵》)

题陆阶耕渔图。

陆君梯霞,为年伯梦崔先生之第三子也。记崇君丙子,予就童子试于螺川。年伯官吉水，予得展拜床下。岁辛巳，先大夫督饷里门。过庭之时，语次，年伯文章风采，不得见用于世，为之欷歔太息。不十年国家多故，先大夫见背，予以避祸。侨吴阊，过西泠，梯霞出耕渔图于予。吾闻之，泰之有否，革之必鼎，盛衰之故，自然之理也。吕望以钓，南阳以耕。梯霞纵欲长隐，其能以耕渔老乎？则斯图也，亦足以卜梯霞之用舍矣。"（《甲子诗》之《题陆梯霞耕渔图》序）

六月，钱澄之在松江，遥祝曾灿六十初度。

钱澄之《甲子夏六月客松江遥祝曾青藜吴门六十初度》："宁都才子曾青藜，半生漂泊无东西。邓尉村中住不稳，即今又在阊门西。刘家浜内一层屋，楼下读书楼上宿。儿女朝卧妇诵经，僮仆偃蹇饭不足。时时沽酒饮故人，衣衫典尽何时赎。当年意气胡峥嵘，单骑直入铜马营。豺虎十万争受抚，铜盘歃血推主盟。金印早辞进贤伯，龙旗请驻赣州城。时势既非天意去，金精峰上埋名住。易堂诸子共躬耕，何年又踏江南路。老夫相识荒江边，为谈往事泪如泉。是时君年甫三十，迄今又过三十年。年来不入诸侯幕，人情世事总萧索。到处干求不救饥，举家惟赖卖文活。君兄亦负不羁才，一生孟浪死可哀。同时慷慨谈兵者，自我以外谁在哉？君年六十未为老，老去穷愁乌足道。造物生才将有为，如此结局殊草草。丈夫失节真可怜，区区发愤托诗篇。君不见，吴人满堂为君寿，但称君之诗句千秋传。"（《田间诗集》卷二十五《甲子夏六月客松江遥祝曾青藜吴门六十初度》）

过无锡，诗赠吴兴祚。

曾灿《赠无锡令》："十载曾经此地游，惠山深醉碧筲秋。故人官已垂朱绂谓吴留村也，游子贫今到白头。藉有尺书来北海，可无尊酒过江州。君能好客如前尹，下榻应为十日留。"（《甲子诗》之《赠无锡令》）

过惠山访秦沅并寿其六十。

曾灿《过惠山访秦湘侯并寿其六十》："三径荒芜未扫除，扁舟偶过子云居。溪山漫托双蓬鬓，天地终归一草庐。愁里无心随野马，人间何处觅车鱼。闭门莫叹英雄老，消尽光阴只读书。"（其一）"悬弧与汝喜同庚，记得当年尚太平。可信千秋谁是我，敢云一日长为兄予长湘侯一日。天心似欲轻贫贱，世事何劳问浊清。共坐尊前须痛饮，空山莫负月华明。"（其二）（《甲子诗》之《过惠山访秦湘侯并寿其六十》）

经徐州追悼六弟曾炤。

曾灿《徐州道上》："长天无过鸟，短柳漫藏鸦。屋后农歌起，门前落日斜。新畬多种豆，平地半栽花。处处秋成熟，膏粱载满车。"（《甲子诗》之《徐州道上》）

曾灿《次徐州》："策蹇上层冈，河流割大荒。过堤仅方寸，急筑争微茫。水势高于屋，涛声沸若汤。行行烟火出，犹未见城墙。"（《甲子诗》之《次徐州》）

曾灿《庚戌夏六弟炤经此入都投宿旅店无病而卒作此追哭焚纸钱以招之》："汝死及庚戌，正当颜子年炤时年三十二。如何涉远道，遽尔拼重泉。身世俱空幻，才华竟弃捐。浮生如此过，吾欲问苍天。"（《甲子诗》之《庚戌夏六弟炤经此入都投宿旅店无病而卒作此追哭焚纸钱以招之》）

过聊城追悼魏际瑞。

曾灿《过聊城县追悼魏伯子》："射矢原非策，高君不慕名。当时吾友去，亦似鲁连情伯子因抚韩大任遇害。事岂分成败，人胡异死生。西风杨柳岸，吹起断肠声。"（《甲子诗》之《过聊城县追悼魏伯子》）

秋，由苏州北上京师。冬与袁彀赴任广州，入雷廉道幕。在粤不一月，闻故乡家难，踉跄而回。

顾祖禹《六松堂诗文集序》："……岁甲子，先生自吴门走燕赵，还过家山。南指抚膺叹曰：'予始生乙丑，至今六十年。犹视息人世。'……"（《六松堂诗文集》卷首顾祖禹序）

曾灿《将抵长安》："已料京华路，此生不复来。难逃魑魅影，怕听角笳哀。紫贝空瞻阙，黄金未筑台。只因儿女累，怀抱几时开。"（《甲子诗》之《将抵长安》）

曾灿《抵京就赣州会馆竟日不得停辖》："竟日就馆舍，如何榻尚悬。低徊当日事此馆先父兄颇费拮据，惭愧后人贤。饥渴劳同里，冠簪畏少年。自嗟贫与贱，籍草暮云天。"（《甲子诗》之《抵京就赣州会馆竟日不得停辖》）

曾灿《冬日同袁公彀司马赴广州任》："寒云朔气压车尘，暂借分符出海滨。风雪六飞遗鹢路，楼船万里识鲛人。萧斋夜听桃榔雨，黍谷天开草木春。此去应知舒骥足，会看双鹿夹朱轮。"（其一）"羊城曾记旧游处，二十年来空鼓鼙。岸帻山川容啸咏，托身天地学羁栖。千行云树瞻鸿影，一路霜花印马蹄。今日藉君过故里，虎头畏有鹧鸪啼。"（其二）（《甲子诗》之《冬日同袁公彀司马赴广州任》）

曾灿《赠岭南廖南昑》："飘零曾记岭南游，战鼓鸣铙日未休。知有王门堪税驾，何当官署独登楼予时入雷廉道幕。百年意气双龙剑，万里风尘一鹿裘。与汝同庚惭骥尾，登堂可是胜封侯。"（《甲子诗》之《赠岭南廖南昑》）

曾灿《与林武林》："……弟比年来奔走衣食，家如传舍。甲子秋间曾一至长安，同友人袁公老游宦羊城。甫及一月，忽闻故乡家难，踉跄而回。……"（《六松堂诗文集》卷十四《与林武林》）

曾灿《与姜西溟》："去年入粤一月，倏当家难，仓促返里，遂未入端州谒见制台。"（《六松堂诗文集》卷十四《与姜西溟》）

诗赠王士禛兼及王又旦。

曾灿《长歌赠别王阮亭宫詹兼寄黄湄给谏》："……我欲跨鹤去求仙，贫贱富贵我何有，胡为空向人乞怜。邂逅先生十四年，沧海几变为桑田。先生宅揆任方专，廊庙名与日月悬。嗟予落拓江湖边，依人谋食学苟全。何时乞得买山钱，著书空老翠微巅金精十二峰名。新诗惠我千百篇，高歌山涧声潺湲。闻君奉使出南海，圭璧元纁来告虔。一朝兄弟相后先王黄湄给谏典试粤东，暑雨炎风万里船，恨不逢之同周旋。"（《甲子诗》之《长歌赠别王阮亭宫詹兼寄黄湄给谏》）

清康熙二十四年，乙丑（1685）　　六十一岁

正月初一立春感怀。

曾灿《乙丑元日立春》："百岁难逢元旦春，故乡喜见柳条新。天涯去住原无定，雪后阴晴总未真。爆竹不闻喧枥马，衔杯且作颂椒人。韶华过眼如羁旅，占断东风客里身。"（《六松堂诗文集》卷七《乙丑元日立春》）

返乡途中，经同杨相国屯兵处。

曾灿《三曲滩月夜》："独向江楼坐，凄凉夜正清。高楼摇树影，明月下滩声。柝破风前梦，杯深客里情。家山虽在望，何日是归程。"（《三度岭南诗》之《三曲滩月夜》）

曾灿《进十八滩》："不见波涛起，惟听瀹瀱惊。水从山后出，舟向石中行。急峡蛟龙斗，空村虎豹生。故乡如梦里，欹枕过滩声。"（《三度岭南诗》之《进十八滩》）

曾灿《次雩都县经同杨相国屯兵处》："四十年前事，都成一梦中。乱烟迷故垒，细雨饮残虹。鼠窜高楼瓦，马嘶古庙风。至今余战血，犹染夕波红。"（《三度岭南诗》之《次雩都县经同杨相国屯兵处》）

离乡十载而归，回宁都主持分家。千金山业为人侵占，旧产都废，对故园无所恋，拟举家迁往苏州。于苏州买妾，生子女，声名日起，驰走南北，家如传舍。

曾灿《分关小引》："……及乙丑来归，为侃典鬻殆尽，嗟嗟予年过六十有三。旦暮不能保之人，而使之冒暑雨祈寒，走衣食以赡妻子，有人心者固如此乎？计侃所买田屋，及粤东故人所赠，何止千五六百金，而他所费不与焉。则侃今日虽无升斗之分，分文之受，亦应自食其食，岂得更以口腹累尔父耶？然予终以舐犊之爱，情不忍恝，姑将岁分学田五十担给侃，以大石下田五十担给倪。……"（《六松堂诗文集》卷十三《分关小引》）

曾灿《与丁雁水》："……某自乙卯离家，星霜十度。故乡风木，触绪增悲。而世情之荒凉，人情之变幻，真如夏云奇峰，不可

捉摸。是非倒置,黑白混淆。见利,虽骨肉视如仇雠;好胜,即丐者自比天帝。数月以来,阅历已遍,愈觉家园之无可恋,而播越他乡之为安也。……拟明春必欲挈家远徙吴门,以为终焉之计。……"(《六松堂诗文集》卷十四《与丁雁水》)

曾灿《与丁雁水》:"……兼以十载未归,旧产都废。千金山树,尽为峒蛮盗伐占踞。不得不觕延,少一清理。……"(《六松堂诗文集》卷十四《与丁雁水》)

曾灿《与吴留村》:"……只以十载未归,旧业荡尽。稍一清理,遂淹岁时。……"(《六松堂诗文集》卷十四《与吴留村》)

魏世俨《送外舅曾止山先生六十一岁序》:"乙丑六月十日,吾外舅止山先生历十月十二子以周之辰,于是外舅游处四方而未返家园者,盖又十有一年矣。……而外舅更四十余年,行年六十一犹买篮吴会,生子女,声名日起,身康强,驰走南北,游道未衰息。……"(《魏敬士文集》卷六《送外舅曾止山先生六十一岁序》)

曾尚倪《六松堂诗文集序》:"岁乙丑,先君还里,复往来东粤,视家如传舍。"(《六松堂诗文集》卷首曾尚倪序)

与丁炜甓园宴集。

曾灿《甓园和韵为丁雁水观察作》:"旌节初临日,东南息战尘。亭台陈迹在,风雨异时新。地扼双江险,天开五岭春。公余多胜事,启阁见平津。"(其一)"架上琴书静,闲中日月长。园林推鄂杜,花竹建黄唐。绿树当窗直,红蕖出水香。笙歌嘹呖遍,知有鸟声藏。"(其二)"剧地成幽筑,高楼得自怡。天随春草动,云爱夕阳迟。阅世清尊酒,忘情托奕棋。坐来清昼永,沦茗涤新瓷。"(其三)"静似维摩室,幽如十九泉。心闲庭自旷,人远地能偏。诗思非因钵,琴声不在弦。回风花乱落,石发斗榆钱。"(其四)"且因名士酒,漫试故人茶时馈使君林确斋制茶。千里言归客,何曾一到家。感恩悲杜栎,触热汲铅华。鸟雀檐前噪,应知散晚衙。"(其五)"交道从今薄,人情到处难。如君九州被,随地得林峦。畏垒经时见,沧洲信独看。邱园无复念,敢借一枝安。"(其六)(《三度岭南诗》之《甓园和韵为丁雁水观察作》)

清康熙二十五年，丙寅（1686）　　六十二岁

夏，从潮州返乡，朱式金（名待考）载酒迎至河岸。

曾灿《夏日从惠潮返里朱式金载酒至河干招同诸子侨俨坐月得常字》："海水吞高岸，城阴挂夕阳。维舟待明月，有客正传觞。倚槛知天远，看山念路长。他日怀旧雨，此会正寻常。"（《三度岭南诗》之《夏日从惠潮返里朱式金载酒至河干招同诸子侨俨坐月得常字》）

七月初七自潮阳寄诗，寿汤来贺八十。

曾灿《潮阳寄寿汤惕庵年伯八十》："海潮终日撼乾坤，稽首风涛拜晓暾。万里山川开地户，七襄星汉识天孙年伯大诞值七夕。汉廷耆旧年来少，鲁殿灵光乱后存。当日旗常铜柱在，斗杓直欲指昆仑。"（其一）"名山筑室老青毡，五十勋名久弃捐。天地尚留双眼在，读书只许一灯传。且看凿齿春秋义，不注蒙庄内外篇。从此熊罴应入梦，何须更祝大椿年。"（其二）"乱后飘零起梦思，十年两度见黄眉。风云兰谱成三世，樛葛蓬根托一枝。化俗星垂颜氏训，过江人愧卫家儿。身浮韩水归无日，安得乘凫进紫芝。"（其三）（《三度岭南诗》之《潮阳寄寿汤惕庵年伯八十》）

舟行潮江、上杭滩。

曾灿《潮江舟次》："千溪只在万山曲，溪上人家种黄竹。不知云向山头青，但觉舟入水中绿。举头一望山崔嵬，复道盘涡山莫开。此路胡为太局促，令人心事空填灰。"（《三度岭南诗》之《潮江舟次》）

曾灿《上杭滩行》：乱石巑岏滩路狭，舟行只可容一叶。急浪欲喷老蚌珠，怒飞似奋双龙鬣。船尾在水船头高，步步尽亚洪波涛。长年用苦平生力，跳石攀藤如猿猱。（《三度岭南诗》之《上杭滩行》）

拜谒陆秀夫祠。

曾灿《又拜陆秀夫先生祠》："崎岖岩石下流淙，遗庙嵯峨对大江。亡国尚留山色在，断桥但见海潮撞。寸心社稷伤多故，双手乾坤誓不降。酹酒天涯空洒泪，无端鼓角急归艭。"（《三度岭南诗》之《又拜陆秀夫先生祠》）

五十韵赠林杭学六十寿。

曾灿《寿潮阳林武林太守六十初度五十韵》："铃阁逢初度，海邦起大椿。丹书方兆甲，紫气贯生申。自识廐中骥，应知天上麟。文章归正气，川岳重奇人。李白诗无敌，杨雄草尚真。异才夸绝代，壮志迈群伦。一自绾苻出，欣歌襦袴频。登封陪祀典，秬鬯奉明禋。篮舁东驰峻，灵旗北燉新。挥毫观日浴，促坐俯星陈。至道通霄汉，长篇达紫宸公七古长篇曾荐御览。陟明称上考，佐郡列南闽。京阙回龙予觐毕返闽即闻告变，滇黔断雁臣。烽台夜方发，漆室啸何因。正乐终归鲁，弃繻且出秦。戈船鸣鼓吹，甲帐听车辚。欲击中流楫，且乘万里津。诸军超距石，名士识纶巾。倚马袁安赋，箧酾吕尚缗。鲸波何溃溇，鳄水尚沈湮。美稷人骑竹，淮阳鹿夹轮。配年知有姓，为德故多邻。道路归遗锦，车舆怨呕裀。任棠思拔薤，贾谊畏燃薪。围道听鸣鹊，推恩起涸鳞。政惟驱害马，士最惜悬鹑。讲学思安定，明经丽大春。贤祠崇栋宇，胜迹构嶙峋。鸟篆看碑碣，翚飞动鬼神。江山环琐闼，烟火压城闉。开宴嗤羊酪，听歌落雁尘。周郎常顾曲，西子不辞颦。飞鹤翔天际，游鱼出水滨。何曾卜深夜，但恐负良辰。亭置郑庄驿，坐倾公瑾醇。怜余羁旅客，忝作东南宾。浪迹依刘表，虚名愧郄诜。自从湖上别，只有梦中亲。话旧嗟双鬓，立谈指一囷。藏书开别屿，斗茗卧重茵。上下除豪气，往来爱隐沦。微生霑雨露，皓首失松筠。邱壑惭吾愿，乾坤托国均。龙头常巘巘，麟趾自振振。德望看三世，家声冠八苟。喜瞻鸾凤侣，莫笑野狐身。海日红如火，湖天白似银。花能开顷刻，酒不厌逡巡。明月延清赏，华灯缀采纯。丹梯如可上，一望浩无垠。"（《三度岭南诗》之《寿潮阳林武林太守六十初度五十韵》）

中秋与林杭学、马三奇等宴集。

曾灿《中秋前一日马乾庵总戎集同林武林太守、吴涵清关部看演月宫杂剧》："明月中天万象高，高台如镜见秋毫。风灯摇曳光如锦，箫鼓喧阗沸若涛。箭谷紫花梨酿实，爇林丹雀桂流膏。唐时文士彤廷重，曾覆韦生蜀襺袍公时以丰臂见贻。"（其一）"开元帝子爱神仙，欲驾苍螭上九天。帐底星辰供服御，云中宫阙起筝弦。当时盛事何能再，旧日词人已见传。只有文章堪万古，秦灰烧不尽残篇。"

（其二）(《三度岭南诗》之《中秋前一日马乾庵总戎集同林武林太守、吴涵清关部看演月宫杂剧》)

曾灿《中秋日林果庵太守招同吴涵清、张次崖、彭秋水诸子宴集》："翠屏龟甲织秋空，十丈铜盘缀玉虫。高馆不知明月上，良辰却喜旅人同。乌巾醉舞成鹔鹴，绎臂清歌落雁鸿。长夜香魂销一曲，问谁花底护秦宫林有嬖童善歌。"（其一）"舞帐轻纨挂玉绳，使君开宴阋肴蒸。百年三万六千日，此夜东西南北朋。缘桂烧残香似雾，碧箫错落酒如渑。他年再赴霓裳会，明月中天得未曾。"（其二）(《三度岭南诗》之《中秋日林果庵太守招同吴涵清、张次崖、彭秋水诸子宴集》)

重阳日在舟中。

曾灿《重阳舟次》："不知何处泊，但觉路悠悠。风定帆犹转，沙平水似流。人情依浅渚，村树出高楼。今夜对明月，白衣人到不？"(《三度岭南诗》之《重阳舟次》)

岁末再度还乡，舟中度过除夕。

曾灿《岁除前一日泊南康县》："傩鼓暮无音，寒城隔夜深。孤舟吹细雨，何处不伤心。草木春多泪，关山岁易阴。自知愁未子，安用短长吟。"(《三度岭南诗》之《岁除前一日泊南康县》)

曾灿《横江舟次同诸子尚任度岁》："终岁劳行旅，何知是岁除。人生如转烛，世事一空庐。物役甘卒苦，心伤爱子虚。且饶耳目静，道路即安居。"（其一）"惠逆从凶吉，贤愚卜盛衰。自知生有命，谁谓我无儿。野菜抽新颖，江梅发旧枝。吾心非草木，安得不伤悲。"（其二）"江海如庭户，劳生只自嗟。孤灯吾共汝，一棹客为家。村冷无年鼓，楼高有暮笳。今宵惟痛饮，谁过颂椒花。"（其三）"百年曾有几，最畏是今宵。老但逐年改，愁从何日销。围炉寒似浅，守岁夜方遥。欲乞桃符版，驱予此郁憀。"（其四）(《三度岭南诗》之《横江舟次同诸子尚任度岁》)

曾灿《除夕泊小溪口》："道路何迁次，一年两度过。江湖人去少，风雨夜来多。灯影寒生翳，溪声势欲波。家山虽有梦，不寝更如何。"(《三度岭南诗》之《除夕泊小溪口》)

清康熙二十六年，丁卯（1687）　六十三岁

元日舟中抒怀。

曾灿《丁卯元日舟次书所见》："元日结重阴，高寒雪欲临。风从前夜猛，路自隔年深。乱石蹲孤犬，清波狎小禽。身闲谁似汝，辄起买山心。"（《六松堂诗文集》卷五《丁卯元日舟次书所见》）

正月十六夜独坐抒怀。

曾灿《丁卯正月十六夜独坐》："佳节偏逢到海滨，无边箫鼓动城闉。一杯浊酒消羁旅，五夜寒灯破好春。掷杖不闻天上曲，仗矛应见月中人。老来只有愁相对，每听笙歌辄怆神。"（《六松堂诗文集》卷七《丁卯正月十六夜独坐》）

十月十五日，曾灿载其文稿若干访秦云爽于杭州；冬，访毛际可于杭州；冬至日访顾祖禹；冬与蔡方炳偶集于东皋草堂。秦云爽、顾祖禹、蔡方炳序其《六松堂诗集》，毛际可序其《六松堂文集》。

秦云爽《六松堂诗文集序》："……予见止山之为人，恂恂自持，无叫号佻达之陋者也。其诗则言必由衷，情致绵缈，悃悃款款，沁人肝脾。若止山者，不足为时贤矜式乎？予不见止山五年矣。今自吴门载其文稿若干，过武林示予曰：'予发之种种，今惟汇平生著述以示后人，子其为我序之。'……嗟夫！止山而岂今之诗人哉？然有止山之为人，则有止山之用世之学。诗有不甘为无用，当读止山之文，始知止山之为人而益知止山之诗为不可及也已。岁丁卯阳月望日钱塘同学弟秦云爽拜撰。"（《六松堂诗文集》卷首秦云爽序）

毛际可《六松堂诗文集序》："……康熙丁卯冬，旅食会城，青藜忽投刺见访。初疑姓氏偶同，及相见，握手大喜。继以古文词见质，且属为序。……青藜又曰：'年来以贫窭故，寄人庑下，往往代为属草。丈夫七尺躯，何至以臂指供人驱役？'故尽弃其稿不复存。嗟夫！才如青藜，天故靳其名位，竟以偃蹇终老。即文章一道，犹不使之得自行其胸臆，良可叹也。……新定弟毛际可撰。"（《六松堂诗文集》卷首毛际可序）

顾祖禹《六松堂诗文集序》："止山先生年未弱冠，为诗辄工。一时耆年尊宿负重望者见先生诗，未尝不惊且异曰：'有是哉，其才如是，乃玄黄易位，山川泪陈。'先生欲歌欲泣，流离患难，展转于车尘马足间。殊不知老之将至。岁甲子，先生自吴门走燕赵，还过家山。南指抚膺叹曰：'予始生乙丑，至今六十年。犹视息人世。'……时丁卯长至日宛溪友弟顾祖禹谨序。"（《六松堂诗文集》卷首顾祖禹序）

蔡方炳《六松堂诗文集序》："宁都曾子止山、绣水，陈子潜夫，皆以能诗闻于世，其才相埒而境遇亦同。每论诗，竟日几不知有世间荣辱得丧事。今卯冬之暮，偶集东皋草堂联句，得若干首。寒风猎猎，冰雪载途，人或营营逐逐。而两先生者，独微吟豪饮捐弃一切，非中有真乐者不能。……平江同学弟蔡方炳拜手题知己之聚。"（《六松堂诗文集》卷首蔡方炳序）

清康熙二十七年，戊辰（1688）　六十四岁

春，以壬、癸、子、丑、寅、卯六年之诗示徐柯，徐柯为其《三度岭南诗》作序。

徐柯《六松堂诗文集序》："……诗至今日为极盛，几于家李白而户杜甫矣。而予独得三人焉。三人者何？曰益都孙仲愚宝侗也，同郡杨潜夫炤也，暨吾宁都止山曾先生也。……今春乃始得为止山论定其壬、癸、子、丑、寅、卯六年之诗，而以《三度岭南诗》属予为序。嗟乎！仲愚已矣，潜夫年七十余，龙钟老公，自屏荒江之侧。止山长予一岁，才情横溢，意气不少挫。其《金石堂诗》数种锓板行世，名满天下。而又以《过日》一集网罗当世名卿巨公之诗而撰次之，故其名尤著于公卿间。则是三子中止山于诗为最昌。乃十余年来挟其诗以游长安者数矣。不特不得与于承明著作之列，竟未有能迓长江于阁中，出襄阳于床下者。而令其饥寒贲賫，奔走海陬粤峤之间。仅侈江山之助于诗章，悽惋不重可慨矣乎！……夫戊辰夏五吴郡同学弟徐柯拜手撰。"（《六松堂诗文集》卷首徐柯序）

十月十九日子时卒于京师，归葬于宁都南门第一桥。

彭任《曾灿墓碑文》："公讳灿，字青藜，号止山，行二，明岁

贡生，以功题授兵部职方清吏司主事。生明天启乙丑年六月初一日辰时，殁康熙戊辰年十月十九日子时。正配李氏生明天启丙寅年九月十九日寅时，合葬南郊第一桥。地肖灵猫捕鼠形，乾山巽向之原。康熙己丑年十一月三十日卯时，经石城邓云柱、黄彦升改葬于本山内壬丙外辛乙地肖天马摇铃形。志铭藏内。明文学生易堂友兄彭任撰志。赐进士出身翰林院庶吉友弟梁佩兰篆盖。赐进士出身翰林院编修年家侄徐元书丹。"（彭任《曾灿墓碑文》）

曾尚倪《六松堂诗文集序》："倪六岁时，先君即出远游，至乙卯，先大母谢世，时兵戈扰攘，先君冒艰险匍匐奔丧，不半载，又他适。迨庚申，倪同长兄趋侍吴门，历三年，然朝吴暮越，终不得长侍膝下。岁乙丑，先君还里，复往来东粤，视家如传舍。命倪执贽进也杨先生门攻帖括，僻处深山里，足不履城市，冀倪之造就有成，而荏苒岁月，殊负先君之志。不幸旋遭大故，先君捐馆于京师。倪兄弟远隔万里，终天之痛，无有已时。迨旅榇归日，于散帙中得遗稿数册，检阅之下，触目心伤。念先君一生心力具在文史，尝蒐辑当代名人所为诗，选成《过日》一集，价重鸡林数十年，传播海内。其表微阐幽，藉先君以称于时者不少，而身之遗稿残编无能剞劂，后日纵有欧阳子其人者，亦何从识之？敝簏败纸中取而一表彰之乎！呜呼！是可慨已！先君所著，集名不一，有《嗃中草》《游草》《西崦草堂集》《壬癸集》《甲子集》《三度岭南诗》，皆纪地编年，不无多寡，未免错杂。今分其类而编次之，厘为十四卷，总名《六松堂诗文集》。以先君昔日归耕于此，自撰有诗叙故也。考唐之李、杜，宋之苏、陆诗体格最多，总欲志其忠孝节义之概，与其生平之所阅历，瑕瑜并见，亦不厌其多耳。《六松堂》所录，仅十之三四，至末年所作一无存，不知遗失何处？倪学问无所得，虚掷光阴，颠毛种种，日坐穷山，饘粥不继。儿辈荷锄食力，家声陨坠，无以报先君于地下。惟日夜于先人手泽，缮录装潢，以备世之采择，犹宛睹六松策杖行吟时也。戊戌夏四月，次男倪谨识。"（《六松堂诗文集》卷首曾尚倪序）

参考文献

古籍文献

［1］［清］曾灿：《六松堂集》，清抄本。
［2］［清］曾灿：《曾青藜初集》，清刻本。
［3］［清］曾灿：《曾止山文集》，清抄本。
［4］［清］曾灿：《壬癸集》，清抄本。
［5］［清］曾灿：《甲子诗》，清抄本。
［6］［清］曾灿：《三度岭南诗》，清抄本。
［7］［清］曾灿：《曾青藜诗》，康熙曾氏六松草堂刻本。
［8］［清］曾灿：《过日集》，康熙曾氏六松草堂刻本。
［9］［清］曾畹、曾灿、曾炤：《金石堂诗》，康熙曾氏六松草堂刻本。
［10］［清］曾灿：《六松堂集》，民国豫章丛书本。
［11］［清］杨宾：《曾青藜姜奉世合传》，同治抄本。
［12］［清］魏际瑞：《魏伯子文集》，道光二十五年刊本。
［13］［清］魏禧：《魏叔子文集》，道光二十五年刊本。
［14］［清］魏禧：《魏叔子诗集》，道光二十五年刊本。
［15］［清］魏禧：《魏叔子文集》，中华书局 2003 年版。
［16］［清］魏礼：《魏季子文集》，道光二十五年刊本。
［17］［清］魏世俨：《魏敬士文集》，道光二十五年刊本。
［18］［清］彭士望：《彭躬庵文钞》，道光十七年刊本。
［19］［清］彭士望：《耻躬堂文钞诗钞》，咸丰二年刻本。
［20］［清］林时益：《朱中尉诗集》，民国豫章丛书本。

[21]［清］邱维屏：《邱邦士文集》，道光十七年刻本。
[22]［清］李腾蛟：《李咸斋文集诗集》，清抄本。
[23]［清］李腾蛟：《半庐文稿诗稿》，民国豫章丛书本。
[24]［清］彭任：《草亭文集诗集》，清刻本。
[25]［清］钱澄之：《田间文集》，黄山书社1998年版。
[26]［清］钱澄之：《田间诗集》，黄山书社1998年版。
[27]［清］徐崧：《百城烟水》，清康熙二十九年刻本。
[28]［清］顾嗣协：《依园诗集》，清康熙刻本。
[29]［清］方文：《嵞山集》，清康熙二十八年王槩刻本。
[30]［清］方文：《嵞山集再续集》，清康熙二十八年王槩刻本。
[31]［清］颜光敏：《颜氏家藏尺牍》，清代传记丛刊本。
[32]［清］王士禛：《渔阳山人感旧集》，光绪三十四年铅印本。
[33] 卓尔堪：《遗民诗》，清康熙刻本。
[34]［清］张廷玉：《明史》，中华书局1974年版。
[35]［清］谢旻：《（康熙）江西通志》，清文渊阁四库全书本。
[36]［清］钱林：《文献征存录》，咸丰八年有嘉树轩刻本。
[37]［清］李元度：《国朝先正事略》，同治五年刻本。
[38]［清］李桓：《国朝耆献类征初编》，清代传记丛刊本。
[39]［清］徐鼒：《小腆纪传补遗》，光绪金陵刻本。
[40]［清］赵尔巽：《清史稿》，民国十七年清史馆本。
[41]［清］陈田：《明诗纪事》，陈氏听诗斋刻本。
[42]［民］孙静庵：《明遗民录》，民国刻本。
[43]［民］胡思敬：《豫章丛书》，民国刻本。
[44]［民］徐世昌：《晚晴簃诗汇》，民国退耕堂刻本。
[45]［民］张其淦撰、祁正注：《明代千遗民诗咏》，民国19年铅印本。

研究著述（按时间先后排序）

[46] 邓之诚：《清诗纪事初编》，中华书局1965年版。
[47] 周骏富：《清代传记丛刊》，台北：明文书局1985年版。

［48］谢正光编著、王德毅校订：《明遗民传记资料索引》，台北：新文丰出版公司1990年版。

［49］尚定：《走向盛唐》，中国社会科学出版社1994年版。

［50］钱谦益：《牧斋有学集》，上海古籍出版社1996年版。

［51］谢正光、佘汝丰：《清初人选清初诗汇考》，南京大学出版社1998年版。

［52］郭绍虞编：《清诗话》，上海古籍出版社1999年版。

［53］郭绍虞编：《清诗话续编》，上海古籍出版社1999年版。

［54］张健：《清代诗学研究》，北京大学出版社1999年版。

［55］朱则杰：《清诗史》，江苏古籍出版社2000年版。

［56］李灵年、杨忠、陆林：《清人别集总目》，安徽教育出版社2000年版。

［57］梁启超：《论中国学术思想变迁之大势》，上海古籍出版社2001年版。

［58］葛兆光：《中国思想史》，复旦大学出版社2001年版。

［59］钱仲联：《近代诗钞》，江苏古籍出版社2001年版。

［60］赵义山、李修生：《中国分体文学史》，上海古籍出版社2001年版。

［61］严迪昌：《清诗史》，浙江古籍出版社2002年版。

［62］马积高：《清代学术思想的变迁与文学》，湖南出版社2002年版。

［63］王于飞：《吴梅村生平创作考论》，重庆出版社2003年版。

［64］潘承玉：《清初诗坛：卓尔堪与遗民诗研究》，中华书局2004年版。

［65］刘世南：《清诗流派史》，人民文学出版社2004年版。

［66］梁启超：《中国近三百年学术史》，上海三联书店2006年版。

［67］蒋寅：《清诗话考》，中华书局2005年版。

［68］赵园：《制度·言论·心态—明清之际士大夫研究续编》，北京大学出版社2006年版。

［69］霍松林：《中国诗论史》，黄山书社2007年版。

[70] 李剑波：《清代诗学话语》，岳麓书社 2007 年版。

[71] 朱丽霞：《明清之交文人游幕与文学生态》，上海古籍出版社 2008 年版。

[72] 张慧剑：《明清江苏文人年表》，人民文学出版社 2008 年版。

[73] 周焕卿：《清初遗民词人群体研究》，上海古籍出版社 2008 年版。

[74] 王富鹏：《岭南三大家研究》，人民文学出版社 2008 年版。

[75] 杜桂萍：《文献与文心：元明清文学论考》，中华书局 2009 年版。

[76] 蒋寅：《清代文学论稿》，凤凰出版社 2009 年版。

[77] 王炜：《清诗别裁集研究》，上海古籍出版社 2010 年版。

[78] 孙之梅：《钱谦益与明末清初文学》，山东大学出版社 2010 年版。

[79] 邓之诚：《邓之诚文史札记》，凤凰出版社 2012 年版。

[80] 王英志：《清代唐宋诗之争流变史》，人民文学出版社 2012 年版。

[81] 郭英德：《中国古代文人集团与文学风貌》，中国人民大学出版社 2012 年版。

[82] 赵园：《易堂寻踪—关于明清之际一个士人群体的叙述》，北京师范大学出版社 2013 年版。

[83] 马将伟：《易堂九子研究》，社会科学文献出版社 2013 年版。

[84] 朱丽霞：《江南·闽南·岭南—吴兴祚幕府文学年表长编》，中国社会科学出版社 2013 年版。

[85] 李婵娟：《清初古文三家年谱》，世界图书出版广东有限公司 2013 年版。

[86] 蒋寅：《王渔洋与康熙诗坛》，凤凰出版社 2013 年版。

[87] 王明好：《卢照邻研究》，人民出版社 2013 年版。

[88] 邱国坤：《易堂九子》，江西教育出版社 2014 年版。

[89] 陆勇强：《魏禧年谱》，齐鲁书社 2014 年版。

期刊论文（按时间先后排序）

［90］杜桂萍：《遗民心态与遗民杂剧创作》，《文学遗产》2006年第3期。

［91］姜伯勤：《论方以智"粤难"的性质》，《中山大学学报》2008年第6期。

［92］李婵娟：《清初明遗民魏禧的生存抉择及心态探微》，《江西社会科学》2008年第9期。

［93］马将伟：《"躬耕"的文化意蕴与明遗民的生存悖论》，《社会科学家》2009年第2期。

［94］马将伟：《清史稿曾灿传及魏礼传史实考误》，《兰州学刊》2009年第3期。

［95］杜桂萍：《袁骏《霜哺篇》与清初文学生态》，《文学评论》2010年第5期。

［96］马将伟：《历史隐喻中的生命探求》，《海南大学学报》2010年第4期。

［97］杨晓霭：《论唐代除夕诗中的生命意识》，《青海师范大学学报》2014年第6期。

［98］杜桂萍：《"名士牙行"与孙默归黄山诗文之征集》，《社会科学战线》2015年第1期。

硕博论文（以时间先后排序）

［99］尚小明：《学人游幕与清代学术》，北京大学，博士学位论文，1997年。

［100］王兵：《清人选清诗与清代诗学》，北京语言大学，博士学位论文，2009年。

［101］刘和文：《清人选清诗总集研究》，苏州大学，博士学位论文，2009年。

［101］邓晓东：《清初清诗选本研究》，南京师范大学，博士学位论文，2009年。

[103] 杨年丰：《钱澄之文学研究》，苏州大学，博士学位论文，2010年。

[104] 柳洪岩：《叶奕苞文学创作研究》，黑龙江大学，博士学位论文，2016年。

后　　记

2010年12月的一天，我刚一萌生读博深造的心念，便怀揣着硕士论文来到黑龙江大学文学院向杜师桂萍自荐。时隔多年，我仍时常感到庆幸，为自己当初不知天高地厚的决定和恩师给予我的肯定。2013年9月，我收到黑龙江大学的录取通知书，如愿以偿成为杜门弟子。硕士唐宋方向的我对明清文学知之甚少，是恩师为我选定了博士论文的研究对象——"易堂九子"之曾灿。

"曾灿是'九子'中较为游离的角色。灿交游广阔，其人的游离也应因了那'广阔'。在易堂中，曾灿似乎从来不是主要角色，对此'堂'的态度也不像有多么积极。曾灿珍重与叔子的友情，却并不即以易堂为性命。"赵园老师《易堂寻踪——关于明清之际一个士人群体的叙述》娓娓道来，让我对300多年前的宁都充满遐想和神往，激活了我对魏禧与曾灿"始合而终乖"的研究热望，那时并不曾想，自己也将真正来到"易堂"故事开始的地方。

2014年底，魏叔子诞辰390周年暨邱邦士诞辰400周年之际，在恩师的推荐下，我来到江西宁都，参加了由江西省社会科学院、南昌大学、赣南师范学院和中共宁都县委、县人民政府联合主办的"易堂九子"学术研讨会。会上邱国坤老师"走近易堂"的主旨发言，深情诠释了300多年前突兀孤傲的翠微峰巅九位先贤艰苦卓绝的坚守和纯粹高尚的人格，令人荡气回肠、浮想联翩，使我深受鼓舞和感染。与会期间，有幸与赵园老师、蒋寅先生及马将伟博士、李婵娟博士切磋交流，更让我获益匪浅。仰首回望翠微峰巅，"易堂九子"并不遥远，从宁都返程的当天，我开始着手撰写《论魏禧与曾灿的"始合而终乖"》，并提交至 2015 年元月三日举行的第 16 届"知非论坛"，汲取恩师和同门的宝贵意见。

2013，我入门当年，恩师创办了"知非论坛"。在恩师的指引和带领下，论坛至今已走过九年，探讨过的论文已有两百余篇，学术视野的拓展和学术意识的提升，不断激发着我们的研究和写作热情。从中所学到的看待问题的角度和方式、方法，我终生受用不尽。每次论坛，总是既能收获意料之中的新思考，又能获得意料之外的新惊喜。杜门人才济济，有着强大的凝聚力和向心力。每一个成绩，我们大家分享；每一种困难，我们大家分担。从过去京哈两地辗转奔波到近年来疫情迭起与我们相聚云端，学生始终是恩师最大的挂念；九年间，五十六届论坛，恩师每期必定全程指点，总是孜孜不倦。恩师的言传身教使我懂得，博士不是文凭，不是头衔，而是眼界、胸怀和境界，需要不断积淀和历练。

本书是我在博士论文的基础上修改而成的。从读博之初文字拉杂到语言逐步简洁化，从习惯罗列、堆砌文献到懂得思考材料的安放，我的每一点进步都凝聚着恩师的心血。恩师对我论文的点评，犹如一把微创手术刀，总是能直击要害，精准挖出病灶。论坛上，同门贡献的心力和智慧对推动论文写作也至关重要。毕业五年多来，碌碌无为，书稿修改有限，留下诸多不足和遗憾。恩师许多高屋建瓴的意见未能落实，尤其深感愧惭。书稿修改过程中，廖平平老师不仅从宁都寄来最新修订的《易堂九子年谱》，还给予我很多无私帮助和宝贵建议，在此致以我最诚挚的谢意！本书的顺利出版，离不开中国社会科学出版社的全力支持和张潜老师的辛勤付出，特此谢忱。还要感谢我的父母和爱人，是他们的无条件支持和默默付出使我能够全身心投入研究工作。我的父亲是一个文学爱好者，也一直是我书稿最忠实的读者并不断勉励我。

是的，唯有认真地生活，踏实地工作，才是对师长和亲友们关爱与期望的最好答谢。

2022 年 3 月 15 日于哈尔滨